2.–

W0417883

BASTEI LÜBBE TASCHENBUCH

Titel in der Regel auch als E-Book erhältlich

Louisa Francis

EINE UNGEZOGENE WITWE

Erotischer Roman

Aus dem Englischen von
Sandra Green

BASTEI LÜBBE
TASCHENBUCH

BASTEI LÜBBE TASCHENBUCH
Band 16 855

1. Auflage: April 2013

Dieser Titel ist auch als E-Book erschienen

MIX
Papier aus verantwortungsvollen Quellen
FSC® C006701

Vollständige Taschenbuchausgabe

Deutsche Erstausgabe

Für die Originalausgabe:
Copyright © 1997 by Louisa Francis
Titel der englischen Originalausgabe: »Contest of Wills«
Published by Arrangement with Virgin Books LTD.,
London, England
Dieses Werk wurde vermittelt durch die
Literarische Agentur Thomas Schlück GmbH; 30827 Garbsen

Für die deutschsprachige Ausgabe:
Copyright © 2013 by Bastei Lübbe GmbH & Co. KG, Köln
Titelillustration: © shutterstock/margo-black;
© shutterstock/Peter Zijlstra
Umschlaggestaltung: Manuela Städele
Satz: Urban SatzKonzept, Düsseldorf
Gesetzt aus der Palatino
Druck und Verarbeitung: CPI – Ebner & Spiegel, Ulm
Printed in Germany
ISBN 978-3-404-16855-2

Sie finden uns im Internet unter
www.luebbe.de
Bitte beachten Sie auch: www.lesejury.de

Der Preis dieses Bandes versteht sich einschließlich
der gesetzlichen Mehrwertsteuer.

Prolog

»Interessieren Sie sich für Botanik, Mrs. Wilberforce?«

Die unmittelbare Nähe des Mannes, seine sanfte, ruhige Stimme und der schwach anklingende englische Akzent lösten eine kribbelnde, köstliche Gänsehaut auf Melanies Rücken aus. Sie wandte den Kopf und schaute ein wenig provozierend aus den Augenwinkeln hoch zu dem Mann, bevor ihr Blick zum herrlichen Blumenarrangement zurückkehrte.

»Ich liebe Blumen. Wir haben viele ungewöhnliche Arten in Australien, aber diese ...«

»Proteasen.«

»Ja, diese Proteasen sind spektakulär.«

»Mein Onkel ist ein kundiger Sammler einheimischer Flora. Vielleicht möchten Sie mal durch die Gärten streifen?«

Melanie wandte das Gesicht ihrem Begleiter zu und suchte in seinen Augen nach irgendeiner heimlichen Botschaft. Ein unschickliches Glitzern in den klaren blauen Augen strafte seine höfliche Maske Lügen. Melanie unterdrückte ihre wachsende Erregung und warf einen Blick auf das Ende des Zimmers. Ihre Bordkollegen und ihr Gastgeber hatten sich um den Kartentisch versammelt.

»Sie werden sich zu sehr in ihre Kartenspiele vertiefen und keine Zeit haben, sich um uns zu kümmern. Es sei denn, Mrs. Wilberforce, dass Sie das Gefühl haben, eine Anstandsdame sollte Sie begleiten ...«

»Nein, überhaupt nicht. Und nennen Sie mich Melanie, bitte.«

»Sollen wir gehen, Melanie?«

Er fasste sie am Ellenbogen und führte sie durch die Terrassentür, und Melanie spürte, wie sich wieder eine Gänsehaut bildete. Sie hoffte, dass sie seine Absichten nicht falsch ausgelegt hatte, und das wurde kurz danach bestätigt, als er seine Hand auf andere, intimere Körperteile legte.

Während sie die Pfade entlang spazierten, zeigte ihr Begleiter immer wieder auf ungewöhnliche Sträucher und nannte die Namen. Melanie verglich ihn unwillkürlich mit ihrem Liebhaber, der die Wochen vor ihrer Hochzeit so angenehm kurzweilig gestaltet hatte. Gut, Pieter van Heuren war charmant und kultiviert, aber sie war auch davon überzeugt, dass er ebenfalls ein erfahrener Liebhaber war, genau wie der gefährliche, undurchschaubare Matt Warrender, der wusste, wie man eine Frau befriedigen konnte. Und Melanie schmachtete nach einer solchen Befriedigung.

Der liebe Mr. Wilberforce hatte all seine Kräfte seines alternden Körpers gesammelt, um ihre Ehe mit einer kurzen, wenig erregenden Paarung zu vollziehen. Seit jener Nacht hatte er all seine Freuden aus der Bewunderung bezogen, die Melanie von anderen Männern erfuhr, und sein Ego wurde gestillt vom Neid dieser Männer.

Er gewann Befriedigung allein dadurch, dass Männer, die dreißig oder vierzig Jahre jünger waren als er, sich wünschten, in seinen Schuhen zu stecken. Oder genauer: Statt seiner in Melanies Bett zu liegen. Doch er vertraute seiner Frau. Sie würde den Versuchungen widerstehen. Und sein Vertrauen war gerechtfertigt, auch wenn dies eher am Mangel an Gelegenheiten lag und weniger an Melanies moralischem Gewissen.

An Bord des Schiffs, das von Australien nach England unterwegs war, gab es nur geringe Möglichkeiten für verstohlene sexuelle Momente. Nachdem sie England erreicht hatten und während ihrer Rundreise auf dem Kontinent plante sie, alles nachzuholen, was sie bisher versäumt hatte.

»Warum ist Ihr Gatte nicht mit Ihnen an Land gekommen?«

Die Frage riss Melanie aus ihren Gedanken. »Er fühlt sich nicht gut. Da er schon einige Male in Kapstadt war, hat er beschlossen, an Bord zu bleiben.«

»Er hat Sie also den Bartons anvertraut, die jetzt aber versessener aufs Bridgespiel sind als auf Ihre Sicherheit.«

»Sicherheit, Mr. van Heuren? Ich befinde mich doch nicht in Gefahr, oder?«

»Vielleicht, vielleicht auch nicht. Das hängt ganz von dem ab, was Sie unter Gefahr verstehen. Es gibt ja viele Dinge, die eine Lady bedrohen können.«

»Ich kann keine Bedrohung erkennen, wenn ich so einen galanten Gentleman an meiner Seite weiß.«

»Ich frage mich, ob Sie mich auch dann noch galant oder einen Beschützer nennen, wenn Sie ahnten, welche Gedanken ich hege.«

Melanie blieb stehen, den Kopf leicht geneigt, und sah in sein Gesicht. Ihre Augen strahlten so sehr wie der Smaragd an ihrem Ringfinger. »Um welche Gedanken handelt es sich da, Mr. van Heuren?«

»Ich glaube, das wissen Sie ganz genau.« Sein Blick war eine einzige Herausforderung, als er ihren Körper von oben bis unten bewundernd betrachtete.

Schmutzige Vorstellungen wanden sich wie Ranken von Melanies Bauch nach unten und setzten sich zwischen ihren Schenkeln fest. Sie reagierte mit einem scheuen Blick auf seine Bemerkung. »Woher soll ich es wissen, wenn Sie sich nicht erklären?«

Auch er legte den Kopf schief. »Ja, ein berechtigter Einwand. Wenn wir diesem Pfad folgen, stoßen wir auf ein kleines Landhaus. Wir sollten hingehen, um dieses Thema in aller Ruhe zu diskutieren.«

Melanies Augen sprühten Lust. Sie hatte mit einem Sommerhaus gerechnet oder auch nur mit einem gemütlichen Plätzchen zwischen den Sträuchern. Sie war bereit für die eine oder andere Unannehmlichkeit, um ihre sexuellen Freuden erleben zu können. Führte Pieter van Heuren öfter Ladys diesen Pfad entlang? Sie war froh, dass sie nicht die Bartons zu ihren Freunden begleitet hatte. Eine natürliche Besorgnis hatte sie angehalten, bei ihrem Ehemann zu bleiben, aber er hatte darauf bestanden, dass sie an Land ging.

Seit dem Moment, in dem sie ihrem Verführer vorgestellt wurde, war sie erfreut über das Beharren ihres Mannes. Pieter van Heuren mit seinen vollen blonden Haaren, den blauen Augen und der großen, muskulösen Gestalt, sah wie ein antiker griechischer Gott aus, und Melanie hatte sofort für ihn geschwärmt.

Listig, wie sie manchmal sein konnte, wenn sie ihre eigenen Pläne verfolgte, hatte sie ihm bisher keine Möglichkeit für ein trautes Treffen zu zweit gegeben. Aber die Verlockung war da, als sie den Garten sah. Die Proteasen würden immer ihre Lieblingsblumen bleiben. Sie wuchsen rechts und links vom Pfad in satten Rottönen und Creme.

Das schmucke Landhaus lag eingerahmt von diesen herrlichen Blumen da, und die warme Sonne fing sich in den bleiverglasten Scheiben der Fenster. Pieter stieß eine Tür auf und trat zur Seite, um Melanie mit einer Verbeugung ins Haus einzuladen. Sie fand sich in einem schlicht eingerichteten Zimmer wieder. Zwei Stühle standen auf einem abgetretenen Teppich in der Nähe des leeren offenen Kamins. Zwei weitere Stühle, eine Küchenanrichte sowie ein Tisch komplettierten das Mobiliar.

An den Fenstern hingen verblichene Vorhänge. Man hatte nicht den Eindruck, dass das spartanische Zimmer dauerhaft bewohnt war, aber es sah auch nicht so aus, als würde es seit Jahren vernachlässigt. Melanie warf ihrem Begleiter einen fragenden Blick zu.

»Ich komme von Zeit zu Zeit hierhin, wenn ich mal allein sein möchte. Sie haben meine Vettern und Cousinen noch nicht gesehen, aber ich kann Ihnen sagen, dass es sich bei ihnen um eine wilde, übermütige Bande handelt.«

Das Lächeln, das diese Aussage begleitete, ließ vermuten, dass er seine Vettern und Cousinen sehr schätzte. Melanie sagte es ihm auf den Kopf zu.

Pieter lachte. »Ich schätze sie, wie man zwei ausgelassene Mädchen und drei Jungs schätzen kann, die einen zur Verzweiflung treiben.«

»Aber so schlimm werden sie nicht sein.«

»Doch, sind sie.«

Die tief aus dem Herzen kommende Bestärkung brachte Melanie zum Lachen. Sie fand Pieter van Heuren immer sympathischer.

»Aber es gibt auch andere Gründe«, sagte er dann, »aus denen ich das kleine Häuschen gern nutze.«

»Und was könnten das für Gründe sein?«

Er biss sich auf die Unterlippe und bewunderte, wie sie auf ihn reagierte. »Sie lieben es, mich zu necken, Mrs. Wilberforce. Möchten Sie, dass ich Sie bedächtig verführe, oder soll ich mich auf Sie stürzen, um Sie auf der Stelle zu beglücken?«

Melanies Augen funkelten. »Ich kann mein Glück kaum glauben.«

Zu ihrem Erstaunen warf er den Kopf in den Nacken und lachte laut auf. Dann trat er einen Schritt vor und nahm sie in seine Arme, während er den Mund fest auf ihre Lippen presste.

Flüssiges Feuer lief durch Melanies Adern. Himmel, wie lange war es her, dass sie auf diese Weise geküsst worden war? Sie streckte sich, stellte sich auf die Zehenspitzen und erwiderte den Kuss mit unverhüllter Lust.

»Beglücken Sie mich«, flüsterte sie, als ihre Lippen für einen Moment frei waren. »Ich kann nicht länger warten.«

Ihr Hut fiel ihr vom Kopf, als sie fast ins Schlafzimmer gezerrt wurde. Dort entdeckte sie, dass ihr Geliebter durchaus mit den Eigenheiten weiblicher Toilette vertraut war. Melanie zog die hinten gebundene Mode vor; sie trug einen glatten, engen Rock und ein für sie geschneidertes Korsett, das ihre weiblichen Kurven betonte. Knöpfe und Bänder stellten für Pieter kein Problem dar, und überraschend schnell hatte er ihre äußere Fassade entfernt. Als er begann, ihre Stäbe zu lockern, hob Melanie eine Hand.

»Ich will, dass du mich beglückst. Aber muss ich dafür nackt sein?«

Statt einer Antwort schob er ihr Unterhemd von den Schultern, um ihre Brüste zu entblößen. Seine Hände strichen über die Kurven, und die Daumen rieben die bereits starren Nippel, bis sie noch härter geworden waren. Die Augen halb geschlossen, um die erregende Wirkung seines Streichelns besser genießen zu können, gab Melanie ein leises Stöhnen von sich.

Im nächsten Augenblick hatte er sie nach hinten aufs Bett gedrückt und folgte ihr gleich, die Hände gegen die Innenseiten ihrer Knie gepresst, die er weit spreizte. Melanie sträubte sich nicht. Er teilte die weiche Seide ihres Schlüpfers, damit seine Finger direkten Kontakt mit dem feuchten Fleisch darunter aufnehmen konnten. Die Berührung war ganz sanft, aber die Wirkung überraschte ihn. Melanie zuckte zusammen, und es war, als hätte ein Blitz ihren Körper erfasst. Es war schon so lange her ... viel zu lange.

»Oh, ja«, flüsterte sie, die Stimme heiser vor Verlangen. »Fass mich überall an.«

Er spielte mit ihr, neckte sie, quälte sie, bis sie voller Frustration zu keuchen begann und versuchte, sich gegen seine ausweichenden Finger zu drücken. Sie schlug die Augen auf, und als sie ihn anbetteln wollte, sah sie die Belustigung in seinem Blick. Da wusste sie, dass ihm diese Folter Spaß machte.

»Bastard«, schimpfte sie.

Mit einem zufriedenen Glucksen hob er ihre Hüften an und brachte ihre lechzende Vulva hoch zu seinem Mund. Seine Zunge berührte sie, und sie schrie voller Glück auf. Sie schloss wieder die Augen, um sich voll auf die wundersamen Sensationen zu konzentrieren, die ihren Körper überschütteten. Wie delikat, wie erfahren seine Zunge sie erregen konnte!

Die erotische Spitze fand einen Weg durch die Falten, die nach außen die Vulva begrenzten, ehe sie tief in die feuchte Öffnung stieß. Der Fleischpfeil leckte langsam auf und ab, um ihre Nervenenden zu beleben. Dann, oh, Mann, begab sich die zarte Spitze seiner Zunge zur schnell anschwellenden Klitoris, und Melanie wusste, dass sie sich nicht länger zurückhalten konnte. Noch einen kurzen Augenblick, dann würde sie den Himmel sehen können.

Als er sich von ihr zurückzog, löste sich ihre Enttäuschung in ein Schluchzen auf. »Nein, nein, bitte! Hör jetzt nicht auf!«

Seine Augen leuchteten. Er betrachtete sie und genoss den Ausdruck von Agonie auf ihrem Gesicht. Er ließ sich Zeit. Melanie bettelte. Sie war so nahe gewesen. So nahe. Sie lag noch wie aufgebockt da, stützte sich mit den Schulterblättern ab, stemmte die Unterschenkel hoch und bot ihm ihre Scham dar. Dass er sie nicht mehr stimulierte, verringerte nicht die Hitze ihres inneren Feuers.

Erst als er sah, dass ihre Folter fast unerträglich wurde, senkte er wieder den Kopf. Melanies Körper wurde wie von einer gigantischen Faust geschüttelt, als die Schleusen ihrer Geilheit brachen.

Himmel! Hatte sie schon mal so was Gutes gespürt? Dieser feste Männermund, der ihre weichen, geschwollenen Labien saugte. Die Zunge mit der harten Spitze, die nicht müde wurde, gegen ihre Klitoris zu stoßen, damit die Höhe ihrer Erregung auf dem Plateau blieb. Melanie war verloren, ertrunken in der Intensität ihres Orgasmus. Ihr Bewusstsein musste sich der fleischlichen Erhabenheit unterwerfen.

Schließlich spürte sie, wie der plündernde Mund ihren Körper verließ. Pieter ließ ihre Hüften wieder sinken. Als das Miasma ihrer sexuellen Erlösung langsam schwand und ihr Gehirn wieder arbeiten konnte, öffnete sie die Augen und sah, dass ihr Geliebter rasch die Kleider ablegte.

Ungeniert bewunderte Melanie seinen Körper. Nackt war seine Ähnlichkeit mit einem griechischen Gott noch größer. Er sah einfach nur golden aus; dunkle goldene Haut, helle goldene Haare. Nur seine Augen schimmerten in einem Saphirblau in seinem perfekt geschnittenen Gesicht. Einige Sekunden verharrte er reglos da, als wollte er ihr absichtlich Zeit für ihre Bewunderung geben.

Und Melanie bewunderte ihn. Konnte es einen Mann geben, dessen Körper und Gesicht so vollkommen waren? War es für einen Normalsterblichen möglich, so einen großartigen Penis zu haben? Im Gegensatz zu seiner goldenen Haut leuchtete die Spitze in einer purpurnen Färbung, die zu der stolzen Art passte, in der sich sein Glied aus dem Nest goldener Locken erhob. Der Stamm war vor Verlangen angeschwollen. Die Spitze glänzte nass und reichte ihm bis zum Nabel. Die beträchtliche Größe erfüllte Melanie mit Ehrfurcht.

Ohne über ihre Aktion nachzudenken, langte sie mit beiden Händen zu und griff in ihre eigene Nässe, womit sie ihn einladen wollte, die Finger mit seinem Organ zu ersetzen.

Als er zum Bett zurückkam, hob er sie an, mühelos, als wäre sie eine Puppe, und brachte sie in eine Position, in der sie sich ihm auf Händen und Knien anbot. Sie spürte, wie er sich hinter sie kniete, und sie öffnete sich ihm, um ihn zu empfangen. Dann keuchte sie, als sie das Geräusch des reißenden Stoffs hörte. Er hatte die feine Seide ihres Schlüpfers auseinander gerissen, damit er ihre Pobacken entblößen konnte. Harte Finger kneteten die festen Halbkugeln, und ein noch härterer Schaft presste sich gegen die Falten ihres seidigen Fleischs.

Plötzlich stieß er in sie hinein, und Melanie keuchte vor Schock auf. Er war so groß. Zu groß. Sie glaubte nicht, dass sie ihn ganz aufnehmen konnte. Er zog sich ein wenig zurück, bevor er tiefer eindrang, und dieses Vor und Zurück hielt er bei, bis er die ganze Länge in ihrer engen heißen Scheide versenkt hatte.

Sie wurde bis zur Schmerzgrenze gestreckt, und Melanie hatte das Gefühl, das perfekte Gerät würde bis zu ihrem Herzen vordringen. Als Pieter sein rhythmisches Stoßen begann, geriet Melanie in Verzückung. Noch nie hatte sie einen solchen Geliebten gehabt. Wie konnte ihr Körper es aushalten, derart gestreckt und gefüllt zu werden?

Er begann sich jetzt schneller zu bewegen, und die Stöße griffen tiefer und härter, sodass sie jedes Mal nach oben gerammt wurde und ein Keuchen über ihre geöffneten Lippen drang. Kräftige Hände packten ihre Backen und zogen sie zu jedem neuen Stoß zurück. Immer schneller arbeitete er, bis sie keine Kontrolle mehr über ihren Körper hatte; ihr Kopf und die Brüste wurden von jeder Einfahrt in Schwingungen versetzt, und ihre Atmung setzte sich als Serie von Keuchlauten fort.

In ihrem Innern spürte Melanie einen anhaltenden Schmerz, aber gleichzeitig pochte und brannte sie vor Lust. Seine Vorführung war so überwältigend, dass sie selbst beim Beginn des Höhepunkts keine eigenen Reaktionen zeigen konnte; sie hatte die Augen geschlossen und gab sich der brennenden Ekstase hin – eine Ekstase, die kein Ende zu haben schien.

Als sich sein eigener Orgasmus ankündigte, beugte er sich vor, um sie mit den Armen zu umschlingen. Eine Hand zwickte ihre Nippel, und die andere rieb gegen ihre Klitoris. Ein Schmerz wie von einem scharfen Messer schoss durch Melanie. Tränen quollen in ihre Augen und liefen über, und als er sich in sie ergoss, setzte sich ihr Höhepunkt mit noch größerer Intensität fort. Sie schluchzte ekstatisch und war ihm dankbar, aber sie wusste nicht, ob sie dem Himmel näher war oder der Hölle.

Obwohl sie ungewöhnlich erfahren in verbotenen sexuellen Verlockungen war, verblüffte es Melanie, dass niemandem etwas aufgefallen war, als Pieter van Heuren sie einige Zeit später zurück ins Haus führte. Keiner gab irgendeinen Kommentar von sich. Ja, gut, sie hatte ihr Kleid glatt gestrichen und darauf geachtet, dass die Falten schwungvoll nach unten fielen, und auch die hüpfenden roten Löckchen unter der modischen Haube waren wieder gerichtet. Aber Melanie war sich der Nacktheit ihres unteren Körpers bewusst.

Sie blieb die ganze Zeit wie benommen ob der Großartigkeit der sexuellen Sensationen, die sie erlebt hatte. Sie konnte es nicht fassen, dass man ihr das nicht ansah, dass die anderen den anhaftenden Sexgeruch nicht ebenso wahrnahmen wie sie. Aber davon war nichts zu bemerken. Die älteren Leute fragten sie, ob sie den Spaziergang durch den Garten genossen hätte, und sie schienen froh zu sein, wenn sie das bejahte. Die ganze Zeit verfolgte sie die Schritte von Pieter van Heuren; sie wollte ihn nicht aus den Augen verlieren.

Als die Zeit gekommen war, dass Melanie und die Bartons wieder gehen mussten, hob er ihre Hände an seine Lippen; eine Geste der Galanterie. »Es war mir ein großes Vergnügen, Sie kennenzulernen, Mrs. Wilberforce.«

»Das kann ich gern erwidern, Mr. van Heuren.«

»Falls Sie jemals wieder in Kapstadt sind, besuchen Sie uns bitte. Sie werden stets willkommen sein.«

»Danke«, sagte Melanie und fragte sich, ob ihr Ehemann eine Unterbrechung der Rückreise in Kapstadt erlauben würde. »Ich werde es mir merken.«

»Ich werde es nicht vergessen«, murmelte Pieter in einer heiseren Stimme, die Melanie aus der Fassung brachte. Er hatte ihren zerrissenen Schlüpfer als Erinnerung behalten, deshalb ihr nackter Unterkörper.

Ihre Nacktheit diente nur dazu, dass sie die Erinnerung an sein unglaubliches Organ behielt, wie es sich tief in ihren zierlichen Körper gebohrt hatte. Einer solchen Stimulierung ausgesetzt zu sein, konnte sie nicht vergessen, und ihr Körper lechzte auch jetzt noch nach diesen maskulinen Stößen.

Als sie dem Dritten Offizier auf der Gangway begegnete, bedachte sie ihn mit einem vielversprechenden Lächeln. Der Offizier hatte ihr schon seine Bereitschaft gezeigt. Melanie wusste, dass sie erfindungsreich sein mussten, wenn sie nicht entdeckt werden wollten. Nach dem Sex mit Pieter würde es ihr unmöglich sein, während der Zeit ihrer Reise zölibatär zu bleiben.

Als sie ihn mit dieser provozierenden Einladung in den funkelnden grünen Augen anlächelte, löste sie beim Offizier einen Anfall von Lust und Eifersucht aus. Der Mann wusste genug über Frauen, um zu erkennen, dass dieses strahlende Funkeln nur von sexueller Befriedigung erreicht werden kann. Er lud stille Flüche auf dem Kopf des glücklichen Mannes ab, bevor er sich wieder daran erinnerte, warum er auf die Rückkehr der Passagierin gewartet hatte.

»Der Captain möchte mit Ihnen sprechen, Mrs. Wilberforce. Wollen Sie mir bitte folgen?«

Der offizielle Ton verdutzte Melanie und riss sie aus ihrer sexuellen Verwirrung. Ihr fiel der ernste Ausdruck in den Augen des Offiziers auf, und ihre eigenen Augen weiteten sich, als sie zurück zu ihrer Begleiterin schaute.

»Vielleicht sollten Sie mit uns kommen, Mrs. Barton«, sagte der Offizier.

»Was ist denn passiert?«, rief Melanie.

Ihre heftig ausgestoßene Frage blieb ohne Antwort. »Wenn Sie bitte kommen wollen, Mrs. Wilberforce.« Er nahm ihren Arm und führte sie in die Kabine des Captains.

Mrs. Barton folgte ihnen.

Der Captain, der sich das Logbuch vorgenommen hatte, schaute hoch, als sie eintraten, und legte seinen Federhalter zur Seite. Er stand auf begrüßte sie mit freundlicher Höflichkeit, was Melanies Unruhe noch vertiefte.

»Was ist geschehen?«, rief Melanie wieder. Eine ungewisse Furcht ließ ihre Knie schwanken. Sie hielt sich an ihrer Begleiterin fest. »Mein Mann ...?«

»Meine liebe Mrs. Wilberforce, ich bedauere sehr, Ihnen so eine traurige Nachricht übermitteln zu müssen. Während Sie an Land waren, ist Mr. Wilberforce an einem Herzschlag gestorben.«

Erstes Kapitel

Alaric Wilberforce-Liddell streckte sich in seinem Sessel aus, die Beine weit ausgefahren, die Füße gekreuzt. In der Hand ein Glas Portwein, das er eben erst aus dem Decanter aufgefüllt hatte, ließ seine träge Haltung vermuten, dass er weniger verärgert war als seine Halbschwester.

Er sah zu, wie sie ruhelos auf und ab schritt und wartete auf den Wutausbruch, von dem er wusste, dass er bald kommen würde. Plötzlich blieb sie stehen, weil sie ihm in die Augen sehen wollte. Sie hob die ineinander verknoteten Hände in einer Geste der Verzweiflung. Ihre dunklen Augen, die seinen so gleich waren, funkelten vor Entrüstung.

»Wie kannst du nur so da sitzen?«, fuhr sie ihn an. »Hast du nicht vor, irgendwas zu unternehmen?«

Als er nicht antwortete, fuhr sie noch lauter fort: »Du bist der einzige Erbe deines Großvaters. Oder solltest es zumindest sein. Aber jetzt hat diese ... diese Schlampe ihre habsüchtigen Finger auf allem liegen.«

»Der alte Herr war durchaus berechtigt, seine Meinung zu ändern.«

Die offensichtlich gleichgültige Haltung, die aus dieser Bemerkung sprach, löste ein Keuchen des Entsetzens und der Verärgerung aus, und die Halbschwester ballte aus Ohnmacht ihre Fäuste. »Ist dir das denn völlig egal?«

»Es ist mir durchaus nicht egal.«

»Dann unternimm doch was.«

»Meine liebe Adeline ...«

»Lass das. Du weißt, dass ich diesen Namen hasse.«

Rics Lippen verzogen sich zu einem boshaften Lächeln. Delie ließ sich leicht auf hundert bringen. »Meine liebe Adeline«, wiederholte er und beantwortete ihr giftiges Starren mit einem Grinsen, »dass du hier auf und ab läufst, bringt gar nichts, höchstens noch ein paar zusätzliche abgewetzte Stellen im Teppich. Der Anwalt hat mir mitgeteilt, dass das Testament legal ist. Ich kann es natürlich anfechten, weil er ja nur ein paar Wochen verheiratet war.«

Ein Schnauben der Art, die man von einer Lady nie hören durfte, drückte Delies Ansicht zu diesem Thema deutlich genug aus. »Zweifellos war das die Absicht der kleinen Schlampe. Sie hat ihn im Bett hart rangenommen, sodass er einen Herzschlag bekommen musste.«

»Vielleicht, vielleicht auch nicht. Wir sollten uns kein Urteil anmaßen, bis wir die Wahrheit über die Ehe wissen. Das Mädchen hat vielleicht tatsächlich etwas für den alten Knaben empfunden.«

»Das glaubst du doch selbst nicht! He, Mann, er muss fünfzig Jahre älter gewesen sein als sie!«

Feste Lippen pressten sich zu einer dünnen Linie zusammen, und die dunklen Augen wurden noch einen Stich dunkler, als die Verärgerung ausbrach, die Ric bisher unterdrückt hatte. »Du hast recht. Ich glaube es nicht.«

»Und nun?«

»Nun, ich werde die Rechtmäßigkeit des Testaments natürlich anfechten.«

Delie ließ einen Teil ihrer aufgestauten Wut mit einem Seufzer heraus. »Freut mich zu hören. Ich dachte schon, du wolltest nichts unternehmen.«

Ein humorloses Lachen begleitete seinen Kommentar zu ihrer Bemerkung. »Mir scheint, dass du nicht weniger habgierig bist als unsere junge Witwe.«

Sie warf ihm einen schmollenden Blick zu. »Wir brauchen das Geld.«

»Und das Geld werden wir auch erhalten. Ganz egal, wie wir es anstellen.« Ric leerte sein Glas und erhob sich. »Ich gehe aus. Ich bin sicher, du wirst jemanden finden, der dich den Rest des Abends unterhalten kann.«

Das hämische Grinsen, das dann folgte, ließ Delies Zorn noch weiter anschwellen. Wenn sie etwas Geeignetes zur Hand gehabt hätte, würde sie es ihrem Halbbruder nachgeworfen oder auch gegen die Tür geschmettert haben. Stattdessen griff sie nach dem Decanter und schenkte sich einen großzügigen Schluck Port ein. Trotz und Wut diktierten ihr Handeln.

Sie hockte sich auf den Rand des Sessels, den Ric eben verlassen hatte, nippte immer wieder mal am Wein und dachte finster über die Ungerechtigkeiten der Welt nach. Liddell Hall bedeutete ihr mehr als alles andere und als jeder andere, selbst als ihr Halbbruder, der sie manchmal zur Weißglut reizte. Sie beide verband eine gegenseitige Hassliebe. Obwohl sie sich in vielen Dingen feindselig gegenüber standen, kamen sie sich gegenseitig zur Hilfe, wenn dem anderen Unrecht widerfuhr. Deshalb auch Delies Zorn, dass Jeremiah Wilberforce beschlossen hatte, Ric aus seinem Testament auszuschließen.

Am schlimmsten empfand sie jedoch die Ungewissheit, ob Ric bereit war, ihren gemeinsamen Familienbesitz Liddell Hall zu erhalten, falls er das Testament anfechten und damit erfolgreich sein würde.

Delie wurde von neuem Ärger ergriffen, als sie sich in dem Zimmer umsah, das sie so sehr liebte. Ihr Blick streifte über die schönen alten Möbel und die kostbaren Gemälde. Im sanften Licht des Feuerscheins und der Lampenbeleuchtung schimmerten die Farben von Mobiliar und Teppichen üppig und warm. Nur im erbarmungslosen Tageslicht ließ sich erkennen, wie abgewetzt und verblasst sie waren.

Ärger und Beunruhigung hatten in ihr eine Rastlosigkeit

ausgelöst, die sie nur auf eine bestimmte Weise besänftigen konnte. Der weiche Port wärmte das Blut in ihren Adern und fachte ein Feuer tief in ihrem Bauch an. Sie schenkte sich noch einmal ein paar gute Schlucke des zu Kopf gehenden Weins ein und trug das Glas zu ihrem Schlafzimmer. Von dort aus klingelte sie dem Dienstmädchen, dann zog sie die Nadeln aus den Haaren und wartete.

Das Mädchen kam gelaufen, denn sie wusste, dass man es rasch bereute, wenn man die hochmütige Herrin warten ließ. Jetzt half das Mädchen, Delies exklusives Abendkleid auszuziehen. Der gierige Blick in den dunklen Augen, die das Dienstmädchen kaum zu bemerken schienen, bewirkte ein Übelkeit erregendes Flattern in ihrem Unterleib. Als sie half, die feine Unterwäsche auszuziehen, bemühte sie sich, nicht zu lange den üppigen Körper ihrer Herrin zu betrachten.

»Sonst noch etwas?«, fragte das Mädchen, Hoffnung in der Stimme, als sie Delies Nacktheit mit einer Robe bedeckte.

»Du kannst die Vorhänge öffnen und die Lampe nahe ans Fenster stellen.«

Die schmalen Lippen des Mädchens zitterten vor Eifersucht und Enttäuschung, als sie sich beeilte, die Anweisung der Herrin zu befolgen.

»Danke, Annie«, sagte Delie, als das Signal gesetzt war. »Du kannst jetzt gehen.« Sie wartete, bis Annie fast die Tür erreicht hatte, dann fügte sie noch hinzu: »Ich werde klingeln, wenn ich dich noch mal brauche.«

Delie stand hinter der Lampe und starrte hinüber zu den im Dunkel liegenden Ställen. Ein schwaches Licht glomm in den Quartieren über den Ställen. Da befand sich Patricks Zimmer. Er würde bald bei ihr sein. Er wusste auch, dass es besser war, ihren Befehlen zu gehorchen.

Delie lächelte still vor sich hin, setzte das Glas mit dem Port an die Lippen und glitt mit der anderen Hand hinunter, um sanft über den Venushügel zu streicheln. Die sexuelle Macht, die sie über ihren Stallburschen und ihr Dienstmädchen ausübte, war so erregend wie ein Aphrodisiakum. Heute Abend lechzte sie so dringend nach Sex, wie ein zum Tode verurteilter Mann nach der Begnadigung.

Sie würde Patrick reiten, härter als er die Pferde ritt. Er würde ihr alles erlauben, was ihr gerade in den Sinn kam. Seine Lust auf sie konnte nie wirklich gestillt werden. Sie würde auch nicht zulassen, dass er ihrer je überdrüssig wurde.

Jetzt würde er jeden Moment durch die Tür kommen, ein willfähriger Sklave ihrer sexuellen Launen. Obwohl er ihr von Gestalt und Kraft überlegen war und sie zu jeder beliebigen Zeit überwältigen konnte, kannte er seinen Platz. Delie diktierte, wann es geschah, wann er die Freuden ihres Körpers erleben durfte – und wann nicht.

Ein kleines zufriedenes Lächeln der Überlegenheit spielte um Delies Mund. Die arme Annie. Das Dienstmädchen wusste, dass sie nur Patricks zweite Wahl war. Patrick ging mit dem Mädchen nur dann ins Bett, wenn er Delie nicht haben konnte. Und Delie nahm Annie nur dann, wenn sie eine Abwechslung vom harten männlichen Sex brauchte.

Als sie das Geräusch der sich öffnenden Tür hörte, drehte sie sich am Fenster um. Der Stallbursche, barfuß und nur mit Hemd und Hose bekleidet, blieb nach einem Schritt im Zimmer stehen. Seine Hand lag noch auf dem Türgriff. Er betrachtete Delie, die keltischen blauen Augen voller Lust und Abneigung.

»Schließ die Tür«, wies Delie ihn mit gelassener Stimme an. Ihre Hände banden den Gürtel der Robe auf, die vorn auseinander klaffte. Während sie den Blick fest auf das Gesicht des Geliebten fixierte, glitt eine Hand zwischen ihre Schenkel, während sie mit der anderen Hand ihre Brüste streichelte.

Ihre Augen sahen ihn spöttisch an, und ihr leises verächtliches Lächeln schien ihn herauszufordern, sich zu bewegen, ohne ihre Erlaubnis zu haben. Sie rieb ihre Finger an ihrem Schlitz entlang, auf und ab, und dabei ließ sie ihn nicht aus den Augen. Sein Gesicht färbte sich wütend rot, was sie besonders erregte, ebenso wie die Beule in seiner Hose. Ihr intimes Wissen um die Form und Größe seines Muskels, der diese Beule verursachte, führte zu einem heftigen Ausstoß ihrer Liebessäfte.

Reglos wie eine Statue, die Fäuste in die Seiten gestemmt, stand Patrick da und betrachtete sie. Die dunkle Farbe seines Gesichts vertiefte sich noch ob der Verärgerung, dass sie ihn auf diese Weise erniedrigte. Eines Tages, dachte er, eines Tages würde sie ihn einmal zu oft gereizt haben. Dann würde er sie nehmen, wie er wollte, er würde sie vögeln, bis sie um Gnade bettelte, und es wäre ihm egal, wenn er seinen Job verlor.

»Zieh dich aus«, befahl Delie. Sie wusste genau, welche Gedanken ihm in diesem Moment durch den Kopf gingen, und dadurch empfand sie noch mehr Macht über ihn. Sie mochte den irischen Stallburschen mehr als jeden anderen ihrer bisherigen Liebhaber. Was ihm an gutem Aussehen fehlte, machte er durch seine muskulöse Kraft und seine Ausdauer wett.

Delie hatte gleich an seinem ersten Tag wissen wollen, ob er sie befriedigen konnte. Oh, wie willig und bereit er gewesen war! Wie schnell er die Regeln gelernt hatte. Delie kontrollierte das Spiel. Patrick durfte sie erst berühren, nachdem sie ihn dazu aufgefordert hatte. Er durfte nie vergessen, dass er ihr Diener war – dann würde er immer eine Arbeit auf Liddell Hall haben.

Nachdem er Hemd und Hose ausgezogen hatte, nahm er wieder seine vorherige Position ein, die Hände in die Seiten gestemmt, jeder einzelne Muskel seines Körpers gespannt, besonders derjenige, der sich purpurn und trotzig aus seinen Lenden erhob.

Delie ließ die Robe von den Schultern fallen und wandte sich dem Bett zu. Sie setzte sich auf den Rand, sank ein wenig nach hinten und öffnete die Schenkel so weit, dass er einen ungehinderten Blick auf die feuchte rosa Öffnung ihres Geschlechts werfen konnte.

Ihre Finger spielten mit den Falten der Labien und rieben dann leicht gegen die Klitoris. Ihre Erregung wuchs mit jeder Sekunde, und ihr Atem kam schneller. Ihr Blick wich nicht vom Gesicht des Stallburschen ab.

»Ich besorge es mir selbst«, teilte sie ihm mit. »Ich will, dass du mir zusiehst, wie meine Säfte sprudeln.«

Der Anblick, wie sie masturbierte, ein spöttisches Lächeln um die Lippen, durchbrach seine starre Selbstbeherrschung. Er hetzte aufs Bett zu, hob sie auf und warf sie auf den Bauch. Er kniete über ihr und packte sie an den Hüften, während sein pochendes Organ sich in ihre Öffnung senkte. Delie schloss in ekstatischem Triumph die Augen. Patrick handelte genauso, wie sie es gewollt hatte.

Sein wildes Pumpen begeisterte sie wegen seiner Vollkommenheit, und die erzwungene Reibung seines harten Muskels und ihres weichen inneren Gewebes sorgte für die Lust, die sie brauchte. Sie verlagerte ihr Gewicht auf den linken Arm, damit sie den rechten Arm zwischen ihre Beine stecken konnte, um Patricks Hoden zu drücken. Die Hand hielt den schweren Beutel und sorgte dafür, dass er tief in ihrer Scheide verharrte. Ihre zierlichen Finger spielten mit den delikaten Bällen, und Patrick spürte, wie sein Stab in ihrem seidenen Nest zuckte.

Da er sich nicht bewegen konnte, weil Delie ihn mit ihrem Griff gefangen hielt, langte Patrick um ihren Körper herum. Er tastete nach dem harten Knopf ihrer Klitoris und strich absichtlich zu fest darüber.

Sie stöhnte ihren Schmerz heraus. »Zwei können sich an diesem Spiel beteiligen, Herrin«, sagte er.

Delie antwortete darauf, indem sie seine Hoden härter drückte. Patrick rieb fester über die Klitoris. Glühende Fäden des Entzückens kreuzten durch Delies Körper. Sie rannen von seinen Fingern und seinem versenkten Schaft zum Zentrum ihres Seins, bevor sie zu ihren Nippeln strahlten und bis in die Finger- und Zehenspitzen vordrangen.

»Ja, ja, oh, ja«, rief sie, als die glühenden Fäden noch heißer wurden und ihren ganzen Körper in Flammen setzten. Ihre Erlösung war fast von Schmerzen begleitet, als ihre heißen Säfte an der Länge seines Schafts entlangrannen und seine sowie ihre eigenen Finger nass machten. Ihre Schreie und ihr Keuchen füllten das Zimmer.

Bevor sie sich beide hatten beruhigen können, zog Patrick seinen Schaft zurück und stellte die Stimulierung seiner Finger ein. Er wusste, dass seine Herrin wie eine wilde Furie nach Sex schrie, wenn sie heiß und schmerzend und nicht völlig befriedigt zurückgelassen wurde. Dann musste er alles geben, was er zu bieten hatte.

Er kannte sie gut. Delie war so erregt, so heiß, dass sie daran zweifelte, jemals ihre Befriedigung zu finden. Sie forderte Patrick auf, sich aufs Bett zu legen, dann grätschte sie über seinen Leib. Sie stützte sich mit beiden Händen auf dem Bett ab, während sie ihre brennende Pussy über seinen ebenso erhitzten Kopf des Penis wetzte. Sie reizte sich damit in einen fast dementen Zustand. Erst dann nahm sie ihn auf, drückte sich tief auf ihn und mahlte gegen sein Schambein.

Sie presste ihre Handflächen auf ihre Oberschenkel und ließ die Scheide um sein steinhartes Organ kreisen. Die empfindliche Klitoris wurde durch die dunklen Härchen gereizt, die seine Schaftwurzel umgaben. Delies Höhepunkt baute sich wieder auf, und sie wusste durch die Verzerrungen auf Patricks Gesicht, dass sein eigener Orgasmus dicht bevorstand.

»Bei allen Heiligen!« Er keuchte und packte ihre Hüften, bockte seinen Schaft auf und trieb ihn voller Wucht in sie hinein, immer wieder, bis die Stöße ihren Körper erschütterten.

Immer noch ließ Delie ihre Pussy um den pumpenden Muskel kreisen, bis die Luft voll war von ihren Schreien und Stöhnlauten, den Anzeichen ihres gemeinsamen sexuellen Deliriums.

Endlich waren sie von einander getrennt, auch wenn ihre vom Schweiß glänzenden Körper noch mit latenter Lust pochten. Delie wies Patrick an, auf die Klingel zu drücken.

Annie trat fast sofort ein, und Delie war sicher, dass sie vor der Tür gestanden und gelauscht hatte. Auch der fiebrige Ausdruck ihrer Augen war ein Beweis dafür. In diesen Augen lag auch eine Frage, eine Unsicherheit über das, was von ihr verlangt wurde.

»Kann ich etwas für Sie tun, Ma'am?«

»Hm, ja. Ich habe beschlossen, dich dafür zu belohnen, dass du so eine getreue Kraft bist.« Delie wartete, während Annie noch eine Weile brauchte, bis sie ihre fünf Sinne zusammen hatte.

»Danke, Ma'am.«

»Dann sei ein braves Mädchen und zieh dich aus.«

Das Mädchen befolgte hastig die Anweisung. Die Finger zitterten vor Aufregung. Sie hatte keine Ahnung, was ihre Herrin vorhatte. Sie traute sich nicht, Patrick, den sie liebte, anzuschauen. Sie wusste, dass er der Sklave ihrer Herrin war, aber sie hatte ihm noch nicht erzählt, wie oft sie schon das Bett mit Delie geteilt hatte, wenn Hände und Zungen eingesetzt wurden, um bei der Herrin die Lust zu erreichen, die sonst von einem Mann erzeugt wurde.

Patrick war nicht weniger verwirrt als sie, wobei seine Verwirrung durch seine körperliche Reaktion noch deutlicher sichtbar wurde, als Annie ihren schlanken Körper immer mehr entblößte.

Delie lag noch auf dem Bett, eine Hand streichelnd zwischen den Schenkeln, und schaute sie beide amüsiert an. Die Gestalt des Dienstmädchens war elfengleich, die Brüste winzige Knospen der Weiblichkeit, ihre Scham mit einem spärlichen Flaum bedeckt, der so hell war wie ihr Kopfhaar. Ihr Körper war in allen Belangen das Gegenteil von Delies, und sie fragte sich, ob ihr Stallbursche auch den Kontrast zwischen Annies zierlicher Gestalt und ihrer eigenen dunklen Üppigkeit schätzte.

»Der arme Patrick hat sich ein wenig überanstrengt«, sagte Delie, als Annie nackt im Zimmer stand. »Ich will, dass du ihm neues Leben einhauchst.«

Patrick starrte Delie an. Annie riss die Augen weit auf.

»Sie meinen, dass ich ihn saugen soll?«

»Was denn sonst? Knie dich vor ihn und nimm seinen Schaft in den Mund. Du wirst mich dabei schmecken, aber das sollte deine Lust nur noch erhöhen.«

Bevor Annie ihre Position eingenommen hatte, war Patricks Organ schon auf dem Weg zu voller Kraft. Seine Finger wanden sich in ihren Haaren und führten ihren Kopf, bis sich der Mund um den glitschigen Stab schloss. Niemand von ihnen registrierte das gurgelnde Lachen, das Delie ausstieß.

»Ja, so ist es gut, Annie. Leck ihn sauber. Fahre mit der Zunge über den ganzen Schaft, und vergiss seine Bälle nicht.«

Annie hätte sich nie getraut, ihr nicht zu gehorchen, auch wenn sie die Aufgabe nicht so inbrünstig erfüllt hätte. Sie und auch Patrick verschwendeten so gut wie keinen Gedanken an Delie, bis sie den nächsten gebieterischen Befehl von sich gab.

»Genug.« Delia setzte sich auf. »Komm her, Annie.«

Als das Dienstmädchen neben dem Bett stand, schlüpfte Delie mit einer Hand zwischen Annies Schenkel. »Oh, ja«, verkündete sie, »das hat dir aber wirklich gut gefallen, was?« Sie strich mit den Fingern auf und ab, bis das Mädchen zu zittern begann. »Möchtest du auch gesaugt werden, Annie?«

»Oh, ja, bitte.«

Delie warf Patrick ein spöttisches Lächeln zu. Er war seiner Freundin zum Bett gefolgt. »Ich will genau das, was auch Annie will. Welche von uns willst du verwöhnen?«

Patrick öffnete den Mund, schloss ihn aber gleich wieder. Für was er sich auch entschied, die launische, zügellose Herrin würde das Gegenteil verlangen.

Delie lachte. Sie stellte einen Fuß aufs Bett und drückte Patrick nach unten. »Ich sehe schon, dass ich die Entscheidung für dich treffen muss. Du wirst mich verwöhnen, während ich versuche, unsere kleine Magd zu befriedigen.«

Je tiefer Patricks Zunge in Delies Grotte eindrang, desto tiefer presste sie ihre Finger in Annies enge Öffnung. Als Stallbursche und Dienstmädchen ganz in den Lüsten verschlungen waren, die sie gaben oder empfingen, legte sich Delie zurück aufs Bett. Ihre Finger, die noch tief in Annies Möschen steckten, sollten das Mädchen dazu bringen, sich mit ihr zu bewegen.

»Sauge meine Brüste und lutsche meine Nippel. Verwöhne deine Herrin, Mädchen. Ich will am ganzen Körper stimuliert werden.«

Nach den vielen Stunden des Trainings wusste Annie genau, wie sie die Stimulierung herbeiführen konnte, nach der ihre Harrin lechzte. Sie leckte und lutschte und nagte und knabberte, wie sie das schon viele Male getan hatte, während Delie mit den Fingern in Annie ein und aus fuhr und ihren Schoß streckte, in dem die Zunge des Stallburschen für erotische Aktionen sorgte.

Als Annie zu wimmern begann, zog Delie ihre Hand zurück und rutschte weg, außer Reichweite von Patricks oralen Liebkosungen.

»Sie ist bereit«, sagte sie zu ihm. »Nimm sie in der Position, in der sie sich gerade befindet. Ich will sehen, wie du deinen starken Prügel in ihre enge Öffnung quetschst.«

Patrick brauchte keine zweite Aufforderung. Er streckte sich in eine stehende Position und hob Annie rückwärts auf seinen Schaft. Seine Sinne waren wie betäubt von der Lust ob der orgiastischen Situation, deshalb vergaß er seine sonst so rücksichtsvolle Art, wenn er zuerst in das zierliche Mädchen eindrang. Auf seine plötzliche Umbettung reagierte Annie mit einem lauten Schrei, aber nur einmal, dann begann ihr überwältigender, unglaublicher Orgasmus.

Mitgerissen von ihrer eigenen Geilheit, schlüpfte Delie vom Bett und kniete sich hinter Patrick. Sie neigte den Kopf, damit ihre Zunge abwechselnd über Annies Klitoris huschen und dann über die glänzende Spitze von Patricks Schaft streicheln konnte. Sie spürte den Schock und gleich darauf das bebende Entzücken, das durch die beiden Körper schoss.

Die Aktion ihrer Zunge brachte sie beide zu heißen Höhepunkten, wie sie sie in dieser Intensität bisher noch nicht erlebt hatten. Delie ließ es zu. Sollten sie doch ihr Vergnügen haben. Den Rest der Nacht würden sie ihre Energien allein ihr zur Verfügung stellen, damit sie auf alle Arten, die ihr einfielen, befriedigt wurde.

Als Ric aus dem Salon von Liddell Hall ins Freie trat, hatte er die Absicht, zu den Ställen zu gehen, um mit seinem Pferd auszureiten. Aber auf dem Hof blieb er stehen und atmete die klare Nachtluft tief ein. Sie war angenehm kühl. Kühl und anregend, aber nicht so kalt, dass einem die Knochen knackten. Ein Dreiviertelmond schimmerte über die schwarzen Schatten und bot genug Licht, um den Weg zu finden. Ric entschied, die drei Meilen bis zur Stadt zu Fuß zu gehen.

In der Stimmung, in der er war, würde er nicht in der Lage sein, auf dem Pferd zu sitzen, ohne das Tier zu einem wahnsinnigen Galopp zu zwingen. Mit Rücksicht auf das Wohl des Pferdes wollte er einige seiner aufgestauten Emotionen durch einen kräftigen Fußmarsch abbauen.

Trotz seiner Gelassenheit, die er in der Gegenwart seiner Schwester gezeigt hatte, rumorte eine Mordswut in ihm. Wut auf seinen Großvater wegen des Testaments. Seine Zähne knirschten vor Empörung, als er zurückdachte. Vor zwei Jahren hatte sein Großvater väterlicherseits England zuletzt besucht.

Der alte Bursche hatte eine rührende Sentimentalität über Rics Ähnlichkeit mit seinem schon lange verstorbenen Vater gezeigt. Ric hatte keine Erinnerung an den Mann, den er nur die ersten drei Jahre seines Lebens gekannt hatte. Und plötzlich dachte Ric das erste Mal darüber nach, wie sein Leben wohl verlaufen wäre, wenn Richard Wilberforce nicht im Hochwasser eines Flusses ertrunken wäre.

Ohne es zu registrieren, verlangsamte Ric seine strammen Schritte. Wenn sein Vater länger gelebt hätte, wäre Ric in Australien aufgewachsen, und Delie wäre gar nicht auf der Welt. Aber vielleicht hätte er eine ganze Reihe von Halbgeschwistern gehabt. Er versuchte, sich ein Leben am anderen Ende der Welt vorzustellen, aber er scheiterte kläglich. Vielleicht hatte er den Geschichten seines Großvaters nie richtig zugehört.

»Du musst nach Australien kommen, mein Junge«, hatte Jeremiah erklärt. »Du bist da geboren, es ist deine wahre Heimat. Alles, was ich besitze, hätte dein Vater geerbt, wenn er am Leben geblieben wäre. Da er das nicht geschafft hat, wird mein Reichtum eines Tages dir gehören, auch wenn deine

Mutter dich auf die andere Seite der Welt verschleppt und mir dreißig Jahre deines Lebens geraubt hat.«

»Sie war sehr jung, Großvater.« Ric verteidigte seine Mutter, deren früher Tod ihn in die Verzweiflung getrieben hatte. »Sie hatte keine Familie in Australien.«

»Kein Grund, sich aufzuregen. Ich kann verstehen, wie sie sich damals gefühlt haben muss. Tatsache ist, dass sie sehr schnell einen Ersatz für ihren Mann gefunden hat. Du warst alles, was mir an Familie noch geblieben war.«

Ein wenig der Härte, die Ric in seinem Herzen spürte, verflog bei diesen Worten des alten Mannes. Als der Besuch sich dem Ende entgegenneigte, hatte er eine gewisse Zuneigung für seinen Großvater entwickelt, den er nur einige Male in seinem Leben gesehen hatte.

»Warum kommst du nicht mit mir zurück nach Australien?«, hatte Jeremiah ihn gefragt. »Du kannst mir auf der Rückreise Gesellschaft leisten.« Ric kannte seinen Verwandten nicht gut genug, um zu begreifen, dass die freundliche Frage einem königlichen Befehl entsprach.

»Das würde ich gern tun, wenn es Mutter nicht so schlecht ginge.«

»Sie hat eine Tochter und einen Ehemann, die sich um sie kümmern können, nicht wahr?«

»Delie und Mutter kommen nicht miteinander zurecht. Und mein Stiefvater ist, wie du vielleicht bemerkt hast, mit seinen eigenen Dingen beschäftigt.«

»Er ist so was wie ein Spieler, nicht wahr?«

»Ja, so könnte man es nennen.« Dabei wusste Ric, dass die Formulierung des Großvaters die Untertreibung des Jahres war.

»Er hat einige Male versucht, mich um Geld anzupumpen«, sagte der alte Mann.

»Ich gehe davon aus, dass er keinen Erfolg damit hatte«, sagte Ric lächelnd. Jeremiah Wilberforce mochte zurückhaltend und harmlos wirken, aber er ließ sich nichts vormachen.

»Dieser Verschwender wird keinen Penny von mir erhalten. Und wenn das, was mir ist, einmal dir gehört, mein Junge, traue ich dir genug Verstand zu, ihm ebenfalls nichts zu geben.«

»Da kannst du völlig sicher sein. Ich habe für meinen Stiefvater nichts übrig.«

»Nun, wann kommst du also nach Australien?«

Er hatte nicht das Verlangen, die sanften Landschaften Englands mit den zerklüfteten Küsten eines Kontinents zu tauschen, der erst vor etwas mehr als hundert Jahren auf die Landkarten gefunden hatte, und suchte nach Ausflüchten. »Sobald es meiner Mutter besser geht, treffe ich Vorbereitungen für einen Besuch.«

Seine Mutter hatte sich nicht wieder erholt, und sechs Monate nach ihrem Tod folgte ihr Mann ihr ins Totenreich, nachdem er im Zustand der Volltrunkenheit die Treppe in einer Spielhölle hinuntergefallen war. Ric betrauerte noch seine Mutter und war erleichtert, den Stiefvater los zu sein. Delie schien über den Verlust keines Elternteils besorgt zu sein. Sie war viel mehr erschüttert, als sie entdeckte, in welchem verarmten Zustand sie und ihr Halbbruder zurückgelassen worden waren.

Der Gedanke, Liddell Hall zu verkaufen, entsetzte Delie, und sie war froh, dass Ric auch so dachte, was den Erhalt des Familiensitzes anging. Der Verkauf einer ganzen Reihe wertvoller Gemälde und Ornamenten hatte ihnen einen Aufschub gebracht. Während Ric hoffte, dass sie mit den Einnahmen ausgesorgt hatten, bis Jeremiah das Zeitliche segnete und Ric sein Vermögen hinterließ, war er schon bald gezwungen gewesen, dem alten Herrn zu schreiben und ihn um Geld zu bitten.

Die Weigerung traf mit dem Hinweis ein, dass Jeremiah

sein hart erarbeitetes Vermögen nicht für ein zerfallendes englisches Landhaus verschleudern würde. Der Brief, kurz und bündig, endete mit der Aufforderung, dass Ric endlich die Mühe auf sich nahm, Australien zu besuchen. Er empfahl dem widerspenstigen Enkel, diese Unterlassung zu beheben.

Nur ein Narr hätte die unterschwellige Drohung nicht erkennen können. Bevor Ric sich aufraffen konnte, mit den Vorbereitungen zu beginnen, traf ein zweiter Brief ein: Er brauchte sich keinerlei Mühen zu unterziehen – Jeremiah würde bald nach England reisen.

Dann hörte Ric nichts mehr, bis heute Nachmittag der Brief des Anwalts eintraf. Egal, was Ric erwartet hatte, aber es war ganz sicher nicht die Nachricht, dass sein Großvater in Kapstadt verstorben war. Und auch nicht, dass der alte Mann sein gesamtes Vermögen seiner jungen Ehefrau vermacht hatte.

Dieses raffinierte Luder. Die bösartigen Flüche, die Rics Wut sonst immer besänftigten, waren diesmal von einer Art, die seine Stiefgroßmutter hätte tot umfallen lassen, aber zum Glück befand sie sich am anderen Ende der Welt.

Ric war jedenfalls wild entschlossen, sich das zu holen, was ihm rechtmäßig zustand. Er schritt wieder schneller und fachte seinen Zorn mit Plänen an, die er umsetzen wollte, damit die ihm unbekannte Mrs. Wilberforce ihre Abstauberabsichten noch bereuen würde.

Wie seine Halbschwester besaß auch Ric eine Schwäche für fleischliche Gelüste. Wie sie brauchte er Sex, um Zorn und Frustration abzureagieren. Im Gegensatz zu Delie war er zufrieden mit einer Partnerin. Die meisten seiner Geliebten hielten sich etwa ein Jahr lang in diesem Status, aber es gab auch einige, die deutlich länger durchhielten. Die außergewöhnlich begabte und erfindungsreiche Cecelia, die ihre jugendlichen Tage seit einiger Zeit hinter sich gelassen hatte, war seit fast drei Jahren seine Bettpartnerin.

Ric war sehr wohl bewusst, dass Cecelias Gunst nicht allein für ihn reserviert war. Er hatte nichts dagegen, denn schließlich fand er seine körperlichen Erleichterungen auch nicht ausschließlich bei ihr. Sie stand ihm stets zur Verfügung, wenn er sie haben wollte, und sie zeigte immer ihre Begeisterung für ideenreichen Sex zum Genießen.

Auf sein Klopfen hin öffnete sie die Tür, zog ihn herein und streckte sich, um ihm einen Kuss auf den Mund zu geben. »Ich hatte gehofft, dich heute Abend zu sehen.«

»Hast du mich schon vermisst?«, fragte Ric und streifte den Mantel ab. »Ich war doch erst gestern Abend hier.«

»Das erste Mal nach drei Wochen. Ich habe also eine Menge nachzuholen.«

Ric spöttelte: »Als ob du während meiner Abwesenheit nur Verzicht geübt hättest!«

»Stört dich das?« Sie legte den Kopf schief und wartete auf seine Antwort. Trotz all ihrer Erfahrung konnte sie die Augen nicht vor der Hoffnung verschließen, dass sie ihm mehr war als nur eine bereitwillige Sexpartnerin. Seine geschürzten Lippen gaben ihr die Antwort: Er hätte ihr ebenso sagen können, dass es ihm am Arsch vorbei ging, mit wem sie schlief.

Cecelia hob die Schultern. Ein offenes Lächeln sollte ihm zeigen, dass es ihr auch egal war. Sie war bereit, ihn unter allen Bedingungen zu akzeptieren, die er diktierte. Gelegentlich konnte er auch grausam sein, aber diese Eigenheit zog sie ebenso an wie seine körperlichen Vorzüge. Jeder gut aussehende Mann hatte ein leichtes Spiel mit Cecelia. Große, dunkle Männer mit teuflischer Attraktivität, mit unergründlichen Augen und einem schmalen, grausamen Mund fand sie unwiderstehlich. Ric Wilberforce war so ein Mann.

»Hast du einen Brandy?«, fragte er sie. »Ich brauche etwas

Kräftiges. Etwas sehr Kräftiges«, setzte er noch nach, als er ihren ungläubigen Blick sah.

»Geht es dir nicht gut?«, fragte sie. »Noch nie habe ich so etwas aus deinem Mund gehört. Du entwickelst doch keinen Geschmack für harten Schnaps?«

»Kaum. Wenn man einen Trunkenbold als Stiefvater hatte, ist man dagegen gefeit.«

Cecelia, die ihn gut kannte, legte eine Hand auf seine Schulter. Sie suchte sein Gesicht ab. »Worüber machst du dir Sorgen, Ric?«

»Nichts, was dich betrifft. Ich habe nur ein paar schlechte Nachrichten erhalten, das ist alles.«

»Ah, ich verstehe.«

Ric sah sie prüfend an und fragte sich, ob sie Bescheid wusste. Er wäre nicht überrascht.

Sie nahm ihn an die Hand und führte ihn zu einem Sessel. »Komm und setz dich. Ich massiere deine Schultern. Du bist sehr verspannt.«

Fünf Minuten später fühlte sich Ric schon viel besser, und dazu hatte der Brandy nur zu einem geringen Teil beigetragen. Das Testament seines Großvaters spielte in seinen Gedanken nicht mehr die große Bedeutung. Solche Sachen schaffte Cecelia im Handumdrehen. Ihre klugen Hände gehörten zu den Dingen, die er hoch schätzte bei ihr. Sie waren in der Lage, die Verspannungen in seinem Körper zu lockern, und genauso schafften sie es, die letzte Steifheit in seine Männlichkeit zu reiben. Er schlug vor, dass sie sich jetzt um diese Steifheit kümmerte, bis die Schwellung weggeblasen war.

Cecelia zögerte keinen Augenblick. Sie kniete sich neben den Sessel, befreite seine Rute rasch von der Enge seiner Kleidung und sah, dass sie fast schon die ultimative Steife erreicht hatte. Ihre Finger strichen in bewundernden Liebkosungen an dem Schaft auf und ab.

Sie bewegten sich leicht über die purpurnen Erhebungen

seiner Adern sowie über die samtene Glätte der Eichel. Als die erste glänzende Perle aus der winzigen Öffnung sickerte, beugte sie den Kopf, um den Tropfen mit der Zunge aufzulecken. Mit einer Trägheit, die fälschlicherweise darauf schließen ließ, dass er nicht beeindruckt war, wartete Ric darauf, dass sie fortfuhr.

In delikaten Kreisen fuhr Cecelias Zunge dem Ring seiner Vorhaut nach, bevor sie am Stamm entlang strich bis zur Wurzel. Sie leckte an einer Seite seines geschwollenen Organs hinauf und an der anderen hinunter, dann widmete sie sich der prallen Eichel. Sie zog die Zunge zurück und umschloss den Helm stattdessen mit ihren Lippen. Einige Augenblicke rührte sie sich nicht und schaute unter ihren Wimpern hinauf zu Ric.

In seinen Mundwinkeln zuckte es leicht, als er in ihre Augen schaute. Sie sah ein zufriedenes Glitzern in seinen Augen.

»Nun mach schon weiter, Frau«, war alles, was er sagte.

Cecelia war nicht nur Expertin in der Anwendung ihrer Hände, sie war auch erfahren mit ihrem Mund. Ihre Lippen folgten dem Pfad, den vorher die Zunge genommen hatte, und dabei sog sie ihn ein, bis sie seinen Schaft bis zur Hälfte verschlungen hatte. Langsam gab sie ihn wieder frei, reizte gekonnt die empfindliche Spitze und wiederholte dann die Aktion.

Sie verwöhnte ihn mehrere Male auf diese Weise, ehe sie ihre Kehle entspannte, damit sie ihn ganz aufnehmen konnte. Sein abgehacktes Atmen zeigte ihr an, dass sein Orgasmus dicht bevorstand. Sie benutzte ihre Hand, um seine unbeherrschten Stöße unter Kontrolle zu halten, aber dann konnte er sich gegen diese Hand durchsetzen, er ließ sich nicht mehr kontrollieren, drang wild und tief in ihren Schlund ein und ergoss sich stöhnend in ihrem Mund.

Sie säuberte seinen Schaft gründlich mit der Zunge, und als

sie damit fertig war, setzte sie sich zurück auf die Fersen und leckte sich über die Lippen.

»War das gut?«, fragte sie.

»Du weißt genau, wie gut es war.«

»Wirst du mich dafür belohnen?«

»Ich fürchte, ich bin dazu im Moment nicht in der Lage.« Ric warf einen bedauernden Blick auf seine abgeschlaffte, gesättigte Männlichkeit.

Cecelia lachte. »Ich nehme gern deine Zunge als Ersatz.«

»Ich glaube, du hast mir sogar die Kraft geraubt, mich überhaupt zu bewegen.«

»Dann bewege dich nicht. Ich bin sicher, dass ich improvisieren kann.«

Sie erhob sich und warf das weite Kleid ab, das ihre Nacktheit bedeckte. »Ich glaube, so wird es gehen«, sagte sie und grätschte über Rics Schoß, den Rücken ihm zugewandt. Sie beugte sich nach vorn und spreizte ihre Backen.

Obwohl er glaubte, das ganze Spektrum von Cecelias Einfallsreichtum zu kennen, wurde er von dieser neuen Position überrascht, und unwillkürlich empfand er eine starke erotische Stimulierung. Hastig wollte er diesen Teil ihrer Anatomie schmecken, den sie ihm auf diese Weise präsentieren, aber er spürte eine starke Unbequemlichkeit, wenn er den Kopf so weit bewegen musste.

»Ich muss das ein wenig verändern.« Er hob Cecelias Schenkel an und platzierte sie über seine Schultern hinaus. Jetzt hatte er die einladenden pinkfarbenen Lippen ihres Geschlechts dicht vor seinem Mund.

Dass ihre ungewöhnliche Position ihre eigene erogene Empfindsamkeit noch steigerte, bemerkte Ric bereits, als seine Zunge über ihre Haut strich. Ihre lustvolle Reaktion inspirierte ihn zu größerer Geilheit, und neues Leben floss in seinen schlappen Schaft. Schon nach wenigen Sekunden begann Cecelia zu keuchen, und ihr Körper zuckte. Sie verdrehte den Kopf und saugte Rics Organ wieder in ihren Mund.

Später war keiner von beiden daran interessiert, das Bett zu benutzen, um ihre Vergnügungen fortzusetzen. Eine Zeit lang ruhten sie sich aus, wobei sie sich gegenseitig träge streichelten. Cecelia nutzte die Gelegenheit, Ric vollständig auszuziehen. Dann warteten sie ungeduldig auf die totale sexuelle Vereinigung.

Der Tisch hatte eine geeignete Höhe. Cecelia streckte ihren Oberkörper darauf aus und überließ Ric die Wahl der beiden Öffnungen. Ric presste einen Daumen in ihren Anus, während sein Schaft leicht in ihren feuchten Kanal eindrang. Er wusste, dass sie es gern hatte, hart und zügig genommen zu werden, und er vergeudete keine Zeit mit Neckereien. Nein, er wollte seine körperliche Kraft zeigen, und so trieb er in eine keuchende Masse voller sexueller Sensationen hinein.

Plötzlich hielt er inne und fuhr mit den Händen unter ihre Oberschenkel. Er hob die Beine an und spreizte sie weiter, damit er zwischen ihnen stehen konnte. Cecelia hielt sich an den Tischrändern fest, wobei das Mittelstück zu Boden krachte. Niemand nahm es wahr.

Cecelia lag nun gespreizt auf dem Tisch, aber ihre Beine ragten über den Tischrand hinaus. Ric nahm das Pumpen wieder auf. Obwohl er ihre Beine hielt, rutschte sie bei jedem wuchtigen Stoß über den Tisch. Sie stieß leise Schmerzenslaute aus, als die Nippel über den Tisch schabten.

»Bitte, nicht mehr«, kreischte sie. »Meine Nippel brennen.«

Er legte sie auf den Rücken und platzierte die Beine wieder über seinen Schultern. Mit seiner Hand reizte er ihre Klitoris mit der Eichel. Erst als ihr Körper unkontrolliert zu zucken begann, stieß er wieder in sie hinein. Diesmal gab es kein Halten mehr, bis sie auch den Rest ihrer Energie verbraucht hatten.

Kurz vor dem Mittagessen ließ sich Delie das erste Mal an diesem Tag sehen. Zwei Stunden früher war sie aufgewacht und hatte nach dem Dienstmädchen geklingelt. Annie hatte ihr eine Tasse Tee gebracht und das Bad vorbereitet. Delie war nackt aus dem Bett und in die Wanne gestiegen. Sie setzte sich und befahl Annie, sie gründlich zu waschen, wobei sie besonderen Wert darauf legte, dass das Mädchen die Falten ihrer Spalten säuberte. Während Annie bei der Arbeit war, spürte Delie die Wonnen, die Annies Hand unter Wasser auslöste.

Obwohl sie voller Befriedigung am frühen Morgen in einen tiefen Schlaf gefallen war, hatten die lüsternen Aktivitäten in der Nacht ihre Pussy wund gerieben, aber jetzt reagierte sie wieder auf die wunderbaren Stimulierungen von Annies kundigen Fingern, und nun kehrte der sexuelle Hunger zurück.

Delie hob die Schenkel und legte sie über die Seiten der Wanne, damit Annie mehr Platz hatte, sie noch intensiver zu reizen. Ein Orgasmus unter Wasser war neu für Delie, eine atemberaubende Erfahrung. Delie nahm sich vor, dies eines Tages mit einem Mann auszuprobieren.

Schließlich war sie angezogen und ging die Treppe hinunter. Sie fand Ric in der Bibliothek. »Hast du schon entschieden, was du tun willst?«, fragte sie gleich nach der Begrüßung.

»Das ist bereits geschehen. Ich habe einen Brief an den Anwalt geschrieben, dass ich das Testament anfechte.«

»Das freut mich zu hören.«

»Aber das ist nur ein Teil meiner Absichten.«

»Was denn noch?«

»Ich gehe nach Australien.«

Der gelassene vorgetragene Beschluss verdutzte Delie. »Wozu denn? Ich meine, der Anwalt kann doch alles Erforderliche für dich erledigen.«

»Das könnte er zweifellos. Aber es kann sich um eine langwierige und teure Angelegenheit handeln. Wenn ich in Australien bin, wird das die ganze Affäre vielleicht beschleunigen. Und dann bin ich auch neugierig auf die fröhliche Witwe.« Er lachte über Delies bestürzten Gesichtsausdruck. »Mit all dem Geld kann sie doch richtig fröhlich sein.«

Zweites Kapitel

Reichtum, Luxus und die guten Begleiterscheinungen im Leben waren Melanie nicht unbekannt. Das große Haus ihrer Eltern am Ufer des Hafens von Sydney war weitläufig, ohne protzig zu sein, bequem eingerichtet und doch modern, und umgeben von einer attraktiven Landschaft. Aber im Vergleich zum Landhaus, das sie von ihrem verstorbenen Ehemann erbte, hatte es die Ausmaße einer Arbeiterunterkunft.

In den ersten Monaten, in denen sie versuchte, die Trauer und die noch größeren Schuldgefühle zu verarbeiten, hatte Melanie bei ihren Eltern gewohnt. Deren Liebe und ihre Vertrautheit der Umgebung trugen zu ihrem Trost bei. Sie hatte zwar ihrer Cousine gegenüber halb im Scherz geäußert, dass sie Mr. Wilberforce nur wegen seines Geldes heiratete, aber nach ihrer Rückkehr nach Australien wollte sie nichts vom Erbe wissen.

Ein ihr vertrauter Geschäftsmann hatte zusammen mit Jeremiahs langjährigem Freund und Anwalt die Aufgabe übernommen, die zahlreichen Besitztümer und Investitionen aufzulisten. Melanie hatte nicht vor, irgendwas zu ändern; dafür verstand sie zu wenig von den Geschäften. Sie wusste auch nicht, wenn sie einen Laden oder ein Hotel betrat, ob sie nun die Besitzerin war oder nicht. So wäre es auch geblieben, wenn sie nicht den beunruhigenden Besuch von Jeremiahs Anwalt erhalten hätte.

Seine Neuigkeit hatte Melanie wie vor den Kopf geschlagen zurückgelassen. Sie hatte nicht gewusst, dass ihr Ehemann einen direkten Nachkommen hatte. »Woher wollen

Sie wissen, dass dieser Mann nicht ein Betrüger ist?«, fragte sie.

»Es gibt keinen Zweifel daran, dass ein Enkel relativ früh nach England gebracht wurde.« Mr. Bartlett zögerte die Erwähnung des geänderten Testaments hinaus.

»Beweist das irgendwas? Der Mann ist vielleicht ein Abenteurer, irgendein Opportunist, der glaubt, einen leichten Weg zum Reichtum gefunden zu haben.« Der besorgte Ausdruck in den großen grünen Augen ließ die junge Witwe so verletzlich aussehen, dass der Anwalt hoffte, dies wäre in der Tat der Fall, auch wenn er sich noch gut daran erinnerte, wie er lange und vehement mit Jeremiah über seine Entscheidung, ein neues Testament aufzusetzen, gestritten hatte.

»Wenn er ein Betrüger ist, wird sein Anspruch bald schon abgeschmettert werden. Bis dahin rate ich Ihnen, in Ihr Haus in Arlecdon einzuziehen.«

Jetzt stand Melanie in der prächtigen Eingangshalle des Landhauses, das Jeremiah nach seinem Heimatort in der englischen Grafschaft Cumbria benannt hatte. Das Personal stand aufgereiht da, geordnet nach der Dauer ihrer Beschäftigung im Haushalt. Die Vorstellung hatte Carstairs, der Butler, übernommen. Auch wenn er seine hochnäsige Haltung noch nicht abgelegt hatte, musste Melanie einräumen, dass er sie freundlich willkommen geheißen hatte.

Die Reaktionen der anderen Dienstboten waren sehr unterschiedlich. Einige lächelten, andere verbargen ihre Gedanken hinter ausdruckslosen Masken. Die meisten würden sich fragen, was für eine Herrin sie sein würde. Mrs. Godwin, seit fast vierzig Jahren die Haushälterin auf Arlecdon, musste befürchten, dass sie bald durch eine jüngere ersetzt wurde. Sie stand da, die Lippen zusammengepresst, und konnte sich nicht einmal zu einem freundlichen Gesicht durchringen.

Nun, dachte Melanie, die Frau hat sich offenbar entschlossen, die neue Herrin nicht zu mögen. Wahrscheinlich passte ihr weder die Jugend nicht noch ihre Kleidung. Es war Melanie bewusst, dass ihre schwarze Trauerkleidung das Rot ihrer Lippen auffälliger zur Wirkung brachte, und auch das Grün ihrer Augen sprühte mehr, während der blasse Teint vom Schwarz noch stärker betont wurde. Auch wenn ihre unerwartete Witwenschaft zu ihrer Reife beitrug, wusste Melanie, dass sie immer noch wie ein junges Mädchen und nicht wie eine Matrone aussah.

Melanie bemerkte auch die Bewunderung in den Augen einiger der jüngeren Dienstmädchen. Und natürlich erkannte sie das unkontrollierbare Glimmen in den Augen jedes männlichen Dieners. Solche stummen Schmeicheleien sagten ihr, dass es höchste Zeit war, wieder Interesse am Leben zu finden. Erst in den letzten Wochen hatte sie endlich akzeptieren können, dass sie keine Schuld am Tod ihres Mannes hatte. Das Herz des lieben Jeremiah hätte auch dann aufgehört zu schlagen, wenn sie neben seinem Bett gesessen und ihren sexuellen Appetit nicht mit Pieter van Heuren gestillt hätte. Außerdem hatte Jeremiah sie überredet, an Land zu gehen.

Als sie das Ende der Reihe ihrer Dienstboten erreicht hatte, wandte sich Melanie leicht um und warf einen Blick zurück auf den zweiten Gärtner. Er war muskulös, hatte dicke Schenkel und kräftige Arme. Auch wenn sein Körper in frischen Sachen steckte, strömte er etwas Erdverbundenes aus, das ihre Sinne in Aufruhr versetzte. Melanie beschloss in diesem Augenblick, dass sie bald schon die Gärten besichtigen würde.

Das tat sie am nächsten Tag. Sie fand ihn bei den Sträuchern. Ein paar Minuten lang provozierte sie ihn, indem sie immer in seiner Nähe war, ihn aber nicht ansprach. Ab und zu blieb sie stehen und bewunderte die Art, wie er die Sträucher beschnitt, wobei sie mehr auf das Spiel seiner Muskeln als auf die Bewegungen der Blätter achtete.

»Dein Name ist Simmonds, nicht wahr?«

»Ja, Ma'am.« Der Mann schaute kurz auf, bevor er sich wieder den Trieben zuwandte.

»Arbeitest du schon lange auf Arlecdon?«

»Fast vier Jahre, Ma'am.«

»Dann nehme ich an, dass du jeden Winkel auf diesem Grund und Boden kennst. Ich möchte, dass du mit mir eine Führung unternimmst.«

»Jetzt, Ma'am? Das sind über zwanzig Acre Land. Um alles zu sehen, brauchen wir viel Zeit.«

Melanie neigte den Kopf, als wollte sie sagen, dass sie darüber nicht nachgedacht hatte. »Ich glaube, du hast recht, Simmonds. Es wäre vielleicht besser, wenn du mir jeden Tag etwas Neues zeigst, bis ich das Gefühl habe – restlos zufrieden zu sein.«

Von ihm kam keine Reaktion, als sie den letzten Halbsatz in die Länge zog. Er schnippte einen weiteren jungen Trieb ab, dann wandte er ihr sein Gesicht zu. »Wie Sie wollen, Ma'am. Wo möchten Sie anfangen?«

»Ich habe gehört, dass es ein Labyrinth gibt. Ich habe noch nie ein Labyrinth gesehen.«

»Sie gehen den Pfad aus den Sträuchern weiter, Ma'am, dann stehen Sie vor dem Eingang. Sie brauchen meine Hilfe nicht.«

»Und was ist, wenn ich den Weg zurück nicht mehr finde?«

»Sie werden das Labyrinth erst richtig einschätzen können, wenn Sie einige Zeit damit verbracht haben, sein Geheimnis zu enträtseln. Wenn Sie nicht nach einer bestimmten Zeit zurück sind, komme ich zu Ihrer Rettung.«

Melanie schürzte die Lippen und überlegte. Seine Haltung war viel kühler, als sie erwartet hatte, denn gestern bei der Vorstellung hatte sie das kaum verhüllte sexuelle Interesse in seinen Augen gesehen. Aus der Monotonie seiner Antworten schloss sie, dass er die unterschiedlichen Positionen, die sie im Haus einnahmen, respektierte. Als ob Melanie sich von solchen trivialen Erwägungen von ihrem Vergnügen abhalten ließe! Und sie würde auch nicht ihre Pläne über den Haufen werfen. Bevor sie in den Garten aufgebrochen war, hatte sie ihr maßgeschneidertes Tageskleid abgelegt und durch eine einfache Rock-Bluse-Kombination ersetzt. Ihre Unterwäsche blieb auf ein Minimum beschränkt.

Ihr nachträglicher Blick wanderte von seinem Gesicht den Körper entlang. Einen kurzen Moment verharrten ihre Augen auf dem Schritt seiner Hose. War dieser Muskel ebenso gut entwickelt wie die anderen? Das wollte Melanie herausfinden. Während sie schaute und rätselte, sah sie, dass der Stoff sich leicht rührte. Ein verstohlenes, zufriedenes Lächeln spielte um Melanies Mundwinkel. Sie hob die Augen, gerade noch schnell genug, seine offenkundige Lust zu erkennen, bevor die Maske der Unterordnung sich wieder über sein Gesicht schob.

»Ich glaube, du hast recht, Simmonds. Ich werde das Labyrinth auf eigene Faust erforschen. Du wirst mich ja finden, wenn ich völlig hilflos und verwirrt herumirre.«

»Das verspreche ich, Ma'am.«

Als Melanie das Labyrinth betrat, unternahm sie keine Versuche, den Ausgang zu finden. Sie schlenderte langsam zwischen den hohen Hecken hin und her und wartete auf den Gärtner, der sie finden sollte. Sie hoffte, dass er nicht zu lange brauchte. Die Vorfreude hatte einen Schwarm von Schmetterlingen in ihrem Bauch freigesetzt.

Sie hatte in den letzten Monaten selbst für ihre sexuelle Erleichterung sorgen müssen, denn seit jenem schicksalhaften Nachmittag in Kapstadt hatte kein Mann mehr seinen Schaft bis zum Anschlag in ihre Pussy getrieben.

Sie konnte nicht widerstehen, als sie spürte, wie ihre Brustwarzen hart wurden. Sie öffnete einige Knöpfe, damit sie eine

Hand unter die Bluse schieben konnte. Ihre sanften Liebkosungen weckten ihre Lust noch auf die härteren Berührungen, die bald folgen würden.

Der Gärtner bog so rasch um die Ecke, dass Melanie keine Zeit blieb, ihre Hand unter der Bluse zurückzuziehen. Sie hielten beide inne und starrten sich an. Melanies Lippen öffneten sich vor Verlangen, während Simmonds wie erstarrt dastand, die Hände reglos an den Seiten. In seinem Blick lag ein wenig Verärgerung. Irgendwie schien er ungehalten zu sein.

»Ich habe eine Frau, Ma'am«, sagte er schließlich.

»Aber ich habe keinen Mann«, antwortete Melanie. »Ein Mann wie du muss doch in der Lage sein, eine Ehefrau und eine bedürftige Witwe zu befriedigen.« Sie zog die Hand von der Brust zurück und legte sie auf den gespannten Stoff seiner Hose. »Dein Körper scheint aber nicht an deine Frau zu denken.«

Seine Augen loderten einen Moment, bevor es mit seiner Selbstbeherrschung vorbei war. Er trat einen Schritt vor und zog Melanie an sich heran. Harte Lippen drückten sich auf ihre, während stahlharte Finger sich in ihre Pobacken gruben, um sie gegen den Teil seiner Anatomie zu ziehen, den Melanie eben so sanft berührt hatte. Melanie spürte, wie ihr Inneres zu schmelzen begann.

Er hob leicht den Kopf, und seine Augen brannten in einer Art auf sie hinab, die ihn zum Herrn machte. »Wenn ich Sie haben soll, Ma'am, dann will ich Sie nackt haben.«

Erfreut über die primitive Wildheit in seinem Ausdruck, entledigte sich Melanie rasch ihrer Kleider. Zugleich zog er sein Hemd über den Kopf und legte die Hose ab. Melanies Mund wurde trocken. Die vibrierende Muskelkraft des Mannes ließ ihre Knie schwanken. Und wenn auch ihr Mund trocken wurde, so ließ sich das von der anderen Stelle, die zwischen ihren Beinen, ganz gewiss nicht sagen.

Sein unverhohlener geiler Blick setzte sich auf ihren vollen Brüsten fest, dann huschte er von der Taille zu den sanften Kurven ihrer Hüften. »Ja«, schlussfolgerte er, »Sie sind wie geschaffen für Sex.«

Im nächsten Moment fand sie sich in Rückenlage auf dem Boden wieder, die Beine gespreizt, und Simmonds mit seinem Körper dazwischen. Er berührte sie nur kurz, quasi nur, um ihre Bereitschaft bestätigt zu sehen, bevor er sein Organ tief in sie hineintrieb. Die flüssige Passage schickte Lust in alle Teile ihres Körpers.

Melanie hatte die Hände über den Kopf gehoben und die Augen geschlossen. Sie gab sich ganz der einzigartigen Lust hin, die der männliche Muskel ihr dadurch bereitete, dass er sich in ihrem Kanal hin und her bewegte. Der Träger dieses Muskels hatte recht mit seiner Bemerkung, dass sie wie geschaffen für Sex war. Sie lechzte danach. Von nun an, dachte sie, würde sie die verlorene Zeit der letzten Monate nachholen.

Als ihr Partner sich plötzlich zurückzog, öffnete Melanie mit einer stummen Frage die Augen. Eine Frage, die er aber bald beantwortete, als er ihre Beine anhob und die Knie gegen ihre Schultern drückte. Ihre Hüften waren leicht geneigt, wodurch der Gärtner einen anderen Penetrationswinkel schaffte. Schon nach dem ersten Stoß spürte Melanie, dass er tiefer eindringen und andere, noch empfindsamere Nerven berühren konnte.

Sie konnte sich nicht bewegen, da sie von den eigenen Beinen und von seinem Körper auf den Boden gepresst wurde; sie konnte nur stöhnen und ächzen, als die Reize zu stark wurden, und dann gab sie einen Schrei von sich, als sie die Kontrolle über sich verlor und die Ekstase ihren Körper durchschüttelte.

Sie keuchte laut, und die leisen Schreie, die sie ausstieß, hörten sich nach Bitten um Erbarmen an. Doch er setzte seine

Stöße fort, ehe er mit einem röhrenden Aufschrei den Schaft so tief wie möglich in sie hineinrammte. Dann verharrte er eine Weile in ihr, bevor er sich zurückzog und seine Stöße mit ungebremster Kraft wieder aufnahm.

Die Unzucht im Labyrinth war nicht unbemerkt geblieben. Von einigen Fenstern aus konnte man über den Irrgarten blicken. Mrs. Godwin sah mit lebhaftem Interesse zu, während sie empört »tse, tse« murmelte und sie sich sagte, dass ihre Meinung über dieses Flittchen durchaus berechtigt war.

Der Butler betrat gerade ein anderes Zimmer und überraschte eines der Dienstmädchen, das am Fenster stand und seltsame leise Geräusche von sich gab. Er nahm an, sie hätte Schmerzen und trat hinter sie, um sie nach ihrem Problem zu befragen. Aber seine sonst so korrekte Fassade brach zusammen, als er die Szene sah, die das Mädchen verfolgte.

Er verstand sofort, an welchen Schmerzen das Mädchen litt und war sich gleichzeitig seiner unkontrollierbaren körperlichen Reaktion bewusst. Ohne zu zögern, langte er von hinten um den Leib des Mädchens herum und drückte ihre Brüste mit seinen Händen. Ihre begeisterte Zustimmung wurde deutlich, als sie seine Hände ergriff und ihn ermunterte, die festen Brüste ungestümer zu kneten.

Der Butler erwies ihr für ein paar Momente den Gefallen, dann stieß er das Mädchen weiter vor, bis sie sich an der Fensterbank festhalten konnte. Er ließ seine Hose zu Boden fallen und hob ihre Röcke. Der Schlüpfer teilte sich, und so konnte das Paar sich schnell vereinen, während es der Herrin und ihrem Gärtner zuschaute. Die Unanständigkeit der Szene erregte sie beide. Die Stöße des Butlers waren so heftig, dass das Mädchen sich voller Verzweiflung am Fensterrahmen festhalten musste, um nicht durch die Öffnung geschleudert zu werden.

Gesättigt und für den Moment befriedigt, entspannte sich Melanie nun unter dem jetzt reglosen Körper ihres Gärtners. Während der schlaffe Schaft still in seinem Nest ruhte, langte sie mit einer Hand an sein Gesicht. »Ich erwarte, dass du mir morgen Nachmittag wieder einen Sektor des Grundstücks zeigst.«

»Welchen Teil möchte Ma'am sehen?« Er kehrte wieder zur unterwürfigen Sprache zurück, kein Gedanke mehr an ihre intime erotische Vereinigung.

Ein schelmisches Lächeln ließ Melanies Augen aufblitzen. »Das lasse ich dich entscheiden. Ich bin sicher, dass du die besten Stellen kennst.«

So vergnüglich waren die Tage, die folgten, besonders die Nachmittage, dass Melanie sich fragte, warum sie so lange gezögert hatte, das Haus in Arlecdon zu beziehen. Obwohl sie mutmaßte, dass sich ihre Affäre mit Simmonds unter dem Dienstpersonal herumgesprochen hatte, ließ sie sich davon nicht beeindrucken. Die Bediensteten nahmen bald zur Kenntnis, dass Melanie trotz ihrer jungen Erscheinung die wahre Herrin von Arlecdon war. Selbst die ablehnende Mrs. Godwin hatte schnell bemerkt, dass die junge Frau, die sie als ordinäre, erbschleichende Hure gebrandmarkt hatte, in Wirklichkeit genau wusste, wie man so ein großes Haus führte, und wie viele Diener erforderlich waren, um für einen reibungslosen Ablauf zu sorgen. Nach der ersten Woche war die große Mehrheit des Dienstpersonals auf die neue Herrin eingeschworen und stand loyal zu ihr.

Melanie hatte kaum einen Gedanken übrig für den geheimnisvollen Enkel und seine erklärte Absicht, Jeremiahs Testament anzufechten. Bis zu dem Tag, an dem eine Mietskutsche einen unerwarteten Besucher nach Arlecdon brachte.

Von der breiten östlichen Terrasse des Hauses aus hatte

man einen großartigen Blick über das Tal und über die Stadt und dahinter auf das blaue Wasser des Hafens. So war es nur verständlich, dass Melanie an diesem Platz am liebsten entspannte. An diesem besonderen Tag betrachtete sie die neueste Mode in *Harpers Bazaar,* als der Butler auf die Terrasse trat, um sie darüber zu informieren, dass eine Lady eingetroffen war und nun im kleinen Damenzimmer wartete.

»Wer ist sie, Carstairs?«

»Sie wollte mir ihren Namen nicht nennen.« Der Butler räusperte sich und wollte damit sein Unbehagen verbergen, dass er nicht in der Lage gewesen war, wenigstens diese winzige Information aus der Besucherin herauszuholen. »Sie sagte, sie wollte Sie überraschen, Madam.«

»Oh? Ich frage mich ...« Aber bevor Melanie aussprechen konnte, was sie sich fragte, trat die Besucherin schon auf die Terrasse. Ein undamenhaftes Kreischen purer Freude brach aus Melanie heraus.

»Dita!« Sie sprang sofort auf ihre Füße und hastete der Cousine entgegen. Die beiden Frauen lachten ausgelassen über ihr Wiedersehen.

»Liebe Cousine«, rief Melanie, »wie wunderbar, dich zu sehen. Aber was tust du in Sydney? Bist du allein?«

Dita lachte über die ungeduldigen Fragen. »Oh, Melanie, ich höre schon, dass du noch ganz die Alte bist. Du erwartest, in wenigen Sekunden all das zu erfahren, was vielleicht Stunden dauert, um es zu erzählen.«

Ein mädchenhaftes Kichern war die Antwort auf den herzlichen Vorwurf. »Ich muss dir auch einiges erzählen. Carstairs, teilen Sie bitte Mrs. Godwin mit, dass meine Cousine eingetroffen ist. Sagen Sie ihr, dass wir jetzt ein paar Erfrischungen brauchen, und dass wir einen Gast zum Essen haben. Du bleibst doch zum Essen?«, fragte sie Dita.

»Aber gern. Matt erwartet mich nicht vor dem späten Nachmittag zurück.«

»Ah.« Melanies Augen leuchteten zufrieden, als sie die Antwort auf eine der Fragen erhielt, die sie noch nicht gestellt hatte. »Ich nehme an, ihr habt eure Differenzen beigelegt.«

Ditas Lächeln enthielt das Strahlen einer Frau, die echt und ernsthaft geliebt wurde. »Ja, haben wir. Ich wollte dir danken für deine Rolle, mit der du mich in dieses glückliche Stadium gebracht hast.«

»Ich musste doch etwas unternehmen. Du, meine liebe Cousine, warst viel zu durcheinander und stur, um das Gute zu erkennen, was sich direkt vor deiner Nase befand.«

»Ja, das hast du mir damals gesagt, und ich war gerade mal einen Tag zurück in Edenvale, als ich begriff, wie recht du hattest.«

»Ich habe mich damals gefragt, ob du mir böse bist, weil ich dir Matt nachgeschickt habe. Jetzt weiß und sehe ich, dass das Gegenteil zutrifft.«

Ditas fröhliches Lachen zeigte der Cousine, dass sie die richtige Schlussfolgerung gezogen hatte.

»Und du?«, fragte Dita. »Hast du dich schon von dem ganzen Wirbel erholen können? Bist du glücklich?«

»So glücklich, wie man es erwarten kann.«

»Das hört sich nach einer Phrase an. Aber ich muss sagen, du siehst ... nun, befriedigt aus.«

»Das bin ich auch«, bestätigte Melanie. Sie zeigte auf den Mann, der in einiger Entfernung bei der Arbeit war. »Er ist der Grund dafür.«

»Ein Gärtner? Das muss in der Familie liegen«, neckte Dita und musste für einen Moment an den ausdauernden jungen Mann denken, den sie einmal gekannt hatte. Er war auch Gärtner gewesen, und das unkomplizierte Lieben mit ihm war Balsam für ihre gequälte Seele.

Zwei Dienstmädchen traten mit einem Tablett mit verführerischem Kuchen und mit einem Krug mit Eislimonade und

Gläsern ein. Sie kannten die Wünsche ihrer Herrin an einem heißen Sommertag.

»Du hast mir noch nicht gesagt«, erinnerte Melanie die Cousine, nachdem sie sich mit der Limonade erfrischt hatten, »warum du nach Sydney zurückgekehrt bist. Als ich dich das letzte Mal hier gesehen habe, hast du erklärt, dass du die Stadt nicht ausstehen kannst. Ich weiß, dass Matt nie etwas für Städte übrig gehabt hat.«

»Stimmt genau. Und das hat sich bei uns beiden auch nicht geändert. Wir werden nur ein paar Tage bleiben. Am Donnerstag sind wir wieder an Bord des Inselschoners.« Ihre Lippen zuckten, als sie die Überraschung in Melanies Augen sah, und als sie den Rest der Neuigkeit verkündete, war sie auf die Reaktion der Cousine gespannt. »Wir fahren nach Paradise Island, um dort zu heiraten.«

Melanie brachte keinen Ton heraus, was bei ihr selten vorkam und zeigte, wie sehr sie erstaunt war. Wenn Matt Warrender bereit war, einen Ring an den Finger einer Frau zu stecken, musste diese Frau sich als glücklichste auf der Erde fühlen. Dann kam ihr ein anderer Gedanke.

»Meine liebe Cousine, enthält dieser Plan nicht ein Déjà-vu Erlebnis für dich?«

Wieder musste Dita lachen. »Wenn ich mit Matt noch einmal als Schiffbrüchige ende, nehme ich das gern in Kauf.«

»Und was ist, wenn andere interessante Menschen auch zu den Schiffbrüchigen gehören?«

Dita schüttelte den Kopf, plötzlich ganz nüchtern. »Meine Tage als heißer Feger sind vorbei. Matt ist der einzige Mann, den ich haben will. Um die Wahrheit zu sagen, er war immer der Einzige, den ich haben wollte.«

»Wie du die einzige Frau warst, die er wirklich begehrte. Ich bin so glücklich für euch beide.«

Für einen Moment trat ein wehmütiger Ausdruck in Melanies grüne Augen, der Dita nicht entging. »Irgendwo da draußen gibt es auch einen ganz besonderen Mann für dich, Melanie. Eines Tages wirst du ihn finden.«

»Vielleicht, vielleicht auch nicht. Ich glaube, ich bin viel flatterhafter und amoralisch, als du je gewesen bist.«

»Das wird sich ändern. Glaube mir«, fügte sie noch hinzu, als sie die Zweifel in Melanies Augen sah. »Du selbst hast mir mal gesagt, wie ähnlich wir uns sind. Zunächst einmal führst du ein großartiges Leben. Ich war erstaunt über die Ausmaße deines Besitzes.«

»War ich auch, als ich das Haus und den Grund und Boden das erste Mal gesehen habe. Es fällt mir immer noch schwer zu glauben, dass es mir gehört.« Sie verfiel plötzlich in ein Schweigen, und auf ihrer Stirn bildete sich eine kleine Falte.

Dita betrachtete sie und kam zu der Überzeugung, dass nicht alles in Ordnung war mit ihrer Cousine. »Was ist los, Melanie? Du siehst nicht so zufrieden aus, wie du sein solltest.«

»Oh, ich bin schon zufrieden, meine Liebe. Ich kann nur nicht sicher sein, ob ich dies hier behalte.«

»Warum denn nicht? Mr. Wilberforce hat dir doch keine Schulden hinterlassen?«

»Himmel, nein. Er war viel reicher, als ich auch nur geahnt habe.« Sie schüttelte den Kopf. »Nein, das ist nicht der Grund. Das Problem ist ein unbekannter Enkel, der das Testament anfechtet.«

»Oh, nein. Dann hast du wirklich ein Problem. Ich nehme an, er hat damit gerechnet, der Erbe zu sein.«

»Ja, das glaube ich auch.«

»Hast du den Mann schon kennengelernt?«

»Nein, und ich hoffe auch, dass es dazu nie kommen wird. Er lebt in England. Alaric Wilberforce«, sprach Melanie mit Entsetzen aus. »Hast du schon mal so einen lächerlichen Namen gehört?«

Da sie sich selbst nie an ihren Taufnamen – Aphrodite –

gewöhnt hatte, lächelte Dita nur schwach. »Was weißt du über ihn?«

»Sehr wenig. Mr. Bartlett, Jeremiahs Anwalt, überprüft gerade die Unterlagen, um sicher zu sein, dass sein möglicher Anspruch überhaupt legitim ist.«

»Meinst du, er könnte ein Betrüger sein?«

»Wer weiß. Es gab einen Enkel, der aber schon früh nach England gebracht worden ist. Oh, die Sache macht mich so wütend! Wahrscheinlich hat er sich nie um seinen Großvater gekümmert, deshalb kann ich mir denken, was für ein Typ er ist. Dick, ein Kriechertyp mit Brille und …« Sie wurde von Ditas Lachen unterbrochen, und Melanie lachte ein bisschen mit. »Mit einem Namen wie Alaric muss er einfach schrecklich sein. Er hat in all den Jahren keinen Kontakt zu seinem Großvater gepflegt, und jetzt glaubt er, mir alles wegnehmen zu können.«

»Was hat dein Anwalt empfohlen?«

»Mr. Bartlett hat gesagt, ich sollte in dieses Haus einziehen. Er glaubt wohl, falls der Enkel beschließt, nach Australien zu kommen, wäre meine Position gestärkt, wenn ich im Haus bin. Sonst könnte der Kerl einfach hier einziehen und sich weigern, wieder nach Hause zu fahren.«

Als Dita zum Hotel zurückkehrte, fand sie Matt in ihrem kleinen Hotelzimmer vor, ruhelos auf und ab gehend. Er glich einem Raubtier im Käfig, und dieses Bild brachte ein liebevolles Lächeln auf Ditas Gesicht. Matt hasste es, von vier Wänden eingesperrt zu sein. Sie fand, es war gut, dass sie Matt überredet hatte, auf Paradise Island zu heiraten. Ihr Vater würde Matt mit hoher Wahrscheinlichkeit eine Partnerschaft in seiner Plantage anbieten. Sie glaubte, dass Matt darauf eingehen würde. Das Leben auf der Insel passte zu ihm, und Dita hatte nichts dagegen, Paradise Island zu ihrem Zuhause zu machen.

»Ich habe dich vermisst«, sagte er, als sie ins Zimmer trat. Er konnte nicht darauf warten, dass sie ihren Hut auszog, bevor er sie an sich zog und voller Eifer auf den Mund küsste.

»Ich bin nur fünf Stunden lang weg gewesen«, antwortete sie, als ihr Mund wieder frei war.

»Das waren vier Stunden zu lang«, erklärte Matt. »Ich litt an einer Not, die ich selbst nicht beheben konnte.«

Sie verdrängte ein Verlangen, das seine Andeutung auslöste, wandte sich ab und zog die Nadeln aus dem Strohhut, damit sie das Band mit den frischen Blumen lösen konnte. Im Spiegel konnte sie sein Bild sehen.

Die Glut, die er verströmte, schickte kleine köstliche Beben zwischen ihre Schenkel. »Du meinst wahrscheinlich, dass ich mich um deine Not kümmern soll.«

Der Glanz in seinen Augen war wie Sonnenlicht auf einem zugefrorenen See. »Natürlich.«

»Dann hilf mir zuerst aus meinem Kleid, aber sei nicht so ungeduldig, dass die Nähte reißen.«

»Ich versuche es«, versprach Matt, der mehr als eines von Ditas Kleidern durch seine stürmische Ungeduld, ihren Körper zu bewundern, ruiniert hatte. »Ich werde nie verstehen, warum Frauen so viele Kleidungsstücke tragen müssen. Da ist es kein Wunder, dass Männer so ungeduldig werden.«

»Wenn du ein Gentleman wärst, würdest du dich beherrschen können.«

»Ah! Aber ich bin kein Gentleman. Und das ist der Grund, warum es dir gefällt, wie ich Liebe mit dir mache.«

Er konnte seinen Eifer unterdrücken, bis sie nur noch das Korselett und die Unterröcke trug. Dann zog er Dita wieder in seine Arme, küsste sie wild auf den Mund und spielte mit der Zunge zwischen ihren Zahnreihen. Ditas Zunge lieferte ihm ein feines Duell.

Leidenschaft, die sich zwischen ihnen so schnell erhob, ließ sie beide schwanken. Matt strich mit einer Hand über ihre

Pobacken, die andere Hand streichelte ihren Rücken. Seine Frustration kehrte zurück, als er auf ihre Korselettstangen traf. »Ich hoffe, dass du ihnen abschwörst, wenn wir auf der Insel sind. Ich hätte es am liebsten, wenn du dich wie die eingeborenen Frauen kleidest.«

»Halb nackt?«, neckte Dita ihn.

»Ganz nackt.«

»Mal sehen, was sich machen lässt«, versprach Dita, die sich vornahm, die leichten, weiten kittelähnlichen Kleider zu tragen, wie ihre Mutter sie bevorzugte. »Jetzt hilf mir noch mit diesen schrecklichen Stangen.«

Für jemanden wie Matt, der jedes überflüssige Kleidungsstück bei Frauen absolut nicht mochte, ließ er sich viel Zeit mit dem Entblättern. Den weichen Stoff ihres Unterhemds schob er nach unten, um die Magnolienspitzen ihrer Brüste zu küssen. Er nuckelte zärtlich an ihren Nippeln, bis sie zu reifen rosa Knospen heranwuchsen. Nachdem er sie mit einem lauten »Mmm« bewundert hatte, bedeckte er ihre Brüste wieder. Dita, deren Körper vor Verlangen vibrierte, wartete auf seine nächste Berührung.

Diese Berührung ergab sich, als er ihre Petticoats öffnete, die er achtlos auf den Boden fallen ließ. Dann öffnete er die Knöpfe, die den Schlüpfer an das Unterhemd banden. Seine Hände zogen das Wäschestück über ihre Hüften und hinunter, bis es auf die Unterröcke zu ihren Füßen fiel.

Er kniete auf dem weichen Wäscheberg und strich mit den Händen an ihren Beinen hoch, dann beschrieben die Hände kleine Kreise auf den Pobacken. Er drückte das feste Fleisch, spreizte die Finger und streckte die Daumen über den Schamhügel. Er schob die beiden Seiten der Spalte gegeneinander, strich leicht über den weichen schwarzen Busch und dann an den seidenen Falten ihres femininen Fleischs entlang.

Er senkte den Kopf und bewegte sich auf ihre Körpermitte zu. Seine Zunge wischte zart über den delikaten Knopf ihrer

Klitoris, den er freigelegt hatte. Ein exquisites Zittern schüttelte Dita durch. Sie wollte die Beine weiter spreizen, um ihm einen besseren Zugang zu ermöglichen, aber da ihre Knöchel noch in den Wäschestücken steckten, bekam sie die Füße nicht frei.

Matt hatte ihre Bewegungsfähigkeit absichtlich eingeschränkt, denn er wusste genau, dass die Qualen und die damit verbundenen Frustrationen nur dazu dienen würden, dass Ditas Erregung noch einmal gesteigert würde.

Als er ihr schließlich ermöglichte, aus dem Berg aus Musselin und Spitze herauszutreten, führte er sie zum Bett und setzte sie auf den Rand. Wieder kniete er sich vor sie hin, öffnete zuerst den einen Stiefel, dann den anderen. Er zog ihre Strümpfe die Beine hinunter und knabberte an ihren Zehen, als er sie entblößt hatte.

Dita wand sich und kicherte. »Das kitzelt.«

»Das hier auch?«

Ihre Knie wurden angehoben und die Hüften nach vorn gezogen. Matts Zunge stieß gegen die Stelle, die er bis eben so gekonnt gereizt hatte. Die kleinen nadelscharfen Pfeile, die ihr empfindliches Fleisch durchbohrten, hatten nichts mit Kitzeln zu tun. Dita wollte nicht, dass die köstlichen Gefühle bald aufhörten, deshalb griffen ihre Finger in Matts dichtes Haar und zogen seinen Mund von ihrer pulsierenden Pussy weg.

Er schaute auf und sah, dass ihre violetten Augen durch die Leidenschaft schon dunkler geworden waren. Er richtete sich auf, hob sich aufs Bett und nahm sie mit.

Die Lippen aufeinander gepresst, Arme und Beine verschlungen, schob Matt einen Schenkel – er trug noch seine Hose – zwischen ihre Nacktheit. Der Kuss wollte nicht enden. Sie ertranken in ihrer Passion und wälzten sich übers Bett. Matt hob sein Bein ein wenig an, damit seine Finger Platz hatten, um in ihre feuchte Öffnung zu dringen. Dita schlang die

Arme um seinen Rücken und ruckte den forschenden Fingern entgegen.

In ihrem Stadium höchster Sinnlichkeit fühlte sie bald den schnellen Herzschlag, der ihren Orgasmus ankündigte. Matt erkannte ebenfalls die Zeichen ihrer bevorstehenden Erlösung, aber als er die Finger zurückziehen wollte, griff sie nach seinem Handgelenk und hielt die Finger an Ort und Stelle, während sie sich durch einen sehr befriedigenden Orgasmus arbeitete.

Als sie fertig war, zog er seine Hand zurück, nass von ihren Säften, und strich damit sinnlich über ihren Schamhügel. »Das wollte ich nicht«, raunte er. »Ich wollte in dir kommen.«

»Ich mache es wieder gut«, sagte sie.

Sie zogen sich ganz aus, dann legten sie sich wieder hin, und Dita kniete sich neben Matt und verwöhnte ihn mit ihrem Mund, wie man nur verwöhnt werden konnte. Sie brachte ihn nicht zum Höhepunkt, denn den wollte sie mit ihm gemeinsam erleben. Er hob sie auf und legte sie über seinen Körper. Dann drang er mit seinem pochenden Organ in sie ein. Er schlang wieder die Arme um sie und wälzte sich herum, bis sie unter ihm lag. In der uralten Missionarsstellung feierten sie ihre Vereinigung mit fröhlicher, ungehemmter Leidenschaft.

Drittes Kapitel

Sydney Harbour, musste sich Delie widerwillig eingestehen, konnte man schon als spektakulär bezeichnen. Ric stand neben ihr auf dem Deck des Schiffs, das diesen wunderbaren Wasserweg nahm, und spottete über ihre Verdrießlichkeit.

»Meine liebe Adeline, du solltest anfangen, neue Erfahrungen schätzen zu lernen.«

»Woher willst du wissen, dass das auf mich nicht zutrifft?« Delie wandte den Blick von Ric und schaute den Matrosen zu, die mit nackten Oberkörpern flink die Webeleinen hinauf kraxelten und dabei Geschick und Muskeln zeigten. Der Anblick eines halb nackten Körpers löste wie immer heiße Gedanken in ihr aus, die mit der Schönheit des Hafens nichts zu tun hatten.

Rics dünne Lippen verzogen sich verächtlich. »Mein liebes Mädchen, ich habe nicht von Sex gesprochen. Eher von den Wundern der Natur und von exotischen Kulturen. Wie willst du sonst dein Leben bereichern?«

»Mit deinem Erbe, hoffe ich«, fauchte Delie ihn an. Sie hatte zwar durchgesetzt, dass sie Ric auf der Reise nach Australien begleitete, aber das hob ihre Stimmung auch nicht. An Bord hatte es keinen einzigen Menschen gegeben, den sie ihres sexuellen Interesses für würdig befunden hatte. Dabei war ihr während des größten Teils der Reise so schlecht gewesen, dass sie keine Gedanken an diesen Teil ihrer Anatomie verschwendet hatte.

Die robuste Gesundheit ihres Halbbruders, seine offensichtliche Freude während der Schiffsreise und seine absolute

Gleichgültigkeit über ihren Zustand hatten ihr Elend nur noch verstärkt. Es hatte Zeiten gegeben, in denen sie ihn gehasst hatte.

Ric reagierte mit einem wütenden Blick auf ihre gereizte Antwort, dann weitete sich sein verächtliches Grinsen, und der Spott glitzerte in seinen Augen. »Und ich dachte, du hättest mich auf diese Reise begleitet, weil du es nicht ertragen kannst, von mir getrennt zu sein. Dabei willst du nur sicher sein, dass ich nicht in Australien bleibe und dich allein lasse, wenn dir die brüchige Bude zu Hause um die Ohren fliegt.«

Delie starrte ihn an, die Lippen zusammengepresst, aber sie ließ sich nicht provozieren.

»Meine liebe Adeline, ich glaube fast, du vertraust mir nicht.«

»Du hast recht. Ich traue dir nicht über den Weg.«

»Aber wir halten doch viel voneinander, oder nicht? Was ist aus der geschwisterlichen Zuneigung geworden? Beruhige dich, mein liebes Mädchen«, sagte er spöttisch und imitierte Delies krampfhaft zusammengepresste Hände. »Pass auf, sonst kommt der Qualm noch aus deinen Nasenlöchern.«

»Eines Tages werde ich ...«

»Wirst du mich erwürgen? Das ist nicht nötig. So sehr ich auch die Schiffsreise genossen habe, und so sehr ich mir vorgenommen habe, in Sydney die Sau rauszulassen, so will ich aber doch keinen Tag länger als unbedingt erforderlich in den Kolonien verbringen.«

Vierundzwanzig Stunden später erinnerte Delie ihn an sein Versprechen. Seit sie in Sydney eingetroffen waren, hatte Ric keinen Versuch unternommen, mit Jeremiahs altem Anwalt in Kontakt zu treten. Er hatte eine Suite mit mehreren Zimmern in einem respektablen Hotel gebucht, das freilich schon bessere Tage gesehen hatte, und war dann mit einer widerstrebenden Halbschwester durch die Stadt gezogen, »eine Erkundungsreise« hatte er das genannt.

Ihr Einwand, er sollte endlich den Anwalt besuchen, brachte ihr nur seinen vernichtenden Vorwurf ein, sie könnte nicht schnell genug an sein Geld herankommen.

Am dritten Morgen nach ihrer Ankunft ließ Ric sie wissen, dass er einen frühen Termin bei Mr. Bartlett, dem Anwalt, hatte. Delie wurde weiß vor Zorn, weil ihr nicht genug Zeit blieb, sich anzuziehen.

»Ich habe nie die Absicht gehabt, dich mitzunehmen«, teilte Ric ihr mit. »Ich gehe allein zu diesem Treffen.«

»Deine Absicht ist es, mich ständig zu erniedrigen«, warf Delie ihm vor. »Du weißt genau, wie gern ich dich begleitet hätte.«

»Du willst immer noch wissen, wie viel der alte Mann wert ist, was?«

Delie hätte am liebsten die Teetasse nach ihm geworfen, zusammen mit der heißen Flüssigkeit. »Obwohl du manchmal ein Bastard bist, nein, die meiste Zeit, will ich sicher sein, dass du das erhältst, was dir zusteht. Wie lange wird das Gespräch dauern? Ich warte ungeduldig auf deinen Bericht.«

»Dann musst du irgendeine Beschäftigung finden, um deine Ungeduld zu bezähmen, denn ich bezweifle, ob ich vor dem Abend zurück sein werde.«

Nachdem er mit Mr. Bartlett gesprochen hatte, wollte Ric ein Pferd mieten, um hinaus nach Arlecdon zu reiten. Wie er sich dann verhalten würde, wusste er nicht genau. Ob er sich im Haus zu erkennen gab, hing natürlich auch vom Ergebnis der Beratung des Anwalts ab. Er fragte sich, ob der Mann eine der Parteien bevorzugte.

Als er das Büro betrat, starrte Mr. Bartlett ihn an, sein Mund öffnete sich, und die Augen wurden immer größer. »Großer Gott! Richard!«

Ric zog die Augenbrauen zusammen. »Mein Name ist Alaric.«

»Ja, ja, ich weiß.« Mr. Bartlett eilte auf Ric zu und schüttelte ihm die Hand, während er die freie Hand auf Rics Arm legte, als wollte er vermeiden, dass der junge Mann gleich wieder verschwinden könnte. »Mein lieber Junge, Sie sind Ihrem Vater wie aus dem Gesicht geschnitten.«

»Sie kannten meinen Vater?« Rics spontane Verärgerung, dass ihn jemand ›lieber Junge‹ nannte, schwand sofort, denn er begriff, dass die Aussage des Anwalts von Bedeutung sein konnte.

»Ich kannte ihn sogar sehr gut. Es war ein trauriger Tag, als er starb. Der arme Jeremiah war verzweifelt. Als Ihre Mutter Sie mit nach England nahm, hat der Kummer ihn fast umgebracht. Aber setzen Sie sich doch, lieber Junge, Sie brauchen nicht zu stehen.«

Ric verzog bei dem erneuten ›lieben Jungen‹ das Gesicht, aber er setzte sich auf den Platz, den Mr. Bartlett ihm zuwies, bevor er zurück hinter seinen Schreibtisch ging. »Ich nehme an, mein Großvater hat meiner Mutter nie verziehen, dass sie Australien verlassen hat.«

»Niemals, nein. Zwei Wochen nach eurer Abreise hat er das Porträt Ihres Vaters von der Wand genommen und alle Bilder und Erinnerungsstücke eingepackt oder weggeworfen. Er bekämpfte seine Einsamkeit mit harter Arbeit und verdoppelte seinen Reichtum in wenigen Jahren. Das Geld hat ihm nie viel bedeutet. Die Arbeit diente ihm nur dazu, sein Leben mit irgendwas auszufüllen.«

»Ich kannte meinen Großvater nicht sehr gut, aber ich habe ihn nie als hartgesottenen Geschäftsmann erlebt.«

»Nein, diese Seite von ihm werden Sie nie gesehen haben. Aber bei all seinem Scharfsinn, wenn es um Geld ging, war Jeremiah von Natur aus ein Träumer. Er hat nie die Hoffnung aufgegeben, dass Sie eines Tages nach Australien zurückkommen. Ich kann die Tage nicht zählen, an denen er mir geschildert hat, wie er Ihnen alles beibringen würde, was Sie brauchen, um eines Tages das Management seiner Geschäftsinteressen zu übernehmen. Als er das letzte Mal von seinem Englandbesuch zurückkehrte, war er aufgeregt wie ein Kind am Heiligabend, denn er glaubte, dass Sie endlich nach Hause kommen würde. Er hat sogar das Porträt Ihres Vaters wieder an die Wand gehängt.«

Der Anwalt legte eine Pause ein und schüttelte traurig den Kopf. »Sie hätten sich der Mühe unterziehen sollen. Es war traurig, mit ansehen zu müssen, wie seine Aufregung und Erwartung von Monat zu Monat schwanden. Schließlich gab er die Hoffnung auf, und er nahm das Porträt wieder von der Wand. Ich glaube, er war sogar noch trauriger als in den ersten Jahren, nachdem Ihre Mutter Sie mitgenommen hatte.«

Ob es seine Absicht war oder nicht, der Anwalt hatte in Ric das Gefühl ausgelöst, selbstsüchtig und herzlos gewesen zu sein. Er verdeckte die unbekannte und unangenehme Regung auf die einzige Art, die er kannte – mit Verärgerung.

»Ist es denn meine Schuld, dass er die Beute dieser geldgeilen kleinen Schlampe wurde?«

Der Tonfall und der verächtliche Ausdruck auf dem vertrauten Gesicht schockierten Mr. Bartlett.

»Also, wirklich, mein Junge, es gibt keinen Anlass, solche Worte zu benutzen. Mrs. Wilberforce ist eine charmante, gut erzogene junge Dame, deren Eltern zu den angesehensten Menschen in der Stadt gehören. Ich glaube, sie hat Jeremiah sehr gemocht. Ich weiß von ihm selbst, dass sie ihn glücklich gemacht hat.«

»So glücklich, dass er beschlossen hat, mich aus seinem Testament zu streichen und ihr alles zu hinterlassen.« Ric konnte die Verachtung kaum aus seiner Stimme halten, aber er unterdrückte die Versuchung, die genauen Methoden zu beschreiben, die diese Frau angewandt hatte, um den alten Mann glücklich zu machen.

Mr. Bartlett seinerseits fühlte sich unbehaglich und hin und her gerissen. Er empfand eine gewisse Loyalität gegenüber Jeremiahs Enkel, aber er schätzte auch Melanie sehr, die er seit ihrer Kindheit kannte.

Die Tatsache – die er nicht beabsichtigte, Ric mitzuteilen –, dass Melanie nichts mit Jeremiahs Vermögen zu tun haben wollte, und dass man sie überreden musste, Arlecdon als ihr Eigentum zu betrachten, überzeugte Mr. Bartlett von der Ernsthaftigkeit ihrer Gefühle für ihren älteren Ehemann. Und doch – er würde sich viel besser fühlen, wenn Jeremiah seinen Enkel nicht völlig aus seinem Letzten Willen gestrichen hätte.

»Ich habe versucht, ihn von der Änderung des Testaments abzubringen.« Ein Kopfschütteln bekräftigte die Erfolglosigkeit des Anwalts. »Jeremiah konnte sehr halsstarrig sein, das war ja auch der Grund seiner Erfolge im geschäftlichen Bereich. Er war wütend über Sie, mein Junge. Seine exakten Worte lauteten: ›Wenn er in England bleiben will und Geld für ein Haus verschwendet, das man nur langsam verrotten lassen kann, dann muss er sein eigenes Geld dafür auftreiben.‹ Es tut mir leid, aber so hat er darüber gedacht.«

In der kurzen Pause, die seiner Erklärung folgte, sah Mr. Bartlett ein nervöses Zucken in Rics Mundwinkel. Er hatte die Lippen fest aufeinander gepresst. In dem jungen Mann steckte eine Menge Ärger, erkannte Mr. Bartlett. Er würde nicht so leicht über den Verlust des Erbes hinwegkommen.

Ric mochte seinem Vater wie aus dem Gesicht geschnitten sein, aber er hatte nicht dessen *joie de vivre* geerbt, die Freude am Leben, und auch nicht die Freundlichkeit, die zum Naturell des Großvaters gehört hatte. Eisenharte Entschlossenheit, so kam es Mr. Bartlett vor, war die einzige Wilberforce Eigenschaft, die Ric geerbt hatte.

Ric schaute auf von der nachdenklichen Betrachtung seiner glänzenden Stiefel. »In welcher Situation befinde ich mich? Kann das Testament meines Großvaters für ungültig erklärt werden?«

»Absolut nicht. Er befand sich im Vollbesitz seiner geistigen Kräfte und stand nicht unter irgendeinem Zwang.«

Ich wette, dass die Hexe ihm wochenlang ihre Gunst versagt hat, oder irgendetwas in der Art. Oder der alte Mann war so benebelt vom Sex, dass er nicht klar denken konnte. Laut sagte er: »Dreißig Jahre lang, bis er diese Frau geheiratet hat, war es seine erklärte Absicht, dass ich sein Erbe sein sollte. Daraus muss sich doch ein Anspruch ableiten.«

»Moralisch ja, aber rechtlich bin ich mir nicht so sicher. Ich kann ein solches Verfahren in die Wege leiten, wenn Sie das wünschen, aber es kann eine Weile dauern, bis es durch die Instanzen gegangen ist.«

»Gut, dann ersuche ich Sie, ein solches Verfahren sofort in die Wege zu leiten.«

Mr. Bartletts Gesichtsausdruck ließ erkennen, dass er über ein Verfahren dieser Art nicht sehr glücklich war. Er atmete tief durch, bevor er sagte: »Es gibt eine Alternative, die Sie vielleicht erwägen wollen.«

»Welche?«

»Ein persönliches Gespräch mit Mrs. Wilberforce. Ich bin ziemlich sicher, dass Sie bereit wäre, einen Teil des Vermögens an Sie zu überschreiben.«

»Einen Teil«, stieß Ric hervor. »Wie gering soll dieser Teil sein? Glaubt sie, dass ich mit ein paar Tausend Pfund zufrieden bin, wenn alles eigentlich mir gehören sollte?«

Rics Kampfeslust nervte den guten Anwalt immer mehr. »Auch wenn ich Sie damit langweile, will ich noch einmal betonen, dass Sie sich diese Entwicklung selbst zuzuschreiben haben. Eine Anfechtung des Testaments wird viel Zeit und Geld kosten, auch wenn die Höhe der Erbschaft die Gerichts-

und Anwaltskosten durchaus vertragen kann. Mein Vorschlag ist die vernünftigere Alternative. Sie sollten sich wenigstens mit Mrs. Wilberforce treffen.«

Als Ric nicht reagierte, fuhr Mr. Bartlett fort: »Natürlich steht es Ihnen frei, sich woanders rechtlichen Beistand zu suchen.«

»Ich sehe keine Notwendigkeit dazu.«

»Soll ich ein Treffen mit Mrs. Wilberforce arrangieren?«, fragte Mr. Bartlett eifrig.

»Noch nicht.« Ric erhob sich, der Anwalt auch. »Danke für Ihre Zeit, Mr. Bartlett. Ich werde mich wieder bei Ihnen melden.«

Obwohl Delie an Rics anmaßende, rücksichtslose Art gewöhnt war, fühlte sie sich einsam und alleingelassen in ihrem Hotelzimmer. Sie begann sich zu fragen, warum sie darauf bestanden hatte, ihn zu begleiten. Die Schiffsreise war schon der reinste Horror gewesen, und die Tage, die sie jetzt in Sydney herumhingen, waren auch nicht viel besser.

Delie langweilte sich zu Tode, sie war ihrer eigenen Gesellschaft überdrüssig und war es satt, sich um ihre sexuellen Bedürfnisse selbst zu bemühen. Wenn sich die Dinge nicht bald änderten, würde Delie ... Sie hatte keine Ahnung, was sie tun würde, aber es musste etwas Drastisches sein. Die Tatsache, dass ihr der Geschlechtsakt seit Wochen verweigert wurde, sorgte für eine ständige sexuelle Erregung.

Sie presste ihre Hand gegen ihren Venushügel und spürte sofort die Reaktion in ihrem Inneren. Oh, Himmel! Wenn sie sich nicht sofort einen Orgasmus besorgte, würde sie verrückt. Da sie nichts anderes mit sich anzufangen wusste, begann sie sich auszuziehen, um sich besser auf ihre Aufgabe vorbereiten zu können. Zu ihrem Leidwesen dauerte es nur zwei Minuten bis zu ihrem Höhepunkt. Die Beine zusammengepresst, die Finger tief in der Pussy – aber sie musste zugeben, dass es ihr nur halb so stark gekommen war, wie sie gewollt hatte. Sie brauchte viel, viel mehr.

Delie begann wieder zu masturbieren. Diesmal ließ sie sich auf eine Phantasie ein; sie hatte sie schon während der Reise entwickelt. In ihrer Phantasie befand sie sich auch auf einem Schiff, aber dieses wurde von halb nackten Seemännern gesteuert, und sie war die einzige Frau an Bord. In ihren sexuellen Aktivitäten war sie immer die dominante Person, aber in ihrer Phantasie gab sie sich den gierigen Wünschen der Matrosen hin.

Sie hatten sie aufs Vorderdeck gebracht, wo sie in einer Hängematte lag. Ihre Beine hingen über den Seiten, sodass ihr Geschlecht von allen Matrosen zu sehen war. Die dünnen Kattunhosen der Männer wölbten sich über die Erektionen. Ein stämmiger blonder Skandinavier strich mit einem Finger über ihre feuchte Spalte. Delia wand sich vor Entzücken; die Bewegungen ihrer Hüften sollten eine stumme Einladung an den Blonden sein, sie weiter zu streicheln und den pulsierenden Eingang ihres Geschlechts zu finden.

Der Skandinavier ließ seine Hose fallen und zeigte seinen geschwollenen Penis. Mit seinem Mittelfinger badete er in ihrer inneren Wärme, und Delie begann vor Lust zu zittern. Bald hatte er zwei Finger in sie gesteckt, dann drei, und pumpte tief in sie hinein.

Matrosen links und rechts von ihr begannen ihre Hosen auszuziehen. Delie streckte sich, um je einen heißen Stab in ihre Hand zu nehmen, während die Männer ihre Brüste rieben und massierten, ihr Fleisch kneteten und die Nippel in die Länge zogen. Einer der Matrosen stellte sich hinter sie. Er drückte ihren Kopf nach unten, neigte ihn leicht und stieß sein steifes Organ in ihren Mund.

Lustvolle Sensationen verschlangen Delie. Sie konnte kaum sagen, welcher Teil ihres Körpers gerade die heißesten Gefühle auslöste. Dann fühlte sie, wie ein weiterer Seemann unter die Hängematte kroch und durch das Geflecht der Netze über ihre Pobacken leckte. Als seine Zunge sich zwischen den fleischigen Backen hoch arbeitete und um die hintere Öffnung leckte, begann sie sich aufzubäumen und konnte sich nicht mehr kontrollieren. Die Gefühle, die seine streichelnde Zunge bescherte, verdoppelte die Wirkung der stoßenden, forschenden Finger.

Als Reaktion darauf saugte ihr Mund eifriger an dem Schaft, der ihn gerade füllte, während ihre Hände die beiden Schwänze rieben, die sie umfasst hatte.

Diese drei und Delie selbst befanden sich dicht vor ihrem Höhepunkt. Sie hatte das Gefühl, in den Lüsten zu ertrinken. Ihr Körper gab sich der erwarteten Flut der Ekstase hin. Als sich die Finger zurückzogen, die sie durchs Ziel hätten tragen sollen, hätte sie laut und frustriert aufgeschrien, wenn ihr Mund nicht so voll gewesen wäre.

Aber die Stimulierung setzte nicht lange aus. Der Seemann unter der Hängematte drehte sich um und führte seinen Schaft durch die Netze zwischen ihre geschwollenen Pussylippen. Er drückte sich heftig in sie hinein, und sein steinhartes Organ glitt mühelos in ihre aufnahmewillige Grotte. Er stieß so hart zu, dass ihr Körper jedes Mal in der Hängematte ein Stück nach oben getrieben wurde.

Der Matrose, der sie befingert hatte, begann nun mit ihrer Klitoris zu spielen. Er rieb sie mit dem genau richtigen Druck zwischen Daumen und Zeigefinger, sodass er eine fast unerträgliche Erregung in ihr schuf.

Delie konnte ihre Wonne nicht herausschreien, und so erfuhren die Matrosen erst von ihrem Höhepunkt, als ihr Körper von wilden Zuckungen geschüttelt wurde.

Aber sie waren noch nicht fertig mit ihr. Der große Skandinavier hob sie aus der Hängematte und legte sie auf den Holzplanken auf den Rücken. Auf jeder Seite von ihr stand ein

Mann, und sie hoben ihre gespreizten Beine in die Luft, bevor sie sie zurück gegen ihren Körper drückten. Der große Blonde kniete sich zwischen ihre Schenkel, nahm seinen halb schlaffen Penis in die Hand und klatschte ihn gegen ihre Vulva. Ihre Nerven waren schon hoch sensibilisiert und reagierten mit scharfen Pfeilen, die durch ihren Unterleib schossen.

Delie stöhnte. Je lauter sie stöhnte, desto härter klatschte der Skandinavier seinen Muskel gegen ihr weiches Fleisch. Delie fühlte, dass sich in ihr ein neuer Orgasmus aufbaute, besonders, als sie merkte, dass sein Organ immer steifer wurde, was ihr verriet, dass auch er von Neuem erregt war. Sie begann zu keuchen, und aus diesen Lauten entwickelten sich kleine spitze Schreie, als der Blonde sich über sie beugte und seinen Schaft in sie steckte und zu pumpen anfing. Delie schrie voller Lust auf.

Die Zuckungen ihres Körpers ebbten erst ab, als ihre Schreie leiser wurden. Sie lag auf ihrem Bett, eine Hand auf ihrem pulsierenden Venushügel. Diesmal war es schon viel besser gewesen. Aber zu ihren Phantasien zu masturbieren, war nicht wirklich das, was sie brauchte.

Sydney war eine viel beeindruckendere Stadt, als Ric erwartet hatte. Auf seinem Ritt nach Arlecdon hielt er häufig an, um die herrlichen Ausblicke zu bewundern oder die großartigen Landhäuser. Jedes Mal, wenn er den Blick über die Stadt und den Hafen schweifen ließ, spürte er eine vage Emotion in sich. Sie war zu schwach, um sie als Erinnerung zu werten, aber er wunderte sich nun, warum er so lange gezögert hatte, England zu verlassen. Wenn er nicht so lange gewartet hätte, würde er nun den langen Zufahrtsweg benutzen, statt durch das Laub der Bäume zu blinzeln, um den einen oder anderen Teil des Hauses seines Großvaters zu sehen.

Er zögerte, sich im Haus vorzustellen, aber er wollte etwas

mehr erkennen können, deshalb band er das Pferd fest und ging unter den Bäumen her, bis er einen ungehinderten Blick auf das ausladende Landhaus hatte. Das blasse Mauerwerk leuchtete in der Sonne, und die meisten Fenster waren weit geöffnet, um die warme Luft hereinzulassen. Er sah bewundernd auf den grünen Rasen, auf die farbenprächtigen Blumenbeete und den Springbrunnen, der in der Mitte einer kreisrunden Auffahrt stand – ein herrliches Bild.

Erstaunt über die Pracht, die seine Erwartungen weit übertraf, empfand er eine jäh aufsteigende Wut, wobei der größte Teil seines Zorns gegen sich selbst gerichtet war. Er konnte die Aussage des Anwalts nicht vergessen, und nun begriff er, dass die Gleichgültigkeit seinem Großvater gegenüber ihn viel mehr kostete als nur Geld.

Während er im Schatten der Bäume stand und auf das Haus blickte, in dem er geboren worden war, sah er eine Kutsche heranfahren und vor der breiten Haustür anhalten. Kurz darauf schritt eine zierliche, modisch gekleidete Frau aus dem Haus. Selbst aus dieser Entfernung konnte Ric sehen, dass sie eine Schönheit war. Er lief zurück unter die Bäume, stieg auf sein Pferd und hetzte es im Galopp bis zur Straße, wo er das Tier gemütlich trotten ließ.

Sobald er hörte, wie sich die Kutsche näherte, führte er das Pferd an den Zufahrtsweg und hielt es an, damit das Fahrzeug nicht behindert wurde. Die Kutsche befand sich für einen Moment auf gleicher Höhe mit ihm, und die einzige Insassin beugte sich vor und lächelte ihm zu. Ric neigte den Kopf und hatte einen flüchtigen Augenkontakt mit der Frau, aber er spürte ein ungewohntes Gefühl in seiner Brust.

Eine lange Zeit saß er auf seinem Pferd und sah der entschwindenden Kutsche nach. Aber er sah nur ein Paar heller grüner Augen, die sich im Schockzustand geweitet hatten. Er fragte sich, ob sie ihn erkannt hatte, aber dann fand er das als sehr unwahrscheinlich, es sei denn, sie hätte sich intensiv mit dem Bild seines Vaters beschäftigt. Jedenfalls beschloss Ric in diesem Moment, dass er die Witwe seines Großvaters in jedem Fall kennenlernen wollte. Aber wann und wo, das würde er bestimmen.

Sie war entschlossen, einen Mann zu finden, irgendeinen Mann, der bereit war, sein Organ mit voller Wucht da hineinzustoßen, wo sie es am dringendsten brauchte. Sie zog ihr verführerischstes Kleid an. Der Rock bestand aus einem tiefroten Merino-Krepp, das Mieder aus helleren Seidenschattierungen. Die lebhaften Farben passten gut zu ihren dunklen Haaren und Augen und verliehen ihr fast ein exotisches Aussehen. Sie trug ein wenig Farbe auf, um ihre sinnlichen vollen Lippen zu betonen, dann ging sie hinunter ins Restaurant des Hotels, wo um diese Zeit das Mittagessen serviert wurde.

Ein scharwenzelnder Kellner brachte sie an einen kleinen Ecktisch, und sie suchte sich den Platz aus, der ihr erlaubte, die übrigen Gäste zu beobachten. Fast alle Tische waren mit Paaren oder mit Gruppen besetzt, die einzige andere alleinstehende Person war eine ältere verhärmt aussehende Frau, die den Kellner mit endlosen Beschwerden zu nerven schien.

Nein, fand Delie, im Restaurant hatte sich eine uninteressante Menge versammelt, unter der sie keinen Liebhaber finden würde. Ihre Unzufriedenheit wuchs mit jeder Minute. Die unverhohlene Bewunderung des unterwürfigen Kellners war nur ein schwacher Trost.

Sie bestellte eine Suppe und überlegte kurz, ob sie ein geheimes Treffen mit dem Kellner arrangieren sollte. Sie hatte keinen Zweifel, dass er sofort dazu bereit wäre, aber dann fand sie, dass er zu kriecherisch war, um ihre sexuellen Vorstellungen zu erfüllen. Delie suchte einen Mann, der sie so kräftig nehmen würde wie der skandinavische Seemann in ihrer Phantasie.

Da es einen solchen Mann im Hotel nicht gab, entschied Delie, sich mit dem Essen zu beeilen und sich irgendwo anders ihre Ablenkung zu besorgen. Sie hatte die Suppe zur Hälfte gelöffelt, als sie diesen Plan wieder verwarf, denn ein weiterer Gast betrat das Restaurant.

Delie betrachtete den Mann mit offenem Interesse. Sie schätzte ihn auf fünfzig Jahre, er war ein wenig übergewichtig, und sein Gesicht verriet die Herkunft aus der Arbeiterklasse, obwohl er einen maßgeschneiderten Cut trug. Nach der ausgiebigen Betrachtung erkannte Delie ihn als einen Mann, der Frauen genoss. Trotz seiner körperlichen Unzulänglichkeiten besaß er das gewisse Etwas, das Funken im Zentrum von Delies Weiblichkeit schlug.

Als er an einen Tisch in einiger Entfernung von ihrem gesetzt wurde, ließ auch er den Blick über die übrigen Gäste im Restaurant schweifen. Er neigte leicht zur Begrüßung den Kopf, als er Delie sah, und sie reagierte mit einem warmen Lächeln darauf. Sie sah ihn lange genug an, dass er die kecke Botschaft in ihrem Blick nicht missdeuten konnte. Zum zweiten Mal neigte er den Kopf ein wenig, bevor er sich mit der Bestellung seines Mittagessens beschäftigte.

Delie ließ sich Zeit mit ihrer Suppe. Sie schaute ihm beim Essen zu und wartete darauf, dass er mit irgendeiner Annäherung begann. Er winkte den Kellner zu sich, sprach kurz mit ihm und reichte ihm dann eine Karte, auf die er irgendwas geschrieben hatte. Der Kellner trug die Karte durch den weiten Raum und reichte sie Delie. Trotz aller Bemühungen konnte er seinen lüsternen Neid nicht verbergen.

Goldene Lettern auf der Visitenkarte sagten aus, dass Conrad J. Irving ein Importeur von exotischen Waren aus Asien war. Delie drehte die Karte um und entdeckte, dass er seine Zimmernummer auf die Rückseite geschrieben hatte.

Sie blickte auf und sah, dass er sie beobachtete und ihre Antwort erwartete. Delie senkte den Kopf und steckte die

Visitenkarte in ihre kleine Handtasche. Als sie das Restaurant verließ, servierte der Kellner gerade das Hauptgericht für Conrad J. Irving.

Die Tür zu Zimmer 14 war nicht abgeschlossen. Delie trat ein und schloss die Tür hinter sich. Das Zimmer gab dieselbe Anonymität ab wie alle anderen Hotelzimmer auch, aber Delie vergeudete keine Zeit mit der Wertung der Einrichtung. Sich ohne Hilfe zu entkleiden, war schon umständlich genug. Die Möglichkeit, auf Conrad J. Irving zu warten, erwog sie erst gar nicht. Delie wusste genau, in welcher Pose sie ihn erwarten würde, wenn er vom Mittagessen zurückkam.

Und so öffnete er die Tür und fand sie nackt auf dem Bett liegend vor, wie sie mit den Händen ihren Körper auf eine Art streichelte, die ihm verriet, dass sie die Berührungen genoss und erst in zweiter Linie darauf aus war, ihn zu erregen.

Er sagte kein Wort und zeigte auch weder Überraschung noch Lüsternheit. Wenn da nicht das geile Blitzen in seinen Augen gewesen wäre, hätte Delie glauben müssen, seine Nachricht falsch interpretiert zu haben.

Während er den Blick starr auf ihren Körper und den Weg ihrer Hände gerichtet hatte, zog er sich aus. Sein nackter Leib hatte eine entfernte Ähnlichkeit mit einem behaarten Fass, das mit einem steil aufgerichteten Zapfen ausgestattet war, der seine starke Behaarung vergessen ließ, fand Delie.

Es war nicht das längste männliche Organ, das Delie je gesehen hatte, aber was ihm an Länge fehlte, machte es an Umfang wett. Der bloße Gedanke, dass er das Gerät wie einen Keil in sie hinein grub, reichte schon aus, um ihre Säfte schießen zu lassen. Delie spreizte die Schenkel und benutzte beide Hände, um ihre Labien zu öffnen, damit er sich davon überzeugen konnte, wie nass und bereit sie für ihn war.

Conrad J. Irving zögerte nicht. Er stieg aufs Bett und presste seine Stange zwischen die einladenden rosa Lippen ihres Geschlechts. Delie keuchte auf, als er sie derart dehnte, denn sie hatte eine lange Zeit ohne Mann verbringen müssen und spürte jetzt ihre lebhafte Reaktion, als er seine Länge tief in sie hineintrieb.

Irving wurde von ihren inneren Muskeln gequetscht. Er wand sich auf ihr, schwenkte seinen Schaft im engen Kanal und versuchte, noch tiefer vorzustoßen. Seine drahtigen Schamhaare rieben gegen ihre Labien und erzeugten dort eine weitere erotische Stimulierung.

»Oh, ja«, stöhnte Delie. »Das fühlt sich so gut an.«

»Das auch?« Er legte das Gewicht auf seine Hände und befreite ihren Körper von der Schwere ihrer Last. Nun ließ er die Hüften rotieren.

Delie kreischte. Die intensive Reibung seines Schafts gegen ihre inneren Wände erzeugte eine Hitze, die noch dadurch verstärkt wurde, dass die Dehnung immer mehr zunahm. Ihre Klimax baute sich viel zu schnell auf. Sie versuchte vergeblich, sich zurückzuhalten, damit sie ihre Lust verlängern konnte, aber die Stöße des rotierenden Schafts waren zu tief, zu heftig, und nun erhöhte er auch noch das Tempo. Ihr Höhepunkt kam mit der Geschwindigkeit eines Zuges, der nicht mehr gebremst werden konnte.

»Ja, ja«, schrie sie, »mach das weiter so, hör bloß nicht auf!« Der letzte Ausruf kam, als er kurz verharrte, bevor er wieder mit seinen pumpenden Stößen begann. Ihr zweiter Orgasmus überfiel sie fast in dem Moment, in dem der erste gerade erst abgeklungen war. Er behielt das beständige Stampfen bei, was ihr verriet, dass er noch lange nicht am Ziel schien.

Sie begann sich zu fragen, wie viele dieser intensiven Sensationen sie noch aushalten würde, aber dann zog er sich plötzlich aus ihr zurück und glitt vom Bett.

Er sprach das erste Mal, als er Delies verwirrten Blick sah, der auf das noch harte Organ gerichtet war. »Die Asiaten verstehen eine Menge vom Sex. Ich habe von ihnen gelernt, wie man Sex über einen längeren Zeitraum genießen kann, ohne meine Kraft durch unnötige Ejakulationen zu verlieren. Ich kann dich immer wieder nehmen, solange ich es will.«

»Dann hoffe ich, du hast eine Menge Zeit«, sagte Delie. Die Aussicht auf anhaltenden Sex der intensivsten Art war fast zu schön, um wahr zu sein.

Ein fast listiger Ausdruck trat in seine Augen. »Du wirst vielleicht schneller erschöpft sein als ich. Sind dir solche Dinger vertraut?«

Obwohl Delie nie einen Dildo gesehen hatte, erkannte sie den Zweck sofort. Die großen perlenähnlichen Objekte in seiner anderen Hand verdutzten sie allerdings, und die Anwendung erschloss sich ihr nicht. Conrad J. Irving kam zurück zu seinem Bett.

»Ich sehe an deinem Gesichtsausdruck, dass du die Freuden durch solches Spielzeug noch nicht kennengelernt hast. Mir macht es Spaß, dich in diese neuen Lüste einzuführen.« Er reichte ihr den geschnitzten hölzernen Phallus, dann eine kleine Flasche Öl. »Reibe ihn mit dem Öl ein, damit er ganz glitschig wird, dann schmerzt es nicht, wenn du ihn einführst.«

Öl über das harte Holz zu reiben und die lebensgroße Form in den Händen zu halten, brachte einen eigenen sexuellen Kick mit sich. Delie konnte es nicht erwarten, Sex mit einem leblosen Gerät auszuüben.

»Noch nicht«, sagte Conrad J. Irving zu ihr, als sie ihm den großzügig eingeölten Phallus reichen wollte. »Ich möchte, dass du die Lust durch diese Liebeskugeln zuerst lernst.«

Es waren zwei, sie sahen wie zwei kleine Pflaumen aus und waren mit einer kurzen Kordel verbunden. Die Oberfläche war mit winzigen Erhebungen bedeckt, und Delie schätzte, dass sie aus irgendeinem Metall bestanden.

Zuerst beugte sich ihr Sexlehrer über sie und verwöhnte ihr Geschlecht mit der Zunge. Er zeigte dabei so großes Geschick, dass Delie gar keine Zeit mehr hatte, an die neuen Erfahrungen zu denken, die auf sie warteten. Als er den Kopf hob, steckte er zuerst einen der ovalen Bälle in sie hinein, dann den zweiten, und er drückte sie so tief hinein, wie es nur ging.

Delie hielt den Atem an, dann stieß sie ein freudiges »Oooh« aus, das bald in ein tiefes Keuchen überging, als er an der Kordel zupfte, um die Kugeln langsam herauszuziehen.

Die erste dehnte ihren Eingang, und die kleinen Höcker lösten eine lebhafte Reaktion um Klitoris und Labien aus, bevor die Kugel aus ihrer Öffnung plumpste. Ihre Vaginalmuskeln zogen sich zurück, aber dann wurden sie von der zweiten Kugel noch einmal angespannt.

Mehrere Male wiederholte er die Prozedur, dann legte er die ovalen Bälle zur Seite und kniete sich wieder zwischen Delies Schenkel. Sie konnte nur einen klaren Gedanken fassen – sie hatte einen Experten gefunden, nach dem sie so lange gedürstet hatte. Diesmal erlaubte er ihr keinen Höhepunkt; er stieg von ihr ab, ließ sie ein wenig ausruhen und nahm den eingeölten Dildo aus ihren zitternden Händen.

Obwohl die Sensationen nicht so intensiv waren wie die von den Liebesbällen, entdeckte Delie sehr schnell, wie erregend ein künstlicher Phallus sein konnte. Besonders, wenn er von einem Mann bedient wurde, der alles darüber zu wissen schien, wie man eine Frau in den sexuellen Wahnsinn treiben konnte.

Er führte den Phallus in ihr pulsierendes Geschlecht ein, beließ ihn dort und träufelte ein wenig Öl auf seinen Finger, das er über die runzlige Öffnung ihrer rückwärtigen Passage rieb. Delie liebte es, dort stimuliert zu werden, aber noch nie hatte jemand einen Finger in diesen jungfräulichen Kanal gesteckt. Der Schmerz des gewaltsamen Eindringens wurde bald durch Lust ersetzt. Er bewegte Phallus und Finger mit einer Präzision, die ihre sexuellen Sensationen in höchste Höhen trieb.

Als er befand, dass er sie hinreichend erregt hatte, ersetzte er den Dildo nicht durch sein eigenes gewaltiges Organ, wie Delie gedacht und erhofft hatte. Stattdessen rollte er sie auf die Seite und krümmte eines ihrer Beine, damit er ihre Pobacken spreizen konnte. Dann nahm er eine Kette mit sechs kleineren Kugeln, die er behutsam in ihren Hintereingang einführte. Delie keuchte in einer Mischung aus Schmerzen und unglaublichen lustvollen Empfindungen und wartete nun fast verängstigt darauf, dass er sie wieder herauszog.

Aber das war nicht sein Plan. Während die kleinen Kugeln ihren Anus streckten und dehnten, begann er wieder die Tiefen und Falten ihres Geschlechts zu lecken. Als er bemerkte, dass sie sich einem Orgasmus näherte, hörte er abrupt mit seiner Stimulierung auf und ließ ihr Zeit, sich zu beruhigen – als ob ihr das bei dem fortgesetzten Pochen in ihrer hinteren Passage überhaupt möglich wäre!

»Ja«, sagte Conrad J. Irving, während er die Emotionen in ihrem Gesicht beobachtete, »ich glaube, wir sind jetzt beide bereit.«

Zum dritten Mal hob er sich über sie und stieß sein fleischiges Organ in ihren Sexkanal. Die kleinen Kugeln, die ihre anale Passage dehnten, sorgten dafür, dass sein Eindringen noch enger schien. Delie gab leise schluchzende Geräusche von sich, die zwischen Schmerz und exquisitem Vergnügen lagen. Die Tatsache, dass er zum ersten Mal an diesem Nachmittag ebenfalls zu keuchen anfing, zeigte ihr an, wie sehr auch er von der Enge ihrer Höhle beeindruckt war.

Als er sich ganz in ihr versenkt hatte, rollte er sich auf den Rücken und nahm Delie mit, die jetzt auf ihm lag. In dieser Position hätte sie normalerweise die Kontrolle übernommen. Aber diese Chance konnte sie nicht wahrnehmen, auch wenn sie nicht am Rand des Orgasmus gewesen wäre.

Die Kraft des Mannes war schier unglaublich. Seine Hüften bäumten sich auf und trieben seinen Kolben mit einer Wucht in sie hinein, die Delie dazu brachte, hilflos auf seinem Körper zu liegen. Sie konnte nichts anderes tun, als gequält zu schluchzen und die Ekstase zu genießen.

Sie glaubte, den Gipfel des sexuellen Erlebens erklommen zu haben, als sich ihr Orgasmus immer weiter aufbaute und mit seiner Intensität ihren Körper wie ein Pfeil durchstieß. Genau in diesem Moment fasste Conrad J. Irving an die herausbaumelnde Kordel und zog die Kugelkette mit einem kurzen Ruck ins Freie.

Ihr Orgasmus wurde durch das abrupte Herausziehen der Kugeln zur Explosion, und Delie hob den Kopf und stieß ihn von einer Seite auf die andere. Ein Schrei drang aus ihrer Kehle, bevor sie fast besinnungslos auf seinem Körper liegenblieb.

Sein harter Kolben hörte nicht auf, in ihren Körper zu stoßen, und es kam ihr wie eine kleine Ewigkeit vor, als ihr Partner seinen eigenen Höhepunkt mit einem tiefen Grunzen begleitete. Unwillkürlich umspannten ihre inneren Muskeln seinen wild pumpenden Schaft.

Viel später, nachdem sie sich so gut erholt hatte, dass sie sich anziehen und zurück auf ihr Zimmer humpeln konnte, hielt sie einige von Conrad J. Irvings exotische asiatische Importe in den Händen.

Dinnerpartys, zu denen die Griffiths einluden, waren stets elegant, gesellschaftlich angesehen und für Melanie eine Verpflichtung von Kindesbeinen an. Die Tage, in denen sie sich mit großer Vorfreude auf die Dinnerpartys ihrer Eltern vorbereitete, weil sie hoffte, einen interessanten jungen Mann kennenzulernen, schien schon so weit zurückzuliegen.

Vielleicht hatte ihr Witwenstand sie endgültig zu einer anderen Person werden lassen; kein Vergleich zu dem oberflächlichen, amoralischen Mädchen, das sie mal gewesen war. Ihr Liebhaber, der Gärtner, befriedigte ihre sexuellen Nöte.

Jedenfalls traf das zu bis zu dem Moment, in dem sie aus der Kutsche in ein kohlschwarzes Augenpaar geschaut hatte.

Der Anblick des unbekannten Mannes auf seinem Pferd ließ ihr keine Ruhe. Obwohl sie ihn nur ein paar Sekunden lang gesehen hatte, konnte sie sich mit perfekter Präzision an sein Gesicht erinnern, an die wie aus Stein gehauenen Gesichtszüge, an die geraden dunklen Brauen und die durchdringenden Augen. Ja, an die Augen erinnerte sie sich am besten.

Jedes Mal, wenn sie an die Szene dachte, glaubte sie, dass er bis tief in ihre Seele geschaut hatte, und sie hatte mit Verwunderung darauf reagiert. Melanie nannte ihn für sich ihren ›dunklen Fremden‹, und sie betete, ihn eines Tages wieder zu sehen. Als sie das nächste Mal bei ihrem Liebhaber gelegen hatte, schloss sie die Augen, um sich das Gesicht des Fremden vorzustellen.

Sie gab vor, dass es seine Hände waren, die ihren ausgestreckten nackten Körper streichelten, seine Zunge, die die Perle zwischen den Labien verwöhnte, und sein Organ, das sie mit wunderbarem Eifer befriedigte.

So sehr hatte sie sich in diesen Mann verrannt, dass sie lieber zu Hause mit ihren Tagträumen geblieben wäre, statt ihrer gesellschaftlichen Pflicht zu genügen. Wegen der Trauerzeit sollte sie nur gedeckte Farben tragen, doch Grau und Malve passten überhaupt nicht zu Melanies lebhaften Locken, deshalb trug sie immer noch das Witwenschwarz.

Aber ihr neues Kleid, nach einer Vorlage in *Harpers Bazaar* geschneidert, war alles andere als unauffällig. Die Kreation aus schwarzem Satin mit einem Überrock aus Gaze war mit einer Girlande aus schwarzen Rosen und feinen Rüschchen dekoriert. Der herzförmige Ausschnitt ließ die Schultern frei und tauchte tief hinab zwischen ihre Brüste.

Schwarze Rosen und Gaze wiederholten sich auf ihrer aufgetürmten Frisur. Ein paar kunstvoll arrangierte Locken rahmten ihr Gesicht ein. Die einzige Farbe, die sie neben den glänzenden Haaren und den funkelnden Augen trug, brachte ein Pendel aus Smaragd.

Mrs. Griffiths begrüßte sie mit dem Stolz und der Zuneigung einer Mutter. »Melanie, meine Liebe, du siehst einfach großartig aus.«

»Dank dir, Mutter. Aber du hast auch ein wunderschönes Kleid an. Ich glaube, alle werden glauben, dass du meine Schwester bist.«

»Du schmeichelst mir, meine Liebe. Elegant zu wirken, fällt mir jedes Jahr ein bisschen schwerer. Ich darf gar nicht daran denken, dass ich mal eine Figur hatte wie du heute. Komm mit. Mr. Bartlett hat zwei zusätzliche Gäste mitgebracht. Ein Paar, das gerade aus England eingetroffen ist.«

Melanie ließ sich von ihrer Mutter in den Salon führen, in dem die Gäste ihre Drinks vor dem Dinner genossen. »Das scheint mir eine große Tischgesellschaft zu sein. Willst du alle anderen übertreffen, Mama?«

Mrs. Griffiths lächelte und gab ihrer Tochter mit dem Fächer einen Klaps auf den Arm. »Du müsstest mich besser kennen. Es gibt immer so viele Menschen, die beleidigt sein könnten, wenn sie nicht eingeladen würden.«

Melanies Vater war ein Mann von unterdurchschnittlicher Größe, und dessen graue Haare nicht enthüllten, von welcher Seite der Familie Melanie ihre flammendroten Haare geerbt hatte. Als Melanie ihn sah, war er gerade dabei, Mr. Bartlett und einem hochgewachsenen Paar eine Geschichte zu erzählen. Das Paar stand ein wenig abseits, und Melanie konnte die Gesichter der beiden nicht sehen.

Dann wandte Mr. Griffiths das Gesicht und brach seine Geschichte ab. »Ah, Melanie.«

Seine Zuhörer wandten sich ebenfalls in diese Richtung. Melanies Schritte stockten. Einen Moment lang drohte sie ihre Haltung zu verlieren. Sie hätte gern gewusst, ob sie so merkwürdig aussah, wie sie sich fühlte. So oft sie auch geträumt hatte, ihren dunklen Fremden wieder zu sehen, so hatte sie doch niemals damit gerechnet, dass ihre Reaktion so intensiv sein würde. Ihr Vater behielt seinen freundlichen Ausdruck bei, deshalb nahm sie an, dass sie ganz normal wirkte. Beruhigt ging sie weiter auf die kleine Gruppe zu.

Ihr Vater streckte beide Hände aus und drückte Melanies voller Freude. »Du wirst jeden Tag schöner. Melanie, meine Liebe, ich möchte dich unseren besonderen Gästen vorstellen, Mr. Richard Lidell und Miss Adeline Lidell. Dies ist meine Tochter, Mrs. Melanie Wilberforce.«

»Wie geht es Ihnen?«

»Erfreut, Sie kennenzulernen, Mrs. Wilberforce.«

Dem Austausch der Begrüßungsfloskeln folgte höfliches Plaudern. Melanie lächelte, lachte und versuchte, nicht allzu oft Richard Lidell anzustarren.

Sie fragte sich, ob er von ihr so beeindruckt war wie sie von ihm. Aber ein Mann, der so glatt und selbstsicher war, konnte innerlich niemals so aufgewühlt sein wie sie. Da sie sich eingeredet hatte, dass es höchst unwahrscheinlich war, ihren dunkeläugigen Fremden jemals wieder zu sehen, setzte sie sich nun der Qual aus, herauszufinden, ob er ihre Bekanntschaft beleben wollte.

Bruder und Schwester saßen am Tisch zu weit von ihr entfernt, sodass sie keine Unterhaltung führen konnten. Als die Damen sich in den Salon zurückzogen, während die Herren ihren Port genossen, entschied sich Melanie für einen Platz neben Delie. Die ältere Frau erwies sich als sehr charmant, deshalb glaubte Melanie, dass sie sich getäuscht hatte, als sie bei der Vorstellung den Eindruck gewann, Delie wäre ihr mit unfreundlicher Zurückhaltung begegnet.

Dieses Gefühl störte Melanie nur wegen ihres Interesses an dem dunkeläugigen Mann, der jetzt kein Fremder mehr war. Sonst war sie daran gewöhnt, mit ihrer Schönheit den Neid anderer Frauen hervorzurufen, und auch von Unfreundlichkeiten ließ sie sich nicht beeindrucken.

Aber jetzt schien die Frau sich sehr freundlich zu geben. Sie erklärte, dass ihr Bruder angeregt hätte, Australien zu besuchen, und vielleicht würden sie sich hier niederlassen.

»Oh, stehen die Aussichten gut dafür?«, fragte Melanie spontan und bemühte sich, die Aufgeregtheit aus ihrer Stimme fernzuhalten.

»Wir sind erst seit ein paar Tagen hier. Ric glaubt, dass es viele großartige Möglichkeiten gibt, in einem so jungen Land zu investieren.«

»Ja, das trifft sicherlich zu. Mit klugen Investitionen hat mein verstorbener Mann sein Vermögen gemacht.«

Delie legte eine mitfühlende Hand auf Melanies Arm. »Ich habe von Ihrem herben Verlust gehört, und es tut mir sehr leid. Es ist traurig, schon so früh Witwe zu sein.«

»Ich habe das Schlimmste überstanden«, sagte Melanie. »Aber lassen Sie uns nicht von mir reden, ich möchte alles über Sie wissen.«

Delie gab nur solche Fakten preis, die keinen Rückschluss auf Rics wahre Identität zuließen. Sie ließ auch anklingen, ohne den Anschein zu erwecken, dass sie sich beklagen wollte, wie schwer es ihr fiel, in einem Hotel zu wohnen, wenn man an ein großes Haus und viele Bedienstete gewohnt war.

»Wir haben überlegt, für den Rest unseres Aufenthalts ein Haus zu mieten. Wissen Sie von einer solchen Gelegenheit?«

Der Gedanke, der ihr schon während des Essens im Kopf herumgespukt hatte, brach sich plötzlich Bahn. »Warum wohnen Sie nicht bei mir? Es würde mir sehr gefallen, Sie beide als meine Gäste zu haben.«

Delie schien von der Großzügigkeit überwältigt zu sein. »Sie sind sehr freundlich, Mrs. Wilberforce, aber keiner von uns möchte sich Ihnen aufdrängen.«

»Aber das tun Sie gar nicht. Mein Haus ist groß, viel zu groß für nur eine Person. Sie würden mir einen Gefallen erweisen, indem Sie mir Gesellschaft leisten.«

»Ich muss meinen Bruder fragen. Ric« – sie winkte ihn heran, denn die Männer betraten gerade den Salon – »Mrs. Wilberforce hat uns angeboten, bei ihr zu wohnen.«

»Das ist sehr großzügig von Ihnen, Mrs. Wilberforce.«

»Dann stimmen Sie also zu?«

»Mit dem größten Vergnügen.«

Vielleicht war es nur der Widerschein des Kaminfeuers, aber das Glitzern in den schwarzen Augen gab Melanie Grund zu hoffen, dass große Vergnügungen vor ihr lagen.

Viertes Kapitel

Melanie drückte auf die Klingel für das Dienstmädchen, noch bevor die Sonne sich über die Baumgipfel erhoben hatte. Sie konnte nicht schlafen, wollte auf den Beinen sein und irgendwas unternehmen, irgendetwas, damit die Stunden schneller vorbeigingen. Das unerwartete Treffen mit ihrem dunklen Fremden und die Vorfreude darüber, ihn als Gast in ihrem Haus zu haben, erfüllte sie mit einer Rastlosigkeit, die sie nicht stillen konnte.

Bevor das aufgeregte Mädchen auf den ungewöhnlich frühen Ruf reagierte, saß Melanie schon am Fenster und starrte mit verträumten Blicken aus dem Fenster auf das vom Nebel verhangene Tal und weiter hinaus auf die bleichen Gebäude in der Stadt. Er war irgendwo da unten, und aller Wahrscheinlichkeit nach schlief er tief und fest, ohne dass fiebrige Gedanken seine Ruhe störten.

Melanie hegte keinen Zweifel, dass er ihre Einladung aus demselben Grund angenommen hatte wie sie, als sie den Vorschlag aussprach. Es bedurfte keiner Worte, um die sexuelle Anziehung zu definieren, die sie gegenseitig empfanden. Ein Mann wie er, dessen dunkle Augen die Welt mit zynischem Vergnügen betrachteten, würde sich von der Aussicht, eine neue Geliebte zu nehmen, nicht aus dem Gleichgewicht bringen lassen. Auf ihrem Rücken bildete sich eine Gänsehaut. Sie war der festen Überzeugung, dass Richard Liddell ihr viel mehr bedeuten würde, als sie ihm.

Während Melanie über den Dunstschleier der Stadt blickte, schlief Ric nicht mehr, wie sie angenommen hatte. Auch er war nach einer rastlosen Nacht aufgestanden und war seit dem Morgengrauen durch die verlassenen Straßen gegangen. Die Gedanken, die ihn beschäftigten, drehten sich mehr um Rache und weniger um Sex.

Aber Melanies Charme und Schönheit wirkten wie ein Katalysator auf seine Abneigung. Wenn sie eine billige kleine Schlampe gewesen wäre, wäre er über sie getrampelt und hätte ihr alles genommen, was sie aus Großvater Jeremiah herausgeholt hatte.

Die Witwe war absolut nicht die Person, die er sich vorgestellt hatte. Das Verlangen nach ihr war in dem Augenblick aufgeflammt, als er sie das erste Mal gesehen hatte. Als sie ihn gestern Abend angeschaut hatte, war das Verlangen noch größer geworden. Ihr Blick fühlte sich wie eine Eisenfaust an, die seinen Schoß gekrallt hatte.

Wütend, dass sie eine so intensive Wirkung auf ihn haben sollte, schwor er sich, sie so oft zu nehmen, wie es nötig war, um sie aus seinem System verbannen zu können. Dann erst würde er ihr sagen, wer er wirklich war und was er wirklich von ihr wollte.

Als die Kutsche, die geschickt worden war, ihre Gäste abzuholen, die lange Auffahrt nahm und langsam vor Arlecdons Hauptportal austrudelte, gab Melanie Carstairs kaum Zeit, die Tür zu öffnen, bevor sie die Treppen hinunter stürmte, um Bruder und Schwester zu begrüßen. Ihr Gesicht strahlte vor Freude.

»Willkommen auf Arlecdon. Ich bin ja so froh, dass Sie endlich da sind. Ich habe ganz ungeduldig auf Sie gewartet.«

Delie musste sich zwingen, den Blick von der beeindruckenden Fassade des Landhauses zu lösen, um dann ein schwaches

Lächeln zu zeigen, das ihr einen Ellenbogenstoß ihres Bruders einbrachte. Er gab sich höflich und weltmännisch.

»Adeline und ich stehen ob Ihrer großzügigen Gastfreundschaft tief in Ihrer Schuld, Mrs. Wilberforce.«

»Ach, das ist doch nicht der Rede wert. Wie Sie sehen, ist mein Haus groß genug, um noch mehr Gäste unterzubringen.«

Der offene Besitzanspruch forderte Rics Selbstbeherrschung heraus. Als er jetzt die Treppe zum Haus seines Großvaters hinaufging, einem Haus, an das ihn keine Kindheitserinnerungen banden, vervielfachten sich seine Gefühle der Ungerechtigkeit ins Unermessliche.

Delie, die nach Rics spärlicher Beschreibung nicht auf das gewaltige Haus vorbereitet gewesen war, hatte Mühe, ihre Stimme zu finden. »Das ist nicht nur ein Landhaus, man kann es auch eine Villa nennen.«

»Ich sehe, dass Sie wie betäubt sind«, sagte Melanie lächelnd. »Ich muss gestehen, dass ich ähnlich reagiert habe, als ich das Haus das erste Mal gesehen habe. Mehr noch, weil mir bewusst wurde, dass es mir gehört. Selbst heute noch muss ich mich manchmal in den Arm zwicken, um mich daran zu erinnern, dass dies die Wirklichkeit ist.«

»Sie leben noch nicht lange hier?«, fragte Ric mit freundlicher Neugier.

»Erst seit ein paar Monaten. Aber kommen Sie doch beide ins Haus. Ich habe mir gedacht, dass wir unseren Tee im kleinen Salon trinken.«

Während des Nachmittagstees war Melanie nur zu glücklich, alle Fragen über Arlecdon und den Grundbesitz zu beantworten. Die meisten Fragen stellte Ric, aber Melanie empfand die Fragen nicht als unangenehm oder störend. Ihrer Meinung nach war es ganz normal, dass ein Paar, das gerade aus England eingetroffen war, viele Fragen stellte, um die Situation mit den heimischen Gepflogenheiten zu vergleichen.

Delie gegenüber verhielt sich Melanie gerade mal so höflich, wie es sich für eine Gastgeberin gehörte, aber in erster Linie galt Ric ihr Interesse. Sie konnte nur selten den Blick von seinem satanisch guten Aussehen wenden, und sie fragte sich, wie sie es arrangieren konnte, mit ihm allein zu sein.

»Um diese Nachmittagsstunde ist ein Spaziergang durch die Gärten sehr angenehm«, sagte sie. »Es sei denn, Sie wollen mehr vom Haus sehen.«

Obwohl Melanie zu beiden gesprochen hatte, wusste sie, dass ihre Einladung allein Ric galt. Delie, die nicht genau wusste, welche Pläne Ric verfolgte, war aber bereit, ihm alle Freiheiten zu gewähren, die er brauchte, um seine Ziele zu verfolgen.

»Haben Sie was dagegen, wenn ich auf mein Zimmer gehe, Mrs. Wilberforce?«, fragte Delie. »Ich habe einen leichten Kopfschmerz und möchte mich gern ausruhen.«

»Oh, Sie Ärmste«, sagte Melanie voller Mitgefühl. »Natürlich ist Ihnen die Ruhe gegönnt.« Sie griff nach der Klingel für das Dienstmädchen. »Ich bin sicher, dass es in Ihrem Zimmer sehr angenehm ist, aber wenn Sie noch etwas brauchen, zögern Sie nicht, etwas zu sagen.«

»Sie sind sehr freundlich, Mrs. Wilberforce.«

»Bitte, nennen Sie mich Melanie. Ich würde es nicht ertragen, wenn wir während Ihres Aufenthalts so schrecklich förmlich bleiben.«

»Dann müssen Sie mich Ric nennen, denn auf Richard höre ich erst gar nicht.«

»Und ich nicht auf Adeline. Mir ist Delie viel lieber.«

Melanie klatschte in die Hände, entzückt wie ein kleines Kind. »Dann bleibt es dabei: Ric und Delie. Ich weiß, dass wir wahnsinnig gut miteinander auskommen werden. Ah, Kate«, sagte sie zum Dienstmädchen. »Bitte, führe Miss Liddell auf ihr Zimmer.« Dann, zu Delie gewandt: »Ich hoffe, du fühlst dich bald wieder besser.«

Als Delie und das Mädchen gegangen waren, wandte sich Ric mit einem intensiven Blick an Melanie, der das Blut in ihren Adern zu Wasser werden ließ. »Jetzt sind wir also endlich allein. Du bist eine sehr schöne, sehr begehrenswerte Frau, Melanie.«

»Du verschwendest nicht viel Zeit, Ric Liddell«, murmelte Melanie verschämt und spielte die Kokette. »Du bist nicht einmal eine Stunde in meinem Haus und gehst wie ein Verführer in den Angriff über.«

»Aus welchem Grund außer der freudigen Erwartung einer Verführung hättest du mich hierhin eingeladen?«, fragte Ric anmaßend.

»Hat man dir nicht gesagt, wie gastfreundlich wir in den Kolonien sind? Wenn ich dich nicht auf Arlecdon eingeladen hätte, wärst du bald in ein anderes Haus gebeten worden.«

»In dem Fall betrachte ich mich als Glückspilz, dass wir uns getroffen haben. Keine andere Gastgeberin könnte so charmant sein. Aber du wolltest mit mir durch die Gärten spazieren.«

»Ja. Später kann ich dir den ganzen Grundbesitz zeigen, aber er ist so groß, dass es mehrere Stunden dauern würde.« Sie erinnerte sich, warum es bei ihrer ersten Besichtigung noch ein wenig länger gedauert hatte, und errötete leicht.

Trotz der Faszination, die sie für Ric empfand, war sie nicht sicher, ob sie den Gärtner wieder zurück an die Arbeit schicken sollte, für die er eingestellt worden war. Er war ein sehr kräftiger Liebhaber, der sie stets befriedigt hatte. Nun, das würde sie im Laufe der Zeit entscheiden. Eines Tages würde Ric nach England zurückkehren.

Während sie über den Rasen spazierten, an den farbenprächtigen Blumenbeeten vorbei, rang Melanie um eine Gelassenheit, die einer Frau in ihrer Lebenssituation angemessen war. Die Anwesenheit des Mannes an ihrer Seite, sein moschusartiger maskuliner Geruch und die Art und Weise, wie seine dunklen Augen sie musterten, all dies hatte eine solche Wirkung auf sie, dass sie fürchtete, sich wie eine naive Miss zu verhalten, die sich zum ersten Mal in ihrem Leben in einen Mann verliebt hatte.

Sie gelangten an die Seite des Hauses, und Ric betrachtete die hohen Hecken. »Ist das ein Labyrinth?«

»Ja, ist es.«

»Faszinierend. Sollen wir es erkunden?«

Seine gesenkte Stimme ließ in Melanie keinen Zweifel aufkommen, mit welchen Gedanken er sich beschäftigte. Aber obwohl sie es kaum erwarten konnte, in Rics Arme genommen zu werden, seinen Körper hart gegen ihren gepresst, zögerte sie, mit ihm ins Labyrinth zu gehen. Es kam ihr so vor, als würde sie dann ihre Gefühle für Ric hinabziehen auf die Fleischeslust, die sie mit dem Gärtner verband. Melanie wollte, dass Ric ihr so viel mehr bedeutete.

»Jetzt nicht«, sagte sie als Antwort auf seine Frage nach dem Labyrinth. »Komm, gehen wir auf die östliche Terrasse. Dort hat man einen spektakulären Blick. An einem klaren Tag so wie heute kann man bis hinunter in den Hafen schauen.«

Als sie die Terrasse erreichten, gingen sie die wenigen Stufen hoch und schritten über die mit Steinen ausgelegte leichte Erhöhung. Melanie hielt an. »Hier«, sagte sie und streckte die Hand zum fernen glitzernden Wasser aus. »Stimmst du mir nicht zu, dass es ein wunderschöner Ausblick ist?«

»Wunderschön«, bestätigte er. Ric stand direkt hinter ihr, und sein Kommentar klang wie ein Kuss. Vergebens suchte sie eine lockere Reaktion, aber dann lagen seine Hände schon auf ihren Schultern, und seine warmen Lippen drückten fest in ihre Halsbeuge. »Je länger ich in deiner Nähe bin, desto größer wird mein Verlangen. Wann kann ich Liebe mit dir machen?«

Seine Lippen hinterließen eine Spur bis zu ihrem Ohr, als er zu flüstern begann. Eine Hand bewegte sich von der Schulter hinunter zur Brust, und die andere Hand zog sie fest gegen seinen Körper.

Melanie entspannte sich in seiner Umarmung und genoss dieses seltsam süße Gefühl, zu jemandem zu gehören. Dadurch erhöhte sich ihre eigene Leidenschaft.

»Sag mir wann, Melanie. Wann wird es mir erlaubt sein, deinen Körper anzubeten?«

»Heute Abend«, brachte sie flüsternd hervor und wünschte, es wäre schon Abend.

»Ich weiß nicht, ob ich so lange warten kann«, gab er zurück. »Heute Morgen aufzuwachen und zu wissen, dass ich dich in meinen Armen halten würde, bevor der Tag zu Ende geht, ist mir wie eine süße Folter gewesen.«

»Für mich war es genauso. Oh, Ric, ich habe von dir geträumt, seit ich mit der Kutsche an dir vorbeigefahren bin.«

»Glaubst du, ich hätte nicht von dir geträumt? Ich wusste, ich würde dich finden.«

Vor Überraschung löste sich Melanie aus seiner Umarmung und drehte sich um, damit sie in sein Gesicht schauen konnte. »Dann war es kein Zufall, dass du auf der Dinnerparty meiner Eltern aufgetaucht bist?«

»Natürlich nicht. Ich wollte dich wieder sehen.«

Er beugte den Kopf und näherte sich ihrem nach oben gewandten Gesicht. Hinter Atem wie eine Jungfrau, wartete Melanie auf den Moment, in dem seine Lippen ihre berühren würden.

»Entschuldigung, Madam.«

Ric und Melanie lösten sich hastig voneinander. Melanie wirbelte herum und sah sich ihrer Haushälterin gegenüber. Ric bewegte sich langsamer.

Mit gerümpfter Nase wollte Mrs. Godwin ihn mit einem ihrer tadelnden Blicke strafen, aber dann weiteten sich ihre Augen, genau, wie es bei Mr. Bartlett gewesen war. Alarmsignale schrillten in Rics Gehirn. Er hatte nicht damit gerechnet, dass es noch ältere Bedienstete gab, die seinen Vater gekannt hatten.

Er hob den Kopf um höchstens einen Zentimeter, und seine Augen blitzten eine Warnung. Zu Rics Erleichterung schloss Mrs. Godwin ihren Mund.

»Was ist denn, Mrs. Godwin?« Melanies Stimme klang gereizter als sonst, wenn sie mit dem Personal sprach. Die Störung der Haushälterin hatte sich wirklich im ungünstigsten Augenblick abgespielt.

»Ich möchte gern wissen, Madam, ob Sie und Ihre Gäste im offiziellen Speisesaal essen wollen oder ob Sie weiter das Familienesszimmer benutzen werden.«

»Das Familienzimmer, glaube ich. Wir sind nur zu dritt, und es würde ein wenig albern aussehen, wenn wir an einem Tisch sitzen, an dem dreißig Menschen Platz finden könnten.«

»Kein Problem, Madam.«

»Noch einen Augenblick, Mrs. Godwin«, sagte Melanie. »Mr. Liddell und Miss Liddell sind gerade erst aus England eingetroffen. Weisen Sie das Personal an, dass alles zu geschehen hat, was meinen Gästen ihren Aufenthalt auf Arlecdon so angenehm wie möglich macht.«

»Ja, Madam.« Die Frau wich ein paar Schritte zurück, aber bevor sie abdrehte, warf sie Ric noch einen erstaunten, fragenden Blick zu.

Melanie war enttäuscht, dass Ric nicht an den Punkt ihrer Intimität zurückkehrte, bei dem sie unterbrochen worden waren. Er schien sogar die Lust an der herrlichen Aussicht verloren zu haben. Sie musste annehmen, dass sein Kopf mit anderen Dingen beschäftigt war.

»Ich gehe davon aus, dass du dich, wie die meisten Damen der Gesellschaft, am Nachmittag eine Weile zur Ruhe begibst.« Seine Stimme ließ durchblicken, dass er auf eine solche Angewohnheit hoffte.

Melanies Erregungspegel stieg wieder. »Manchmal«, sagte sie. Schlug Ric vor, sie dabei zu begleiten?

»Dann wirst du mich nicht für unhöflich halten, wenn ich in dieser Zeit ein paar Briefe schreibe?«

»Oh.« Sie konnte ihre Enttäuschung nicht verbergen. »Natürlich nicht. Ich rufe das Mädchen, dann kann es dich aufs Zimmer bringen.«

»Ich dachte, diese Aufgabe könntest du selbst übernehmen«, sagte er, und ein Schimmer trat in seine Augen.

Sofort schnellte Melanies Erregung wieder nach oben. Sie führte ihn durch die Tür, die auch Mrs. Godwin benutzt hatte. »Obwohl das Haus groß ist, hat es einen einfachen Grundplan. Du wirst dich schnell zurechtfinden.«

Sie gingen die geschwungene Treppe ins obere Stockwerk. »Das ist Delies Zimmer«, sagte sie, als sie an der Tür vorbeigingen, »und das ist deins.« Sie blieb vor einem Eingang weiter den Flur entlang und auf der anderen Flurseite stehen.

»Und deins?«

»Meine Suite befindet sich am anderen Ende. Ich habe ein Eckzimmer, sodass ich sowohl auf den Hafen wie auf die Berge blicken kann. Willst du dir die Aussichten mal ansehen?«

»Wenn ich zu dir komme, Melanie, dann habe ich nicht vor, mich an den Aussichten zu delektieren«, sagte er grinsend und strich mit seinen Knöcheln leicht über ihre Brust. Sie fühlte die Liebkosung mehr zwischen ihren Schenkeln als dort, wo er sie berührt hatte.

»Wann?« Sie schaute ihn flehendlich an.

»Heute Abend. Das hast du mir doch selbst vorgeschlagen. Dann werde ich das erste Mal Liebe mit dir machen. Ich habe nicht die Absicht, durch dieses Erlebnis zu hetzen. Ich möchte viele Stunden bei dir liegen, um unsere Lust so lange hinauszuzögern wie möglich.«

Bei solchen erregenden Versprechungen beschloss Melanie, den Rest des Nachmittags auszuruhen. Sie hatte das Gefühl, dass sie ihre ganze Kraft benötigte, um Rics Anforderungen gewachsen zu sein.

Ric plante, ihr wenigstens eine halbe Stunde Zeit zu lassen, bevor er sich auf die Suche nach der Haushälterin begab. Ein diskretes Klopfen brachte die Frau zur Tür.

Sie wollte erst gar keine Ausflüchte machen. »Sie sind der Enkel des alten Herrn, nicht wahr? Mister Richards Junge, stimmt das nicht?«

»Warum fragen Sie, wenn Sie mich doch erkannt haben. Ich glaube, die Ähnlichkeit mit meinem Vater ist so stark, dass ich die Verwandtschaft nicht leugnen kann.«

»Aber sie weiß es nicht, richtig?« Sie wies mit einem kurzen Rucken des Kopfes in die Richtung von Melanies Suite.

Rics Brauen zogen sich zusammen, und sein Gesicht zeigte eine Strenge, die nicht zu übersehen war, auch nicht von einer Frau, deren viele Jahre im Dienst der Familie Wilberforce ihr das Recht gaben, offen zu sprechen. »Ich nehme an, Sie mögen Mrs. Wilberforce nicht, was?«

Mrs. Godwin hob die Schultern. »Es ist doch sonnenklar, dass sie den alten Herrn nur des Geldes wegen geheiratet hat. Ich kenne ihre Art, und ich weiß auch, was ich da draußen auf der Terrasse unterbrochen habe.«

»Vielleicht wissen Sie's, vielleicht auch nicht.«

»Hach! Ich bin sicher, sie wird auch von Ihnen nehmen, was sie kriegen kann.«

»Es gibt nichts mehr zu holen. Die Witwe hat alles.«

»Warum sagen Sie ihr nicht, wer Sie sind?«

»Ich habe meine Gründe. Die brauchen Sie nicht zu interessieren«, fügte er hinzu, als er das vorwitzige Glitzern in ihren Augen sah. »Gibt es noch weitere Angestellte, die mich vielleicht erkennen könnten?«

»Nicht, dass ich wüsste.«

»Es gab doch ein Porträt meines Vaters.«

»Das ist in einem sicheren Versteck.«

»Dann sorgen Sie dafür, dass es dort bleibt. Mrs. Wilberforce kennt mich als Richard Liddell. Ich gehe davon aus, dass Sie nichts sagen werden, was sie auf die Idee bringen könnte, dass es nicht mein echter Name ist.«

»Von mir wird sie nichts hören. Aber ich möchte schon gerne wissen, warum Sie so geheimnisvoll tun.«

»Das glaube ich Ihnen sofort.«

»Ich weiß, dass der alte Herr ihr alles hinterlassen hat, auch wenn sie erst seit ein paar Wochen verheiratet waren. Sie hat ihn mit ihren Reizen überlistet, das steht für mich fest. Vorher hat er immer gesagt, dass er Ihnen alles vermachen will.«

»Ja, diese Tatsachen sind mir hinreichend bekannt«, fuhr er sie an, Ärger in der Stimme.

Ein zufriedenes Grinsen ordnete die Falten neu im Gesicht der Frau. »Ah, jetzt verstehe ich. Sie sind hier, weil Sie Vergeltung üben wollen.«

Rics Lippen wölbten sich spöttisch. »Vergeltung bringt einem nichts ein, Mrs. Godwin. Nein, ich bin hier, um mir mein Erbe zu sichern.«

Melanie wirbelte in ihrem Zimmer herum, und ihr Nachthemd flatterte um ihren Körper. Vor lauter Aufregung schlang sie die Arme um ihren Leib, als wollte sie die Vorfreude auf seine Umarmung genießen. Bald würde Ric zu ihr kommen. Sie hatte sich alle seine Gesten eingeprägt, fing während des Essens jeden seiner Blicke auf und hörte immer wieder die Stimme, die ihr die Freude für eine ganze Nacht versprach.

Als sie am Nachmittag auf ihr Zimmer gegangen war, hatte sie im Schlaf von Ric geträumt. Mitten im Traum war sie wach geworden, und ihr Verlangen nach ihm war noch einmal beträchtlich gestiegen.

Ihr Herumwirbeln brachte sie vor den Spiegel. Sie hielt inne und betrachtete sich. Ihr weißes Nachtgewand mit dem hohen Kragen und den langen Ärmeln wirkte sehr zurückhaltend; sie hatte es gekauft, weil es eine gewisse Wohlanständigkeit ausdrückte. In einer plötzlichen Anwandlung blies Melanie die Lampen aus, dann zog sie die Vorhänge beider Fenster zurück und ließ das helle Mondlicht ins Zimmer strömen. Sie ließ sich auf den Sessel am Fenster nieder, zog die Knie bis zum Kinn an und schaute hinaus auf den blauen Dunst, der sich über die Landschaft gelegt hatte. Als sie hörte, wie die Tür geöffnet wurde, wandte sie nur leicht den Kopf.

Gekleidet in einen langen Brokatmantel, schloss Ric die Tür leise hinter sich, dann starrte er auf das jungfräuliche Bild, das sich ihm präsentierte. Seine Augen glänzten vor amüsierter Bewunderung. »Soll ich glauben, dass du ein unschuldiges Mädchen bist, das nichts von Sex weiß?«

Melanie bedachte ihn mit einem schelmischen Lächeln. »Ich bin gespannt auf das, was ich von dir lernen kann.« Sie vermied es, ihn anzusehen.

»Hexe.« Ric lachte glucksend und trat ein paar Schritte näher. »Steh auf und zieh das alberne Nachthemd aus. Ich will mich davon überzeugen, wie du aussiehst.«

Melanie erhob sich, lupfte das Nachthemd über den Kopf und warf es zur Seite. In ihrer sinnlichen Nacktheit wartete sie auf seine Reaktion.

Ric bewegte sich nicht, aber sie hörte, wie er tief Atem schöpfte. »Dreh dich um, aber langsam. Ja, so ist es gut. Bleibe so stehen«, befahl er, als sie seitlich zum Fenster stand. »Hebe jetzt deine Arme über den Kopf.«

Wieder tat Melanie, wie geheißen. Das Heben der Arme bewirkte, dass sich auch ihre Brüste hoben. Das Mondlicht beschien ihre Silhouette.

»Dreh dich weiter.«

Als sie einen vollen Kreis gedreht hatte und ihm wieder gegenüberstand, senkte sie die Arme. »Gefalle ich dir?«

»Sehr. Dein Körper ist so vollkommen, wie ich ihn mir vorgestellt habe.«

»Jetzt bin ich dran.«

Der Mantel war das einzige Kleidungsstück, das Ric trug. Er warf es ebenfalls zur Seite, und es landete auf Melanies Nachthemd. Melanie war einen Moment abgelenkt durch das erotische Bild des dunklen Stoffs, der auf dem jungfräulichen Weiß ihres Nachthemds lag. Sie stellte sich vor, dass Ric auf diese Weise ihren Körper bedeckte.

Die Füße auseinander, die Arme an den Seiten, wartete er darauf, bis sie sich an ihm satt gesehen hatte.

Ein Knoten bildete sich in Melanies Bauch. Der ganze Körper von Ric besaß diese dunkle Haut, die auch sein Gesicht so attraktiv machte. Die festen männlichen Brustwarzen hatten die Farbe von Schokolade, und die dreieckige Matte von Haaren zwischen den Nippeln war so dunkel wie die Haare auf seinem Kopf.

Melanies Blick folgte der feinen Haarlinie, die rund um seinen Nabel führte und dann nach unten stieß, wo sie sich mit dem Dickicht seines Schoßes verband. Seine Männlichkeit, obwohl nur halb erregt, schien unter ihrer genauen Betrachtung leicht zu zucken. Melanie befeuchtete ihre Lippen, bevor ihre Blicke die Reise fortsetzten und seine langen, schlanken Beine in Augenschein nahmen. Die kräftigen Muskeln versprachen eine Kraft, die ausreichen würde, um jede Frau in eine nicht enden wollende Ekstase zu bringen.

»Nun?«

Melanie hob den Blick zu seinem Gesicht. Seine Augen leuchteten wie zwei kleine schwarze Diamanten. Sie ging auf ihn zu und hielt erst inne, als ihre Körper sich fast berührten. Auch ihre Augen glänzten.

»Ich glaube, du wirst mich sehr schön befriedigen«, murmelte Melanie.

Er zog sie an sich und presste den Mund zu einem Kuss auf ihre Lippen; es war ein Augenblick, auf den sie lange gewartet hatte. Melanie hob die Arme, um ihre Finger durch seine Haare zu streicheln. Seine Zunge stieß forschend in ihren Mund, als wollte er ihre Süße schmecken.

Ein schwaches Zittern bebte durch Melanie, und Ric zog sie noch fester an sich, während eine Hand zu ihren Pobacken fand und sie sanft zu kneten begann. Sie schmiegte sich an ihn und labte sich an der Sinnlichkeit seiner nackten Haut, die sie an ihrer rieb. Sein Brustkorb quetschte ihre steil aufgerichteten Nippel. Sie reagierte voller Wonne auf seinen Kuss, und ihre Zunge wiederholte das Spiel von eben in seinem Mund.

Das Rucken gegen ihren Unterleib verriet er, dass seine Männlichkeit nun voll erregt war. Die Hand auf ihrem Po glitt tiefer, schob sich durch die Kerbe und drang weiter vor, bis er ihre Nässe fühlen konnte.

Plötzlich nahm er sie schwungvoll in ihre Arme und trug sie hinüber zum Fensterplatz und setzte sie auf seinen Schoß. Während er mit der linken Hand ihre Schultern stützte, setzte er seine Verführung mit einem Kuss fort, und die rechte Hand forschte zwischen ihren Schenkeln. Melanie, die vor lüsterner Not zitterte, öffnete die Beine und griff mit der eigenen Hand um den festen Turm seiner Erregung.

Geschickte Finger spielten zärtlich mit den nassen Falten ihrer Pussy, und Melanie spürte, wie ihr Hitzepegel noch weiter anstieg. Sie konnte nicht sprechen, weil ihr Mund noch von seinem gefangen gehalten wurde. Sie löste die Hand von seinem Organ, damit sie seine Hand fester gegen ihre Muschi drücken konnte. Dort hielt sie seine Hand fest, bis er einen Finger in die nassen Falten schob.

Seine Finger stießen zu, als wollten sie ihre Höhle bis auf

den letzten Millimeter erforschen, dann strichen sie sanft über die geschwollenen Labien, wodurch Melanies ganzer Körper leicht zu beben begann. Als das Zittern stärker wurde, hob Ric sie behutsam von seinem Schoß und legte sie auf die Sitzbank unter dem Fenster.

Er kniete sich auf den Boden und spreizte ihre Beine weit. Einen Fuß stellte er auf den Boden, den anderen hob er aufs Fensterbrett. Seine Finger zogen die Labien auseinander, dann beugte er sich hinunter und ließ das Spiel seiner Zunge beginnen.

Melanies Erwartungen über Rics Fähigkeiten als Liebhaber fand sie alle bestätigt. Seine Zunge übte genau den richtigen Druck aus, um jene exquisiten Sensationen zu erleben, auf die sie sich gefreut hatte. Melanie wünschte, sie könnte ewig auf diese Weise verwöhnt werden, auch wenn sie wusste, dass es unmöglich war. Millionen kleiner Flammen, hervorgerufen von Rics Zunge, vereinten sich rasch zu einem Feuer, das sie schon bald nicht mehr kontrollieren konnte.

Ric bewegte seine Daumen ein wenig höher gegen ihr Fleisch, um die Knospe ihrer größten Empfindlichkeit zu entblößen. In dem Moment, in dem seine Zunge sanft über die Klitoris glitt, schoss ein glühend heißer Flammenpfeil durch Melanies bebendes Lustzentrum.

Ihr Körper wurde unkontrolliert geschüttelt, und es war ihr, als würden im nächsten Augenblick ihre Sinne schwinden. Das Inferno, das sich in ihrem Schoß aufbaute, schwoll an und umschlang ihr Gehirn – sie sah nur noch einen Wirbel aus grellen Farben vor sich.

Sie spürte nur Hitze und Nässe und Rics Mund, der hart an ihrer Vulva saugte. Sonst existierte nichts mehr in ihrem Universum. Der Rest ihres Körpers hatte sich in gleißende Farben aufgelöst, aber sie spürte ihr brennendes Geschlecht.

Später – Melanie konnte nicht sagen, ob es Minuten oder Stunden später war – richtete sich Ric auf, beugte sich über sie und küsste sie sanft. Melanie schmeckte ihre eigene Süße auf seinen Lippen. Als er sich zurückzog, schaute sie in seine glänzenden dunklen Augen.

»Oh, Ric«, war alles, was sie herausbrachte.

»Willst du mehr?«

»Ich will dich.«

Ric ließ seinen Körper sinken, und der erste Kontakt seiner Eichel mit ihrem geschwollenen Fleisch zog ein leises, inbrünstiges Stöhnen Melanies nach sich. Er drang sehr langsam in sie ein, als wollte er sich jede Zelle ihrer seidigen Scheide einprägen, die sich saugend um seinen erhitzten Muskel schmiegte. Als er ganz tief in ihr steckte, küsste er sie hart und quetschte ihren Körper mit seinem Gewicht.

»Du fühlst dich wunderbar an, einfach perfekt.« Seine Stimme klang heiser vor Verlangen. Ein tiefes Stöhnen folgte seinen Worten. »Ich kann nicht warten.«

Der Druck seiner Not bestimmte die Geschwindigkeit seiner Stöße. Melanies Finger krallten sich in seinen Rücken, und ihre Nägel gruben sich in seine Haut. Sie schlang die schlanken Beine um seinen Körper und hob die Hüften an, um seinen Stößen mit einem Eifer zu begegnen, der es mit Rics Lüsternheit aufnehmen konnte.

Eine so rasende Geilheit konnte nicht lange anhalten. Melanie erklomm schon bald ihren Gipfel, und Ric erreichte seinen Höhepunkt nur kurz nach ihr.

Sie lagen nebeneinander im Bett; Melanie in einem gesättigten Halbschlaf in Rics Armen. Noch zwei Mal hatten sie Liebe gemacht, und jedes Mal war es schöner gewesen als zuvor. Wenn sie nicht in Lust verbunden waren, erforschten sie mit Fingern und Lippen den Körper des anderen, bis es keine Stelle mehr gab, die sie nicht ertastet, gestreichelt oder geschmeckt hatten.

Melanie fand, wenn sie eine Katze wäre, hätte sie die ganze Zeit danach geschnurrt. Sie kuschelte sich enger an Ric heran und gab ihm einen Kuss auf die Schulter. Ihre Hand schlängelte sich hinunter zu seinem schlummernden Penis.

Ric ließ ein spöttisches Stöhnen hören. »Bist du noch immer nicht zufrieden?«

»Nie.«

»War es auch bei deinem Gatten so? Hast du ihn mit Sex ins Grab gebracht?«

Melanie wich zurück, als hätte er ihr eine Ohrfeige versetzt. Sie richtete sich auf die Knie auf und starrte ihn ungläubig an. Wie konnte er so etwas zu ihr sagen, nachdem sie so lustvoll Liebe gemacht hatten? Durch den Schleier des Schocks konnte sie erkennen, dass sich seine Lippen zu einem dünnen Strich zusammengezogen hatten. Sie wusste jetzt, dass er sie absichtlich verletzt hatte und wälzte sich aus dem Bett.

Sie zog ihr Nachthemd unter seinem Mantel hervor und zog es sich über den Kopf, dann schlang sie die Arme schützend um ihren Leib. Sie konnte ihn nicht anschauen und wollte nicht, dass er ihre Tränen sah.

An den Geräuschen hörte sie, dass er auch aufgestanden war und sich den Mantel angezogen hatte. Die Haare in ihrem Nacken richteten sich auf, denn sie wusste, dass er dicht hinter ihr stand. Feste Hände packten ihre Schultern, und warme Lippen pressten sich auf ihren Hals.

Ohne sich umzudrehen, befreite sich Melanie mit einem Ruck von ihm. Ric zog sie erneut an sich, und diesmal hielt er sie so fest, dass sie seinen verletzenden Berührungen der Hand zwischen ihren Beinen nicht entkommen konnte.

»Schmerzt die Wahrheit, Mrs. Wilberforce? Sie hätten jemanden mit Ausdauer heiraten sollen, damit er Ihren Anforderungen gerecht würde. Oder gab es keine jungen Männer, die reich genug waren?«

Melanie brach in ein Schluchzen aus, und die Tränen, die

sie hatte verbergen wollen, rannen nun über ihre Wangen. Ihr Stolz gebot ihr zu schweigen, auch wenn ihr Herz vor Verwirrung und Verletzung schmerzte.

»Du brauchst keine Tränen zu vergießen.« Rics Stimme klang hasserfüllt und höhnisch. »Mich wirst du nicht ins Grab bringen. Aber du solltest wissen, dass jeder Sex, der zwischen uns abläuft, zu meinen Bedingungen über die Bühne geht.«

Eine halbe Minute später war Melanie allein. Sie ging zurück ins Bett, zog die Laken über sich und kuschelte sich in ein zitterndes Häuflein Elend.

Sie konnte nicht begreifen, warum sich Ric so verletzend geäußert hatte, besonders nicht nach den lustvollen Intimitäten, die sie ausgetauscht hatten. Die glühende Art von Ric, die Lust, die er ihr so sanft bereitet hatte, war für sie der Inbegriff gewesen, den man mit ›Liebe machen‹ beschrieb, während er nur von Sex gesprochen hatte. Offenbar hatte sie sich geirrt.

Nachdem eine neue Tränenflut aus ihr heraus brach, schwor sie sich, Richard Liddell und seine Schwester morgen früh wegzuschicken, aber dann wusste sie, dass sie das nicht konnte. Ganz egal, was Ric von ihr hielt – ihr war bewusst, wie sehr sie an ihm hing. Auf den ersten Blick hatte sie sich in den dunklen Fremden verliebt. Jetzt war sie vernarrt in diesen Mann. Sie zweifelte auch nicht daran, dass Ric sie begehrte. Konnte sie seine Begierde in Liebe verwandeln?

Allmählich vertrieb die Müdigkeit ihre besorgten Gedanken. Sie war fast eingeschlafen, als ihr ein früherer Kommentar von Ric einfiel. In einem Nebensatz hatte er ihren alten Gatten erwähnt. Hatte er ein Problem damit? Konnte Ric nicht akzeptieren, dass sie mit einem Mann verheiratet gewesen war, der vom Alter her ihr Großvater hätte sein können?

Fünftes Kapitel

Als Melanie am nächsten Morgen das Frühstückszimmer betrat, erhob sich Ric rasch von seinem Stuhl, um sie mit einem freundlichen Lächeln zu begrüßen. Er hielt ihr den Stuhl hin, und als sie sich gesetzt hatte, beugte er sich hinunter, bis seine Lippen ihr Ohr leicht berührten.

»Du warst wunderbar gestern Nacht.«

Der gefühlvolle Tonfall seiner Stimme rief in Melanie Erinnerungen wach, was für ein großartiger Liebhaber Ric war. Ihre Besorgnis, ihn zum Frühstück zu treffen, schwand von einem Moment zum nächsten, obwohl sie seit dem Aufwachen an nichts anderes hatte denken können. Wenn er mit dieser Stimme sprach, und wenn seine dunklen Augen mit einem solchen Verlangen glänzten, dann konnte sie leicht seine gehässigen Bemerkungen über Jeremiah vergessen.

»Ist Delic noch nicht auf?«, fragte sie, weil ihr nichts anderes einfiel, um ein Gespräch zu beginnen. Aus den Blicken, mit denen Ric sie bedachte, musste sie schließen, dass Ric bereit war, sofort wieder Sex mit ihr zu haben, am liebsten gleich hier am Frühstückstisch. Nicht, dass Melanie es verhindert hätte, wenn er angefangen hätte.

»Meine Halbschwester ist faul. Ich bin sicher, dass sie sich erst in einer Stunde oder so sehen lässt.«

»Sollen wir warten, bis sie da ist, bevor wir überlegen, wie wir den Tag verbringen können? Oder möchtest du irgendwas Bestimmtes heute erledigen?«

Seine Augen leuchteten noch heller. »Ich will wieder Sex mit dir machen.«

Melanie warf ihm ein scheues Lächeln zu. »Davon mal abgesehen.«

»Ich würde gern den Grundbesitz abreiten und dich als meine Fremdenführerin nehmen«, sagte er. »Du reitest doch?«

»Ein wenig.«

»Dann kann ich mir nichts Schöneres vorstellen, den Morgen zu verbringen.«

»Dann könnten wir mit einem Tagesritt beginnen und zum Hog and Hound reiten. Das ist eine kleine Gastwirtschaft an der westlichen Straße«, erklärte sie auf Rics fragenden Blick hin. »Sie bieten einfache, aber köstliche Gerichte an.«

»Das hört sich sehr gut an.«

Eine Stunde später eilte Melanie in einem samtenen Reitkleid, das zur Farbe ihrer Augen passte, zu den Ställen. Ric war schon vorgegangen und wartete auf sie. Er hielt die Zügel des großen rötlichbraunen Wallachs, während der Stallbursche eine kleinere Stute sattelte. Ric half Melanie beim Aufsitzen, bevor er sich auf den Rücken des Wallachs schwang.

Seite an Seite ritten sie über den Hof, an der Küche vorbei zum Obstgarten. Der Stallbursche, der sich ausschließlich um die freundliche Herrin gekümmert hatte, sah ihnen nach und fand, dass sie ein großartiges Paar abgaben. Simmonds, Melanies Gärtner und Liebhaber, sah sie und dachte auch etwas in dieser Richtung.

Er begriff jetzt, warum die Herrin in den letzten Tagen nicht nach ihm gerufen hatte. Sie hatten ihn fast erreicht, und jetzt trat er hinter einem Strauch hervor. Melanie lächelte über etwas, was der Mann an ihrer Seite gerade gesagt hatte. Man sah ihr die Freude über seine Begleitung an. Der Gesichtsausdruck des Mannes verriet Intimität.

Simmonds ballte die Hände zu Fäusten, so sehr ärgerte er sich. Er trat noch einen Schritt weiter vor.

»Guten Morgen, Ma'am.«

»Oh, guten Morgen, Simmonds.« Melanie bedachte ihn nur

mit einem kurzen Blick, bevor sie Ric wieder ihre Aufmerksamkeit schenkte.

Aber Ric war die säuerliche Miene des Mannes aufgefallen und auch seine gereizten Blicke, die mehr ihm als Melanie galten. »Ein ziemlich dreister Bursche«, kommentierte er. »Gibt es einen Grund für seine Unfreundlichkeit?« Er sprach mit gesenkter Stimme, damit nur Melanie ihn hören konnte.

Melanie sah zurück und stellte fest, dass Simmonds wie verwurzelt auf seinem Platz stand. Sie wandte ruckartig den Kopf, dass ihre Haare flogen, und sagte zu Ric: »Kümmere dich nicht um ihn. Er ist nur mein zweiter Gärtner.«

Melanies Worte hatte Simmonds nicht hören können, aber die ruckartige Bewegung ihres Kopfes war aussagekräftig genug für ihn. Er fühlte sich gedemütigt, und vor Zorn stieg die Röte in sein Gesicht. Er mochte zwar nur ein Gärtner sein, aber seine amoralische Herrin würde noch erfahren, dass er nicht mit sich spielen ließ.

Sexuelle Erregung gehörte für Delie zum Aufwachen. Kein Morgen verging, an dem sie sich nicht selbst verwöhnte, bevor sie das Bett verließ. Bis sie Conrad J. Irving kennengelernt hatte, war sie auf ihre geschickten Finger angewiesen, aber seither setzte sie häufiger den schwarzen Holzphallus ein. Delie bewahrte ihn, das Öl und anderes Spielzeug in einer kleinen Dose aus Kampferholz in Reichweite ihres Betts auf.

Sie streckte sich mit einer sinnlichen Trägheit, trat die Laken nach unten und ließ ihre Hände leicht über die nackte Haut gleiten, womit sie sich auf heftigere sexuelle Liebkosungen vorbereitete. Sie nahm den Dildo aus der Dose und begann ihn gründlich einzuölen.

Während dieses Prozesses dachte sie, wie immer, wenn

ihre Finger sich an der Form des glatten Holzes ergötzten, wie bedauerlich es war, dass Conrad J. Irving am Tag nach ihrem Treffen die Stadt hatte verlassen müssen. Delie hätte gern mehrere Wiederholungen seiner Art von Sex erlebt.

In den vergangenen Tagen hatte die Neuheit der Spielzeuge sie bei Laune gehalten, aber eben nicht völlig befriedigt. Delie hatte einen sehr starken Geschlechtstrieb, und sie brauchte fast ständige Stimulation. In sehr naher Zukunft musste sie sich einen Liebhaber suchen. Einer mit einem so harten Schaft wie jener, den sie gerade zwischen ihre Schenkel schob.

Oh, aber er fühlte sich gut an. Sie schloss die Augen und konnte sich vorstellen, wie ein Mann mit seinem rigiden Organ in sie hineinpumpte, und wie er geschickt über ihre empfindliche Lustknospe strich. Delie brauchte nicht lange bis zu ihrem Orgasmus.

Kurz darauf klingelte sie nach dem Dienstmädchen. Sie bestellte sich ihr Frühstück aufs Zimmer, und als sie erfuhr, dass Ric und Melanie ausgeritten waren, beschloss sie, die Zeit zu nutzen, um einen Liebhaber zu finden. Warum sollte Ric allein sich die Zeit versüßen? Delie wusste, dass ihr Bruder mehr als die halbe Nacht in Melanies Zimmer verbracht hatte.

Als Delie sich anzog, schockierte sie das Dienstmädchen, indem sie auf Mieder und Unterwäsche verzichtete. Delie wischte die Einwände des Mädchens mit überheblicher Ungeduld beiseite. Offenbar konnte man ausgerechnet mit diesem Mädchen keinen Spaß haben, und Delie fragte sich, ob sie ein anderes haben konnte, das offener war und diese Spaßbremse ersetzen würde. Eine wie Annie zum Beispiel, die mehr als bereit war, alles zu tun, was Delie von ihr verlangte.

Über eine Stunde lang stromerte Delie durchs Haus, und ihr Hass auf Melanie wuchs mit jedem Zimmer, das sie besichtigte. Der Luxus von Arlecdon unterstrich noch die Schäbigkeit von Liddell Hall. Aber ihr geliebtes Zuhause, schwor Delie, würde nicht mehr lange in so einem erbärmlichen Zustand sein. Sobald Ric der Witwe überdrüssig geworden war und sein Recht durchgesetzt hatte, würde Delie dafür sorgen, dass Liddell Hall nur mit dem Besten ausgestattet wurde.

Während sie das Haus erforschte, begegnete Delie einigen Dienstmädchen. Jede einzelne grüßte freundlich und wandte sich dann wieder der Arbeit zu. Keine von ihnen war nach Delies Geschmack, denn sie hatte das große Talent, das sexuelle Potenzial einer Person auf den ersten Blick zu erkennen.

Sie betrat den Salon im ersten Stockwerk und stieß dort auf eine Szene, die sie sehr erfreute, auch wenn sie sich im ersten Moment ein wenig erschrocken hatte.

Wer hätte wohl gedacht, dass der dienstbeflissene Butler so ein geiler Bock war. Er hatte eines der Dienstmädchen über den Rücken eines Sofas gelegt, die Röcke bis zur Taille geschoben. Seine Hände lagen auf ihren Pobacken, während er, das Gesicht von der Ekstase verzerrt, seinen Stab mit einer Energie in sie hineinpumpte, die augenscheinlich zur absoluten Befriedigung des Mädchens führte.

Da Delie gar nicht erst versuchte, unbemerkt ins Zimmer zu treten, wurde sie von den beiden sofort bemerkt. Zwei schuldbewusste Gesichter starrten sie an, weil sie mitten im Akt erwischt worden waren. Das Mädchen sah völlig verängstigt aus, und dem Butler sah man an, dass er vor der Entscheidung stand, entweder auszustöpseln oder seinem Trieb zu gehorchen und bis zur Erlösung weiter zuzustoßen, denn bis dahin würde es nicht mehr lange dauern.

»Macht weiter«, sagte Delie, die damit die Lösung für sein Dilemma bot. »Ich schaue gern den Leuten zu, wenn sie sich amüsieren.«

Carstairs war in seinem sexuellen Drang zu weit fortgeschritten, um sich über den ungewöhnlichen Kommentar der Frau zu wundern. Die Energie kehrte zurück in seine Stöße.

Er ignorierte Delie, die sich neben ihn stellte, um aus nächster Nähe zuzuschauen, wie der nasse Schaft voller Wucht in die Pussy des Mädchens stieß.

Aber er konnte ihre Anwesenheit nicht länger ignorieren, als sie mit leiser, lüsterner Stimme beschrieb, was sie sah und ihm sagte, was er tun sollte. Sein Pumpen legte an Tempo zu, und sein Atem kam immer hektischer. Auch das Mädchen begann laut zu keuchen, als sich ihr Höhepunkt näherte.

Delie schob eine Hand unter den Körper des Mädchens, um über die geschwollene Lustperle zu reiben. Ein Schrei von unerwarteter Lust kam über die Lippen des Mädchens. Der Rhythmus des Butlers ging in lange, tiefe Stöße über, die ihn zu seiner eigenen Erlösung brachten.

Erst jetzt, als ihre Lust gesättigt war, begannen die beiden Angestellten, über die Folgen der Situation nachzudenken. Carstairs zog seinen pochenden Schaft ins Freie, und das Mädchen ordnete im Bücken die Röcke und richtete sich dann auf. Aber Delie bewegte sich schneller als die beiden.

Sie kniete sich vor den Butler, griff nach dessen Rute und saugte sie in ihren Mund, bevor ihm Zeit blieb, sich zu entspannen. Sie arbeitete schnell, glitt mit dem Mund auf und ab und nahm ihn dann tief bis in die Kehle. Es gibt keinen Mann, der einer so erfahrenen Fellatrice lange widerstehen kann.

Carstairs verschoss seine zweite Ladung in Delies Mund, was er noch nie getan hatte. Sein ekstatisches Keuchen verriet, wie sehr er das Erlebnis genoss. Das Dienstmädchen traute ihren Augen kaum, als sie die Szene verfolgte, und zu ihrer eigenen Verwunderung wurde sie wieder nass.

Delie erhob sich und lächelte ihnen zu. Dann sagte sie zu dem Mädchen: »Komm heute Nachmittag auf mein Zimmer. Ich möchte dich als mein Mädchen haben.«

Sie drehte sich um und ging hinaus, und Butler und Mädchen, wieder aufs Höchste erregt, sahen sich verdutzt an.

Carstairs stieß das Mädchen wieder über den Sofarücken und begann mit noch viel wuchtigeren Stößen.

Melanie ritt an Rics Seite durch den stillen Busch, entzückt davon, dass er sich für alles begeistern konnte, was er sah. Melanie lachte fröhlich über seine Bewunderung, bis sie ein anderes Lachen hörten, harsch und verrückt, das von den Baumspitzen scholl. Sie hätte nie vermutet, dass ein Mann, so selbstbewusst wie Ric, jemals so erschrocken sein konnte. Er zügelte sein Pferd und sah sich verdutzt um.

»Was, um alles in der Welt, war das denn?«

»Das war er.« Melanie streckte die Hand aus und deutete auf einen hohen Baumast.

»Dieser Vogel?«, fragte Ric ungläubig.

»Ja, schau hin. Da fliegt sein Partner heran.« Ein anderer großer braun-weißer Vogel landete neben dem ersten. Beide Vögel warfen den Kopf zurück, öffneten die langen Schnäbel und stießen wieder dieses heisere Lachen aus.

»Wir nennen sie lachende Esel. Ihr richtiger Name lautet Kookaburra.«

»Unglaublich.«

»Du solltest mal sehen, wie sie sich auf kleine Schlangen stürzen, wenn sie Hunger haben. Sie fliegen mit ihrer Beute im Schnabel auf einen Baum und klatschen das Reptil gegen den Stamm, bis es keinen Mucks von sich gibt.«

»Hast du das mal beobachtet?«

»Ja, einmal.«

Ric schüttelte den Kopf, ein fast amüsiertes Lächeln im Gesicht.

»Was ist denn los?«, fragte Melanie. »Glaubst du mir nicht?«

»Natürlich glaube ich dir. Es ist nur ...« Ric brach mitten im Satz ab.

»Was?«

»Ach, nichts. Vor uns liegt eine kleine Lichtung. Lassen wir die Pferde mal kurz galoppieren?«

Der Wallach hätte die Stute in Grund und Boden laufen können, aber Ric ließ Melanie vorausreiten. Sie war eine gute Reiterin und hielt ihr Pferd an, bevor die Bäume sie wieder umgaben. In ihrem glänzenden grünen Kleid und mit dem neckischen Lachen im Gesicht wirkte sie wie ein Bild des mädchenhaften Glücks.

Ric konnte das Bild dieser Unschuld weder mit der sinnlichen Frau in Verbindung bringen, deren Körper er bewunderte, noch mit der raffinierten Erbschleicherin, für die er sie hielt. Ihr Wissen über die Fauna und Flora des Buschs passten auch nicht zu seiner Vorstellung einer Frau, die Sex wie eine Prostituierte einsetzte, nur herzloser.

Diese Widersprüche ihrer Natur, die Ric wahrnahm, trübten seine eigentlich so klar umrissenen Pläne. Als er Melanies Einladung nach Arlecdon akzeptierte, hatte er die Absicht gehabt, sich mit ihr zu amüsieren, bevor er seine wahre Identität offenbarte. Das war auch noch in der Nacht sein Plan gewesen, als er sie weinend in ihrem Zimmer zurückgelassen hatte. Zu seiner Zufriedenheit hatte er gezeigt, dass er sie für eine Schlampe hielt, und er hatte es nicht erwarten können, ihr zu enthüllen, wer er war und was er wollte.

Aber das war vergangene Nacht gewesen. Als Melanie ins Frühstückszimmer getreten war, die Augen weit geöffnet und völlig verunsichert, war ihm klar geworden, dass seine Lust auf sie noch nicht gestillt war. Die schöne Witwe würde ihn noch ein bisschen länger für Richard Liddell halten.

The Hog and Hound war offenbar gut besucht, als Ric und Melanie am Gasthof eintrafen. Zwei Überlandkutschen standen draußen; die Reisenden nahmen ihr Mittagessen ein, während die Kutscher das Pferdeteam wechselten. Ein Fuhrwerk, ein Buggy und eine Privatkutsche standen ebenfalls vor dem Gasthof, und eine Anzahl von Pferden war festgemacht und hatte weitere Gäste zur beliebten Wirtschaft gebracht.

»Ich hatte keine Ahnung, dass so viele Leute hier sein würden«, sagte Melanie fast entschuldigend zu Ric, als sie den überfüllten Gastraum betraten.

Einige Gäste schauten auf, als das Paar eintrat, und die zunächst flüchtigen Blicke verwandelten sich rasch zu einem bewundernden Starren. Der große dunkle Mann und seine damenhafte Begleiterin gehörten, das sah man auf den ersten Blick, der höheren Gesellschaft an, und so verlor der Wirt keine Zeit, sich zu ihnen durchzuzwängen. Er wischte die Hände an seiner Schürze ab, begrüßte das Paar, freute sich über den Besuch in seinem Gasthof und versicherte, dass er einen Tisch für sie finden würde.

Tatsächlich wies er ihnen einen Tisch in einer ruhigen Ecke zu, nachdem zwei Kutschenreisende eindringlich gebeten worden waren, mit anderen zusammenzurücken. Melanie und Ric wurden prompt bedient, als wären sie die einzigen Gäste.

Das Essen war so köstlich, wie Melanie versprochen hatte. Der Wirt hatte ihnen einen sanften Roten empfohlen, der genau ihrem Geschmack entsprach. Er wärmte das Blut in Melanies Adern und rief Erinnerungen an letzte Nacht wach, als Ric und sie nackt auf dem Bett gesessen und sich nach einem anstrengenden Ritt zugeprostet hatten.

Als sie Ric anschaute, wusste sie, dass er ihre Gedanken erriet. Er betrachtete sie mit einer sexuellen Intensität, die die ganze vom Alkohol erzeugte Wärme in ihren Schoß lenkte.

»Bist du fertig?«, fragte er, nachdem er den letzten Schluck Wein getrunken hatte. »Dann lass uns gehen.« Als er ihren Stuhl zurückschob, flüsterte er ihr ins Ohr: »Ich möchte allein mit dir sein.«

Melanie führte sie auf einem anderen Weg zurück in Richtung Arlecdon. Dabei kamen sie zu einer mit Gras bewachsenen Kuppe, auf der verschiedene Granitfelsbrocken verstreut lagen. Von dieser Stelle aus konnten sie hinunter auf Arlecdon schauen. Es herrschte ein stillschweigendes Einvernehmen zwischen ihnen; Ric stieg ab und half Melanie von ihrer Stute. Seine Hände lagen auf ihrer Taille, und seine Lippen wischten kurz über ihre, bevor er die Pferde in einiger Entfernung von ihnen anband. Sie konnten dort in aller Ruhe grasen.

»Ich bin nur einmal zuvor hier gewesen«, sagte Melanie, als Ric zu ihr zurückkam und neben ihr stehenblieb. »Von hier aus auf Arlecdon hinunter zu schauen und die Größe des Anwesens zu begreifen, erfüllt mich immer noch mit widersprüchlichen Gefühlen. Es fällt mir schwer zu glauben, dass das alles mir gehören soll.«

»Du hast glücklich geheiratet.«

Melanie versteifte sich. Erinnerungen an Rics beleidigende Bemerkungen in der Nacht kehrten zurück. »Es war Glück, dass ich einen Mann geheiratet habe, der gut zu mir war und mich nicht als Sexobjekt betrachtete.«

»Also, das kann ich nicht glauben.«

»Warum nicht?« Melanie schwang herum und blickte in sein Gesicht.

Ric lächelte, aber es war ein Lächeln voller Bosheit. »Weil du, meine Liebe, eine der hinreißendsten Frauen bist, die ich kenne. Es gibt keinen Mann auf dieser Erde, der deinem Körper widerstehen könnte. Ich jedenfalls kann es nicht. Und ich werde auch nicht bis heute Abend warten. Ich will dich jetzt.«

»Einen Reitanzug abzulegen, ist ohne Dienstmädchen keine so leichte Aufgabe für eine Frau«, sagte Melanie lächelnd.

»Du wirst sie nicht allein ausführen müssen. Ich bin mehr als willens, dir dabei zu helfen.«

Er half ihr, bis sie nur noch ihre Wäsche trug; ihre Brüste

waren mit einem feinen Baumwollstoff bedeckt und wurden von Korsettstangen hoch gedrückt.

»Du brauchst diese Stangen nicht«, sagte Ric. »Dein Körper ist auch ohne dein Korsett einfach vollkommen. Und ich bleibe dabei, dass du unwiderstehlich bist.«

Sie befeuchtete sich die Lippen mit der Zunge und sah ihn schmollend an. »Aber du scheinst mir doch sehr wohl widerstehen zu können.«

»Das glaubst auch nur du.« Ric griff nach ihrer Hand und zog sie näher an sich heran, dann presste er seine Lippen auf ihre.

Melanie ließ sich gegen ihn fallen und genoss den Kuss, der sie so tief berührte. In ihr schrie es nach ihm, sie wollte von ihm genommen werden, sie wollte spüren, wie er sie füllte, und voller Glückseligkeit spürte sie seine Härte, die gegen ihren Unterleib drückte.

Ric ließ sie nur für einen Moment los, als er sie zu einer Ansammlung von mehreren Felsbrocken führte. Dort hob er sie hoch und setzte sie auf einen der granitenen Steine. Wieder beugte er den Kopf, um ihren Mund zum Kuss einzufangen. Dabei machte er sich an seiner Hose zu schaffen.

Melanie verfolgte mit angehaltenem Atem, was er gerade tat, und sie begann vor angespannter Erwartung zu zittern. Ihr Zittern verstärkte sich noch, als Ric ihre Knie auseinander drückte und den Saum ihrer Beinkleider öffnete. Sie erwartete, seine Finger zu spüren, aber stattdessen spürte sie die Härte seiner Männlichkeit, die sich zwischen ihre Schenkel drängte. Feste Griffe zogen sie an den Beinen weiter vor. Melanie lehnte sich mit dem Oberkörper zurück und stützte sich mit den Händen auf dem Felsen ab. Sie wusste, dass sie jeden Moment den Stoß von Rics hartem Schaft spüren würde.

Ein langgezogenes ›Ooooh‹ kam seufzend über Melanies Lippen. Ihre ungewöhnliche Position erhöhte noch die Wirkung seines tiefen Eintauchens. Diese Situation, noch halb bekleidet, in dieser Lage, unter freiem Himmel, auf einem Felsbrocken zu sitzen und die Stöße eines Mannes zu empfangen, musste der erregendste Moment ihrer vielen sexuellen Erfahrungen sein. Und noch größere Momente sollten folgen.

Ric hob ihre Beine an und legte sie um seine Taille, damit er die Hände frei hatte, um ihr Korsett nach unten zu ziehen. Jetzt konnte er ihre Brüste in die Hände nehmen. Er drückte sie und bewegte sie in sanften Schwingungen gegeneinander. Mit den Daumenkuppen rieb er über die harten Nippel, die noch länger wurden.

Er beließ es nicht beim Kosen ihrer Brüste. Die Bewegungen seiner Hüften waren eingeschränkt, weil sie ihre Beine um seine Taille gelegt hatte, deshalb unterstützte er die kurzen Stöße seines Schwanzes mit kreisenden Drehungen seiner Hüften. Die verschiedenen Aktionen berührten jeden empfindlichen Nerv in Melanies Grotte.

Sie hatte die Lippen geöffnet, die Augen geschlossen und den Kopf weit in den Nacken gestreckt. Jeder Gedanke war ausgeschlossen, sodass sie sich nur mit dem Erleben der wunderbaren Sensationen beschäftigen musste, die Ric in ihrem Körper schuf. Die Ekstase, die sie schon seit Minuten empfand, war auf ihrem Gesicht deutlich zu sehen.

»Du magst Sex, nicht wahr?«

Die fast sarkastische Bemerkung brachte Melanie dazu, die Augen weit zu öffnen. Rics Augen glänzten mit einer Emotion, die sie nicht begriff. Seine Augen waren zu dunkel, um sie leicht lesen zu können. An der Art, wie sein Schaft die seidigen Wände ihrer Pussy streichelte, konnte sie keine Verärgerung erkennen, und seine Hände massierten immer noch ihre Brüste.

Er hatte ein spöttisches Lächeln für sie übrig, was sie verdutzte. »Ich will, dass du mir zeigst, wie gut du darin bist, einen Mann zu verwöhnen.«

Er hielt sich reglos in ihr, packte ihre Arme und zog ihren Oberkörper hoch, bis er fest gegen seinen Körper presste. Sein Kuss war eine orale Verführung, bei der seine Zunge zum zweiten Penis wurde, als sie in ihren Mund eindrang. Sie klammerte sich wie ein Äffchen an ihn, die Hände um seinen Hals geschlungen, die Beine um seine Taille. Ihre inneren Muskeln spannten und entspannten sich um sein regloses Organ.

Ric drehte sich vorsichtig, bis er sich mit dem Rücken am Felsen anlehnen konnte, auf dem Melanie saß. Er ließ sich langsam auf den Boden sinken und nahm Melanie, mit der er noch verbunden war, mit sich. Von diesem Moment an übernahm Melanie die Kontrolle. Ihre Hände stützten sich auf Rics Schultern, während sie sich aufrichtete, bis sie sich knien konnte, ein Bein jeweils auf Rics Seite.

Sie begann langsam, die Hüften kreisen zu lassen, ohne sich tiefer sinken zu lassen. Ihre Absicht war es, Rics empfindliche Penisspitze zu stimulieren, ohne sein Organ ganz in sich aufzunehmen. Sie hatte nicht damit gerechnet, dass sie sich selbst damit mehr quälte als ihn.

Kleine Geräusche kamen über ihre Lippen und verkündeten den Beginn ihres Orgasmus, der sich immer intensiver aufbaute, und dann hielt sie es nicht länger aus und ließ sich tief auf seinen Schaft sinken, damit ihre zuckende Höhle mit Rics Härte wieder gefüllt war.

Ihr Vorhaben, sich in dieser Position zu halten, dicht auf seinen Schoß gepresst, bis die heiße Flut ihres Höhepunkts vorüber war, brachte Ric nicht weiter. Mit starken Händen packte er ihre Hüften und hob sie an, ließ sie sinken und hob sie wieder an. Die Reibung, die er dabei in ihr auslöste, führte zu einem noch schöneren Orgasmus. Die Muskeln in ihren Oberschenkeln begannen zu brennen von den ständigen Auf- und Abbewegungen, aber der Schmerz wurde von der intensiveren Lust überlagert.

»Hör auf, bitte.«

Er folgte ihrer Bitte nicht und fuhr fort, in ihren Körper zu pumpen, bis er sie mit einem lauten Grunzen hart auf seinen Schoß zog, wie sie es eben mit ihm gemacht hatte.

Melanie hielt ihre Hände auf die schmerzenden Muskeln ihrer Oberschenkel gedrückt und umklammerte weiter Rics pulsierenden Schaft. Der Einsatz ihrer inneren Muskeln erhöhte die Lust seines Orgasmus. Dann, als sich Rics in der Ekstase verzerrten Gesichtszüge langsam entspannten, begann sie ihre Hüften kreisen zu lassen.

»War das gut genug für Sie, Mr. Liddell?«

»Sehr gut.«

»Willst du mehr?«

»Ich weiß jetzt, dass du es kannst.«

»Du hast also keinen Grund zur Klage?«

»Aber nein. Aber dieser Felsen ist nicht die gemütlichste Lehne für meinen Rücken.«

»Dann müssen wir eine bessere Position finden.«

Melanie hob sich von Rics Schoß und brachte sich in eine vertraute Stellung, indem sie sich auf Händen und Knien niederließ; ihren Po Ric zugewandt. Sie sah Ric kokett über die Schulter an. »Genügt dir das?«

Ric probierte die Eignung der neuen Position sofort aus. Die körperliche Lust, wieder vereint zu sein und sein Fleischstab erneut in sich zu spüren, entflammte ihr steigendes Verlangen. Das Tempo von Rics Stößen erhöhte sich. Melanie reagierte auf jeden einzelnen Stoß und hielt dagegen.

Der Druck seiner Hand auf ihrem Po ließ sie innehalten, und Ric zog seinen Schaft heraus. Er begann die Eichel in ihren glühenden Falten zu reiben, dann drang er behutsam in sie ein, während er über die empfindliche Spitze ihrer Klitoris rieb. Winzige Pfeile des Entzückens schossen durch Melanies Schoß. Sie stöhnte laut, lobte seine Anstrengungen und verlangte mehr von ihm.

Ric widmete sich nun stärker ihrer Klitoris und spürte, wie

er Melanie langsam zur Ekstase trieb. Ihr Orgasmus konnte nicht mehr weit weg sein, und sie verlangte, dass er wieder tief in sie eindrang. Sie schrie ihn an, er sollte es ihr hart besorgen.

»Du hättest eine Hure werden sollen«, sagte er. »Einmal hast du deinen Körper ja schon verkauft. Männer würden ein Vermögen zahlen, um eine Frau wie dich zu vögeln.«

Er stieß in sie hinein, damit der Damm ihres Begehrens brach. Melanie hatte das Gefühl, in der anschließenden Flut zu ertrinken. Auch Ric brauchte nicht mehr lange bis zu seiner eigenen Erleichterung.

Später, als sie wieder ihren Reitanzug trug, schaute Melanie mit getrübten Augen hinunter auf Arlecdon. Das großzügige Haus wurde von der Nachmittagssonne gebadet und sah wie ein goldenes Schloss aus, umgeben von schönen Gärten und natürlichem Buschland. Sie wusste, dass sie eine große Liebe für das Haus entwickelt hatte, aber sie fragte sich, ob der Reichtum ihres Mannes ihr eher Unglück bringen würde.

Als Ric die Pferde brachte, drehte sie sich zu ihm um und sah forschend in sein Gesicht, als wollte sie dort seine wahren Gefühle lesen. »Warum sagst du solche hässlichen Dinge zu mir?«, fragte sie leise.

Rics Ausdruck verriet nichts. »Ich habe noch nie etwas gesagt, was nicht der Wahrheit entsprach.«

»Woher willst du wissen, was die Wahrheit ist und was nicht? Du bist gerade erst aus England eingetroffen.«

»Ich bin schon lange genug hier, um die Geschichte einer schönen jungen Frau zu hören, die einen sehr reichen alten Mann geheiratet hat.«

»Du glaubst, dass ich Jeremiah wegen seines Geldes geheiratet habe. Ich habe dich nicht für einen Menschen gehalten, der sich von Klatsch und Tratsch leiten lässt.«

»Warum sonst würde eine Frau, so schön und so sexuell aktiv, einen Mann heiraten, der alt genug ist, ihr Großvater zu sein, vielleicht sogar Urgroßvater?«

»Er war freundlich und einfühlsam, und er war sehr einsam. Ob du es glaubst oder nicht, aber ich habe ihn sehr geschätzt.«

»Und bald darauf warst du eine steinreiche Witwe.«

»Es gab sonst niemanden, dem er sein Vermögen hätte hinterlassen können.«

»Hatte er keine Verwandten?«

»Nein, keinen Einzigen.«

Verärgert über die Unterhaltung, drehte sich Melanie um, deshalb entging ihr der hasserfüllte Blick, der Rics Gesicht verzerrte.

Die ganze Zeit hatte er mit seiner Vermutung richtig gelegen, während sich der arme Bartlett hatte einwickeln lassen. Es würde nichts bringen, dieser gierigen kleinen Nutte mit moralischem Recht zu kommen.

Während des Ritts zurück nach Arlecdon schwieg er. Es war ein dunkles, brütendes Schweigen, und Melanie unternahm keinen Versuch, es zu brechen. Sie hatte genug Gedanken, mit denen sie sich beschäftigen musste. Ihr dunkler Fremder war ihr oft ein Rätsel. Er konnte sie mit seinem Körper lieben, während er sie mit seinen Worten beleidigte. Aber sie wusste auch, ganz egal, was er sagte oder tat, er brauchte sie nur mit diesem dunklen durchdringenden Blick anzusehen, und ihr Körper gehörte wieder ihm.

Nicht einen Moment lang zweifelte Delie daran, dass ihr Dienstmädchen ihrem Befehl gehorchen würde. Deshalb war sie bereit und wartete, als die junge Frau sich im Gästezimmer vorstellte.

»Wie ist dein Name?«, fragte Delie.

»Mary, Miss.«

»Sehr gut, Mary. Das Mädchen, das mir zugewiesen wurde, gefällt mir überhaupt nicht. Dagegen glaube ich, dass du zu mir passen könntest.«

»Wenn Sie das sagen, Miss.«

»Ja, das sage ich. Mary, hast du schon mal Sex mit einer anderen Frau gehabt?« Delie lockerte ihren Hausmantel, während sie sprach, und dabei enthüllte sie, dass sie darunter nackt war. Der Ausdruck in den Augen des Mädchens wäre Antwort genug gewesen.

»Einmal oder zweimal, Miss.«

»Nicht öfter?« Delie tat so, als wäre sie enttäuscht. »Dann musst du mir beweisen, dass du genug gelernt hast, um mich zu befriedigen, und ich kann nicht befriedigt werden, solange du nicht auch nackt bist.«

Während das Mädchen sich beeilte, sich auszuziehen, legte sich Delie aufs Bett.

Sie hatte nicht die Absicht, selbst irgendwas zu unternehmen. Ihr Körper würde das Verwöhnen des Mädchens passiv hinnehmen. Mary hatte einen angenehm wollüstigen Körper. Die Schamhaare waren kupferrot und heller als ihre Kopfhaare. Die sehr großen, sehr dunklen Nippel zogen Delies geile Blicke an. Aber dafür war noch Zeit genug, dachte sie. Später würde sie an diesen Warzen saugen. Zuerst musste das Mädchen die Herrin befriedigen. Mary war jetzt ausgezogen und schien unschlüssig, was sie jetzt tun sollte.

»Ich warte«, sagte Delie in einem Tonfall, der anzeigte, dass sie nicht bereit war, lange zu warten.

Das Dienstmädchen vermutete, dass Delie bei einer Verärgerung nicht zu knapp strafen würde, deshalb eilte sie zum Bett. Obwohl sie es vorzog, einen Mann mit dem Mund zu bedienen, wusste sie genau, wie sie auch eine Frau mit Lippen und Zunge beglücken konnte.

Es dauerte nicht lange, bevor Delie ihre Bestätigung fand, dass Mary mit erotischer Präzision ihre Zunge einsetzen konnte. »Oh, du bist gut. Und jetzt besorg es mir mit dem da.« Sie reichte dem Mädchen einen Dildo, den sie vorher schon vorsorglich mit Öl bestrichen hatte.

Mary nahm den Phallus in die Hand und starrte ihn mit ängstlicher Faszination an. »Kann ich Sie damit nicht verletzen?«, fragte sie zaghaft.

»Nicht wirklich, du kannst mir nur Freude damit bereiten.«

Ziemlich nervös schob das Dienstmädchen das hölzerne Instrument in die Liebeshöhle der Herrin. Sie begann sehr vorsichtig, aber dann hatte sie den Dreh heraus, und als sie sich an das Gerät gewöhnt hatte, begannen Delies Augen vor sexueller Genugtuung zu glänzen.

Mary wurde selbstsicherer und drehte den Phallus jetzt beim Ein- und Ausfahren. Die steigende Lust ihrer Herrin fand eine wechselseitige Reaktion bei ihr selbst.

Mary rutschte in eine andere Position, die sie in die Lage versetzte, die Finger ihrer freien Hand in ihr feuchtes Geschlecht zu tauchen. Je schneller sie Delie bearbeitete, desto intensiver masturbierte sie sich selbst, bis sie beide die ultimative Sensation erlebten. Nur war Mary davon überzeugt, dass Delies Orgasmus viel befriedigender war als ihr eigener. Sie wünschte, auch einen Schaft zu haben, entweder aus Holz oder besser noch aus Fleisch und Blut. Sie hätte ihn gern da, wo jetzt ihre Finger hektisch pressten.

Ihr Wunsch wurde bald erfüllt. Delie nahm den Phallus an sich und stieß ihn in das Mädchen hinein. Mit einem Schrei ungläubigen Staunens setzte Marys Höhepunkt sofort ein. Delie drückte den Dildo noch ein wenig tiefer.

»Lass ihn da drin und sauge mich noch ein bisschen.«

Der pochende Effekt, ein so starres stimulierendes Gerät in sich zu haben, tief in ihrer Vulva, stachelte Mary zu einem noch kreativeren Einsatz ihrer Zunge an. Die letzten Schwingungen von Delies erstem Orgasmus waren gerade abgeklungen, als Mary ihr einen zweiten bescherte.

Als das geschah, griff Delie nach den Haaren des Mädchens, damit Mary den Kopf genau in dieser Stellung hielt und noch ein wenig härter saugte. Dann ebbten die Wellen ab, und Delie zog den Holzphallus aus der nassen Passage des Mädchens und nahm ihn lustvoll in den Mund, um sich an ihren beiden Aromen zu ergötzen.

»Du kannst dich jetzt anziehen«, sagte Delie, als sie dem keuchenden Mädchen endlich erlaubte, den Kopf zu heben. Ihre dunklen Augen glänzten vor Begierde, und sie fuhr fort, am Dildo zu lutschen, während sie die zitternden Versuche des Dienstmädchens verfolgte, die Kleider zu richten.

»Ich glaube, mit ein bisschen Training könntest du noch besser werden als mein Mädchen in England«, sagte Delie zu Mary.

»Danke, Miss.«

»Da gibt es noch was, bevor du gehst.«

»Ja, Miss?«

»Ich suche einen Mann. Euer Butler ist zwar nicht schlecht, aber er gefällt mir nicht als mein Liebhaber. Wen gibt es sonst noch in diesem Haushalt, den ich anleiten könnte, meine Bedürfnisse zu erfüllen?«

»Da fällt mir niemand ein, Miss.«

»Dann musst du intensiver nachdenken. Wen nimmt denn deine Herrin mit ins Bett?«

Mary sah bekümmert aus. Delie wartete auf ihre Antwort. »Das Personal redet von einem der Gärtner, Miss. Aber ich weiß nicht, ob man auf solche Gerüchte was geben kann.«

»Wie heißt er?«

»Simmonds. Er ist verheiratet, Miss.«

»Seit wann macht das einen Unterschied? Wecke mich rechtzeitig, damit du mich vor dem Abendessen anziehen kannst, Mary.«

»Ja, Miss.«

Delie schaute Mary nicht einmal nach, als sie das Zimmer verließ. Sie schob den Dildo zurück in ihr pochendes Geschlecht und rollte sich auf die Seite. Mit diesem Instrument in sich, das sie gleichzeitig erregt und befriedigt hielt, würde sie bald eingeschlafen sein.

Sechstes Kapitel

»Wie lange hast du noch vor, dich mit unserer Witwe zu amüsieren? Ich hatte gedacht, zwei Nächte würden genügen, bis deine Lust verflogen wäre.«

Ric reagierte auf Delies Nachfrage in seiner typisch boshaften Art. »Höre ich da eine gewisse Verstimmung heraus, liebe Schwester? Gibt es niemanden im Haus, der dich bei Laune halten kann?«

»Jedenfalls scheinst du bei bester Laune gehalten zu werden. Also wirklich, wenn man sieht, wie du die Frau anstarrst, könnte man glauben, dass du ganz berauscht bist von ihr. Wie ein pickliger Jüngling, der bei seiner ersten Frau auf den Geschmack gekommen ist.«

Zu Delies Verärgerung lachte Ric lauthals. »Unsere Witwe, wie du sie nennst, ist eine sehr schöne Frau mit einem ungewöhnlichen Sexualtrieb. Selbst du müsstest dich zu ihr hingezogen fühlen, weil sie diese einzigartige Begehrlichkeit ausströmt.«

»Huch! Sie ist keine von der Art, die Sex mit einer anderen Frau genießen wird. Wenn sie das nämlich wäre, würdest du nicht der einzige Liddell sein, der ihr Schlafzimmer regelmäßig besucht.«

Rics schmale Lippen bogen sich zu einem höhnischen Grinsen. Die sexuellen Vorlieben seiner Schwester waren ihm nicht unbekannt, aber er schätzte sie nicht. Er mischte sich aber nicht ein, solange seine Interessen nicht durch sie gefährdet wurden.

»Arme Adeline. Ist das der Grund, warum du ein bisschen neben dir stehst? Auch dich gelüstet es nach der Witwe?«

»Oh, du kannst mich mal ...«

»Keine undamenhaften Flüche, meine Liebe«, unterbrach Ric sie rasch. »Vergiss nicht, dass du angeblich eine feine englische Lady bist.«

»Nun, dann höre auf, so verdammt widerlich zu sein. Ich habe ein Recht zu erfahren, wie lange du deine Irreführung durchziehen willst. Du hast mir gesagt, du würdest die Sache mit der Erbschaft schnell klären, damit wir nach Hause zurückkehren können.«

»Ah, siehst du, genau das ist die Crux der Geschichte: Weißt du, ich bin in diesem Haus geboren, auch wenn ich keine Erinnerung mehr ans Haus habe.«

»Noch ein Grund mehr, dass es dir gehören sollte.«

»Geduld, liebe Adeline. Eines Tages wird Arlecdon mir gehören, dessen darfst du sicher sein. Aber vorläufig beabsichtige ich, unsere hinreißende Witwe weiter zu vögeln.«

»Und du willst meine Sprache kritisieren?«

Ric lachte nur. Die Nacht hatte er mit Melanie verbracht, aber seine Lust war längst noch nicht gesättigt. Wenn überhaupt, begehrte er sie jetzt mehr als zu Anfang ihrer Beziehung. Ihre Fähigkeit, Liebe mit einer hurenhaften Liederlichkeit zu machen und dabei fast wie ein unschuldiges Mädchen auszusehen, begeisterte ihn immer wieder neu.

Die Witwe seines Großvaters war so verschieden von der Frau, die er erwartet hatte, und sein Vorhaben, sie besser kennenzulernen, ihre Gefühle und Gedanken zu erfahren, wurde immer stärker in ihm. Ric musste den wahren Grund wissen, warum sie Jeremiah geheiratet hatte. Er wollte herausfinden, ob sie ihn auf irgendeine Weise beeinflusst hatte, sein Testament zu ändern. Und er musste auch erfahren, ob sie es mit anderen Männern ebenso trieb wie mit ihm. Aus Gründen, die er sich nie ganz eingestehen würde, wollte er sicher sein, dass der Sex zwischen ihnen etwas Besonderes war, wie Melanie ihm erklärt hatte.

»Seid ihr beide bereit?« Melanies fröhlicher Auftritt brachte Ric auf die Füße, und Delie wurde von ihrer neidischen Betrachtung einer wertvollen antiken Standuhr abgelenkt.

»Ja, sind wir«, bestätigte Ric und sah Melanie mit seinen dunklen Augen fast liebevoll an.

Melanie reagierte mit einem sanften Lächeln. »Grimes fährt die Kutsche vors Haus. Sollen wir gehen?«

Während der Fahrt in die Stadt bezog Ric einige Male sein boshaftes Vergnügen aus der Tatsache, dass Delie es verstand, sich bei Melanie einzuschmeicheln. Er würde seiner Halbschwester bei der erstbesten Gelegenheit sagen, dass sie bei ihrem Talent für Schauspiel und Sex ein Vermögen am Theater verdienen könnte. Wenn sie das nächste Mal jammerte, dass sie Geld für die Renovierungen an Liddell Hall benötigten, würde er ihr vorschlagen, dass sie ihre Fähigkeiten einsetzen sollte. Rics Interesse an der Restaurierung hatte beträchtlich abgenommen, seit er das Land seiner Geburt betreten hatte.

Die beiden Frauen waren in eine ernsthafte Diskussion über die jüngste Mode verstrickt.

»Du musst mir sagen, ob unsere Geschäfte auf dem Niveau der Londoner Shops sind«, sagte Melanie. »Wir versuchen, bei der Mode im Trend zu sein, aber selbst die Exemplare von *Harpers Bazaar* sind einige Monate alt, wenn sie unsere Verkaufsstellen erreichen.«

»Warum ist es für euch Frauen so wichtig, euch mit den neuesten Stoffen und mit Rüschchen hier und Rüschchen da zu bekleiden?«, fragte Ric, und in seiner Stimme schwangen Amüsement und Unverständnis mit.

»Warum spreizt sich das Weibchen jeder Spezies für das Männchen?«, gab Delie prompt zurück.

Melanies heiteres, glückliches Lachen war eine Reflektion ihrer Stimmung. Seit Langem hatte sie sich nicht mehr so gut und ausgeglichen gefühlt. Ric hatte vergangene Nacht auf eine Weise Liebe mit ihr gemacht, die ihr deutlich zeigten, dass seine Gefühle für sie weit über den Sex hinausgingen. Und er hatte auch keine verletzenden Dinge mehr gesagt, die ihr zuvor die Freude vergällt hatten.

Sie lächelte ihn an. »Du hast nichts dagegen, dass wir einkaufen gehen und dich deinen eigenen Lastern überlassen?«

»Überhaupt nicht. Es gibt noch viele Dinge, die ich mir anschauen möchte. Nein, geht nur und amüsiert euch.«

Melanie und Delie hatten eine Menge Spaß. Delie zeigte sich überrascht von der Eleganz der Verkaufsstätten sowie von der Vielfalt und Qualität der Damenbekleidung. Noch größer war ihre Überraschung – aber das erwähnte sie nicht – als sie feststellen musste, dass sie Melanies Gesellschaft genoss. Wie alle, die sie kannten, fühlte auch sie sich von Melanies besonderem Charme angezogen, und sie fragte sich, ob ihr Bruder mehr hingerissen von ihr war, als er bisher zugegeben hatte.

Sie hatten vereinbart, Ric in einem der hochklassigen Hotels zum Mittagessen zu treffen, und so spazierten sie ein wenig vor der verabredeten Zeit zum Hotelrestaurant. Ric war noch nicht da, und die beiden Frauen wurden von einem Kellner, der sich nicht tief genug bücken konnte, zu einem Tisch geführt.

»Das passt so gar nicht zu Ric, dass er sich verspätet«, sagte Delie, nachdem Melanie den Kellner gebeten hatte, ihnen jeweils ein Glas Madeira zu bringen, damit sie sich die Wartezeit verkürzen konnten.

»Wir sind ein wenig zu früh«, sagte Melanie. »Er glaubt wahrscheinlich, dass wir uns nicht aus den Geschäften losreißen können und ihn vergessen haben.«

Delie stimmte lachend zu. »Du hast vermutlich recht. Melanie ...« – sie lehnte sich zu ihr und senkte die Stimme – »wer ist das Paar, das uns die ganze Zeit anstarrt?«

»Welches Paar?« Melanie sah sich im Restaurant um.

»Sie sitzen fast direkt hinter dir, wenn auch ein paar Tische entfernt.«

Melanie drehte sich um und erkannte das Paar sofort. Ihre bisher so freundliche Miene verwandelte sich zu einer kühlen Distanz.

»Das sind keine Leute, mit denen ich verkehre«, sagte sie, als sie sich wieder Delie zuwandte.

»Aber sie sehen so aus, als wollten sie dringend mit dir ins Gespräch kommen«, sagte Delie. »Sie sind aufgestanden und kommen an unseren Tisch.«

Melanie erlaubte sich den Luxus, in der kurzen Zeit, die ihr blieb, bis das Paar den Tisch erreicht hatte, innerlich laut zu fluchen.

»Wie geht es dir, Melanie?«, fragte die Frau zur Begrüßung. »Es ist schon so lange her, seit wir uns zuletzt gesehen haben.«

»Ja«, antwortete Melanie, die sich wünschte, es wäre noch länger her.

Dass Melanies Verhalten fast an Unhöflichkeit grenzte, verwunderte Delie sehr. Sie warf einen fragenden Blick von Melanie zu dem Paar, das sie mit einem freundlichen Lächeln bedachte.

»Wir möchten gern deiner reizenden Begleiterin vorgestellt werden, Melanie.«

Eine heftige Verärgerung ließ Melanies Wangen erröten. Sie erkannte, dass sie Jonathan noch genauso verabscheute wie schon immer. »Miss Adeline Liddell, Jonathan und Emily Grimshaw.« Melanie sagte kein Wort mehr als nötig.

»Sind Sie erst kürzlich bei uns in der Kolonie eingetroffen, Miss Liddell?«, fragte Jonathan und ließ seinen Charme sprühen.

»Ich bin seit etwas mehr als einer Woche hier«, antwortete Delie, die immer neugieriger wurde. Weshalb missfiel Melanie dieser gut aussehende Mann mit seiner modisch gekleideten, ein wenig älteren Frau?

»Dann haben Sie bestimmt noch nicht viele Leute kennengelernt, nicht wahr?«, fragte die Frau.

»Oh, ich war auf einer Dinnerparty, zu der Melanies Eltern eingeladen hatten.«

»Dann müssen wir Sie zu unserer Dinnerparty einladen. Wo wohnen Sie?«

»Auf Arlecdon, bei Melanie.«

»Ja, ich habe gehört, dass es ein sehr schönes Haus sein soll. Melanie hat glücklich geheiratet.«

»Nicht weniger glücklich als du, Emily«, gab Melanie rasch zurück. Sie ärgerte sich über die Richtung, die diese Unterhaltung nahm – man hätte fast glauben können, sie wäre gar nicht anwesend.

Emily reagierte mit einem hochmütigen Lächeln und wandte sich wieder an Delie. »Wir würden Sie wirklich gern zu einem unserer Abende einladen. Können wir Ihnen in ein paar Tagen eine Einladung zuschicken?«

»Das wäre sehr nett.«

Die Grimshaws verabschiedeten sich dann, und Delie verlor keine Zeit, Melanie zu befragen. »Warum magst du diese Leute nicht?«

»Das hat mehrere Gründe. Jonathan Grimshaw war einmal mit meiner Cousine verlobt. Er hat sie schamlos behandelt. Die Frau, mit der er jetzt verheiratet ist, war eine Lehrerin, die sich durch das Verteilen sexueller Gunst in gewisse Gesellschaftskreise eingeschmeichelt hat.«

»Sie wäre nicht die erste Frau, die ihre natürlichen Talente auf diese Weise eingesetzt hat.«

»Und sie wird auch nicht die letzte sein. Nur, dass Emilys Talente weder auf ihren Ehemann beschränkt sind und auch nicht auf das andere Geschlecht. Wenn man den Gerüchten glauben will, hat Jonathan nichts dagegen. Ich kann dir nicht sagen, du sollst die Einladung nicht annehmen, aber ich muss dir sagen, dass ihre Abende, wie Emily sie nennt, nichts anderes als wilde Orgien sein wollen.«

Diese knappen Informationen dienten nur dazu, dass Delie hoffte, die versprochene Einladung würde nicht lange auf sich warten lassen.

Melanie schlenderte über den schmalen Pfad, der sich durch das Buschland wand. Ihr Ziel war ein kleiner Pavillon, der gebaut worden war, dass ein Spaziergänger ausruhen und einen Blick genießen konnte, der spektakulärer war als der Ausblick von der Terrasse.

Nach ihrer Rückkehr aus der Stadt hatte Delie sich zum Ausruhen auf ihr Zimmer zurückgezogen. Ric hatte ihnen nach dem gemeinsamen Essen mitgeteilt, dass er länger in der Stadt bleiben wollte, die Frauen sollten sich allein auf den Rückweg nach Arlecdon begeben. Er lehnte Melanies Angebot ab, die Kutsche gleich wieder zurückzuschicken – er würde irgendwie schon den Weg nach Arlecdon finden.

Melanie war zu rastlos, um auf ihr Zimmer zu gehen, deshalb war sie hinaus an die frische Luft gegangen und dachte über Ric nach. Er hatte sich sehr abweisend verhalten, was seine Geschäfte anging, die ihn in der Stadt hielten. Sie konnte den Gedanken nicht abschütteln, dass sie irgendwie mit ihm verbunden war. Nicht zum ersten Mal wünschte sie, er wäre ein Mann, der leichter zu verstehen wäre. Tief in Gedanken hörte Melanie nicht, wie sich von hinten ein Mann näherte, bis er ihren Arm hart auf den Rücken drehte. Ihr Körper wurde mit herumgezogen, und so wurde sie mit einem wütenden Simmonds konfrontiert. Die kühne Wildheit im Gesichtsausdruck des Gärtners bereitete ihr ein wenig Angst.

Melanie riss ihren Arm los. »Was bildest du dir ein?«, fuhr sie ihn an.

»Ich will wissen, warum Sie nicht mehr wegen Sex zu mir kommen. Bin ich Ihnen nicht mehr gut genug, weil nun ein Gentleman Ihr Bett teilt?«

»Woher willst du wissen, dass er mein Bett teilt?«

»Weil Sie schon seit über einer Woche nicht mehr zu mir gekommen sind. Wenn Sie früher mal so lange weggeblieben sind, war es wegen Ihrer Blutung, aber ich weiß, dass dies nicht Ihre Zeit ist.«

»Was ich tue oder auch nicht, geht dich nichts an. Vergiss nicht, dass ich deine Herrin bin.« Melanie drehte sich um und wollte gehen.

Er ließ sie ein paar Schritte gehen, dann stürmte er ihr nach. Diesmal bog er beide Arme auf ihren Rücken und stieß ihr seinen Schoß gegen den Unterleib. »Bisher waren Sie immer scharf auf den hier.«

Das leichte Pochen zwischen Melanies Schenkeln verriet ihr, dass sie auch jetzt nicht wirklich abgeneigt war. Aber sie hatte was dagegen, derart grob behandelt zu werden. »Warum beklagst du dich, Simmonds? Ich kann mich erinnern, dass du mich zuerst abgelehnt hast, weil du ja verheiratet bist.«

Eine tiefe purpurne Farbe bedeckte das Gesicht des Gärtners. »Ja, das stimmt. Ich habe eine gute, herzliche Frau, die einen treuen Mann verdient hätte. Aber Sie, Madam, haben mich mit Ihrem blassen und so wohl duftenden Körper verführt. Ich bin besessen von Ihnen und muss wieder Sex mit Ihnen haben.« Er zog sie härter gegen seine Erektion und stieß die Hüften einige Male gegen sie. »Das können Sie mit mir nicht machen, Madam, mich einfach auf die Seite schieben.«

Es gelang ihm, ihre beiden Hände mit seiner kräftigen Hand festzuhalten, und mit der freien Hand zog er am Mieder ihres Kleids.

»Hör auf!«, rief Melanie. »Du zerreißt ja meine Kleider!«

Er zerrte sie am Arm zurück in den Pavillon, und Melanie wäre fast gestolpert und zu Boden gegangen, weil sie seinen großen Schritten nicht folgen konnte. Sein wildes, primitives Verhalten erregte sie. Aber sie würde ihn nicht wissen lassen, wie bereit sie war, ihm die Herrschaft über ihren Körper zu überlassen.

Sie zogen sich aus, und sie hatte es so eilig wie er, dann zog er sie hinunter auf den Haufen ihrer abgelegten Kleider. Seine Hände griffen grob nach ihrem Körper, und Melanie war sicher, dass er ihr blaue Flecken zufügte.

»Sie waren es, die damit begonnen hat, Madam, aber ich werde es sein, der es beendet. Noch bin ich nicht bereit, es enden zu lassen.«

Seine Entschiedenheit faszinierte Melanie mehr, als sie sich eingestehen wollte. »Ich habe nie gesagt, dass ich diese Affäre beenden will. Du bist es, der diese Rückschlüsse gezogen hat. Lege deine Hand zwischen meine Schenkel, dann weißt du, dass ich die Wahrheit spreche. Siehst du«, sagte sie, als Simmonds' Hand in ihre innere Wärme drang. »Ich bin nass und mehr als bereit für dich.«

»Ich hoffe, Sie sind auch bereit für das.« Er kniete sich zwischen ihre Beine, ließ sich dann auf den Hintern nieder und zog ihre Hüften über seine Oberschenkel. Ihre weibliche Öffnung klaffte auseinander, bereit für sein zuckendes Organ.

Seine Finger spielten wieder mit ihr, als wollte er einen noch sichereren Beweis für ihre Erregung hervorlocken. Mit den Zeigefingern beider Hände strich er ihre Labien entlang, und oben an der Spitze hielt er die kleine Kuppe gefangen, die ihre empfindlichste Stelle war. Mit dem einen Zeigefinger rieb er die Klitoris von oben nach unten, und mit dem anderen rieb er von unten nach oben.

Melanie keuchte und stöhnte laut auf. Das Reiben war viel

erregender, als sie für möglich gehalten hatte. Simmonds behielt die Bewegungen bei, bis sie die Kontrolle verloren hatte und ihr Körper durchgeschüttelt wurde.

Simmonds griff nach ihrer Hand und führte sie an seinen heißen Schaft. »Machen Sie sich selbst fertig, Madam«, befahl er herrisch. »Verwenden Sie meinen Prügel, um zum Höhepunkt zu kommen.«

Seine Erektion war so hart, dass Melanie nicht in der Lage war, sich ihm zu widersetzen. Sie umfasste die Eichel und zog sie hinab zu ihrer pulsierenden Öffnung. Ihr Liebhaber teilte die fleischigen Falten, damit Melanie die geschwollene Kuppe gegen ihr seidiges inneres Gewebe reiben konnte. Die Nervenenden, die schon höchst stimuliert waren, bebten vor Entzücken.

Zuerst hielt Melanie ihre Hand in der Mitte des Schafts, um die Eichel in ihre Spalte zu führen. Der Ausdruck auf dem Gesicht des Gärtners sagte ihr, dass seine Lust genauso groß war wie ihre eigene.

Melanie hob ihre Hand bis dicht unter seine Vorhaut, dann nahm sie die Eichel zwischen Daumen und Zeigefinger und rieb sie gegen ihren Kitzler. Die Intensität des Gefühls ließ sie hell aufschreien. Immer schneller wischte sie mit der Kuppe über die angeschwollene Klitoris, bis sie nur noch Sekunden vom Orgasmus entfernt war.

»Jetzt! Jetzt!«, rief sie, streckte und spreizte ihre Beine und führte den heißen Schaft in ihre brennende Öffnung.

Simmonds stieß hart zu, hob gleichzeitig ihre Hüften an und erhob sich in eine kniende Position. Er verharrte tief in ihr, bis ihr Orgasmus zu fließen begann. Seine Hände legten sich unter ihre Pobacken, damit er sie in der Luft halten konnte. Nur Kopf und Schultern blieben auf dem Boden, wodurch der Winkel seines Eindringens so verändert wurde, dass sein Schaft Stellen stimulieren konnte, die sonst nicht durch die stärksten maskulinen Stöße erreicht wurden. Sie konnte mit ihren Hüften nicht auf seine rammenden Bewegungen reagieren, deshalb blieb ihr bloß übrig, ihre Lust herauszustöhnen.

Im Augenblick seines Höhepunkts gruben sich seine Finger noch härter in das weiche Fleisch ihrer Pobacken, als er zum finalen Stoß ansetzte. Er hielt den Schaft tief in ihr, und sie spürte seine kurzen pulsierenden Zuckungen, die ihr signalisierten, dass seine Befriedigung komplett war.

»Du musst morgen wieder herkommen«, sagte der Gärtner, als sie sich anzogen.

Melanie betrachtete ihn mit einem kühlen Ausdruck, der nichts mehr mit der eben erlebten Ekstase zu tun hatte. »Ich werde hier sein, wenn es mir passt«, sagte sie spröde. »Wenn nicht, musst du dich mit deiner Frau befriedigen.«

Bevor er antworten konnte, wandte sie sich ab und schritt davon. Sie wusste, dass er sie nicht zurückhalten würde. Für den Moment waren sie beide befriedigt. Es gab nur den Sex, der sie verband, sonst nichts. Nicht einmal hatte er sie bis heute geküsst, und sie würde es ihm auch nicht erlauben, falls er es mal versuchen sollte. Melanie hatte die Absicht, ihre Beziehung ausschließlich auf der gegenseitigen Geilheit beruhen zu lassen.

Weder Melanie noch ihr Liebhaber ahnten, dass Delie die ganze Zeit zugeschaut hatte.

Delie lauerte dem Gärtner nicht sofort auf. Sie wartete, bis er ein paar Schritte unter die Bäume gegangen war, um sich zu erleichtern, bevor sie ihren Beobachtungsstandort verließ. Simmonds' Überraschung wich einer Vorsicht. Delie lächelte ihm ermutigend zu.

»Ich werde niemandem etwas von dem erzählen, was ich gesehen habe, wenn du mich auch mit deinem wunderbaren Organ bedienst«, sagte sie.

»Sie verlangen das Unmögliche, Miss. Ich bin kein Zirkuspferd, das seine Kunststücke auf Befehl ausführt.«

»Ich bin ganz gut darin, einen Mann zu locken, alles zu geben, was er geben kann.«

Der Ausdruck des Gärtners war so hochmütig, als gehörte er der Königsfamilie an. »Ich muss eine Frau begehren, bevor ich Sex mit ihr haben kann.«

»Willst du mir sagen, dass du mich nicht begehrenswert findest? Wenn das so ist, müssen wir das auf der Stelle ändern.« Delie legte eine Hand auf den Schritt des Mannes, während sie das sagte, und dann begannen ihre Augen triumphierend zu leuchten, als sie ein Zucken unter dem Hosenstoff spürte.

Ihre Finger fummelten hastig mit dem Verschluss herum, dann hatte sie den zuckenden Muskel befreit. Bevor Simmonds reagieren konnte, sank sie auf die Knie und nahm den anschwellenden Schaft in ihren Mund.

Wenn es um oralen Sex ging, war Delie eine Frau, die ihresgleichen suchte. Es dauerte nicht lange, und der Gärtner wies eine Erektion auf, die nicht hinter der zurückstand, die Melanie verzückt hatte. Voller Ungeduld wartete Delie darauf, die Härte in ihrer Höhle zu spüren. Während ihr Mund dafür sorgte, dass der kräftige Schaft seine Härte behielt, öffnete sie den Taillenknopf ihres Rocks und die Schleife des Petticoats. Darunter war sie völlig nackt.

Sie richtete sich auf, schlang die Arme um den Hals des Mannes und drückte ihre Lippen auf seinen Mund. »Fick mich«, befahl sie. Da sie groß war, befand sich ihre Hüfte auf einer Höhe mit seiner. Sie stellte sich auf die Zehenspitzen und brachte ihre Öffnung direkt über Simmonds' Schaft.

»Ja, gut, Lady«, antwortete Simmonds auf ihre Forderung hin. Er legte eine Hand unter ihren rechten Oberschenkel, um ihr Bein anzuheben, und damit öffnete er sie weit genug, dass sie die volle Wucht seines ersten aufwärts gerichteten Stoßes aufnehmen konnte.

»Oh, ja«, rief Delia kreischend, entzückt, dass sie nach so vielen Tagen wieder einen Mann in sich spürte. Sie begann ihre Hüften zu schwenken, um ihre Lust zu vergrößern und den Gärtner zu mehr Härte zu animieren.

Er reagierte sofort auf sie. »Ich kenne Frauen wie Sie, Lady. Sie sind nicht wie meine Herrin. Ich wette, das hier gefällt Ihnen auch.«

Ein Finger bohrte sich in ihre anale Öffnung, und weil er so schnell gehandelt hatte, stieß Delie einen Schrei aus, in dem sich Schmerz und Überraschung vermischten, aber dann endete der Schrei in einem langgezogenen Stöhnen absoluter Lust. Der Finger, der sich in ihrer hinteren Passage wedelnd bewegte, verstärkte die Effekte seines Organs, das unermüdlich in ihre Muschi stieß.

»Oh, ja«, rief sie. »Ja, ja, härter, noch viel härter. Oh, Himmel, ja, ich komme.« Ihre Finger gruben sich in seine Schultern, und hemmungslos schrie sie ihre Lust hinaus. Ihre Hüften beantworteten jeden Stoß des Mannes. »Oh, ja«, rief sie wieder, als die tumultartige Wollust sich in ein ständiges Pochen verwandelte, »das hat mir sehr gut gefallen. Und du bist immer noch so hart in mir.«

»Ich bin noch nicht fertig, Lady. Es ist Ihnen gut gelungen, mich zu erregen.«

»Ich kann auch noch einiges vertragen«, ließ Delie ihn wissen und quetschte seinen Schaft mit ihren inneren Muskeln.

»So ist es mir lieb«, erklärte Simmonds. Er hob sie von seinem Schaft und drehte sie um, sodass er auf ihren Rücken schaute. Seine Hände drückten ihren Körper nach unten, bis ihr Kopf sich zwischen ihren Knien befand. Sie musste sich mit den Händen auf ihren Beinen abstützen, um nicht nach vorn zu kippen. Der Gärtner trieb seine Finger in ihren Liebeskanal, und den Saft, den er herausholte, schmierte er rund um ihren Anus.

»Mein Finger hat Ihnen in Ihrem Hintereingang gefallen. Und wie ist es mit meinem Rohr?«

Noch während er die Frage stellte, zwängte er seinen Steifen in die enge Öffnung. Delie fand die schmerzende Enge fast unerträglich, aber es war auch die unglaubliche Stimulierung, die so schwer zu ertragen war. Ein Schluchzen kam über ihre Lippen, Ausdruck von Schmerz und Verzückung.

Sie wünschte, sie hätte einen Dildo dabei, damit sie ihn in ihren Liebeskanal hätte stoßen können. Der Gedanke genügte ihr schon für den Moment, denn unmittelbar danach setzte ein weiterer Orgasmus ein, erst bei ihr, dann bei dem Mann, der von der Enge der Öffnung ausgewrungen wurde.

Ein flüchtiges Klopfen verkündete ihre Ankunft, als Delie das Zimmer ihres Bruders betrat, der dabei war, sich fürs Abendessen umzuziehen. »Und?«, fragte sie.

»Und was?« Man merkte Ric an, dass er verärgert war.

»Du wolltest den Anwalt deines Großvaters treffen, nicht wahr?«

»Ja, stimmt, und ich nehme an, du willst jetzt wissen, ob und wann ich ein reicher Mann sein werde.«

»Wann, will ich hören. Ich kann mir nicht vorstellen, dass es bei dieser Frage ein ›Ob‹ gibt.«

»Du magst Melanie, nicht wahr?« Ric überraschte sie mit dieser Frage.

»Ja, doch. Ich würde sie eine Menge mehr mögen, wenn sie dich nicht um dein Erbe betrogen hätte.«

»Kannst du dir vorstellen, sie als deine Schwägerin zu tolerieren?«

»Was? Bist du verrückt?« Delie sah an Rics Gesichtsausdruck, dass er es ernst meinte. »Himmel, du hast dich doch nicht in diese Frau verliebt, oder?«

Ric ließ ein verzerrtes Grinsen sehen. »Wenn ich daran

denke, wie oft du mir vorgeworfen hast, völlig herzlos zu sein, ist das eine völlig überflüssige Frage.«

»Warum stellst du denn überhaupt so eine seltsame Frage?«

»So seltsam ist sie gar nicht, wenn du mal darüber nachdenkst. Großvaters Testament ist rechtlich völlig in Ordnung und kann nicht ohne viel Mühe und Geld angefochten werden. Auf der anderen Hand geht das Vermögen einer Frau sofort in den Besitz des Mannes über.«

Delie riss die Augen weit auf, und ihr Mund klaffte, bevor ein leises diebisches Lachen herauskam. »Ich habe immer gewusst, dass du ein kleiner Teufel bist. Aber da gibt es noch ein kleines Detail, das du scheinbar übersehen hast.«

»Kläre mich auf.«

»Woher willst du wissen, dass unsere Witwe dich heiraten will? Besonders, wenn sie deine wahre Identität kennenlernt.«

»Ich habe nicht die Absicht, ihr meinen vollen Namen zu nennen, bevor ich mit ihr verheiratet bin. Und was dein anderer Einwand betrifft – nun, sie hat mir schon oft gezeigt, wie heiß sie ist, mich in ihr Bett zu zerren.«

»Aber nicht nur dich.«

Ric drehte sich um und starrte seine Schwester an. »Was meinst du damit?«

Jemand, der ihn weniger gut kannte, wäre vielleicht von der Wildheit in seinem Blick eingeschüchtert worden, aber Delie zuckte nur kurz die Achseln. »Als du heute Nachmittag in der Stadt warst, hat Melanie sich auf eine sehr lüsterne Art und Weise mit einem der Gärtner unterhalten.«

»Woher weißt du das?«

»Ich habe sie zusammen gesehen. Um es genau zu sagen, ich habe das ganze Spiel von Anfang bis Ende beobachtet. Unsere Witwe war voll für ihren geilen Diener entbrannt.«

»Hast du Melanie aufgelauert?« Rics Stimme war so kalt wie sein Gesichtsausdruck.

»Nur durch Zufall habe ich es gesehen. Ich hatte nämlich selbst vor, die Bekanntschaft des Gärtners zu machen.«

»Und? Hast du?«

»Also, das geht mir zu weit. Ich habe nicht die Absicht, dir das zu erzählen.«

Ric musste feststellen, dass ihm die Vorstellung nicht gefiel, Melanie könnte Sex mit einem anderen Mann haben. Er hatte den Verdacht, dass er den Gärtner kannte, von dem Delie gesprochen hatte. Er war ihm im Obstgarten aufgefallen. Er sah ein Bild vor sich, wie Melanie nackt in den Armen des Gärtners lag. Dieses Bild fand Ric so unangenehm, dass er es sofort aus seinem Kopf entfernte. Lieber freute er sich auf die kommende Nacht. Melanie schien sich ebenfalls zu freuen, als sie ihn nach seiner Rückkehr sah, und alles deutete darauf hin, dass sie auch ungeduldig auf die Stunden nach dem Essen wartete.

Als Ric endlich ihr Zimmer betrat, lief sie in seine Arme und hob das Gesicht, damit er sie küssen konnte. »Ich habe dich heute vermisst«, flüsterte sie.

Ric hielt sie an sich gepresst und labte sich am Gefühl des nackten Körpers unter dem dünnen Stoff ihres Nachtkleids. Seine Hände strichen sinnlich über ihren Rücken. »Bedeute ich dir so viel?«

»Das weißt du doch. Seit wir uns kennengelernt haben, glaube ich, dass ich nur für dich lebe.«

»So eine leidenschaftliche Erklärung, liebe Melanie. Schmeichelst du allen deinen Liebhabern mit solchen Worten?«

Melanie löste sich ein wenig von ihm, um Ric mit ernstem Ausdruck ins Gesicht schauen zu können. »Es hat keinen anderen Liebhaber gegeben, der mir so viel bedeutet. Bei dir ist alles etwas Besonderes. Fühlst du das nicht auch?«

Trotz seines Entschlusses, sich nie zu Äußerungen dieser

Art hinreißen zu lassen, nahm ihn eine Welle der Emotionen gefangen, und er presste Melanie wieder an sich und küsste sie mit dem Eifer eines Geliebten. Er spürte, wie sie in seinen Armen zitterte und drückte sein Becken fester gegen ihres.

Sein Verlangen bewies sich in der schmerzenden Starre seiner Männlichkeit. Die Intensität seiner Hitze hätte ihn fast dazu gebracht, ihr einen Heiratsantrag zu machen. Er dachte dabei nicht an den finanziellen Vorteil, sondern an das Entzücken, eine solche Frau immer in seinem Bett zu haben.

»Ich glaube, ich bin besessen von dir«, flüsterte er, und dann wunderte er sich, dass sie sich in seinen Armen für einen kurzen Moment versteifte.

Er konnte nicht wissen, dass ein anderer Mann vor einigen Stunden genau diese Worte ausgesprochen hatte.

»Komm ins Bett«, bat sie. »Ich brauche dich so sehr.«

Sie lagen wie ein Liebespaar da, auf der Seite, sich anschauend, während sie sich küssten und streichelten. Ric hauchte Küsse auf ihr schönes Gesicht, auf ihren Hals und auf die rosigen Aureolen ihrer Brüste. Wie sie ihre stolzen Brüste seinen dürstenden Lippen darbot, erfüllte ihn mit dem Drang, ihr den intimsten Kuss überhaupt zu geben.

Er glitt im Bett nach unten, und seine Lippen hinterließen eine feuchte Spur auf ihrer seidigen Haut bis zum Nabel, dann sank er noch etwas tiefer, hinunter zum Dreieck ihrer rot-goldenen Löckchen.

Melanie spreizte die Beine weit für ihn, und Rics Lippen berührten ihre süßen sanften Labien. Ihr Geschmack war nur mit Ambrosia zu vergleichen. Ric neckte sie behutsam und erfreute sich an ihren gedämpften Stöhnlauten der Lust. Er hatte es nicht eilig, sie zum Höhepunkt zu bringen, dafür genoss er es viel zu sehr, sie in dieser Position zu erleben.

Er wollte sie seinen oralen Liebkosungen noch ein wenig weiter öffnen und glitt mit den Händen unter ihre Pobacken, um sie leicht anzuheben. Ihr scharfer Schmerzensschrei ließ ihn überrascht den Kopf heben. »Was ist denn los?«

»Du hast mir wehgetan.«

»Wieso denn? Ich habe dich doch nur leicht berührt.«

Ric presste seine Hände wieder gegen ihr weiches Fleisch, und diesmal konnte er ihren Schrei nicht länger ignorieren. In einer raschen Bewegung hatte er sie auf den Bauch gewälzt. Die Ursache ihrer Schmerzen erfüllte ihn mit Zorn. Melanies Pobacken waren übersät mit blauen Flecken. Noch dunklere Stellen zeigten Ric an, wo sich die kräftigen Finger eines Mannes ins zarte Fleisch gebohrt hatten. Seine Finger waren es nicht.

Seine Wut geriet außer Kontrolle. Ric hob eine Hand und klatschte sie mit voller Wucht auf ihre blauen Flecken. Melanies Schreie bescherten ihm eine beträchtliche Befriedigung. »Ich könnte dir vergeben, dass du eine durchtriebene Schlampe bist, wenn du mir nicht vormachen wolltest, dass ich etwas Besonderes für dich wäre.«

Wieder ließ er seine Hand auf ihren Po klatschen, wo sie ein glühendes Brennen auslöste. Diesmal endete Melanies Schmerzensschrei in einem langen Schluchzen. »Aber du bist was Besonderes für mich.«

»Und wer hat dir das angetan? Und das?« Jede Frage wurde von einer klatschenden Haut auf die Pobacken begleitet. Sie lag mit dem Gesicht in den Kissen da und hörte nicht auf zu schluchzen, und Ric stellte fest, dass er sich nicht länger beherrschen konnte. Er hob ihren Unterleib an, damit er seinen harten pochenden Schaft in sie hineinstoßen konnte.

Eine veränderte Stimmlage brachte eine neue Qualität ihrer Schreie an seine Ohren. Dann verriet ihm auch ihre triefende Nässe, die seinen Stab umfing, wie sehr sie durch die Verabreichung der Hiebe erregt worden war.

Diese Erkenntnis ließ seinen Zorn wieder aufflammen, und er besorgte es ihr auf fast brutale Weise und belegte sie mit den schlimmsten Schimpfwörtern, die ihm einfielen. Er fühlte den warmen Fluss ihres Orgasmus, aber seine Wut legte sich immer noch nicht.

»Huren werden wie Huren behandelt«, stieß er hervor.

Er löste sich von ihr, warf sie auf den Rücken, grätschte über ihren Körper und stieß seine Rute, getränkt mit ihren Säften, gegen ihr Brustbein. Ric packte ihre Brüste und presste sie zusammen, damit sie eine Höhle für seinen Schaft bildeten. Er setzte seine Stöße fort und misshandelte ihre Brüste, wie der Gärtner ihren Po misshandelt hatte.

Als sein Schaft zu pulsieren begann und den Saft bis zu ihrem Hals sprühte, wurde die Wut in seinem Ausdruck durch Verachtung ersetzt. Er stieg vom Bett und starrte auf sie hinunter. »Jetzt siehst du wirklich wie eine Hure aus.«

Er ging davon aus, dass er sie ausgiebig gedemütigt hatte, warf sich den Mantel über und schritt zur Tür.

»Ric.«

Ihre Stimme ließ ihn innehalten. Er starrte zurück und sah, dass sie ihre Position auf dem Bett nicht verändert hatte. Mit einer Hand strich sie über ihre Brüste, fing seinen Samen auf und steckte einen Finger in den Mund.

Siebtes Kapitel

Es hatte mal eine Zeit gegeben, sinnierte Melanie, als sie die blauen Flecken auf ihren Brüsten und den Pobacken im ersten Tageslicht besah, da war Sex einfach nur Spaß gewesen. Sie war nicht sicher, ob es ihr gefiel, in die Rolle einer *femme fatale* zu schlüpfen, die Männer zu wilder Besessenheit führte.

Es traf zu, dass sie das herrische Auftreten des Gärtners genossen hatte, ebenso die brutale Weise, in der Ric sie genommen hatte. Seine Worte und seine Taten hatten sie erniedrigen sollen, um ihr zu zeigen, dass seine Lust nach ihr nicht größer war als seine Verachtung für sie.

Im ersten Entsetzen über den abrupten Wechsel von verführerischer Bewunderung zu grober Misshandlung hatte Melanie ihn beinahe gehasst für seine verletzende Art, mit der er seinen Höhepunkt verfolgt hatte. Aber es war Melanie, die zuletzt gelacht hatte. Rics Ausdruck war absolut fuchsteufelswild gewesen, als er aus ihrem Zimmer gestürmt war.

Melanie klingelte nach ihrem Dienstmädchen, damit sie ihr ein Bad vorbereiten konnte, dann schickte sie das Mädchen wieder weg, denn die Blutergüsse hätte Neugierde geweckt und zu Spekulationen unter dem Personal geführt.

Nachdem sie ein paar Tropfen Lavendelöl ins Wasser hatte träufeln lassen, streckte sie sich aus und begann sich zu entspannen. Bevor sie sich anzog, um hinunter zu gehen, wo sie Ric begegnen würde, wollte sie ihre Gedanken ordnen, und wenn möglich, auch ihre Gefühle. Eine Sache war ihr jetzt klar geworden: Simmonds musste gehen.

Je mehr sie über das Geschehen nachdachte, desto sicherer

war Melanie, dass Rics Rage durch Eifersucht ausgelöst worden war. Für Melanie war das der Beweis, dass seine Gefühle tiefer gingen als der pure Sex.

Als sie zu diesen Schlussfolgerungen kam, war ihre gute Laune wiederhergestellt. Sie zog ein Tageskleid an, das ihr gut zu Gesicht stand, mit einem mit Rüschchen besetzten Rock und einem Mieder, das vorne geknöpft wurde. Der einfache Stil des Kleids sollte Rics Gedanken von ihrer Sexualität zu anderen Aspekten ihrer Eigenschaften lenken.

Aber Ric hatte sich den Wallach satteln lassen und war in die Stadt geritten. Das erfuhr sie von Delie, die Melanie im Salon des ersten Stockwerks vorfand, mit dem Blättern in einer Zeitschrift beschäftigt.

»Hast du heute irgendetwas vor, Melanie?«

»Mein Geschäftsführer wird in Kürze eintreffen. Ich treffe mich jeden Freitag mit ihm und dem Hausverwalter. Mr. Brown bleibt immer zum Essen.«

»Oh?« Delie schaute interessiert von der Zeitschrift auf. »Ist Mr. Brown jemand, den man annehmbar nennen könnte?«

»Kaum.« Melanie lachte. »Er ist mittleren Alters, verheiratet und entspricht so gar nicht dem Bild eines Märchenprinzen. Da du solche Fragen stellst, wird mir klar, dass ich keine gute Gastgeberin bin. Ich muss für euch beide eine Dinnerparty arrangieren.«

Ein diskretes Klopfen an der Tür unterbrach Melanie. Der Butler trat ein, in seiner Hand ein kleines silbernes Tablett mit einem Brief. »Entschuldigen Sie, Madam. Dieser Brief ist gerade für Miss Liddell eingetroffen.«

Der Mann hielt den Blick auf Melanie gerichtet. Er konnte die andere Frau nicht ansehen, ohne daran erinnert zu werden, was genau in diesem Zimmer geschehen war, dort auf dem Sofa, auf dem sie sich jetzt entspannt niedergelassen hatte. Die Dinge, die Mary ihm von den Abenteuern bei ihrer Herrin erzählte, bescherten ihm jedes Mal einen Ständer, was natürlich auch Marys Absicht war, denn sie war es dann, die von der Lust des Butlers profitierte.

Davon abgesehen arbeitete Carstairs wie besessen an einem Plan, wie er in einem sicheren Versteck den beiden Frauen beim Liebesspiel zuschauen konnte.

Auf Delies Befehl hin trug er den Brief zu ihr, was großen Widerwillen bei ihm auslöste. Er wünschte sich, seine Männlichkeit ebenso leicht kontrollieren zu können wie seinen Gesichtsausdruck.

»Eine Einladung von den Grimshaws«, erklärte Delie, als sie den Brief geöffnet hatte. »Zu einem Essen heute Abend. Sie schicken mir eine Kutsche. Wie nett von ihnen.« Sie schaute Melanie an, deren Gesicht so nichtssagend war wie das des Butlers, bevor der sich wortlos zurückgezogen hatte. »Du hast doch nichts dagegen? Ich meine, die Einladung schließt dich offenbar nicht mit ein.«

»Ich hätte die Einladung auch nicht angenommen, aber du kannst tun, was du willst, Delie. Ich habe dir alles gesagt, was ich über die Grimshaws weiß.«

Ein fast katzenhaftes Lächeln hob Delies Mundwinkel an. »Keine Sorge, Melanie. Ich bin sehr wohl in der Lage, in jeder Situation auf mich aufzupassen.«

Der arme Mr. Bartlett war entsetzt bis in die Haarspitzen. Er zog ein Taschentuch aus der Tasche seines Jacketts und wischte damit den Schweiß über den Brauen ab, während er mehrere Male versuchte, sich zu räuspern.

Jeremiahs vor Wut schäumender Enkelsohn stakste in seinem kleinen Büro wie ein eingesperrter Tiger auf und ab. Mr. Bartlett empfand ihn auch als fast so unberechenbar. Mit nur wenig Hoffnung versuchte er, dem Treffen einen Hauch von Höflichkeit zu geben. »Bitte, setzen Sie sich doch, damit wir die Angelegenheit mit Vernunft regeln können.«

»Da gibt es nichts zu regeln.« Ric verharrte einen Augenblick lang und starrte den Rechtsanwalt mit glühenden Augen an. »Ich habe Ihnen gesagt, was ich von Ihnen erwarte. Sie haben das Originaltestament meines Großvaters. Wie schwierig wird es sein, eine Anfechtung bei Gericht durchzusetzen?«

Schmerz verzerrt das gerötete Gesicht des älteren Mannes. »Ich glaube nicht, dass Sie einen Fall von Nötigung vorbringen können.«

»Sexuelle Nötigung«, korrigierte Ric den Anwalt. »Was immer Sie von der jungen Witwe halten, spielt keine Rolle – ich weiß jetzt, wie sie ist. Ich habe absolut keinen Zweifel mehr an den Umständen, wie sie meinen Großvater dazu gebracht hat, sein Testament zu ändern.«

»Dafür werden Sie Beweise brauchen.« Mr. Bartlett wünschte sich irgendwohin, er wollte nur nicht länger mit diesem zornigen jungen Mann in diesem Büro bleiben.

»Ich werde jeden Beweis bringen, der erforderlich ist.«

»Darf ich fragen wie?«

Ric schniefte. »Es gibt gewisse Methoden, wie man mit so einer Frau umgeht. Würden Zeugen und ein unterschriebenes Geständnis genügen?«

»Davon gehe ich aus.« Die Antwort kam widerwillig. Mr. Bartlett fühlte sich sehr unglücklich über die ganze Situation. Besonders auch deshalb, weil er noch vor vierundzwanzig Stunden geglaubt hatte, dass die Sache mit Jeremiahs Testament auf eine Weise gelöst werden könnte, die alle Parteien zufriedenstellen würde. »Gestern haben Sie eine andere Meinung dazu geäußert«, erinnerte er den Enkel.

»Aber jetzt ist heute. Gestern hat sie mich noch hinters Licht führen können.«

Mr. Bartlett seufzte. So ein zorniger junger Mann. Er mochte sich gar nicht vorstellen, was Melanie getan hatte, um in dem jungen Mann eine solche Rage hervorzurufen. »Ich nehme an, Sie wollen zurück in Ihr Hotel ziehen.«

»Das werde ich ganz sicher nicht tun. Wenn jemand aus Arlecdon auszieht, dann wird es die hinterlistige kleine Witwe sein.«

Die Wutausbrüche und Beleidigungen zerrten am Geduldsfaden des ehrenwerten Anwalts. »Haben Sie Mrs. Wilberforce gesagt, wer Sie in Wirklichkeit sind?«

»Nein. Das werde ich erst tun, wenn es in meine Pläne passt.«

»Wenn ich Sie wäre, junger Mann, würde ich zuerst mal in den Spiegel sehen, bevor ich eine andere Person als Betrügerin brandmarke.«

Die dreiste Kritik schlug bei Ric wie ein Faustschlag ein. Er streckte seinen Körper, um noch mehr zu beeindrucken, und eine ausdruckslose Maske legte sich über sein Gesicht. Nur seine Augen brannten vor Emotionen, und an seinem Hals pulsierte die Schlagader.

Mr. Bartlett erhob sich steif aus seinem Sessel und gab durch eine Geste zu verstehen, dass er das Gespräch für beendet ansah. »Es tut mir leid, Ric, aber unter den gegebenen Umständen bin ich nicht bereit, Ihr Anliegen weiter zu verfolgen. Wenn Sie den Fall vor die Gerichte bringen wollen, müssen Sie sich einen anderen Anwalt suchen.«

Ric trug keine Einwände vor. Er hielt sich immer noch kerzengerade wie ein Bleisoldat und wünschte dem Anwalt einen guten Morgen.

Als Ric aus Mr. Bartletts Büro schritt, hatte er vor, sofort die Dienste eines anderen Rechtsanwalts in Anspruch zu nehmen. Der Vorwurf, dass sein eigenes Verhalten zu wünschen übrig ließ, verletzte seinen Stolz. Zynisch mochte er sein, aber hinterlistig war er nicht.

Er war durch zwei Straßen gegangen, und in Gedanken hatte er schon einige Male Melanies Hals umgedreht, statt sie übers Knie zu legen. Aber seine Züchtigung gestern Nacht hatte nicht das beabsichtigte Resultat gezeigt. Er musste sich gerade wieder daran erinnern, wie sehr sie es genossen hatte, als er in ihre heiße, nasse Muschi stieß, nachdem er unermüdlich ihre Pobacken geklatscht hatte. Verdutzt sah er nach links, als eine kleine Hand sich auf seinen Arm legte.

Ric fuhr ungestüm zur Seite, und weil der Zorn aus seinen Augen sprühte, ließ die unbekannte Frau ihre Hand erschrocken sinken. Sie trat einen Schritt zurück, Furcht in den Augen.

»Ich bitte um Entschuldigung, Sir«, murmelte sie, dann wollte sie weiter laufen. Aber Ric hielt sie am Arm fest.

»Warte«, sagte er. »Wie viel?«

»Zwei Shilling, Sir.«

»Bist du gesund?«

»So gesund wie Sie, Sir. Ich habe keine Pocken.«

»Na, gut.«

Die Frau führte ihn zu einem schäbigen Wohnhaus in einer Seitenstraße. Im Gegensatz zur heruntergekommenen Umgebung überraschte ihn die adrette kleine Wohnung der Frau. Das alte Mobiliar war gepflegt, und die Laken auf dem Bett schienen frisch gewaschen zu sein und dufteten nach Rosmarin.

»Sie scheinen überrascht zu sein«, sagte sie.

»Ich dachte, du kämst aus einem Bordell.«

»Ich nicht. Ich suche mir die Männer aus. Ich biete meinen Körper nur deshalb an, weil ich sonst keine Möglichkeit sehe, meinen Unterhalt zu verdienen.«

»Warum nicht? Du sprichst wie eine gebildete Frau.«

Die Frau, die ihm ihren Namen mit Sarah angegeben hatte, hob ihre Schultern. »Meine Geschichte unterscheidet sich nicht von denen vieler Frauen, die im Luxus leben und sich plötzlich in ärmlichen Verhältnissen wiederfinden.«

Während sie redete, hatte sie sich ausgezogen, und darunter trug sie Wäsche, die ihrem Gewerbe dienlich war. Ric sah, dass sie eine dralle Figur hatte mit einem Hang zur Molligkeit. Als sie auf ihn zukam, konnte er ihren sauberen Körper riechen.

Ric hatte es eilig, deshalb zog er hastig Jackett und Hemd aus, und ihre Finger strichen sinnlich über seine Brust, während er an den Hosenknöpfen fummelte.

»Sollten Sie nicht besser Ihre Schuhe ausziehen?« Sie hatte eine tiefe Stimme, die sich leicht amüsiert anhörte.

Ric warf einen verdutzten Blick auf seine Lederschuhe. Er war so sehr damit beschäftigt gewesen, seine Dämonen auszutreiben, dass er sich allzu ungeduldig in den sexuellen Akt hatte stürzen wollen.

»Ich sehe schon, dass Sie Hilfe brauchen.« Sarah nahm ihn bei der Hand und half ihm, sich aufs Bett zu setzen, damit sie ihm die Schuhe ausziehen konnte. Nachdem Ric seine Hose und Unterhose über die Hüften geschoben hatte, zog Sarah sie weiter die Beine hinunter. Ihr Blick blieb an seiner Männlichkeit hängen. »Hm, der gefällt mir.«

Eine so offene Bewunderung war Balsam auf Rics angeschlagenen Stolz. Er streckte sich auf dem Bett aus, die Hände unter dem Kopf. »Lass mich ein oder zwei Stunden lang meine Sorgen vergessen«, sagte er.

Die Frau lehnte sich über ihn, mit einem Knie stützte sie sich auf dem Bett ab. »Für zwei Shilling werde ich nur auf meinem Rücken liegen und Ihnen erlauben, meinen Körper für eine rasche Erleichterung zu benutzen. Um das zu tun, was Sie erwarten, muss ich all meine Fähigkeiten einsetzen. Ich kann Ihnen versichern, dass ich sehr gut bin.«

»Ich werde dich gut bezahlen, Sarah.«

»Und ich werde Ihnen viel Vergnügen bereiten, Sir.«

Nachdem sie seine Männlichkeit so unverhohlen gepriesen hatte, erwartete Ric, dass sie diesem Teil seiner Anatomie direkte Aufmerksamkeit schenken würde. Stattdessen kniete sie sich neben ihn aufs Bett und strich mit den Fingern über seinen Torso, und weil ihre Berührungen federleicht waren, empfand er sie als wahnsinnig sinnlich.

»Sie sind viel zu verspannt, um das wirklich genießen zu können«, sagte sie ihm. »Rutschen Sie ein wenig das Bett hinunter.«

Als Ric ihrer Anweisung gefolgt war, veränderte Sarah ihre Position und kniete sich hinter seinen Kopf. Finger strichen durch seine Haare, dann begann sie seine Schädeldecke zu massieren, bis sich seine Augen schlossen. Seine wütenden Gedanken verschwanden durch ihre Fingerspitzen. »Du massierst mich allmählich in den Schlaf«, murmelte er.

»Sie werden sich entspannen, aber ich garantiere Ihnen, dass Sie nicht einschlafen werden.« Ihre Hände widmeten sich seinen Schultern, die völlig verhärtet waren. Von dort bewegten sie sich zum Brustkorb, auf dem ihre Hände kreisend unterwegs waren.

Als Ric die Augen öffnete, bemerkte er Sarahs Brüste, die über seinem Gesicht pendelten. Die dunklen Brustwarzen lockten ihn verführerisch, und er konnte nicht widerstehen. Er streckte die Zunge aus und stieß sie gegen die Spitzen, wodurch Sarahs Massage noch viel erotischer wurde.

»Besser«, sagte sie lächelnd, als er nach ihren Nippeln schnappte. »Aber Sie sind immer noch sehr verspannt.« Sie stieg vom Bett und ging ans Bettende, um von dort Rics Beine zu massieren. Wieder setzte sie nur federleichte Berührungen ein, bis er danach lechzte, dass sie sich seiner schmerzenden Sexualorgane annahm.

Sein Lächeln sagte ihm, dass sie genau wusste, welche Wirkung ihre Hände hatten, und dass er sie stumm anflehte, seine Bälle und den Schaft zu liebkosen. Aber sie wies ihn nur an, sich auf den Bauch zu legen, dann setzte sie ihre Massage fort. Sie strich mit den Händen die Beine hoch und rieb seine Oberschenkel und Backen.

Ric stöhnte. »Ich dachte, du hättest dir das Ziel gesetzt, mich zu entspannen. Erreicht hast du das genaue Gegenteil.«

»Tatsächlich? Vielleicht sollte ich mal nachsehen.« Sarahs Hände brachten ihn dazu, sich wieder auf den Rücken zu legen. Rics pochendes Organ erhob sich starr aus seinem Schoß. »Mmm, ich glaube, da brauchen wir noch etwas mehr Massage.«

Ihre Finger strichen sanft über die Länge des geschwollenen Muskels, glitten über den prallen Hodensack und arbeiteten sich dann hoch bis zur Kuppe. Ein Zeigefinger beschrieb leichte Kreise um die winzige Öffnung.

Wieder stöhnte Ric. Wenn Sarah das mit ihren Händen leisten konnte, fragte er sich, was sie alles mit ihrem Mund bringen würde. Er sollte es bald herausfinden.

Ihre Zunge nahm den Platz ihres Fingers ein und wischte leicht über die empfindsame Öffnung, bevor sie die ganze Eichel einspeichelte. Die Berührungen waren noch sanfter und noch quälender als die ihrer Finger. Als dieser Teil seiner Männlichkeit bearbeitet war, strich sie mit der Zunge in leckenden Bewegungen über die ganze Kolumne, mehrfach rauf und runter, ehe sie sich um den Sack kümmerte.

Sie nahm die Bälle in den Mund. Sie nahm Rücksicht auf die Empfindlichkeit und saugte nur behutsam an ihnen, was bei Ric für unvorstellbare Lust sorgte. Schließlich nahm sie den gesamten Stab in die warme Mundhöhle, und Zunge und Lippen setzten ihr Liebkosen fort, während ihr Mund auf und ab glitt.

Rics Körper wurde von Ekstase geschüttelt. Die Frau hatte einen Mund wie ein Engel. Sehr bald würde er in ihrem Mund explodieren, wenn sie nicht aufhörte. Er wollte eigentlich nicht auf diese Art kommen, aber er wollte auch nicht, dass die wunderbaren Sensationen aufhörten.

Sarah war jedoch die Expertin, wie sie von sich behauptet hatte. Gerade als Ric glaubte, es nicht mehr zurückhalten zu können, schwang sie ein Bein über seine Hüften. Mit dem Rücken zu ihm, die Hände auf seinen Oberschenkeln abgestützt, ließ sie sich langsam sinken, um ihn in den seidigen Kanal ihres Geschlechts aufzunehmen.

Ric explodierte sofort, und die Intensität seines Orgasmus wurde durch Sarahs Hüpfen auf seinem Schaft noch verstärkt. Während er sich in ihr ergoss, hüpfte Sarah weiter auf seinem Organ, wodurch er hart blieb, und dann erreichte auch sie den Gipfel ihrer Lust.

Ric streckte die Arme aus, um ihre Brüste in die Hände zu nehmen. »Du bist wirklich sehr gut, so gut, dass du einen Preis nennen kannst.«

Sarah erhob sich von ihm und setzte sich auf ihre Fersen. »Eine Krone, Sir, das ist alles, um was ich bitte. Und auch mir war es eine große Freude.«

Das Mittagessen zog sich endlos hin. Melanies Geschäftsführer hatte es nie eilig, die Luxusumgebung von Arlecdon zu verlassen, und er ließ sich auch stets viel Zeit, die Köstlichkeiten des Essens und den feinen Wein zu genießen. Und dann gehörte natürlich auch die Gesellschaft der schönen jungen Witwe als zusätzlicher Bonus dazu.

Diesmal nahm auch eine weitere attraktive Frau am Essen teil, deshalb konnte sich Mr. Brown noch schwerer zum Aufbruch entscheiden. Aber irgendwann konnte er den Abschied nicht länger hinauszögern. Ein Seufzer der Erleichterung kam über Melanies Lippen, als sich die Haustür hinter dem Mann geschlossen hatte.

»Ich dachte schon, den würden wir überhaupt nicht mehr los«, stöhnte sie.

»Der Mann scheint betört von dir zu sein.« Delie fand es höchst amüsant, wie Mr. Brown der Hausherrin und ihr selbst salbungsvoll schmeichelte. Dabei wurde deutlich, dass der runde kleine Mann mit den Hängebacken und der roten Gesichtsfarbe sich für schlichtweg körperlich unwiderstehlich hielt.

Melanie lächelte über Delies Bemerkung. »Mr. Brown kann seine Flirts nicht aufgeben. Sie bedeuten nichts, und ich kann sie ihm nicht übelnehmen. Er hat eine Frau und mehrere Kinder, und er ist äußerst gut, was seine Erfahrung in Geldsachen angeht. Ohne ihn und seine klugen Erklärungen wüsste ich nichts über finanzielle Dinge. Aber ich muss auch zugeben, dass ich die wöchentlichen Treffen und das Essen mit ihm nicht immer leicht ertragen kann.«

»Du kommst mir absolut nicht wie eine Geschäftsfrau vor, Melanie. Ich will dich nicht beleidigen«, fügte Delie rasch hinzu. »Du bist so zierlich und so feminin.«

»Wie stellst du dir denn eine Geschäftsfrau vor?«

»Nun, sie muss groß sein und eine durchdringende Stimme haben.«

Ein gurgelndes Lachen drang aus Melanies Kehle. »Ich kenne ein oder zwei Frauen, auf die deine Beschreibung passt. Um ehrlich zu sein, ich habe mich nie für finanzielle Dinge interessiert, das fing erst vor Kurzem an. Nach dem Tod meines Mannes wollte ich nichts mit seinen Angelegenheiten zu tun haben. Jetzt aber habe ich das Gefühl, ich bin es ihm schuldig, mich um sein Imperium zu kümmern, für dessen Aufbau er so hart gearbeitet hat.«

»Es geht mich natürlich nichts an, das weiß ich, aber ich habe gehört, dass dein Mann einen Enkel hat, der im Glauben lebt, dass ihm das Erbe zusteht.«

»Wo hast du das denn gehört?«, fragte Melaniee.

Delie erkannte, dass sie einen Fehler begangen hatte und versuchte, ihn mit einem leichten Schulterzucken abzutun. »Beim Personal kursieren immer Gerüchte.«

»Mir war nicht bewusst, dass jemand vom Personal darüber Bescheid weiß.«

»Es stimmt also?«

Diesmal war es Melanie, die mit einem Schulterzucken reagierte. »Mr. Bartlett hat einen Brief von jemandem erhalten, der vorgibt, ein Enkel zu sein. Ich habe aber nichts weiter gehört, deshalb nehme ich an, dass unsere Vermutung zutrifft und der Briefschreiber ein Betrüger ist.«

»Was würdest du tun, wenn du herausfindest, dass der Enkel tatsächlich existiert?«

Melanie sah sie überrascht an. »Warum bist du so sehr daran interessiert?«

»Ich bin nur neugierig, war ich immer schon. Vergiss meine Frechheit, dir solche Fragen zu stellen.«

»Ich halte sie nicht für frech. Aber da du danach fragst, kann ich dir sagen, dass dieser Alaric Wilberforce, wenn er denn tatsächlich existiert, nichts erhält. Er hat sich nicht um seinen Großvater gekümmert, als er noch lebte, deshalb hat er nicht das Recht, jetzt irgendwas zu fordern.«

Diese unnachgiebige Erklärung sagte Delie genau das, was sie hatte wissen wollen. Melanie hatte keine Ahnung, dass Ric der Enkel war. Es wurde auch klar, dass Rics Plan, die Witwe zu heiraten, der einzige Weg war, an das Geld des alten Mannes heranzukommen. Delie unterdrückte ein gespieltes Gähnen. »Ich brauche meinen Nachmittagsschlaf, sonst schlafe ich auf der Party der Grimshaws ein.«

Melanie lächelte sie an. »Ich glaube nicht, dass man dich zum Schlafen kommen lässt.«

Nachdem Delie sich auf ihr Zimmer zurückgezogen hatte, verließ Melanie heimlich das Haus, um wie vereinbart ihren Gärtner zu treffen. Er war noch nicht beim Pavillon, als sie dort eintraf, und das Warten auf ihn machte sie zunehmend nervös. Sie war nicht besorgt darüber, was er in seiner Verärgerung mit ihr anstellen würde; eher fragte sie sich, wie er darauf reagieren würde, dass sie ihn entlassen musste. Das Problem konnte eskalieren, wenn er sich weigerte, Arlecdon zu verlassen, denn Melanie hatte nicht die Absicht, ihren Entschluss zurückzunehmen. Simmonds hatte ihr Leben kompliziert.

»Ah, Sie sind also doch gekommen.«

Die Stimme war direkt hinter ihr, und Melanie zuckte erschrocken zusammen. Sie fuhr herum und presste eine Hand auf ihre Brust. Für einen Mann, der so stämmig gebaut war, konnte er sich sehr leise bewegen.

»Du hast mich erschrocken.« Sein plötzliches Auftauchen hatte ihre Nervosität noch verstärkt. Er fing schon an, sein Hemd aufzuknöpfen. »Nein, warte, ich bin nicht deshalb gekommen.«

»Ich bin aber deshalb hier.« Er rieb sich mit der Hand über die Beule in seiner Hose. »Muss ich Gewalt anwenden, Herrin?«

Melanie schluckte und starrte auf die eindeutige Geste seiner Hand. Sie konnte nicht leugnen, dass sich zwischen ihren Schenkeln eine Nässe gebildet hatte. Warum nicht, dachte sie. Wenn Simmonds körperlich befriedigt war, würde er zugänglicher sein.

»Mein Körper ist schon genug geschunden, deshalb werde ich weitere Gewalt nicht genießen können.« Sie zog ihre Wäsche aus und wandte ihm den Rücken zu. »Siehst du, wie du mich gestern zugerichtet hast?«

»Das haben Sie sich selbst zuzuschreiben. Meine Verrücktheit nach Ihnen war zu groß.«

Nach seiner gelassenen Erklärung schaute Melanie ihn über die Schulter an. »Dann hoffe ich, dass du dich heute mehr unter Kontrolle hast.«

»Völlig unter Kontrolle.« Er trat dicht hinter sie und legte seine Hände auf ihre nackten Pobacken. »Es tut mir leid, dass ich Ihren wunderschönen Körper verunstaltet habe. Das will ich heute wiedergutmachen.«

Er kniete sich hinter Melanie. Seine Hände glitten über ihre Hüften und griffen dann auf die Innenseiten ihrer Oberschenkel. Die Finger erreichten die äußeren Schamlippen, aber er berührte sie nur ganz leicht. Warme Lippen pressten sich auf die zarten Hinterbacken. Das war so wunderbar erotisch, dass die Küsse wie Balsam auf ihrer verfärbten Haut wirkten. Er küsste den ganzen Bereich ab, und Melanies Erregung stieg, dass sie sich wünschte, er würde sie mit seinen Fingern öffnen.

Als sie gebeten wurde, ihre Beine zu spreizen, war Melanie nur zu bereit dazu, aber dann war es seine Zunge, die ihre verlockende Erwartung erfüllte. Das Streicheln der Zunge über die Labien war zuerst wie eine wogende Erleichterung für sie, aber je länger er die erfahrene Zunge einsetzte, desto mehr zuckten ihre Nervenenden, die ihr Gewebe mit hämmernden kleinen Nadelstichen malträtierten.

Sobald Melanie zu keuchen begann, glitt der Gärtner unter ihr weg, richtete sich auf und drehte sie herum. »Noch nicht, Herrin. Ich will Sie nackt haben.«

»Ich will dich jetzt«, sagte Melanie, halb flehend, halb befehlend. Er hatte sie nicht nur am Rand eines Orgasmus im Stich gelassen, sie zögerte auch, ihr Mieder zu entfernen.

Simmonds schüttelte den Kopf. »Ziehen Sie die restlichen Sachen aus, sonst muss ich das für Sie tun.«

Sie befürchtete, dass er nicht sanft mit ihr umspringen würde, wenn er sie auszog, deshalb begann Melanie hastig, ihr Mieder und das kurze Hemdchen auszuziehen, an dem ihre Knickerbocker befestigt waren. Simmonds' Blicke wurden sofort von den purpurnen Malen auf ihren Brüsten angezogen, womit Melanie gerechnet hatte.

»Für die Blutergüsse auf Ihren Brüsten bin ich aber nicht verantwortlich«, sagte er.

»Du hast sie zu verantworten. Wegen den blauen Flecken, die du mir zugefügt hast, musste ich später die Male auf den Brüsten hinnehmen.«

»War Ihr Gentleman wütend, als er entdeckte, dass er nicht der Einzige ist, der Ihre Gunst erfährt?« Seine Augen verengten sich, und ihre Wangen färbten sich in ein verräterisches Rot. »Passen Sie gut auf sich auf, Herrin. Sie erregen zu leicht die Leidenschaft der Männer.«

»Ich sehe, dass ich deine Leidenschaft schon erregt habe«, gab sie zurück.

Der Gärtner rieb mit einer Hand über seine strotzende Erektion. »Mein Penis ist hart und kräftig. Ich will, dass Sie sich auf ihn setzen.« Er streckte die Arme aus und fasste Melanie unter die Achseln, um sie vom Boden zu heben.

Als Melanie seine Absicht erkannte, legte sie ihre Hände auf seine Schultern, um sich abzustützen, bis ihre Vulva genau über der Eichel seines mächtigen Stabs thronte. Er ließ sie langsam sinken, und sie hockte auf seinem Becken, verschmolzen mit seinem Schaft.

Melanie schlang ihre Beine um seine Taille. Sie hätte die Arme auf seine Schultern gelegt, wenn er sie nicht mit den Händen veranlasst hätte, sich weit zurückzulehnen, bis ihr Körper auf seinen ausgestreckten Armen lag. Seine starken Hände hielten ihren Rücken im Griff, aber es war nicht möglich, ihren Kopf zu stützen, als Simmonds das erste Mal mit seiner harten Männlichkeit zustieß.

Die Intensität der Sensationen, die der Gärtner auslöste, durchdrang jede Zelle in Melanies Körper. Nur ein Mann mit Simmonds' großer Kraft konnte eine Frau in diese Position nehmen und dann auch noch mit dieser wunderbaren Wucht in sie eindringen.

Melanie labte sich am Aufbau der inneren Spannung, und verwundert stellte sie fest, dass aus den winzigen Nadelstichen ihrer Erregung plötzlich scharfe Messer der Begierde wurden und dann flammende Schwerter, die ihr den vollkommenen Orgasmus brachten.

Er zog sie an sich, sodass sie den Kopf an seiner Schulter ausruhen konnte, während ihre Zuckungen sein Organ quetschten und seine Hände sie an den Hüften packten, damit er heftiger und tiefer in sie eindringen konnte.

Befriedigt klebte sie schlaff an seinem Körper, und Melanie fragte sich, ob es eine kluge Entscheidung war, den Mann fortzuschicken. Sie war sich Rics nicht sicher, und die sexuelle Ausdauer ihres Gärtners würde schwer zu ersetzen sein. Aber als sie sich wieder angezogen hatte, verschwanden ihre Zweifel. In der Vergangenheit hatte sie auch immer wieder fähige Liebhaber gefunden. Ric war es, den sie jetzt haben wollte, aber wenn sie ihn verlieren sollte, würde sie zweifellos einen anderen großartigen Geliebten finden.

»Ich habe jetzt gehabt, was ich haben wollte, Madam. Und was wollten Sie?«

Melanie sah ihm ins Gesicht. »Du hast mich gewarnt, dass ich mir gut überlegen soll, wem ich meine sexuelle Gunst gewähre. Das hatte ich mir schon vor dieser Begegnung vorgenommen. Du bist ein ausgezeichneter Gärtner, und deine Dienste auf allen Gebieten werden sehr geschätzt.« Sie legte eine kurze Pause ein und sah, dass sich eine leichte Röte vom Hals zum Gesicht ausbreitete. Seine Augen verrieten, dass er plötzlich begriffen hatte. »Deine Dienste werden auf Arlecdon nicht länger benötigt, Simmonds.«

»Und wenn ich nicht freiwillig gehe?«

»Ich glaube, das wirst du doch.« Melanie nahm ein kleines Stück Papier aus ihrer Tasche und hielt es ihm hin. »Ich bin nicht so rücksichtslos, dich und deine Frau aus dem Haus zu vertreiben, ohne euch gute Wünsche und einen Bonus für eine neue Zukunft mit auf den Weg zu geben.«

Der Gärtner sah sie neugierig an, als er das Papier aus ihrer Hand nahm. Als er es auseinander faltete, vertiefte sich seine Röte noch, und seine Augen versprühten Blitze. »Glauben Sie, mich damit abfinden zu können? So ein Mann bin ich nicht!« Er wollte gerade ansetzen, das Papier zu zerreißen.

»Nein, stopp!« Melanie hielt ihn am Handgelenk fest. »Ich meine das nicht als Beleidigung. Vergiss deinen verdammten Stolz mal für einen Augenblick. Überlege, was du mit einem solchen Betrag anfangen könntest!«

Der Mann starrte auf den Scheck, den Melanie ihm ausgestellt hatte. Mit zweitausend Pfund konnte er mehrere Hektar Land kaufen und den Grundstock für eine eigene kleine Farm legen. Er konnte für sich, Betty und die Kinder, auf die sie immer noch hofften, ein kleines Haus bauen. Er erinnerte sich an die vergangene Nacht mit seiner Frau; Himmel, von so viel Leidenschaft musste doch ein Kind kommen! Seine Libido war nach der Herrin und der anderen Lady auf dem Höhepunkt gewesen, und so hatte er Dinge mit seiner sanften Frau probiert, die er sich bisher nie getraut hatte.

Betty war überrascht gewesen, aber nicht so überrascht wie Simmonds selbst, denn seine Frau hatte begierig auf sein herrliches Lecken reagiert, und später hatte sie ihm gestanden, dass sie sich immer hatte zwingen müssen, still auf dem Rücken zu liegen, weil sie glaubte, dass ein solches Verhalten von einer Ehefrau erwartet wurde.

Als ihr Gärtner den Blick hob und Melanie ansah, gab sie einen stummen Seufzer der Erleichterung von sich.

»Sie sind sehr großzügig, Herrin. Wann soll ich gehen?«

»Es wäre für alle Beteiligten besser, wenn es schnell ginge.«

Simmonds nickte. »Ich werde meiner Frau sagen, sie soll mit dem Packen beginnen.«

Die schweren Falten der Vorhänge gaben ein vorzügliches Versteck ab, wenn man sie vom Fenster zurückzog. Carstairs hatte sich heimlich ins Zimmer geschlichen, dann hörte er Delies Schritte auf dem Flur. Mary war damit beschäftigt, das Bett aufzudecken, als Delie eintrat. Sie wandte sich an die Herrin, die Hilfe beim Entkleiden erwartete.

»Möchten Sie, dass ich diesen Nachmittag bei Ihnen bleibe, Miss?«

»Ja, für eine Weile. Ich gehe heute Abend aus und muss vorher ein wenig schlafen. Ich kann besser einschlafen, wenn mein Körper vorher verwöhnt wird.«

»Soll ich mich ausziehen, Miss?«

»Wenn du willst. Ich will von dir mit dem Mund verwöhnt werden, aber es kann sein, dass ich plötzlich heiß darauf bin, dich auch zu lecken.«

Weil sie sehr darauf hoffte, zog sich Mary nicht nur völlig nackt aus, sie positionierte sich auch so auf dem Bett, dass ihre Pobacken auf Delies Gesicht gerichtet waren. Ihr Wissen, dass Carstairs hinter dem Vorhang alles beobachten konnte, erregte sie sehr, und ihre Muschi war schon feucht und pulsierte heftig. Extra für den Butler spreizte sie Delies Falten mit den Fingern und hielt sie weit gespreizt, damit ihr Geliebter die rosigen inneren Lippen und den kleinen Knopf weiter oben sehen konnte.

Marys Zunge arbeitete beharrlicher und eifriger als je zuvor. Sie stieß sie tief in Delies Öffnung, dann strich sie abwechselnd an den Labien entlang. Delies Stöhnen und das Anheben ihrer Möse gegen Marys Gesicht bewiesen die Wirkung der Bemühungen des Dienstmädchens. Mehrere Wiederholungen der Zungenreise brachten Mary die erhoffte Belohnung, als Delie ihren Mund auf die nasse Spalte des Mädchens drückte.

Hinter dem Vorhang fummelte Carstairs an seinem Hosenschlitz herum, um den eingeengten Penis in die Freiheit zu holen und seinen Händen zu überlassen.

Es war schon aufgeilend genug gewesen, wenn Mary anschaulich beschrieb, wie sie die Herrin bedient hatte. Aber sie gemeinsam beim Lecken und Saugen zu sehen, ihre genießerischen Laute zu hören, das machte ihn so heiß, dass er glaubte, die Haut seines Penis könnte platzen.

Er hatte die Augen weit aufgerissen, während er beobachtete, wie sich die Frauen auf dem Bett wanden. Es gab keinen Zweifel, dass sie sich gegenseitig zum Höhepunkt bringen würden. Der Butler strengte seine Hand an, die über das pochende Organ glitt, und sein Atem kam immer lauter und hechelnder.

Delie hörte das Schnappen nach Luft und hob den Mund. »Was war das?« Sie sprang aus dem Bett und flitzte durchs Zimmer. Genau in dem Moment, in dem Carstairs seinen Samen stöhnend in die Luft sprühte, zog Delie die Vorhänge schwungvoll zurück.

Sie hielt die Vorhänge noch in der Hand und ignorierte die paar Tropfen, die auf ihrer Brust gelandet waren. »Schau an, schau an«, murmelte Delie. »Du bist also ein kleiner Spanner, Carstairs, was?« Sie wandte den Kopf und sah, dass Mary sich verängstigt in eine Ecke des Betts zurückgezogen hatte.

»Du wusstest, dass er da war, nicht wahr? Hör auf!« Der letzte Befehl galt dem Butler, der gerade dabei war, seinen Penis zurück in die Hose zu bugsieren. »Du hast deinen voyeuristischen Spaß gehabt, jetzt will ich meinen haben. Zieh dich aus.«

Ohne darauf zu warten, ob er ihrem Befehl nachkam, ging Delie zurück zum Bett. Dort nahm sie den Dildo aus der Schachtel und bestrich ihn mit Öl. Der Butler und das Dienstmädchen schauten schweigend zu. Mary war begierig darauf zu sehen, was Delie mit diesem wunderbaren Gerät, das ihr schon vertraut geworden war, vorhatte. Der Butler, der so ein Instrument noch nie gesehen hatte, fragte sich das auch.

Delie wandte sich an Carstairs. »Ich will zusehen, wie du es Mary ordentlich besorgst. Leider hast du deine Kraft schon vergeudet, und ich kann nicht zulassen, dass Mary warten muss, bis du wieder einsatzfähig bist.«

Mary begriff Delies Absicht und legte sich im Bett bereitwillig auf den Rücken. Voller Vorfreude spreizte sie die Schenkel und hoffte, dass Delie sie mit dem hölzernen Phallus verwöhnen würde.

Es dauerte nicht lange, bis Carstairs' abgeschlaffte Männlichkeit wieder aufrecht stehen konnte. Er trat näher zum Bett, um besser sehen zu können, wie Delie den glänzenden Holzstab in das Mädchen schob. Bald glänzte der Phallus auch von Marys Säften. Noch ein weiterer Schritt, und Carstairs stieß gegen die Bettseite. Mary richtete sich auf einen Ellenbogen auf.

»Mach schon«, befahl Delie heiser, obwohl sie beide keine Aufmunterung benötigten. Der Butler stieß seinen halb harten Schaft in Marys Mund. Delie konnte nur bewundernd zuschauen, wie die pinkfarbenen Lippen ihres Dienstmädchens am dunklen Muskel des Mannes auf und ab glitten.

»Du kannst das so gut, Mary, dass ich auch noch mal befriedigt werden muss.«

Sie stützte sich mit den Knien auf dem Bett ab, hob ihren Po an und spreizte die Knie, um Carstairs ihre nasse Öffnung zu präsentieren. Er verschwendete keine Zeit und stieß zwei Finger dorthinein, wo Delie sie haben wollte. Nachdem die drei Personen auf diese Weise miteinander verbunden waren, stimulierten sie sich gegenseitig und brachten sich zu höheren Erregungsstufen.

Obwohl sie sich in dem sexuellen Dreieck sehr wohl fühlte und auf ihre Kosten kam, befahl Delie einen Wechsel. Da Carstairs seine alte Härte wieder gefunden hatte, sollte Mary sich auf dem Boden auf alle Viere niederlassen, damit der Butler sie von hinten beglücken konnte.

Mary nahm ihre Position ein und schaute Delie bittend an. »Kann ich die Liebesperlen haben?«

Delies Antwort bestand darin, dass sie mit dem glitschigen Phallus gegen Marys Anus strich. Das Mädchen begann zu zittern. »Mary liebt es, wenn man ihren hinteren Eingang bedient«, teilte sie dem Butler mit. »Ich hoffe, dass du sie nicht enttäuschen wirst.«

Carstairs hatte immer schon mal Analsex ausprobieren wollen. Er presste seinen Schaft hart gegen ihre gefurchte Öffnung. »Aber vorsichtig«, warnte Delie. »Benutze zuerst das Öl.« Der Mann tauchte den Finger ins Öl und verrieb es eine Weile, ehe er den Finger behutsam eindringen ließ. Er spürte, dass die Passage nachgab, deshalb setzte er nun die Eichel an.

»Ooooh«, schrie Mary.

»Aaaaah«, keuchte der Butler.

»Die hier brauchst du auch«, sagte Delie, glitt unter das Dienstmädchen und führte die beiden Liebeskugeln in Marys Pussy ein.

Carstairs spürte die Stimulierung nicht weniger intensiv als Mary. Es dauerte nicht lange, bevor Mann und Frau schreiend und kreischend zu einem unglaublichen Orgasmus kamen, aber für Carstairs und Mary war der Tag noch nicht gelaufen.

»Jetzt bin ich dran, von euch zur höchsten Lust gebracht zu werden«, sagte Delie und reichte Carstairs den Phallus und Mary die kleineren Analkugeln. »Gebt euch Mühe, dass mein Orgasmus ebenso befriedigend ist wie eurer.«

Kurz vor sechs Uhr am frühen Abend traf die Kutsche der Grimshaws ein. Eine Stunde später trafen sich Melanie und Ric zum Abendessen. Sie hatte ihn nach seiner Rückkehr aus der Stadt nur kurz gesehen; er war kühl und kurz angebunden gewesen. Jetzt wusste sie nicht, was sie ihm sagen sollte.

Melanie hasste leeres Geschwätz, deshalb konnte sie sich nicht dazu bringen, einfach drauflos zu plappern. Zum hundertsten Mal, seit sie Ric kennengelernt hatte, würde sie gern wissen, was sich hinter seiner Stirn abspielte. Aus keiner Geste konnte sie schließen, ob er später auf ihr Zimmer kommen würde. Nach dem Geschehen in der vergangenen Nacht traute sie sich auch nicht, ihn zu fragen.

Während sie darauf warteten, dass die Suppenteller abgeräumt wurden, bevor die Mädchen das Hauptgericht servierten, betrat Carstairs das Esszimmer.

»Entschuldigen Sie, Madam. Da ist gerade ein Herr eingetroffen, der mit Ihnen sprechen möchte.«

»Um diese Uhrzeit?« Melanie war verdutzt. »Hat er gesagt, um was es geht?«

»Er sagte mir, dass er ein alter Bekannter von Ihnen aus Kapstadt ist, Madam.«

»Kapstadt?«, wiederholte Melanie. »Aber ich kenne niemanden ...« Ihre Stimme brach ab, und die Farbe wich aus ihrem Gesicht. Sie warf einen hastigen Blick auf Ric, der sie prüfend musterte. »Dann ist es wohl am besten, wenn Sie den Mann hereinbitten, Carstairs.«

Nachdem der Butler gegangen war, griff Melanie nach ihrem Weinglas und trank einen Schluck. Das war besser, als den vorwurfsvollen Blick Rics zu ertragen, während sie krampfhaft überlegte, wie sie auf die überraschende Wende der Ereignisse reagieren sollte. Sie hob den Kopf erst wieder, als Carstairs zurückkam und die Tür öffnete.

Pieter van Heuren sah so groß, golden und imposant aus, wie sie ihn in Erinnerung hatte.

»Melanie, meine Liebe! Ist es mir gelungen, dich zu überraschen?«

Achtes Kapitel

Noch bevor Melanie sagen konnte, ob die Überraschung gelungen war oder nicht, hatte Pieter ihren Stuhl erreicht, beugte sich und gab ihr einen Kuss auf den Mund. »Ich habe mich so sehr darauf gefreut, wieder deine köstlichen Lippen zu küssen. Eine Ewigkeit scheint es her zu sein, seit ich dich zuletzt geküsst habe.« Die Herzlichkeit in der Stimme und der Glanz in seinen Augen, verbunden mit der besitzergreifenden Art, wie er ihre Hand hielt, ließen vermuten, dass er nicht nur an die Küsse dachte, die er mit Melanie getauscht hatte.

Es kostete Melanie beträchtliche Mühe, die Haltung wiederzugewinnen. »Du hast mich tatsächlich überwältigt, Pieter. Was machst du hier, und dann zu so später Stunde? Hast du schon gegessen?«, fragte sie dann.

»Nein, ich habe noch nicht zu Abend gegessen«, gab Pieter zu. »Aber das ausgefallene Essen ist nicht der Grund für meine späte Ankunft.«

»Du wirst uns trotzdem Gesellschaft leisten. Kate, lege bitte ein weiteres Gedeck auf.« Melanie wandte sich zur Seite und schaute das Dienstmädchen an, und dabei fiel ihr Blick auf Ric, der sich zwar halb erhoben hatte, als Pieter ins Zimmer getreten war, aber dann hatte er sich wieder auf den Stuhl sinken lassen.

»Oh, Ric, verzeih mir. Ich vergesse meine Kinderstube, weil ich so verwirrt bin. Richard Liddell, Pieter van Heuren. Ric und seine Schwester Delie sind meine Gäste«, sagte sie zu Pieter, und weil sie glaubte, dass sie Ric eine Erklärung schuldig war, fügte sie hinzu: »Pieter und ich haben uns in Kapstadt kennengelernt.«

Die Männer nickten sich knapp zu, und als sie beide Platz genommen hatten, wandte sich Ric mit einer Frage an Melanie. »Ich nehme an, du bist noch einmal in Kapstadt gewesen, nachdem dein Mann gestorben ist?«

Melanies Wangen färbten sich rot. Rics kühle Unterstellung war ihr noch peinlicher als Pieters unerwartetes Eintreffen. Sie wünschte, sie hätte Ric nie gesagt, wann und wo Jeremiah gestorben war.

Pieter kam ihr zu Hilfe, als sie eine Antwort zu stammeln begann. »Wenn Melanie noch einmal nach Kapstadt gereist wäre, würde sie jetzt nicht hier sitzen. Ich hätte nie die Absicht gehabt, sie noch einmal gehen zu lassen. Aber dann wurde ich des Wartens müde, deshalb bin ich nach Sydney gekommen.«

Diese Aussage ersparte Melanie zwar die Notwendigkeit, auf Rics Frage einzugehen, aber nun war sie noch verwirrter. Soweit es sie anging, hatte sie nie darüber nachgedacht, nach Kapstadt zurückzukehren, und sie hatte auch nie für möglich gehalten, Pieter van Heuren noch einmal zu sehen.

In den aufgewühlten Tagen, während sie nach Jeremiahs Tod in Kapstadt auf die Rückreise nach Sydney gewartet hatte, war es ihr peinlich gewesen, sich überhaupt mit Pieter van Heuren eingelassen zu haben, und das hatte sie ihn auch wissen lassen, als er sie in ihrem Hotelzimmer besuchte, nachdem er in der Zeitung von Jeremiahs Tod gelesen hatte.

»Du hast noch nicht erklärt, warum du hier bist«, erinnerte sie ihn.

»Habe ich das nicht? Ich bin hier, weil ich dich sehen wollte, meine liebe Melanie. Den Zeitpunkt meiner Ankunft habe ich nicht zu verantworten. Wir durften nicht anlegen, weil es ein paar kleine Probleme mit der Einwanderungsbehörde gab.

Sie mussten ausgeräumt werden, bevor wir das Schiff verlassen durften. Ich habe die erste Kutsche genommen, die ich gesehen habe, und habe mich sofort hierhin bringen lassen.«

»Wäre es nicht geziemender gewesen, bis zum Morgen zu warten?«, fragte Ric, boshafter denn je.

Aber Pieters Lächeln versicherte Melanie, dass er nicht eingeschnappt war.

»Vielleicht, aber ich war viel zu ungeduldig, Melanie wieder zu sehen. In dem Moment, in dem ich australischen Boden betrat, wusste ich, dass ich nicht länger warten konnte, sie in Fleisch und Blut vor mir zu haben.«

Melanie gab ein leises, nervöses Lachen von sich. »Diese Schmeicheleien, Pieter. Ich werde bald noch glauben, dass du die Reise eigens auf dich genommen hast, um mich zu sehen. Dabei glaubte ich gar nicht, dass du dich überhaupt noch an mich erinnerst.«

»Ich sollte mich nicht an dich erinnern? Liebling Melanie, als ob ich dich je vergessen könnte!« Seine Stimme wurde ganz tief und heiser, als er sagte: »Schließlich hast du mir auf der Reise ein kleines Andenken hinterlassen.«

Sie begriff nicht sofort, und ihre Augenbrauen zogen sich zusammen, aber dann fiel ihr der zerrissene Satinschlüpfer ein. Rote Farbe belebte ihre Wangen, aber im nächsten Moment wurden sie fahl. Sie hätte sich gewünscht, dass Pieter, dessen helle blaue Augen sie amüsiert anschauten, dieses Detail nicht in Rics Gegenwart erwähnt hätte. Der Engländer sah zunehmend wütender aus, und seine dunklen Augen blickten noch ein wenig kälter als sonst.

Zum Glück wechselte Pieter van Heuren das Thema und pries Arlecdon und die Eindrücke der Stadt und die Anlagen des Hafens. Irgendwie gelang es, dass der Abend harmonisch verlief, denn die Männer begegneten sich mit Höflichkeit, wenn auch nicht mit Freundschaft.

Kurz vor dem Ende des Essens schaffte Pieter es mit einiger

List, Melanie dazu zu bewegen, ihm ebenfalls ein Zimmer auf Arlecdon anzubieten.

»Aber ich kann doch nicht erwarten, dass du mir eine Bleibe während meines Aufenthalts anbietest, Melanie«, wehrte er voller Charme ab. »Ich bin sicher, dass es in der Stadt einige gute gemütliche Hotels gibt.«

»Ich bestehe darauf, dass du bei uns wohnst. Deine Anwesenheit wird es einfacher machen, denn bisher waren wir zu dritt. Delie wird dir gefallen. Es ist schade, dass sie dich heute Abend nicht kennenlernen kann.«

»Natürlich freue ich mich auf sie, aber du bist es, auf die meine Aufmerksamkeit gerichtet ist, Melanie.«

Melanie hoffte, dass es Delie gelingen würde, Pieter zu umgarnen, damit sie selbst von seinen Schmeicheleien verschont blieb. Sie war nicht sicher, warum sie ihn überhaupt eingeladen hatte, auf Arlecdon zu wohnen. Nachdem sie die nötige Entscheidung getroffen hatte, Simmonds als Störenfried ihrer Beziehung zu Ric zu entfernen, hatte sie sich mit Pieter einen viel größeren Störenfried aufgehalst. Vielleicht ließ sie das geschehen, weil ihr lebhafte Erinnerungen an sein sexuelles Stehvermögen eingefallen waren.

Ein zynisches Lächeln umspielte Rics Lippen. Er kannte Delie gut genug, um ihre Reaktion auf den großen, blonden Südafrikaner voraussagen zu können.

»Meine liebe Schwester wird es ganz reizvoll finden, Ihre Bekanntschaft zu machen. Was für ein Glück Sie doch haben! Ich meine, es hätte natürlich auch sein können, dass Melanie das Haus voller Gäste hätte.«

Melanie schien es nicht zu befremden, dass Pieter einen Koffer mitgebracht hatte, der alles enthielt, was er für die Nacht und den nächsten Tag brauchte. Ric fand das sehr merkwürdig. Irgendetwas Heimliches umgab die unerwartete Ankunft des Mannes, und Ric zermarterte sich den Kopf.

Er empfand eine Antipathie gegen van Heuren, die nichts mit seinen Komplimenten und Liebesschwüren zu tun hatten. Melanie selbst schienen sie ein wenig peinlich zu sein. Auch wenn sie sich nach der ersten Verwirrung längst wieder gefasst hatte, so konnte Ric aber fühlen, dass es Melanie lieber gewesen wäre, wenn van Heuren nicht auf Arlecdon aufgetaucht wäre, auch wenn sie ihn dann einlud zu bleiben.

Ric beschloss einen Tag länger abzuwarten, bevor er mit seinen eigenen Plänen fortfuhr. Nach Sarahs Fähigkeiten war er in einer viel besseren Verfassung nach Arlecdon zurückgekehrt, als er das Haus am Morgen verlassen hatte. Nicht nur Sarahs sexuelles Geschick hatte ihm geholfen, sondern auch ihre Eigenschaft, gut zuhören zu können.

Zu seiner eigenen Überraschung hatte Ric ihr erzählt, warum er so schlecht gelaunt war. Sarah hatte ihnen Tee gebraut und hörte ihm zu, während er erzählte. Ab und zu stellte sie eine Frage oder gab eine Bemerkung von sich, die ihm half, seine Gefühle besser zu beurteilen. Danach hatte er noch einmal Sex mit ihr, und er gab sich jede erdenkliche Mühe, auch sie zum Orgasmus zu bringen, denn ihre Lust erhöhte seine eigene.

Als er die winzige Wohnung verlassen hatte, war Sarah drei Guineas reicher, und Ric dachte wieder über die Vorteile einer Ehe mit Melanie nach.

Den Zugriff auf seine Erbschaft, sagte er sich, war der größte Bonus einer solchen Verbindung. Ihr wunderschöner Körper war ein weiterer. Er fragte sich, ob Melanie ihm eine treue Ehefrau sein würde, und es überraschte ihn selbst, dass ihm das so wichtig schien.

Ric war bereit, sein Erbe zu verwetten, dass Pieter van Heuren ein Geliebter gewesen war, und das zu Lebzeiten seines Großvaters. Jetzt fragte er sich, ob Melanie ihren früheren

Liebhaber auch aus dem Grund eingeladen hatte, dem er selbst den Aufenthalt auf Arlecdon verdankte – Sex.

Er beschloss, zunächst einmal auf sexuellen Kontakt mit Melanie zu verzichten. Vielleicht konnte er dadurch herausfinden, ob seine Gefühle zu ihr – und ihre zu ihm – mehr bedeuteten als nur Sex. Außerdem wollte er vermeiden, in eine offene Konkurrenzsituation mit Pieter van Heuren zu geraten. Der Gedanke widerte ihn an, dass es eine Frage sein könnte, wer zuerst durch die Tür zu ihrem Zimmer trat. So tief würde Ric nie sinken wollen.

Melanie verbrachte die Nacht allein. Es war zum Schluss ihre eigene Entscheidung gewesen, nahm sie jedenfalls an. Sie hatte keine Ahnung, ob Ric oder Pieter die Klinke ihrer abgeschlossenen Tür gedrückt hatten.

Emily Grimshaw begrüßte Delie mit überschwänglicher Herzlichkeit. »Ich bin ja so froh, dass Sie unsere Einladung angenommen haben. Ich verspreche Ihnen einen besonders fröhlichen Abend.«

»Ich freue mich sehr über die Einladung.« Delie bemühte sich, die Wärme der Gastgeberin zu erwidern, aber Emilys lose wehendes Seidenkleid lenkte sie ab. Wenn sie sich bewegte, schmiegte sich der Stoff an ihren Körper und ließ erkennen, dass sie darunter nichts trug. Delies Abendkleid, das kunstvoll gearbeitet war, betonte die vollen Brüste und die sinnlichen Kurven ihrer Hüften.

»Ja«, sagte Emily, als hätte sie Delies Gedanken gelesen, »Sie sind ein bisschen zu gediegen angezogen. Kommen Sie mit, dann können Sie sich etwas aussuchen, was besser zu unserer Party vor dem Abendessen passt.«

Emily führte Delie zu einem Schlafzimmer im ersten Stockwerk, wo sie eine Kleiderschranktür öffnete und eine Kreation herausholte, die sich kaum von der unterschied, die sie trug. Während Emilys Kleid changierende Türkistöne hatte, war ihre Wahl für Delies Kleid auf ein lebhaftes Rot gefallen. Emily hielt es dicht an Delies Körper. »Die Farbe steht Ihnen ausgezeichnet. Ich werde Ihnen beim Anziehen behilflich sein, meine Liebe.«

Aus Gründen, die Delie nicht wirklich benennen konnte, war sie sexuell immer erregter geworden, seit sie das Haus betreten hatte. Die sexuelle Aura, die Emily ausstrahlte, zusammen mit Melanies Warnungen, hoben ihre Erwartungen auf exotische Vergnügen.

Während Emily ihr beim Ausziehen half, ließ Delie sie nicht aus den Augen und registrierte jede Reaktion der anderen Frau auf ihre Nacktheit. Ihr größtes Interesse schien sich auf Delies dicke schwarze Matte des Schamhaars zu konzentrieren, das sie mit einem Ausdruck der Nachdenklichkeit betrachtete. Die Beachtung rief das vertraute Kitzeln in Delies Geschlecht hervor. Aber Emily sagte nichts, und sie versuchte auch nicht, Delie zu berühren, auch nicht, als sie das Kleid über Delies Kopf stülpte. Dann erst fragte sie, wie lang Delies Haare wären.

»Sie reichen mir fast bis zur Taille.«

»Dann müssen Sie die Haare offen tragen.«

Die vielen Nadeln wurden aus Delies Haaren entfernt. Emily griff nach einer Bürste und strich über die einzelnen Strähnen, bis sie herrlich glänzten und über Delies linke Schulter fielen. Emily trat einen Schritt zurück, um ihr Werk zu bewundern.

»Sehr, sehr schön. Jetzt gehen wir hinunter, damit Sie die anderen kennenlernen, bevor es zum Abendessen geht«, sagte Emily strahlend.

Die anderen, das waren fünf Männer und zwei Frauen, von denen eine asiatisch aussah. Die dunklen Haare und der olivfarbene Teint der anderen Frau deuteten eine Herkunft aus dem Mittelmeerraum an oder aus dem Mittleren Osten.

Jonathan, Emilys Ehemann, kannte Delie schon. Emily stellte sie zuerst den beiden Frauen vor. »Dies sind Bianca und Mai Lee. Edgar und Crispin sind Zwillinge, deshalb zählen sie als einer. Neben ihnen steht Harry, und dann ist da noch Rufus.« Sie wandte sich an die kleine Gesellschaft. »Hört alle mal her. Ich möchte euch gern Delie vorstellen, unseren Ehrengast am heutigen Abend.«

Sie begrüßten sich alle freundlich, und jeder aus der Gruppe studierte Delie gründlich. Sie fand es äußerst schwierig, nicht auf Rufus zu starren, einen großen, muskulösen Insulaner, der eine abgeschnittene Seemannshose trug sowie ein enges Hemd, das sich über den Brustkorb spannte.

Er war der Letzte, den sie auf einer Dinnerparty anzutreffen erwartete. Mai Lee und Bianca trugen weite Kleider, während die anderen Männer alle in formellen Smokings steckten. Der Gesamteindruck, der sich Delie aufdrängte, war der einer bizarren Versammlung; sie war wahnsinnig gespannt.

Beim Essen fand sich Delie zwischen den Zwillingen platziert; Mai Lee und Rufus saßen ihr gegenüber. Obwohl sie nicht wusste, wie sich die Party abspielte, war sie überrascht, dass sie wie jedes andere halbformelle Essen begann. Man plauderte höflich miteinander, achtete auf die Etikette und gab sich vorläufig recht zurückhaltend, was die ganze Situation erotischer sein ließ, als hätte jemand Zweideutiges erzählt.

Nach dem Essen erhoben sich die Frauen, wie es Sitte war, und zogen sich in den Salon zurück, während die Männer am Tisch zusammenrückten und ihren Portwein genossen.

Aber dieser Salon unterschied sich von allen, die Delie bisher gesehen hatte. Spiegel zwischen den hohen Fenstern fanden ihre Gegenstücke genau gegenüber. Spiegel an der Decke reflektierten das Licht eines großen Kronleuchters, der genau über einem niedrigen gepolsterten Podest in der Mitte des Salons hing. Das übrige Mobiliar beschränkte sich auf verschiedene Stühle und zwei Sofas. Zahlreiche Kissen in allen Formen und Größen lagen auf dem Boden verstreut herum. Es gab auch noch ein kleines Sideboard.

»Und jetzt«, sagte Emily, »müssen wir dich vorbereiten.«

»Worauf vorbereiten?« Delies Frage enthielt mehr lüsterne Anspannung als Zaudern. Alle drei Frauen lächelten sie auf eine Weise an, die andeutete, dass sie sich auf die Szene freuten, die jetzt anstand.

»Du wirst inzwischen bemerkt haben, dass wir eine einzigartige Gesellschaft sind, und ich bin sicher, dass du es genießen wirst, dazu zu gehören. Wenn ich auch nur für eine Sekunde gezweifelt hätte, dass du eine Frau bist, die in sinnlichen Vergnügungen schwelgt, hätte ich dich natürlich nicht eingeladen. Aber wenn du noch einmal eingeladen werden willst, musst du unsere Tests bestehen.«

»Was muss ich tun?«

»Alles, was von dir verlangt wird. Zieh jetzt dein Kleid aus und lege dich bitte mit dem Rücken auf das Podest.«

Delie folgte bereitwillig den Anweisungen. Sie rieb ihre Haut sinnlich auf der kuscheligen Samtdecke auf dem Podest. Bianca und Mai Lee flankierten das Podest, während Emily zu Delies Füßen stand. Emily beugte sich über sie und strich mit einem Finger über Delies Schamhaare.

»Zuerst müssen wir dich rasieren. Du wirst feststellen, dass es blank viel schöner ist. Zeigt Delie, wie lecker sie aussehen wird, meine Freundinnen.«

Mai Lee und Bianca hoben ihre Kleider über die Köpfe und stellten die Beine ein wenig auseinander. Von ihrer liegenden Position auf dem Podest konnte Delie ungehindert die zwei nackten Pussys sehen. Das erotische Gefühl, das die beiden Frauen von sich gaben und von Delie aufgenommen wurde, gab ihr einen trockenen Mund, und sie musste mit der Zungenspitze über die Lippen streichen.

Sie würde sie gern beide nacheinander lecken, dachte Delie. Die beiden Frauen lächelten auf sie hinunter, als wollten sie die Neue ermutigen. Delie hob gleichzeitig beide Arme und ließ ihre Finger durch die verführerischen Spalten gleiten. Emily lächelte ebenfalls und strich über Delies Pussy.

Delie hob die Hüften an, Emilys geschickten Fingern entgegen, während sie ihre eigenen Finger tiefer in Mai Lee und Bianca versenkte. Die beiden Frauen streichelten sich gegenseitig die Brüste und rotierten ihre Pussys um Delies Finger. Die Lust, die sie durch Delies Manipulationen erlebten, verstärkte Delies eigenes Empfinden über Emilys Streicheln und Reiben.

Als sie hoch zur Decke schaute, nahm sie wahr, dass sie genau verfolgen konnte, was Emily mit ihr anstellte. Delie war so erregt, dass sie jeden Moment ihren Zenit erklimmen würde, wenn sie es wollte.

Aber aus Erfahrung wusste sie, dass ein Orgasmus viel intensiver war, wenn man ihn zunächst hinauszögerte. Sie genoss die Szene viel zu sehr, um jetzt schon, so früh am Abend, einen Höhepunkt zu erleben. Sie war sicher, dass sie mehr als einen grandiosen Orgasmus feiern würde, bevor der Abend vorüber war. Deshalb war sie auf eine Art erleichtert, als Emily ihre Finger aus ihr zog und kurzerhand sagte: »Genug.«

Die Frauen begannen mit der Vorbereitung, Delie zu rasieren. Ein Tuch wurde unter ihre Pobacken gelegt, und Mai Lee und Bianca nahmen je ein Bein und zogen es jeweils weit nach außen. Diese Handlung führte dazu, dass Delie sofort wieder in den Zustand höchster Erregung gebracht wurde.

Emily konnte das nicht verborgen bleiben, denn sie strich mit dem trockenen Rasierpinsel von unten nach oben über Delies Spalte und drang in die feuchten geschwollenen Falten ein. Die Borsten kitzelten die empfindsamen Nervenenden zu neuem Leben. Als Emily mit den Pinselstrichen über Delies Pussy fortfuhr, wusste die junge Engländerin, dass sie ihren Orgasmus nicht länger zurückhalten konnte.

Das Feuer wurde tief in ihr entfacht, Delie stöhnte und warf den Kopf von einer Seite auf die andere. Im letzten Augenblick zog Emily den Rasierpinsel zurück, und Delie schrie protestierend auf. Mai Lee und Bianca verstärkten ihren Griff um Delies Schenkel.

Emily lächelte ihren Ehrengast an. »Die Mädchen halten dich fest, damit du nicht zu zucken anfängst. Dies ist eine delikate Angelegenheit, und ich möchte nicht, dass das Rasiermesser mir aus der Hand rutscht.«

Da Delie das auch nicht wollte, blieb sie absolut reglos auf dem Podest liegen, was in ihrem Erregungszustand nicht einfach war. Das warme Wasser, der Seifenschaum, Emilys Finger, die ihre Haut spannten, und das Gefühl des Rasiermessers, wie es die Schamhaare entfernte, waren höchst erotische Sensationen. Wenn ihre Angst, geschnitten zu werden, nicht so groß gewesen wäre, hätte Delie einen Orgasmus erlebt, noch bevor Emily ihre Aufgabe beenden konnte.

Endlich war es geschafft. Emily wischte über Delies Spalte, drang in alle Ritzen ein und holte dann einen kleinen Spiegel, den sie zwischen Delies Schenkel platzierte.

»Was sagst du nun?«

Delie starrte fasziniert auf das Bild. Obwohl sie schon oft die intimsten Details der Geschlechtsorgane anderer Frauen betrachtet hatte, war sie nie auf die Idee gekommen, auch ihr eigenes auf diese Weise anzuschauen. Emily nutzte ihre freie Hand, um Delies blanke äußere Labien zu teilen, damit sie die rosigen inneren Lippen und auch die kleine Knospe mit der Kapuze sehen konnte. Wieder schaute Delie zur Decke, um die erstaunliche Wandlung ihres nackten Körpers in einem anderen Winkel zu entdecken. »Ich glaube, ich werde jetzt immer so bleiben.«

»Das wusste ich«, sagte Emily triumphierend. »Ich habe genauso gefühlt, als ich mich das erste Mal rasiert gesehen habe. Jetzt müssen wir damit anfangen, dich für die Männer vorzubereiten.«

Sie kniete am Fuß des Podests und zog ihr Kleid aus. Mai Lee brachte ein Kissen, und Bianca half ihr, es unter Delies Pobacken zu schieben, damit ihre Hüften schön angehoben wurden und die Labien sich noch etwas mehr öffneten. Emilys Finger teilten die Labien noch weiter, dann strich sie mit der Zunge an ihnen entlang, ehe sie tiefer in die Pussy drang. Köstliche Zuckungen schüttelten Delies Körper.

Bianca und Mai Lee knieten sich jeweils an die Seite von Delie und begannen, ihr die Brüste zu lecken. Die erfahrene Stimulierung der beiden erogenen Zonen erfüllte Delie mit Entzücken.

Sie erkannte bald, dass die orale Hinwendung das Ziel hatte, sie sinnlich zu erregen, ohne sie zum Höhepunkt zu bringen. Sie streckte die Arme aus, hielt sich am Kopfende des Podests fest und gab sich der exquisiten Lust hin, die ihr zuteil wurde. Sie hatte die Augen halb geschlossen, sodass sie zunächst nicht bemerkte, dass die Männer ins Zimmer getreten waren.

Dann hörte sie Jonathans Stimme. »Ich gratuliere dir, Emily. Du hast eine gute Wahl getroffen. Aber das gelingt dir ja immer, meine Liebe.«

Delie riss die Augen auf und stellte fest, dass die Männer sich rund um das Podest in Position gebracht hatten. Sie schaute ihnen erwartungsvoll entgegen. Obwohl sie alle noch bekleidet waren, konnte ihr nicht entgehen, dass jeder Mann eine stattliche Erektion vor sich hertrug. Emily hatte gesagt, man müsste sie für die Männer vorbereiten, und jetzt fragte sie sich, ob vorgesehen war, dass sie mit allen Sex haben sollte.

Sie hoffte jedenfalls, bald das Organ zu sehen, das diesen

Aufstand in Rufus' Hose hervorrief. Delie konnte ihren Blick nicht von seiner Beule abwenden.

Jonathan lachte und gab Rufus einen Klaps auf den Rücken. »Ich würde sagen, dass du heute Abend der Glückliche bist. Delie scheint fasziniert von dir zu sein.«

Noch während Jonathan geredet hatte, begann Rufus, sein Hemd aufzuknöpfen. Die drei Frauen zogen sich von Delie zurück. Mit großen Augen, einem trockenen Mund und einer nassen Pussy wartete Delie darauf, dass Rufus sich endlich seiner Hose entledigte.

Als das der Fall war, stockte ihr der Atem. Beim Anblick seines gewaltigen Organs mit der dunklen purpurnen Kuppe begann ihr Körper weiteres Sekret abzusondern, als wüsste er, dass zusätzliche Flüssigkeit benötigt würde, um diese Länge und diesen Umfang in sich aufzunehmen.

Rufus nahm Emilys Platz am Fuß des Podestes ein, und dann war es die Kuppe seines harten Organs, die durch ihre nassen Falten strich. Ihre Nervenenden hüpften freudig erregt von der Reibung, die sie durch den ganzen Körper spürte.

Zuerst gab sie sich damit zufrieden, dass er durch ihre Spalte strich, aber als die Intensität ihrer Erregung anschwoll, streckte sie sich ihm entgegen, als wollte sie sich das beeindruckende Gerät einverleiben.

Ihre Versuche mussten erfolglos bleiben, denn Rufus hielt einigen Abstand von ihr und berührte sie auch nur mit der Eichel. Die Frustration trug noch zur Steigerung von Delies Erregung bei. Sie war drauf und dran, Rufus anzuflehen, sie endlich mit diesem Stamm zu füllen, aber dann gab es andere Dinge, die sie einen Moment lang von Rufus ablenkten.

Die Zwillinge hatten sich ausgezogen, knieten sich an Delies Seiten und führten die harten Erektionen in Richtung auf ihren Mund zu.

Delie wusste nicht, welchen sie zuerst aufnehmen sollte. Crispin löste ihr Dilemma, indem er seinen Schaft gegen ihre

Lippen drückte. Sie öffneten sich sofort und akzeptierten ihn freudig, dann schlossen sie sich um die Eichel, die sie im Mund behielt und sanft saugte.

Nachdem sie ihn eine Weile mit Lippen und Zunge verwöhnt hatte, zog er sich zurück und überließ seinem Zwillingsbruder den Platz. Währenddessen setzte Rufus das Spiel fort, seinen Schaft durch ihre Ritze zu reiben. Delie fühlte, wie geschwollen ihre Labien geworden waren. In ihr brannte ein Feuer der sexuellen Not. Wieder versuchte sie sich dem neckenden Organ Rufus' zu nähern.

Rufus drückte seine Hände auf ihre Schenkel, damit ihre Bewegungen eingeschränkt wurden. Seine Daumen blieben auf ihren Labien; er massierte das geschwollene Fleisch und zog die Schamlippen auseinander. Jetzt konnte er mit der ganzen Länge seines Organs durch die Spalte reiben, auf und ab, und wenn er oben war, strich er über ihre Klitoris.

Die glühende Reibung an einer so empfindsamen Stelle brachte Delie rasch zum Rand eines Orgasmus, der ihr schon zweimal versagt worden war. Ein drittes Mal, dachte sie verzweifelt, konnte man ihn ihr nicht vorenthalten. Und doch war es so. Gerade als Delie dachte, jetzt wäre sie im Paradies, wurden ihr alle Stimulierungen genommen. Delie schluchzte frustriert. Sie war so nah dran gewesen.

Als Rufus das Kissen unter ihren Hüften wegzog und ihr sagte, sie sollte sich umdrehen, gehorchte sie sofort, eifrig um ihre Befriedigung bemüht. Sie hoffte, dass er sie mit seinem riesigen Schaft pfählen würde. Sie hatte jetzt einen anderen Blick ins Zimmer und sah, dass jetzt alle nackt waren, in verschiedenen Sexakten verstrickt.

Mai Lee setzte fort, was Delie mit den Zwillingen begonnen hatte. Harry und Bianca bereiteten sich gegenseitig orale Freuden. Was Delie am meisten überraschte, war der Anblick Jonathans, der von seiner Frau auf einem Sessel mit hoher Rückenlehne gefesselt worden war. Bevor sie Zeit hatte, länger über die Fesselszene nachzudenken, begann Rufus, seine Kuppe wieder gegen ihre Pussy zu reiben.

Sie war entschlossen, nicht wieder frustriert zurückgelassen zu werden, deshalb stieß sie kräftig gegen den Eindringling und atmete erleichtert auf, als sie die Eichel zwischen ihren Labien spürte. Noch ein, zwei Zentimeter mehr, und sie stöhnte ihre Befriedigung heraus.

Rufus schob sich immer tiefer in sie hinein, er dehnte ihr zartes Gewebe, bis Delie glaubte, der Stampfer würde sie auseinander reißen. Der unglaubliche Umfang füllte sie auf eine Weise aus, dass sie den Aufbau eines neuen Orgasmus spürte.

Rufus fühlte, wie sich ihre Muskeln anspannten. »Du musst es zurückhalten«, befahl er. »Es ist noch zu früh.«

»Aber ich kann es nicht mehr zurückhalten«, rief Delie, der Verzweiflung nahe.

»Nein, das darfst du nicht«, sagte Emily, die sich umgedreht hatte und die Szene verfolgte. »Du musst alles tun, was er von dir verlangt, auch wenn das bedeutet, dass du noch keinen Orgasmus haben kannst.«

Die Angst, nie wieder eingeladen zu werden, war Motivation genug für Delie, ihre Muskeln zu entspannen.

»Jetzt kannst du mich ganz in dich aufnehmen«, stellte Rufus zufrieden fest.

Delie hatte geglaubt, ihn schon ganz in sich aufgenommen zu haben, aber dann spürte sie, wie sich das Monster noch tiefer in ihren Körper schraubte. Weil sie ihre Konzentration darauf verwenden musste, den Orgasmus zurückzuhalten, waren ihre Lustgefühle ein wenig gedämpft.

»Ich hätte nicht gedacht, dass du so eng bist«, presste Rufus hervor, und wie er es sagte, konnte es als Kompliment oder als Komplikation gemeint sein. »Wenn ich mich bewege, könnte ich dich verletzen. Deshalb musst du versuchen, mich zu umklammern.«

Weil Rufus' Stamm sie so sehr gedehnt und gestreckt hatte, wusste Delie nicht, ob sie seine Anweisung befolgen konnte. Sie konzentrierte ihre Gedanken nur auf die Vereinigung ihrer Körper und zog die vaginalen Muskeln so kräftig an, wie es ihr möglich war. Eine Flamme der Lust brannte in ihr, und sie hörte Rufus ächzen und stöhnen.

Wieder und wieder spannte und entspannte sie die inneren Muskeln. Man hatte es ihr zwar nicht gesagt, aber Delie wusste, man würde ihr den Orgasmus gestatten, wenn Rufus auch kurz davor stand zu kommen. Sie hoffte, das würde schnell der Fall sein, denn lange konnte sie diesen Zustand der nicht abgebauten Erregung nicht mehr ertragen.

Rufus beugte sich über ihren Rücken und griff mit einer Hand an ihre Nippel, die er quetschte und in die Länge zog, während die andere Hand an ihrem Körper entlang glitt und über ihre geschwollene Klitoris rieb. Das scharfe, fast schmerzhafte Brennen war zu viel für Delies Körper.

Ihr Orgasmus explodierte mit einer Intensität, dass ihr beinahe schwindlig wurde. Es waren phantastische Sensationen, eine Kombination von Ekstase und Erleichterung. Und als sie fühlte, dass sich an der Stelle ihrer Vereinigung eine Lache mit ihren Säften füllte, packte Rufus sie an den Hüften und begann zu pumpen.

Die orgasmische Schmiere in ihrer Passage erlaubte Rufus, sich mühelos in ihr zu bewegen. Die langen, gemessenen Stöße wurden schneller und wuchtiger, bis Delie glaubte, dass sie ihr Herz durchbohrten. Delies Körper wurde nach vorn und zurück geworfen, und sie konnte den Kopf nicht mehr heben, um Rufus' kräftiges Penetrieren mit anzusehen.

Jemand griff ihr in die Haare, und ihr Stöhnen und Keuchen wurde noch lauter, als jemand so heftig an den Haaren zog, dass sie den Kopf heben konnte. Im nächsten Augenblick stieß Harry seinen Schaft in ihren Mund.

Delie brauchte nichts zu unternehmen, sie musste nur die

Lippen fest um die harte Säule schließen. Die Kraft, mit der Rufus von hinten in sie eindrang, trieb ihren Mund auf Harrys Schaft auf und ab. Harrys Hände hielten ihre Haare gepackt, und Rufus hatte ihre Hüften im Griff, daher kam sich Delie wie auf einer Wippe vor, und an beiden Enden wurde sie von zwei pochenden Schwänzen durchbohrt.

Ihr gewaltiger Orgasmus war gerade dabei abzuklingen, als sich schon der nächste aufbaute, und wieder explodierte sie auf wunderbare Weise. Dass sie nicht in der Lage war, ihre Lust hinauszuschreien, war eine exquisite Folter der ganz besonderen Art. Rufus' Stöße legten noch einmal an Geschwindigkeit zu, wodurch Delies Mund schneller über Harrys Organ getrieben wurde. Dann begann Rufus laut zu grunzen, und vom Orgasmus wurde sein Körper kräftig durchgeschüttelt. Harrys warme Ejakulation schoss durch Delies Kehle.

Als sich beide Männer zurückzogen, fiel Delie saft- und kraftlos bäuchlings auf das Podest. Es schien sich niemand um sie zu kümmern, deshalb drehte sie sich um und sah, was sich sonst noch im Zimmer zutrug.

Mai Lee hatte noch mit Edgar und Crispin zu tun, aber inzwischen war sie es, die von den Zwillingen verwöhnt wurde. Emily hatte Harrys Platz bei Bianca eingenommen. Harry und Rufus erfrischten sich mit Wein. Nur Jonathan war sich selbst überlassen.

Seine Hände waren hinter dem hohen Rücken des Sessels zusammengebunden, und seine Beine waren an den Beinen des Sessels gefesselt, daher konnte er sich im Zimmer nicht bewegen. Ein Kissen war hinter seinen Rücken geschoben worden, sodass sein Becken vorn auf der Kante ruhte. Seine Erektion stand steif nach oben, und der Ausdruck seines Gesichts zeigte wollüstige Erregung.

Delie verstand sofort Jonathans Vorliebe. Sie stieg vom Podest, ging hinüber zum Sessel, stellte sich über Jonathans Schoß und ließ sich langsam auf den steifen Stab sinken.

Nachdem sie von Rufus so heftig gedehnt worden war, spürte sie kaum, dass sie Jonathan in sich aufgenommen hatte. Es war ein angenehmes Gefühl, aber zu ihrer Erregung trug es nicht bei.

Jonathan, höchst erregt von all den Szenen, denen er tatenlos hatte zusehen müssen, bebte am ganzen Körper. Er streckte sich gegen seine Fesseln, um sich etwas mehr bewegen zu können. »Hilf mir, bitte.«

Die Agonie in seinem Ausdruck gab Delie das Gefühl der sexuellen Macht, die sie so sehr liebte. Da niemand der kleinen Gesellschaft da war, der daran interessiert schien, ihr zu sagen, was sie zu tun hatte, genoss Delie die Möglichkeit, das Kommando zu übernehmen.

Sie hatte es nicht eilig, Jonathan komplette Befriedigung zu geben. Dieses Mal würde sie nicht nur seinen Orgasmus zeitlich bestimmen, sondern auch ihren eigenen.

Sie setzte ihre Beinmuskeln ein, um sich in eine Position zu erheben, dass nur ein kurzer Teil von Jonathans Schaft in ihrer warmen Höhle blieb. Sie legte die Hände unter ihre Brüste und hob sie an Jonathans Mund. Er reckte seinen Hals vor, zerrte an seinen Fesseln und schaffte es, mit der Zungenspitze über ihre Nippel zu wischen. Die Nippel wuchsen, zwei braune Spitzen, die sich gern lecken ließen.

Als Jonathans Mund sich um eine Brust schloss und seine Zähne an der Warze schabten, keuchte Delie lüstern auf. Sie begann sich zu bewegen, aber nur ganz wenig, und spürte das Zucken in seinem Schaft.

»Jaaa«, stieß Jonathan hervor. Seine Augen begannen in sinnlicher Bewunderung zu glänzen.

Weil sie wollte, dass er weiter ihre Brüste saugte, lehnte sich Delie ein bisschen weiter vor und ließ ihr Becken kraftvoller rotieren. Sie hatte sich inzwischen von Rufus erholt und begehrte einen weiteren Orgasmus. Die Tatsache, dass Jonathan sie nicht annähernd so ausfüllen konnte wie Rufus, spielte keine große Rolle mehr. Sie wusste jetzt, dass sie mehr kreisen musste, damit jede Region ihrer Pussy stimuliert wurde.

Emily hatte sich neben den Sessel gestellt und schaute angeregt zu. Delie streifte die Gastgeberin mit einem flüchtigen Blick, aber sie musste sich auf ihre Rotationen konzentrieren.

»Ah, Delie, du bist sehr gut, aber ich glaube, du brauchst ein wenig Hilfe, wenn du wieder einen Orgasmus haben willst.«

Emily nahm eine von Delies Händen und führte sie zwischen ihre Schenkel. Die Schlüpfrigkeit, die Delie dort vorfand, verriet ihr, dass Emily wenigstens einen Orgasmus schon erlebt hatte. Jetzt schob sie drei Finger in die andere Frau hinein und bewegte sie im Takt ihrer Schwingungen auf Jonathans Schaft. Delies Körper geriet in einen Wirbel, und Jonathan hatte Mühe, seinen Mund weiter auf Delies Brüste zu pressen.

Delie spürte ihre wachsende Erregung. Sie bewegte ihren Oberkörper schneller, wodurch es öfter geschah, dass Jonathans Zähne an ihren Nippeln schabten, aber der leichte Schmerz erhöhte nur noch Delies Lust. Emilys Hand strich jetzt über Delies Pobacken und fand die kleine Öffnung dazwischen.

»Oh, ja, ja, bitte«, rief Delie, und Emily stieß den Finger in die anale Passage. Er presste gegen die Membran, sodass nicht nur Delie den Finger spürte, sondern auch Jonathan.

Jonathan kam zuerst, was er mit einem lauten Schrei der Ekstase verkündete, und fast zeitgleich erlebte auch Delie wieder einen Orgasmus.

Als Delie von Jonathans Schoß stieg, kniete sich Emily nieder und nahm seinen abschlaffenden Penis in den Mund, um ihn zu neuem Leben zu erwecken. Harry gesellte sich zu ihnen. Er kniete sich hinter Emily und begann, mit ihren Labien zu spielen. Er stieß in sie hinein, benetzte seine Finger mit ihrem Saft und ölte damit ihren Anus ein.

Während der ganzen Zeit unterbrach Emily nicht ein einziges Mal ihre oralen Bemühungen um den Zustand von Jonathans Schaft. Der Gastgeber musste den Hals recken, um sehen zu können, was Harry hinter Emily anstellte. Harry stieß in Emilys hintere Passage hinein, und als er tief in ihr steckte, schlang er die Arme um ihre Hüften und schob die Finger einer Hand in Emilys Pussy. Die andere Hand nutzte Harry, um ihre Klitoris zu stimulieren.

Delie, die nicht weniger gebannt auf die Szene starrte wie Jonathan, sah, dass Emilys Augen vor Wollust zu glänzen begannen. Delie wünschte, jemand würde es ihr auch auf diese Weise besorgen. Sie streichelte sich selbst, während sie sich im Zimmer umschaute. Rufus, Mai Lee und Bianca bildeten ein herrliches Dreieck aus Armen, Beinen und pulsierenden Geschlechtsorganen. Edgar hatte sich aufs Podest gesetzt, und sein Zwillingsbruder stand ganz in der Nähe. Sie winkten Delie heran, zu ihnen zu kommen.

Wenn Edgar schon mal an diesem Abend ejakuliert hatte, war seine sexuelle Kraft ungebrochen. Seine Rute stand groß und aufrecht von ihm ab.

Crispin wies sie an, sich über Edgar zu positionieren, aber ihn nicht gleich zu verschlingen. So spürte sie nur die Spitze von Edgars Schaft zwischen ihren geschwollenen Labien, was sie als wunderbaren Reiz empfand, der noch erhöht wurde, als Edgar begann, die äußeren Schamlippen mit seinen Daumen zu reiben. Im Spiegel sah sie, dass Crispin eine kleine Flasche mit Öl in der Hand hielt.

»Wir machen alles immer gemeinsam«, sagte er, während er mit dem Öl ihren Anus einrieb. Als die äußere Haut glitschig genug war, tränkte er noch einen Finger in dem Öl und zwängte ihn behutsam in ihre Öffnung. Nachdem er sie auch von innen eingeölt hatte, sagte er ihr, sie könnte sich nun auf Edgar niederlassen.

Delie brauchte keine zweite Einladung. Das harte Organ in ihrer Pussy zu spüren und den bohrenden Finger in der hinteren Passage, war unglaublich erregend. Aber es sollte noch viel besser werden.

Crispin kniete sich hinter Delie, und Edgar zog sie weiter nach vorn. Im Spiegel schaute sie zu, wie Crispin den Finger herauszog, die prallen Pobacken teilte und seinen harten Stab in ihre ölige anale Öffnung stieß. Delies erstes Keuchen ließ die anderen aufschauen, und dann folgte eine Reihe rasch nacheinander ausgestoßener Stöhnlaute.

Als Crispin sich Zentimeter für Zentimeter in sie hinein arbeitete, erfüllte sich ein lang gehegter Wunsch für Delie – sie wollte immer schon mal von zwei Männern gleichzeitig gepfählt werden. Hinzu kam die zusätzliche Stimulans, sich selbst als Sandwich zwischen den Zwillingen zu sehen. Sie erlebte nicht nur sich selbst in jedem der Spiegel, sondern auch die Teilnehmer der anderen Gruppen, die in ihren jeweiligen Positionen verharrten und freudig erregt zuschauten.

»Lass deine Hüften kreisen, wie du es bei Jonathan gemacht hast«, wies Edgar sie an.

In dem Augenblick, in dem Delie ihre Hüften rotieren ließ, begann Crispin zu pumpen, und jede Aktion erhöhte die Erregung der Beteiligten. Die Sensationen, die Delie erlebte, ließen sich nicht beschreiben, und der Aufbau ihres Orgasmus nahm sie dermaßen mit, dass sie es kaum ertragen konnte. Ihr ganzer Körper schien in Flammen zu stehen.

Sie wurde von Flammen verschlungen. Sie konnte nur eine Wand aus blitzenden Rot- und Orangetönen sehen. Dann spürte sie den Schmerz; ein sengender, nasser, überfließender Schmerz. Delie schrie, ohne es wahrzunehmen, verrückt von der Intensität ihres Orgasmus. Die Schreie der Zwillinge fielen ein in den Chor der Befriedigten.

Emily, Jonathan, Rufus, Harry, Mai Lee und Bianca ließen sich nicht länger ablenken, konzentrierten sich wieder auf ihre eigene Erregung und genossen schon bald den Höhepunkt ihrer fleischlichen Genüsse.

Ein wenig später setzte sich Emily neben Delie aufs Podest. Sie zog die andere Frau in eine herzliche Umarmung und gab ihr einen Kuss auf den Mund.

»Willkommen in unserer kleinen Gruppe, Delie. Macht sich jemand Sorgen, wenn du heute Abend nicht nach Hause kommst?«

Neuntes Kapitel

Melanie hätte sich die Mühe sparen können, ihre Tür abzuschließen. Ihr Dienstmädchen war gerade gegangen, nachdem es sie am Morgen geweckt hatte, als Pieter van Heuren in ihr Schlafzimmer trat.

»Hast du schon mal was von Anklopfen gehört?«, fragte Melanie. Sie hatte sich gerade das Nachthemd ausgezogen und hielt es nun schützend vor ihren nackten Körper.

Pieter ließ sich nicht einschüchtern. »Warum so verschämt, meine Liebe? Ich habe alle deine Reize schon mal gesehen, erinnerst du dich?«

Natürlich erinnerte sie sich. Viel zu gut. Der erste Anblick Pieters hatte genügt, um lebhafte Erinnerungen an ihr erstes und einziges Mal als Liebespaar heraufzubeschwören. Wie ihr Körper mit all den vertrauten sexuellen Signalen reagiert hatte, war Beweis dafür, dass er die Erfahrung gern wiederholen möchte, auch wenn ihr Verstand und ihr Herz ihr sagten, es wäre unmöglich. Weil ihr Kopf diesmal stärker gewesen war als ihr Fleisch, hatte sie sich durch das Abschließen der Tür vor ihrer eigenen Schwäche geschützt.

Ein hörbares Klicken ließ sie aufschauen. Pieter hatte ihre Tür verriegelt! Er lächelte Melanie an, als sie ihn mit großen Augen anstarrte. »Wir wollen bei unserem Wiedersehen doch nicht gestört werden, oder, Melanie?«

»Ich will keine Wiederholung dessen, was wir in Kapstadt gehabt haben. Gestern Abend habe ich meine Tür abgeschlossen. Erinnerst du dich?« Sie verhöhnte ihn mit seinen eigenen Worten.

»Ja, und deshalb hast du mich die ganze Nacht leiden lassen. Ich habe davon geträumt, bei dir zu sein und dich in meinen Armen zu halten. Ich war drauf und dran, die Tür aufzubrechen. Du hättest mich nicht daran gehindert, denn die Lust in deinen Augen hat dich verraten.«

»Pieter, bitte. Ich liebe Ric.«

»Wenn das stimmt, bezweifle ich, dass er diese Gefühle erwidert. Ich glaube sogar, dass du nicht seine Lieblingsperson bist.«

»Wir haben uns gestritten. Ich hatte gehofft, dass wir uns gestern Abend versöhnen würden.«

»Aber dann bin ich gekommen und habe es dir verdorben.« Pieters Lächeln ließ nicht erkennen, dass er das bereute.

»Ich weiß selbst nicht, warum ich dich eingeladen habe, auf Arlecdon zu wohnen. Deine Ankunft geschah zum falschen Zeitpunkt und ist mir nicht willkommen.«

»Zum falschen Zeitpunkt, das nehme ich dir ja noch ab, doch dass ich nicht willkommen bin, glaube ich dir nicht. Du sagst mir, dass du Ric liebst, aber dein Körper sendet andere Signale aus. Du willst, dass ich Liebe mit dir mache. Ich habe es gestern Abend in deinen Augen gesehen, und ich sehe es jetzt wieder.«

Er trat auf sie zu und zog das Nachthemd aus ihren Fingern, die es nicht festhielten. Er warf das Nachthemd auf ihr Bett und sah sie bewundernd an.

»Mein Gedächtnis ist dir nicht gerecht geworden. Du siehst noch großartiger aus als das Bild, das ich im Kopf hatte. Warum hast du mich gestern Abend nicht in dein Zimmer gelassen? Ich will deinen Körper anbeten, jeden Zentimeter deines Körpers, und ich will deine Süße schmecken.«

Er hatte sie bisher weder angefasst noch angesehen. Seine hellen blauen Augen blickten tief in Melanies große grüne, verwundert schauende Pupillen. Und doch fühlte Melanie die Feuchte zwischen ihren Schenkeln.

»Hast du vergessen, wie ich aussehe, Melanie, oder erinnerst du dich noch, wie sehr du meinen Körper bewundert hast?«

Seine Eitelkeit war ihm verziehen, als er die wenigen Kleidungsstücke, die er trug, abstreifte, um ihr eine visuelle Erinnerung an seinen Körper zu präsentieren. Wie schon in Kapstadt stand er einige Schritte von ihr entfernt, damit ihre Blicke seinen goldenen Körper sehen konnte – und den gewaltigen purpurnen Phallus. Ein unkontrollierter Schauder ließ sie von Kopf bis Fuß erzittern.

Pieter zeigte ihr ein triumphierendes Lächeln, trat auf sie zu, nahm sie auf seine Arme und trug sie hinüber zu ihrem Bett. Er legte sie auf den Rücken und begann das zu tun, was er ihr versprochen hatte: Er betete ihren Körper an.

Er hob beide Arme über ihren Kopf und hielt die Gelenke mit einer Hand fest. Ihre Brüste hatten sich in dieser Position gestreckt, sodass man die feinen bläulichen Adern im durchsichtigen Weiß ihrer Haut gut sehen konnte. Aber er sah auch leichte gelbliche Verfärbungen an ihren Brüsten.

Sie wusste, dass er die schwächer werdenden Flecken für das hielt, was sie waren. Ihr stockte der Atem. Doch Pieter gab keinen Kommentar von sich, auch wenn seine Blicke eine ganze Weile auf diesen Stellen verharrten. Melanie hob ihren Oberkörper seinem Mund entgegen; sie spürte ein Verlangen, dass er ihre Brüste küsste.

Als Pieter den Kopf senkte, leckte er über die Unterseite ihrer Brüste, dann schwirrte seine Zunge abwechselnd um die harten Nippel herum, ohne die Warzen selbst zu berühren. Melanie verzehrte sich danach, dass er die Nippel in den Mund nahm, und ihr Schmerz der Begierde konzentrierte sich weiter unten in ihrem Körper.

Endlich arbeitete sich die feuchte kreisende Zunge auf der rechten Brust bis zur Spitze vor, aber sie wischte nur flüchtig um den Warzenhof und dann ganz kurz um den Nippel.

Melanie fühlte, wie sich die Warze versteifte und zusammenzog. Sie hielt den Atem an und wartete darauf, dass Pieter ihren Nippel mit dem Mund umschloss. Pieter wandte sich der linken Brust zu und wiederholte die gesamte Prozedur.

Erst als Melanie zu betteln anfing, widmete er den Nippeln seine Aufmerksamkeit. Er nahm sie nacheinander in den Mund, nässte sie gründlich mit seinem Speichel und zog sie mit den Zähnen in die Länge. Melanie keuchte, aber es war kein unangenehmes Gefühl, das Pieter in ihr wachrief. Schließlich blies er gegen die steifen Warzen, und die sanfte kühle Luft trocknete die nasse Haut.

Pieter hob den Kopf, um das Resultat seiner Arbeit zu bewundern. »Mm, jetzt wüsste ich gern, ob mir das auch bei der anderen kleinen Knospe gelingt«, murmelte er. Er glitt mit einer Hand zwischen Melanies Schenkel und drückte die Handfläche gegen ihre Vulva.

Melanies Körper reagierte sofort auf den Kontakt. Sie lechzte danach, dass er sie an der intimsten Stelle berührte. Seine warmen sinnlichen Lippen hinterließen eine Serie von leichten Küssen auf ihrem Leib, als er an ihr entlang glitt. Seine Zunge kam wieder ins Spiel, als sie über den Nabel fuhr und tief in die Delle stieß.

Wieder nässte er den Nabel mit dem Speichel ein, dann blies er dagegen und wartete, dass die Haut trocken wurde. Die Sensation war unglaublich erregend, sie breitete sich vom Nabel zu ihrem Schoß aus und auch zu dem Fleisch, gegen das Pieters Hand presste.

Er gab ihre Handgelenke frei, packte ihre Beine und legte sie quer übers Bett. Ihre Hüften lagen jetzt auf der Bettkante, und die Beine hingen über dem Rand. Melanie, die es kaum erwarten konnte, noch länger von seiner Zunge verwöhnt zu werden, öffnete die Beine weiter, damit Pieter, der sich jetzt auf den Boden kniete, Platz zwischen ihren Schenkeln hatte.

Seine Finger spreizten die äußeren Lippen ihrer Vulva, wodurch das seidige innere Gewebe seiner Zunge ausgeliefert war. Er trieb die Zunge wie einen Keil mit langen Strichen über die Labien auf und ab.

Melanie seufzte vor Lust. »Oh, Pieter«, stöhnte sie, »das fühlt sich so wunderbar an.«

»Und du schmeckst phantastisch. Ich will all die Süße aus dir schlürfen.« Er legte seine Hände auf ihre Knie, um die Beine weiter zu öffnen, dann schob er die Hände hoch zu den Innenseiten ihrer Schenkel und drückte sie weit auseinander. Ihr Schoß spannte sich, und dabei öffnete sich die Vulva für Pieters forschende Zunge. Ihre hintere Öffnung sowie der empfindliche Damm boten sich ebenfalls seiner Zunge an.

Pieter begann mit langen leckenden Bewegungen von der Klitoris zum gerunzelten Anus, und Melanie entdeckte, dass die Gegend um die hintere Öffnung eine viel bedeutendere erogene Zone war, als sie für möglich gehalten hatte. Die erfahrene Zunge kehrte zurück, um in ihre Pussy einzudringen; sie stieß zu, als wollte sie koitale Aktionen imitieren.

Jeder Millimeter von Melanies Genitalbereich prickelte vor Ekstase, nur die kleine Knospe am Eingang ihrer Pussy hatte er bisher nur einmal leicht gestreift. Bald bettelte Melanie, ihr diese ultimative Liebkosung nicht länger vorzuenthalten.

»Wie sehr willst du meine Zunge denn an deiner kleinen Rosenknospe spüren, Melanie?«

»Bitte, Pieter. Lass mich nicht warten. Ich kann es nicht mehr ertragen.«

Sie war derart erregt und verlangte fast schmerzlich nach Erlösung, dass ihr Körper vom Beginn eines Orgasmus kräftig durchgeschüttelt wurde, als Pieter nur einmal über die geschwollene Klitoris strich.

Pieter bewegte sich schnell. Er presste seine Hände gegen ihre Seiten, richtete sich auf und stieß abrupt sehr tief in sie hinein. Sie ließ einen Freudenschrei hören und schrie weiter, bis Pieter seinen eigenen Höhepunkt erreichte und sein wildes Pumpen in eine gemütlichere Gangart überging.

Auf der anderen Seite der Schlafzimmertür stand Ric mit grimmigem Gesicht, und sein Entschluss, jeden Penny des Vermögens seines Großvaters dieser hurenden Witwe wegzunehmen, verstärkte sich ums Zehnfache. Wenn es nur eine Möglichkeit gab, an das Geld heranzukommen, würde er sie eben heiraten. Aber sie würde nur so lange seine Frau bleiben, wie es dauerte, alles auf seinen Namen umzuschreiben.

Wenn er nach England zurückgekehrt war, konnte sie mit ihrem amoralischen Leben fortfahren. Als er sich heimlich von der Tür entfernte, wegging von den hörbaren Beweisen ihrer fleischlichen Lust, ignorierte er das aufwühlende Gefühl in seinem Magen.

Wenn er nur noch ein paar Minuten länger gelauscht hätte, würde er erfahren haben, dass es gar nicht so leicht sein würde, seinen Plan umzusetzen.

Pieter hatte ihre Positionen verändert, und Melanie lag jetzt auf ihm und reagierte auf die sanften Bewegungen seiner Hüften im Takt mit ihren. Seit er bei ihr war, dachte sie an niemanden mehr als an Pieter.

Ihr Körper war wunderbar verwöhnt worden, aber befriedigt war sie noch nicht. Sie wollte ihn noch viel länger in sich spüren. Sie merkte schon, dass er wieder kräftiger wurde. Ohne zu überlegen, hob Melanie den Kopf und küsste Pieter auf den Mund. Seine Hände legten sich um sein Gesicht, und er erwiderte den Kuss mit tiefer Sinnlichkeit.

Er schaute sie mit seinen glänzenden Augen an. »Ich werde

dich heiraten, Melanie. Du wirst gar nicht nein sagen können.« Er stieß wieder tief und drängend in sie hinein, und Melanie war nicht in der Lage, irgendwas zu sagen.

Melanie hatte keine Ahnung, dass Ric von Pieters morgendlichem Besuch wusste. Sie wollte versuchen, aus ihm herauszuhören, welche Bedeutung sie in seinem Leben spielte. Sie hatte zwar nicht zugestimmt, Pieter zu heiraten, aber ihre Weigerung war nicht sehr überzeugend gewesen. Aber Ric blieb so unergründlich und so boshaft wie immer.

Melanie ging hinunter in die Halle, weil sie erfahren wollte, ob Delie schon zurückgekehrt war. Dabei lief ihr Mrs. Godwin über den Weg; oder besser – die Haushälterin hatte ihr aufgelauert. Man sah ihr an, dass sie Streit mit jemandem, und Melanie erkannte, dass sie das sein sollte.

Der kleine Mund der Frau war noch schmallippiger als sonst, und ihr ganzes Gesicht drückte Tadel aus. Sie konnte kaum verbergen, dass sie die Herrin hasste. Mrs. Godwin verlor keine Zeit und kam sofort zum Thema.

»Das Personal ist besorgt, Ma'am. Alle wollen wissen, wie viele noch entlassen werden sollen.«

»Warum sollten sie sich sorgen?«, fragte Melanie, Entsetzen in der Stimme. »Ich habe nie jemandem das Gefühl gegeben, dass ich mit der Arbeit nicht zufrieden war.«

»Sie haben Simmonds entlassen, Ma'am. Er war ein sehr guter Gärtner. Und er hat eine Frau«, fügte Mrs. Godwin vorwurfsvoll hinzu.

Zuerst stieg die Röte in Melanies Wangen, aber gleich danach wurde die Farbe feuriger, denn Melanie war wütend. Wenn noch jemand entlassen werden musste, dann würde es Mrs. Godwin sein. Und wie sie sich im Moment fühlte, würde das nicht mehr lange auf sich warten lassen. Melanie wollte zuerst überhaupt nicht auf den Vorwurf der gehässigen Haushälterin eingehen, aber sie wollte den anderen Bediensteten ihre Sorge nehmen.

»Simmonds ist nicht mit leeren Händen weggeschickt worden, Mrs. Godwin, und er hat Arlecdon frohen Herzens verlassen. Jetzt glaube ich aber, dass Ihre Pflichten Sie rufen.« Damit ging sie weiter in die Bibliothek.

Ric folgte ihr ins Zimmer. Mit nachdenklicher Miene fragte er: »Warum wurde Simmonds entlassen?«

Melanie atmete einmal tief durch, bevor sie antwortete. »Würdest du mir glauben, dass es deinetwegen geschah?«

»Nein, ich würde dir das nicht glauben, und außerdem wäre es vergebliche Liebesmüh gewesen.«

»Wieso? Du warst verärgert wegen ihm. Ich dachte, ich müsste mich entscheiden.«

»Mein liebes Kind, glaubst du wirklich, ich würde dir das abkaufen? Du entlässt einen Geliebten am Nachmittag und nimmst dir in der Nacht einen anderen.«

Melanie errötete. »Ich habe Pieter nicht gebeten, so plötzlich hier aufzutauchen.«

»Aber du hast ihn auch nicht weggeschickt. Im Gegenteil, er war dir sehr willkommen.«

Diesmal wurde Melanie blass. »Du weißt es?«

»Du brauchst nicht so gequält dreinzuschauen. Mir ist es völlig egal, wie viele Männer du mit in dein Bett nimmst. Ich habe meinen Spaß gehabt.«

Die Worte verletzten sie. Ric konnte wirklich gehässig sein. Und dennoch … »Willst du mich nicht mehr?«

»Was ich will, meine kleine Hure Melanie, ist …«

Aber was es war, was Ric wollte, sollte Melanie nie erfahren. Delie stürzte durch die Tür, und dicht hinter ihr kam auch Pieter herein.

»Ich hoffe, ihr habt euch keine Sorgen um mich gemacht.« Sie wandte sich an Ric, aber auch an Melanie. »Ich habe die Nacht bei den Grimshaws verbracht.«

»Ich nehme an, sie haben dich gut unterhalten«, antwortete Ric mit einer Boshaftigkeit, die Delie ignorierte.

Sie wandte sich mit einem verschwörerischen Lächeln an Melanie. »Es war ein wunderbarer Abend. Du hattest recht, was Emily und Jonathan angeht. Sie haben einen wahnsinnig interessanten Freundeskreis.«

»Ich freue mich, dass du dich amüsiert hast, Delie.« Obwohl sie nie bereit wäre, an solchen Aktivitäten teilzunehmen, wie die zügellosen Grimshaws sie organisierten, würde es ihr nie einfallen, Delie wegen ihrer sexuellen Abenteuer zu verurteilen. Dazu hatte sie kein Recht, und außerdem war ihr Delie zu nichts verpflichtet, genau wie ihr Bruder.

Wenn sie Ric mit Pieter verglich, der eine so dunkel, der andere so hell, konnte sie sich nicht entscheiden, wer von ihnen derjenige war, der am besten aussah. Und sie wussten beide, sie zu befriedigen. Warum also fühlte sie sich mehr zu Ric hingezogen? Er verletzte sie oft, sowohl mit Worten wie mit Taten. Pieter würde nie so gewalttätig sein.

Vielleicht wäre es klüger, Ric und Delie wegzuschicken und Pieter zu heiraten. Aber sie konnte den Gedanken nicht ertragen, Ric aus ihrem Leben zu verbannen.

Delies überraschende erste Begegnung mit Pieter van Heuren löste kurz nacheinander zwei widersprüchliche Emotionen aus. Die erste bestand aus einem Anfall von Lust, die zweite spiegelte die Angst wider, dass seine Anwesenheit auf Arlecdon Rics Pläne gefährden könnte, sein Erbe anzutreten.

Sie musste Ric sobald wie möglich unter vier Augen sprechen, deshalb zerrte sie ihn in die Bibliothek, wo sie glaubte, dass sie ungestört sein würden.

»Wer ist dieser Pieter van Heuren?«

»Ein weiterer der vielen Liebhaber unserer Witwe. Ich nehme an, dass sie ihren unstillbaren sexuellen Appetit mit ihm stillte, während mein armer Großvater im Sterben lag.«

Als sie seinen Zynismus hörte, lauschte Delie auf. »Bist du eifersüchtig?«

»Großer Gott, natürlich nicht! Wie kommst du denn auf die Idee?«

»Du hast dich wieder verändert. Ich dachte, du hättest angefangen, Melanie zu mögen. Jetzt redest du wieder über sie wie vorher, bevor wir nach Australien gereist sind, als du sie noch nicht kanntest. Was ist denn aus deinem Plan geworden, sie zu heiraten?«

»Dieser Plan, meine liebe Adeline, hat sich nicht verändert. Wenigstens nicht ganz. Ich werde die Witwe heiraten, dann werde ich mich ihrer entledigen, sobald ich das habe, was sowieso mir hätte gehören sollen.«

»Und dann kehren wir nach England zurück?«

»Natürlich. Ich werde dich sogar dabei unterstützen, Liddell Hall zu restaurieren.«

»Aber dafür willst du auch was von mir, nicht wahr?« Delie kannte ihren Halbbruder gut.

»Halte unseren Südafrikaner beschäftigt, bis ich mir Melanie gesichert habe. Ich fürchte ein wenig, dass sie ihn mehr mag, als mir lieb sein kann.«

Delie gluckste. »Das ist so ungefähr die netteste Bitte, die du je an mich gerichtet hast. Du kannst versichert sein, mein lieber Bruder, dass ich unseren blonden Charmeur bei Laune halten werde. Ich habe ein paar Tricks drauf, die ihn von Melanie ablenken.«

Das Gespräch der beiden war für Pieter die reinste Unterhaltung gewesen. Er schlich sich still von seinem Platz unter dem Fenster der Bibliothek davon und gratulierte dem Zufall, der ihm ermöglicht hatte, Bruder und Schwester zu belauschen.

Sie hatten ihm genug Stoff zum Nachdenken gegeben, während er seinen Spaziergang rund um das Haus fortsetzte.

Ric Liddell war nicht der einzige Mann, der begierig war, Melanies Vermögen in die Hände zu bekommen. Eine Heirat mit einer reichen Frau war die einzige Lösung für Pieter, wenn er weiter in dem Stil leben wollte wie bisher. Sein Onkel hatte ihm nicht nur jede finanzielle Unterstützung gekappt, er hatte ihn auch aus seinem Haus verbannt und sich geweigert, Pieters Gläubiger zu bezahlen. Ein wütendes Knurren löschte jede Spur von Charme auf dem gut aussehenden Gesicht.

Der größte Teil seines Unglücks konnte dem charmanten, hinterlistigen jungen Ding zugeschrieben werden, das in seine Arme gefallen war, um dann schluchzend und jammernd von einer gewaltsamen Verführung zu reden, als man sie zusammen in seinem Landhaus überrascht hatte.

Pieter erklärte sich bereit, das Mädchen zu heiraten; schließlich war der Vater angenehm reich. Der Zorn, mit dem er auf Pieters großzügige Ritterlichkeit reagierte, hatte ihm tief ins Herz geschnitten. Ein junger Mann ohne Aussicht auf ein Erbe und ohne Beschäftigung war nicht zu vergleichen mit dem englischen Lord, mit dem das Mädchen verlobt war.

Pieter hatte Rache geschworen, obwohl er keine Ahnung hatte, wie diese Vergeltung aussehen konnte – und dann hatte er sich an Melanie erinnert. Ein paar diskrete Nachfragen hatten die Saat der Rache aufgehen lassen. Mit einem solchen Vermögen im Rücken wäre er in einer Position, sowohl den Onkel von seinem hohen Thron zu stürzen als auch die so sehr auf hohe Gesellschaft bedachten Eltern des Mädchens. Nichts und niemand würden ihn von seinem Ziel abbringen. Nicht einmal Ric Liddell und seine geile Schwester.

Pieters Angriff auf Melanies Vermögen war sorgfältig geplant. Der überraschende Besuch hatte sie – wie gewollt – aus dem Gleichgewicht geworfen und ihm die Einladung eingebracht, auf Arlecdon zu wohnen. Von diesem Zeitpunkt an war es seine Absicht, sie mit seinem Charme und seiner sexuellen Erfahrung zu umwerben, bevor er ihr einen Heiratsantrag machte. Die Gegenwart eines anderen Mannes und Melanies verschlossene Schlafzimmertür hatten ihn gezwungen, schneller zu handeln. Falls sie seinen Antrag ablehnte, war ihm bewusst, dass er in dem anderen Mann einen ernst zu nehmenden Rivalen hatte. Jetzt wusste er, wie er Ric Liddell loswerden konnte.

Dass Delie sich intensiv um ihn kümmern wollte, nun, Pieter hatte nichts gegen das einzuwenden, was sie ihm bieten würde. Eine Frau, die so viel Sex ausstrahlte, sollte man mit Haut und Haaren nehmen. Er bezweifelte, dass sie irgendwelche sexuellen Tricks kannte, die ihn von seinem Ziel ablenken würden. Im Gegenteil, er glaubte, sie zu solchen Höhen der Leidenschaft führen zu können, dass sie ihm bereitwillig einiges erzählen würde über die Verwandtschaft von Bruder und Schwester mit Melanies verblichenem Ehemann.

Womit Pieter nicht gerechnet hatte, war das Ausmaß an Delies Loyalität zu ihrem Bruder. Er deutete auch ihre Fähigkeit falsch, ungezügelte Lust beim Sex zu empfinden. Selbst wenn ihr Körper von einem sagenhaften Orgasmus geschüttelt wurde, wusste ein Teil ihres Gehirns immer, was sie tat.

Pieters nächster Fehler lag darin, dass er glaubte, sie wüsste nichts über Sex, was ihn so entflammen könnte, dass er Melanie darüber vergessen könnte.

Während des Essens stellte Pieter klar, dass alle, auch Melanie, seine herausragende Stellung und Bedeutung in Melanies Leben begreifen mussten. Für ihn stand fest, dass er der wichtigste Mensch in ihrem Leben war.

Ihr Mangel an Begeisterung über diesen Anspruch schien Pieter nicht zu stören. Es konnte nicht lange dauern, bis sie ihm die Hand zur Heirat reichen würde. Doch es war sicherlich vernünftig, sagte er sich, ihre Zuneigung durch eine weitere unvergessliche Liebesnacht zu sichern, bevor er sich den Reizen hingab, die Delie so offen anbot.

Als er sich nach dem Essen auf die Suche nach Melanie begab, musste er feststellen, dass sie ausgeritten war. Er überzeugte sich davon, dass Ric noch im Haus war, deshalb wollte Pieter nicht weitere Zeit verschwenden und sein Vergnügen mit Delie suchen. Er würde den Nachmittag nutzen, um den sichersten Weg herauszufinden, wie er Rics Betrug an Melanie beweisen konnte.

Delie bat ihn einzutreten, nachdem er leise an ihre Tür geklopft hatte. Sie saß an ihrer Frisierkommode, und ihr Dienstmädchen stand hinter ihr. Der Umhang, den Delie trug, klaffte vorn weit auseinander und entblößte einen beträchtlichen Teil ihres üppigen Busens. Ihr Lächeln zur Begrüßung war teils spöttisch, teils herausfordernd.

Pieter wusste genau, was bis kurz vor seinem Anklopfen geschehen war. Dass Delie sich von ihrem Mädchen die Brüste streicheln ließ, erregte ihn sofort. Er fragte sich, welche anderen Dienste die junge Frau noch verrichtete. Als er dem Mädchen das erste Mal in die Augen sah, erkannte er dort einen sexuellen Hunger und ein stummes Betteln, als sie den Blick von ihm wandte und Delie im Spiegel anschaute.

»Du kannst jetzt gehen, Mary.« Ohne Skrupel schickte Delie ihr Dienstmädchen hinaus. Mary konnte sich selbst Erleichterung verschaffen oder den Butler finden, der ihren Druck abbauen konnte. Pieter van Heuren war ein Mann, den Delie zunächst nur für sich haben wollte.

Es verstrich nicht viel Zeit, bis Pieter seine Kleidung abgelegt hatte, und dann lagen beide schon nackt auf dem Bett. Pieter wollte der dominante Partner sein, er wollte sehen, wie sie sich unter ihm wand, er wollte hören, wie sie stöhnte, bevor er alle die Dinge mit ihr anstellte, die er sich vorgenommen hatte. Stattdessen fand er sich auf dem Rücken liegend wieder, Delies Willen ausgeliefert.

Sie ging gleich auf ihr Angriffsziel los, seine geschwollene Männlichkeit. Sie befeuchtete die zarte Haut mit ihrer Zunge, bevor ihre Lippen leise saugende Geräusche verursachten. Sie rieb am Schaft entlang, und die Zunge wischte von den empfindsamen Bällen im Hodensack bis hinauf zur Spitze. Die Reise ihrer Lippen bereitete Pieter so viele wunderbare Sensationen, dass er beschloss, sich ihnen hinzugeben, ohne selbst aktiv zu werden. Dafür war später immer noch Zeit.

Er erfuhr sehr schnell, dass sie eine Expertin in der Kunst der oralen Lust war. Zuerst ließ sie ihn ihre saugenden Fähigkeiten spüren, dann leckte die Zunge jeden Millimeter des Stamms ab, bevor sie sich auf das Band seiner Beschneidung konzentrierte. Als sie ihn so stark erregt hatte, dass sein Atem nur noch keuchend über seine Lippen kam, schloss sich ihr Mund über den sanften Helm seines Schafts und saugte heftig, als wollte sie den Saft seiner Erregung jetzt schon schmecken.

Ganz in Anspruch genommen von den exquisiten Dingen, die Delies Mund seinem Organ angedeihen ließ, achtete Pieter nicht darauf, was sie mit ihren Händen anstellte, bis er ihren eingeölten Finger spürte, der gegen den engen faltigen Eingang seines Anus stieß. Seine instinktive Verkrampfung entspannte sich, als er entdeckte, dass ihre Liebkosung sehr stimulierend wirkte. Die Lust besiegte den Schock.

Die kombinierten Effekte von Delies Finger, der angenehm um seinen Anus rieb, während sie an seiner Eichel saugte, ließen seine Erektion noch kräftiger werden. Aber als Delie den Finger in seine anale Passage schob, schrie er protestierend auf.

Sie hob den Kopf und sah auf Pieter hinunter. Ihre Augen glänzten wie schwarze Diamanten. »Gefällt dir das nicht?«, raunte sie. Der Finger drehte sich in der Passage, dann schloss sich der Mund wieder um die Eichel, und damit erstickte sie jeden weiteren Protest im Keim.

Nie zuvor hatte er diese einzigartige Lust der analen Stimulation erlebt, und nun stöhnte er protestierend auf, als sie den Finger zurückzog.

»Wenn dir mein Finger schon gefallen hat, dann warte erst mal, was du dazu sagst.«

Pieter hob den Kopf und sah eine Kette kleiner Perlen in ihrer Hand. Jede war so groß wie eine Haselnuss und mit der nächsten durch eine kurze Schnur verbunden. Delie rieb sie mit Öl aus einer kleinen Flasche ein, und als Pieter ahnte, was sie nun vorhatte, wehrte er sich verbal dagegen.

»Du hast noch keine wahre Lust erlebt, wenn du nicht die sinnlichen Freuden dieser Perlen kennengelernt hast«, behauptete Delie.

»Ich glaube, es ist eine Erfahrung, auf die ich verzichten kann«, wandte Pieter ein.

»Unsinn.« Sie veränderte ihre Position und kniete sich über seinen Brustkorb, sodass sie ihm ihr rasiertes Geschlecht präsentieren konnte.

Die Nacktheit faszinierte Pieter; er fand die Entblößung jedes Fältchens sehr erotisch.

Delie hatte ihn wieder zu saugen begonnen, und sie schob auch wieder einen Finger in seine hintere Öffnung. All die wunderbaren Sensationen, die in seinem Unterleib entstanden, wurden noch versüßt durch die rosefarbenen Schamlippen, an denen er sich delektieren konnte. Er wollte sich nicht länger gegen ihre ungewöhnlichen Reize wehren.

Er streckte seine Zunge aus, um Delies Schnecke zu lecken, und gleichzeitig ließ sie den Finger in seiner analen Passage kreisen. In diesem Takt ließ sie auch ihr Becken kreisen, sodass Pieter Mühe hatte, das verlockende nackte Geschlecht mit dem Mund einzufangen.

Jetzt zog Delie den Finger heraus, und Pieter spürte, wie die erste Holzperle in die Öffnung geschoben wurde. Sie dehnte ihn, was ihn schmerzte, und um sich zu revanchieren, schloss er seine Zähne um Delies Labien.

Er spürte, wie der Schock durch ihren Körper schoss, und er hörte sie nach Luft schnappen. Dann wurde die zweite Perle nachgeschoben. Wieder biss Pieter zu, und der Überfluss ihrer Säfte verriet ihm, dass er ihre Erregung damit noch steigern konnte. Vier weitere Perlen schob Delie in ihn hinein, und mit jeder Perle spürte Pieter, wie seine Erektion noch härter wurde. Als der Schließmuskel sich hinter der letzten Perle schloss, nahm er die ungewohnte Ladung in seinem Rektum erst richtig wahr; aber unangenehm war sie nicht.

Delie nahm seinen Schaft in beide Hände und fuhr fort, die Eichel mit Lippen und Zunge zu umschmeicheln. Trotz der unglaublichen Intensität der Stimulans bemerkte Pieter mit einer freudigen Überraschung, dass er nicht einmal in der Nähe seines Orgasmus war.

Pieter begann jetzt damit, Delie stärker zu erregen. Abwechselnd stieß seine Zunge in ihre Öffnung, oder sie strich an den Labien entlang, und dazwischen wischte sie jeweils leicht über ihre anschwellende Knospe.

Delie bewegte die Hüften auf und ab, als wollte sie ihn daran erinnern, dass sie erwartete, von ihm zum Höhepunkt gebracht zu werden. Pieter war mehr als bereit dazu. Als sich die Muskeln ihres Unterleibs spannten, knabberte er an der hervorlugenden Klitoris, bis Delie über den Rand getrieben und von ihrem Orgasmus geschüttelt wurde.

Seine Zähne pressten gegen ihre inneren Labien, und sein Mund saugte fest genug, um leichte Schmerzen zu verursachen, die stimulierend auf sie wirkten.

Sie vergaß alles, was sie bisher mit ihm angestellt hatte und warf den Kopf in den Nacken. Während der intensiven Dauer ihres Orgasmus konzentrierte sie sich ausschließlich auf ihre eigene Lust. Als die tumultartigen Gefühle zu schwinden begannen, rutschte sie an seinem Körper entlang und legte sich über seinen Bauch, um seinen Schaft zwischen ihre Brüste nehmen zu können. Pieter begann sofort zuzustoßen, bis Delie den Kopf senkte und einen Hoden in den Mund nahm. Gleichzeitig zog sie an der kurzen Kordel, die am Anus baumelte.

Pieters Körper krümmte sich unter Schock, denn das plötzliche Herausziehen der Holzperle dehnte den Anus viel mehr und viel schmerzender als beim Einführen. Als Delie auch die zweite Perle an der Kordel herauszog, während sie weiter den zuckenden Hoden in seinem enger werdenden Beutel saugte, spürte Pieter die unmittelbar bevorstehende Ejakulation.

Delie glitt mit einer Hand rasch zwischen ihre Körper und griff an die Basis des Schafts. Sie übte leichten Druck aus, bis sein abgehacktes Atmen sich gelegt hatte. Jetzt zog sie die dritte Perle heraus und behielt den Druck auf seinem Spermakanal bei, sodass er den Orgasmus nicht erreichen konnte.

Der stärker werdende Druck ihrer Hand auf die Schwanzwurzel war für Pieter wie eine Folter. Er versuchte sich zu erinnern, wie viele Perlen sie in ihn hineingeschoben hatte, aber er wusste es nicht mehr. Würde er die Agonie der letzten Perlen überhaupt noch aushalten können? Diese Frau hatte sexuelle Folter zu einer feinen Kunst entwickelt.

Seine einzige Antwort bestand darin, sich selbst ein paar schmerzhafte Dinge einfallen zu lassen. Er quetschte ihre Klitoris zwischen Daumen und Zeigefinger.

Delies Körper zuckte bei dem unerwarteten Schmerz, und ihre Reaktion bestand darin, zwei Perlen gleichzeitig aus seinem Rektum zu ziehen. Pieters Augen fingen an zu brennen. Sein Penis pochte, sein Anus schmerzte. Er konnte nur noch daran denken, so schnell wie möglich Erleichterung zu finden. Er riskierte es nicht mehr, ihre Klitoris noch einmal zu quetschen.

Delie hörte auf, seine Bälle zu lutschen, und fing wieder an, die Lippen über seinen strammen Schaft gleiten zu lassen. Ihr Mund schloss sich um die pochende Eichel, dann glitten die Lippen hinunter, bis sie ihn fest umschlungen hatte. Sie lockerte den Druck auf die Wurzel, und gleichzeitig zog sie die letzte Perle heraus.

Als Pieter kam, wand sich sein ganzer Körper. Seine exquisite Ekstase war so gewaltig, dass seine Hüften sich aufbäumten und der Schaft mit einer solchen Wucht in Delies Mund stieß, dass eine weniger erfahrene Frau darunter gelitten hätte.

Nachdem er ihr den letzten Stoß versetzt hatte, ließ sie ihn aus ihrem Mund gleiten und glitt an seinem Körper entlang, um ihre warme Scheide über das Schwert zu pressen, bevor es Zeit zur Erholung finden konnte.

Pieter streckte seine schmerzenden Beine aus, und Delie verlagerte ihr Gewicht, indem sie die Hände neben seine Beine aufs Bett stützte. Jetzt begann sie sich vor und zurück zu bewegen, und weil sie ihre inneren Muskeln einsetzte, konnte er seine volle Erektion halten. Ihre Hüften rotierten und pressten auf sein Schambein.

Pieter wusste, dass Delie sich diesmal selbst zu einem weiteren Orgasmus bringen würde. Und er selbst würde auch nicht mehr lange brauchen, um diesen Zustand zu erreichen. Die ungewöhnliche Position und der veränderte Winkel des Eindringens boten eine zusätzliche Stimulierung. Sie kamen gleichzeitig, und beide keuchten von der sexuellen Euphorie, die sie gerade erlebt hatten.

Bevor Delies Orgasmus abgeklungen war, stieß Pieter sie nach vorn, um seinen Schaft zu befreien. Rasch zog er sich von ihr zurück und kniete sich hinter sie. In dieser Stellung drang er erneut in sie ein, packte sie an den Hüften und zwang ihr seinen Rhythmus auf. Die Proteste, die Delie zu Beginn gekreischt hatte, verstummten schnell und wandelten sich zu Geräuschen der Zustimmung.

Die Dinge, die Delie mit ihm angestellt hatte, waren für Pieter derart erregend gewesen, dass er nicht Gefahr lief, seine sexuelle Kraft zu verlieren. Jetzt sollte Delie zu spüren bekommen, was sie ihm angetan hatte. Wenn es ihr nicht gefiel – ihr Pech. Aber er glaubte eher, dass es ihr gefallen würde.

Während er mit einem steten Rhythmus in sie hineinpumpte, speichelte er seinen Daumen ein und drückte ihn in ihre anale Passage. Die andere Hand glitt unter ihren Körper, und zwei Finger rieben über die überreizte Klitoris. Beide Aktionen wurden von Delies Entzückungsrufen begleitet, wodurch Pieter noch geiler wurde, was ihn veranlasste, mit neuer Wucht in sie hineinzustoßen und gleichzeitig Anus und Klitoris weiter zu stimulieren.

Delies Atem kam in kurzen, hektischen Stößen, immer wieder mal unterbrochen von lauten Lustschreien. Es dauerte nicht lange, bis sie den dritten Orgasmus erlebte.

Aber Pieter befand sich jetzt in einem Stadium, in dem er lange durchhalten würde, bevor er den Gipfel erreichte. Und er hatte nicht die Absicht, die Stimulierungen einzustellen, zumal Delie in eine Serie kleiner Orgasmen gerissen wurde. Sie hatte bald keine Kraft mehr, und ihre Arme konnten den Körper nicht mehr stützen. Sie sackte zurück aufs Bett, und aus ihren Schreien wurden leise wimmernde Laute.

Vielleicht war die mit Gras bewachsene Kuppe, an die sie so viele Erinnerungen von wildem Sex mit Ric verband, nicht das klügste Ziel ihres Ausritts gewesen. Aber genau dorthin ritt Melanie an diesem Morgen. Sie stieg ab, band ihr Pferd fest und stand einige Minuten unbeweglich da, während sie hinunter auf Arlecdon schaute.

Ein überraschender Gedanke überfiel sie. Wenn Jeremiah noch lebte, würde sie da unten glücklich und zufrieden sein, angebetet von ihrem Mann und befriedigt von einer kleinen Anzahl ausgesuchter, diskreter Liebhaber.

Stattdessen hatte sie die Wahl zwischen zwei sexuell dominierenden Männern. Pieter war ein anderes Kaliber als Simmonds. Zwischen Melanie und dem Gärtner hatte eine gemeinsame fleischliche Lust bestanden. Bei Ric erlebte sie auch eine große Lust, aber sie vermisste schmerzlich sein Bekenntnis, dass er sie liebte. Dann war Pieter eingetroffen, der um ihren Körper mit einer sexuellen Bewunderung warb und ihre Emotionen mit einem Heiratsantrag weckte.

Mit einem Seufzer wandte sie sich ab und fand einen Fels, an den sie sich lehnen konnte. Sie zog den Brief ihrer Cousine aus der Tasche. Dita hatte überwiegend das sorgenfreie Leben auf Paradise Island beschrieben, angereichert mit lebhaften Schilderungen der Kautschukplantage ihres Vaters und der freundlichen Menschen auf der Insel. Der ganze Brief atmete das ungebrochene Glück ihrer Cousine, obwohl Dita nur einmal kurz ihren Mann Matt erwähnt hatte.

Melanie faltete den Brief zusammen, um ihn zurück in ihre Tasche zu stecken. Ditas anschauliche Beschreibungen hatten sie nicht wirklich aufgemuntert. Sie konnte sich noch sehr gut an die Zeit erinnern, als ihre liebe Cousine verwirrt und unglücklich verliebt war. Damals war es Melanie gewesen, die ihr gut geraten hatte, und sie hatte sich größte Mühe gegeben, Dita und Matt zu versöhnen.

Jetzt war die Situation genau anders herum, und Melanie hätte sich gefreut, wenn es möglich wäre, sich Dita anzuvertrauen. Sie brauchte dringend jemanden, der sie verstehen und ihr helfen konnte, ihr Leben zu ordnen. Wenn sie nur wüsste, was Ric wirklich für sie empfand. Trotz seiner Gehässigkeiten am heutigen Morgen hatte sie die Hoffnung noch nicht aufgegeben. Sie hätte gern gewusst, was er ihr hatte sagen wollen, bevor sie von Delie gestört worden waren.

Fünfzehn Minuten später drehten sich Melanies Gedanken immer noch in ihrem verworrenen Kreis. Sie wollte gerade wieder aufs Pferd steigen und nach Hause reiten, als sie ein anderes Pferd herannahen hörte. Ric erreichte die Kuppe. Er schien nicht überrascht zu sein, Melanie dort zu finden.

»Bist du mir gefolgt?«, fragte sie, als er vom Pferd stieg.

»Natürlich.«

»Warum?« Melanie erwartete seine Antwort mit einem schneller schlagenden Herzen. Wie gewöhnlich konnte sie in seinem Gesicht nichts lesen.

»Du hättest eine Hure werden sollen, Melanie. Du weißt genau, wie du Männer verrückt machst vor Lust. Ich habe gehört, wie du heute Morgen vor Geilheit geschrien hast, als dein Liebhaber es dir besorgt hat.« Er ignorierte Melanies entsetztes Gesicht und fügte hinzu: »Ich will auch noch mal hören, wie du schreist, weil ich es dir so gut besorge.«

»Du hast mir nachspioniert.« Das war alles, was Melanie darauf sagen konnte.

»Nicht absichtlich. Weißt du, ich hatte dieselbe Idee wie dein Pieter, aber er war zuerst bei dir. Zieh jetzt deine Kleider aus, Melanie, damit ich auch meinen Anteil bekomme.«

»Nein.«

»Du weigerst dich, Sex zu haben? Das klingt so gar nicht nach dir, meine Liebe. Dir ist es doch egal, wer der Mann ist, der dich besteigt. Hauptsache, er ist hart genug.«

»Nein, es ist mir nicht egal.« Melanie war den Tränen nahe. »Aber dir liegt nicht wirklich was an mir. Du beschimpfst mich und bestrafst mich mit Verachtung. Pieter könnte dir beibringen, wie sich ein richtiger Liebhaber benimmt. Selbst Simmonds nahm mehr Rücksicht als du.«

»Er hat dir die blauen Flecken besorgt«, fauchte Ric sie an.

»Ja, aber es hat mir gefallen, was er mit mir gemacht hat«, hielt sie dagegen, die Stimme lauter als sonst. Sie achtete nicht auf den pochenden Puls von Rics Halsschlagader. »Während mir die Dinge, die du mit mir angestellt hast, nicht gefallen haben.«

»Von mir hast du aber keine blauen Flecken bekommen.«

»Doch, an den Brüsten.«

»Zeige sie mir.«

»Warum soll ich das tun? Damit du dich daran aufgeilen kannst? Nein, geh und lass mich in Frieden, Ric. Ich wünschte, ich hätte dich nicht auf Arlecdon eingeladen.«

Die Tränen rannen ihr über die Wangen, und Melanie wandte sich ab und wollte gehen.

Ric lief ihr nach, hielt sie am Arm fest und zog sie an sich. Sie war äußerst erregt und schlug nach ihm, die Hände zu kleinen Fäusten geballt. Rics Versuche, ihre Schläge abzuwehren sowie ihre gesteigerten Bemühungen, gegen ihn auch körperlich die Oberhand zu behalten, führten schließlich dazu, dass sie beide stolperten und zu Boden gingen. Sie wälzten sich im Gras, und Ric lag auf Melanie.

Sie fühlte die Härte seiner Erregung, die gegen ihren Unterleib presste, während die Wut in seinen Augen sie gleichzeitig ängstigten und erregten. Er hob sich ein wenig an, um ihren Rock nach oben zu schieben, dann war sein Gewicht wieder auf ihr. Mit einem Arm drückte er ihren Oberkörper auf den Boden, während er mit der freien Hand den Schaft aus seiner Hose befreite. Mit einem einzigen Ruck hatte er ihren Schlüpfer zerfetzt, und im nächsten Moment war er in sie eingedrungen, ohne sich die Mühe zu machen, sie zuerst zu streicheln.

Die Wucht seiner Penetration war brutal, und doch – als er ihre ganze Tiefe auslotete, begann Melanie zu stöhnen und bäumte ihre Hüften auf, um ihm zu begegnen.

Seine Augen blitzten in ihre, dann presste er seinen Mund

auf ihre Lippen, hart, leidenschaftlich und Besitz ergreifend. Melanies Hände hielten sich an seinen Haaren fest. Sie schlang die Beine um seine Taille und hob die Hüften jedes Mal an, als wollte sie seine kraftvollen Stöße willkommen heißen.

Sie konnte nicht genug von ihm bekommen, wie er nicht genug von ihr bekommen konnte. Selbst als sie vom Orgasmus gerüttelt wurde, wölbte sie sich ihm immer noch entgegen, und ihre Hände griffen zu seinen Pobacken, um ihn tiefer in sich hineinzuziehen, damit auch er seinen Höhepunkt erlebte.

Als es ihm kam, zog sie ihn hart in sich hinein und mahlte gegen seine Schaftwurzel. Wenn es nach ihr gegangen wäre, hätte es nie wieder eine Trennung zwischen ihnen gegeben.

Ric wälzte sich auf den Rücken und zog sie mit sich, sodass sie auf ihm lag. Er nahm ihr Gesicht in seine Hände und küsste sie wieder, diesmal viel zärtlicher, aber nicht mit weniger Leidenschaft. Er schlang seine Arme um ihre Schultern und hielt Melanie an seine Brust gedrückt. Sie lag zufrieden da und fühlte, wie sein Schaft langsam aus ihrem Körper glitt.

Rics Hände bewegten sich sanft über ihren Rücken. Seine Lippen pressten sich an ihr Ohr.

»Willst du mich heiraten?«

Melanies einzige Reaktion bestand darin, sich leicht zu versteifen, denn sie war nicht sicher, ob sie ihn richtig verstanden hatte. Erst als er die Frage wiederholte, hob sie den Kopf und blickte auf ihn hinunter.

»Pieter hat mir die Frage auch gestellt.«

Plötzlich fand sie sich auf dem harten Boden wieder, von Ric fortgestoßen. Er setzte sich auf, und zu Melanies Überraschung stieß er die Ellenbogen auf seine angezogenen Knie, den Kopf in die Hände gestützt. Sie rutschte zu ihm, kniete sich neben ihn und legte eine Hand auf seinen Arm.

»Ich habe nicht gesagt, dass ich seinen Antrag angenommen habe«, sagte sie.

»Wirst du?«

»Jetzt nicht mehr«, antwortete sie und überraschte sich selbst mit dem Gedanken, wie schade es wäre, dass Bigamie unter Strafe stand. Nicht, dass sie sich vorstellen konnte, dass Ric oder Pieter mit einer solchen *ménage* einverstanden gewesen wären.

»Ric, warum willst du mich heiraten? Du verhältst dich immer so, als empfändest du nichts als Verachtung für mich«, sagte sie zweifelnd.

Ric hob den Kopf. Er sah nicht Melanie an, sondern schaute hinunter auf Arlecdon. »Ich hatte nie vor, auf eine solche Weise mit dir zu reden. Ich bin dir in der Absicht nachgeritten, Liebe mit dir zu machen und dich zu fragen, ob du mich heiraten willst. Aber dann habe ich auf dem langen Weg hierhin die ganze Zeit daran denken müssen, wie du es am Morgen mit Pieter im Bett getrieben hast.«

»Du warst eifersüchtig«, stellte Melanie triumphierend fest. »Wie du auch auf Simmonds eifersüchtig warst. Oh, Ric, ich bedeute dir ja doch etwas!«

Er schaute sie an. »Ich glaube, das haben wir beide vor ein paar Minuten bewiesen.«

»Dann werde ich dich heiraten.«

»Ich will es so schnell wie möglich, ich kann nicht länger warten.« Seine Eile und der Ausdruck von Erleichterung in seinen Augen deutete Melanie als wahre Liebe.

»Ich auch nicht. Ich liebe dich, Ric.«

»Aber sage es noch niemanden. Das kann warten, bis wir es hinter uns haben.«

»Aber Pieter sollte ich schon Bescheid geben.«

»Ja, wahrscheinlich schon. Allein schon, um ihn von deinem Schlafzimmer fernzuhalten.«

»Soll ich ihn wegschicken?«

»Das soll deine Entscheidung sein. Ich werde lernen, dir zu vertrauen, meine Liebe, wie ich auch hoffe, dass du lernst, mir zu vertrauen.«

»Ja, ich vertraue dir ja jetzt schon!«

Einige Zeit später ritten Ric und Melanie zurück nach Arlecdon, beide in Hochstimmung über die geplante Hochzeit. Melanie war begeistert, weil sie glaubte, dass ihre Liebe erwidert wurde, und Ric wusste, dass er mit der Heirat seinem Erbe ein gutes Stück näherkommen würde.

Es gab nur eine Kleinigkeit, die an ihm nagte und ihn beunruhigte.

Melanies glühende Erklärung ihrer Liebe hatte ihn auf einen Schlag entwaffnet. Es schüttelte ihn jetzt noch, wenn er daran dachte, mit welcher Inbrunst und Leidenschaft sie sich geliebt hatten.

Trotz seines Schwurs, er würde Melanie in der Minute verlassen, in dem alles legal ihm gehörte, konnte er ein Bild nicht aus seinem Kopf radieren – die überraschende Vorstellung, auf Arlecdon mit Melanie als Mann und Frau zu leben.

Zehntes Kapitel

Erst nachdem er Delie schon lange verlassen hatte, erinnerte sich Pieter daran, dass es noch einen anderen Grund gab, warum er ihre Gesellschaft gesucht hatte. Als er aus seinem Zustand sexueller Verwunderung aufwachte und sein Gehirn wieder Vernunftgründen aufgeschlossen war, erkannte er, dass er seine Chance bei Delie wohl verpasst hatte.

Dabei wusste er genau, wie wichtig es für ihn war, Beweise für Rics wahre Identität zu finden, um ihn dann bei Melanie anzuschwärzen. Pieter grübelte, wie er Beweise dieser Art auftreiben könnte. Er schlenderte planlos durchs Haus und hoffte auf irgendeine Erleuchtung, als ihm die ältere Haushälterin über den Weg lief.

Pieters listiger Verstand setzte sofort ein. Er quetschte jede Unze seines Charmes aus sich heraus, den er nach Belieben aufdrehen konnte und der ihm fast immer das einbrachte, was er haben wollte. Schon nach wenigen Sätzen erfuhr er, dass Mrs. Godwin schon fast vierzig Jahre für Jeremiah Wilberforce gearbeitet hatte. Von da an dauerte es nicht lange, bis Pieter ihr die ganze Familiengeschichte entlockt hatte.

»Wie unglücklich und bedauerlich«, bemerkte Pieter, »dass Mr. Wilberforce seinen einzigen Sohn verlor und nicht einmal eine Fotografie besaß, um ihm als stete Erinnerung zu dienen.«

»Oh, nein, Mr. van Heuren, es existiert ein sehr schönes Porträt von ihm. Der Herr hat es nicht ertragen können, ständig an den Tod seines Sohnes erinnert zu werden, deshalb wurde das Bild auf den Speicher gebracht. Ich würde es gern wieder an der Wand hängen sehen, vor allem, weil der junge Herr jetzt da ist. Aber er will ja nicht bekannt werden lassen, wer er ist.«

»Sie meinen natürlich Ric. Ich habe mir gedacht, dass es da eine Beziehung gibt.«

»Oh, nein, das habe ich nicht gemeint …« Mrs. Godwin begann zu stottern und war plötzlich sehr nervös, weil ihr die Enthüllung der wahren Identität Rics herausgerutscht war.

Der sagenhafte van-Heuren-Charme wurde noch ein bisschen dicker aufgetragen. »Aber bitte, liebe Mrs. Godwin, machen Sie sich keine Vorwürfe. Ich werde nichts von dem weitersagen, was Sie mir erzählt haben. Sobald wir unsere getrennten Wege gehen, werde ich alles vergessen. Aber ich habe gleich vermutet, dass da irgendwas nicht stimmt. Da Sie mir nun die Familiengeschichte nahegebracht haben, wundere ich mich natürlich, dass Ric nicht der Erbe seines Großvaters war.«

»Es steht mir nicht zu, über das nachzudenken, was den Herrn veranlasst hat, alles so zu regeln, wie er es geregelt hat. Aber er hat ja dann geheiratet«, sagte Mrs. Godwin mit einem Seufzer. »Nach meiner Auffassung hätte Mr. Ric der Erbe sein sollen, vor allem, weil er seinem Vater so ähnlich sieht.«

»Sie haben erwähnt, dass das Porträt seines Vaters die große Ähnlichkeit zeigt, Mrs. Godwin. Ich habe eine Schwäche für Porträts und kenne mich mit ihnen gut aus. Wäre es wohl möglich, dass ich mir das Bild mal ansehe?«

Das Zaudern der Haushälterin war eher geziert, und als es überwunden war, gingen sie gemeinsam auf den Speicher, wo das Porträt gegen eine Wand gestellt war. In dem Augenblick, in dem Pieter das Bild sah, wusste er genau, was er zu tun hatte.

Das war noch bevor Melanie ihm eröffnet hatte, dass sie seinen Heiratsantrag nicht annehmen würde.

Sie saßen in ihrem privaten Wohnzimmer. Melanie hatte Pieter von einem der Dienstmädchen holen lassen. Er missverstand den Grund für die Einladung und wollte sie gleich in seine Arme schließen.

Melanie wich ihm geschickt aus. »Nein, Pieter, ich möchte nur mit dir reden.«

»Wir könnten Liebe machen, während wir reden, oder besser noch, wir verschieben das Reden auf später.« Er hielt sie noch immer an der Hand fest. Mit dem Daumen strich er sinnlich über ihre Handfläche, und seine Augen strahlten sie mit einem werbenden Lächeln an. Es gibt kaum eine Frau, die einer solchen sexuellen Schmeichelei widerstehen könnte, und Melanie erst recht nicht.

Aber dann entzog ihm Melanie die Hand und entfernte sich ein paar Schritte. »Heute Morgen hast du mich gefragt, ob ich dich heiraten will.«

»Hast du dich jetzt für ein Ja entschieden?«

»Heute Nachmittag hat Ric mich gefragt, ob ich ihn heiraten will.«

»Ich verstehe.«

Schweigen breitete sich aus, und Melanie suchte in seinem Gesicht nach einem Hinweis auf seine Gedanken. Er nickte, dann schien er zu einem Entschluss zu gelangen, und er sah sie mit einem wehmütigen Ausdruck an. »Es sieht so aus, als hätte ich zu lange in Kapstadt ausgeharrt.«

»Du bist mir also nicht böse?«

»Ich könnte dir nie böse sein, liebste Melanie. Ich bin enttäuscht, ja. Ich dachte, du hättest Gefühle für mich.«

»Ja, habe ich auch. Aber meine Gefühle für Ric sind anders.«

»Anders auf welche Weise? Die Freuden, die wir heute Morgen geteilt haben, waren doch nicht vorgetäuscht, oder?«

»Ich spreche nicht von Sex, Pieter.«

»Aber ich. Wenn ich dich jetzt nähme, deinen Körper zur

höchsten Lust brächte, dann wärst du nicht mehr so sicher, dass du Ric heiraten willst.«

»Nichts wird mich daran hindern«, behauptete Melanie. Aber ihre Stimme klang längst nicht so entschlossen, wie sie es gern gehabt hätte.

Pieter lächelte. »Bist du bereit, dass wir das überprüfen?«

Melanie schüttelte hastig den Kopf und wich noch einen Schritt weiter zurück.

»Ich habe nicht die Absicht, mich dir aufzudrängen, Melanie, obwohl ich nicht glaube, dass du dich mir widersetzen würdest. Du hast deine Wahl getroffen, und ich respektiere das. Erlaubst du mir nur, dich noch einmal in den Armen zu halten?«

»Was soll das?«

»Meine liebe Melanie, ich bin fast um die halbe Welt gereist, um dich wieder zu sehen. Ist es so schlimm, dass ich nur noch mal einen Kuss von dir haben möchte?«

»Nur einen Kuss, Pieter.«

»Nur einen Kuss«, stimmte er zu, aber man hörte ihm an, dass er sich von dieser einen Berührung erheblich mehr versprach als Melanie.

Er quetschte ihren Körper gegen seinen, packte mit einer Hand zwischen ihre Schulterblätter und krallte die Finger der anderen Hand in ihre Pobacke. Warme Lippen zwangen ihre, sich zu öffnen, um das erotische Eindringen seiner Zunge zu ermöglichen. Er stieß sie rhythmisch in ihre Mundhöhle, als wollte er den Geschlechtsakt imitieren.

Melanie versuchte auszuweichen und wollte sich von ihm lösen, aber die Hand in ihrem Rücken strich höher und hielt jetzt ihren Kopf fest, sodass sie seiner Zunge nicht entkommen konnte. Gefangen in dieser Umarmung, hielt sich Melanie steif; sie wollte nicht auf seine sexuelle Anspielung reagieren. Sie dachte schon, dass ihr das gelungen wäre, aber dann begann Pieter, das Becken rhythmisch zu bewegen, und seine Erektion stieß immer wieder gegen ihren Schoß.

Die Wirkung auf ihre Sinne war verheerend. Auch nicht mit der größten Willenskraft konnte sie verhindern, dass sie feucht zwischen den Schenkeln wurde, und Pieter hörte nicht auf, seinen Schaft gegen ihren Unterleib zu stoßen. Melanie fluchte über ihr schwaches, williges Fleisch. Pieter hatte es gar nicht nötig, sie zu irgendwas zu zwingen.

»Oh, tut mir leid.«

Delie betrat das Zimmer, und Pieter und Melanie lösten sich abrupt, und für einen Moment schoss es durch Melanies Kopf, dass niemand in diesem Haus anklopfte.

»Ich dachte, du wärst allein, Melanie«, war Delies schwacher Ansatz zu einer Entschuldigung. »Dich hier zu finden, Pieter, damit konnte ich nicht rechnen.«

»Mach dir um mich keine Sorgen, Delie«, sagte Pieter, der seine Verärgerung perfekt kontrollieren konnte. »Ich wollte sowieso gerade gehen. Wir werden unser Gespräch später fortsetzen, liebe Melanie.« Er verabschiedete sich von Melanie mit einem freundlichen Lächeln und von Delie mit einem kurzen Nicken.

Delie wandte sich Melanie mit einem unfreundlichen Blick zu. »Ich wollte dir eigentlich nur gratulieren. Ric hat mir gesagt, dass ihr heiraten wollt, aber dann finde ich dich in intimer Umarmung vor und küsst Pieter, als wärst du am Verdursten.«

»Er hat mich geküsst, nicht ich ihn. Du wirst doch Ric nichts davon sagen?« Melanie sah den unfreundlichen Ausdruck in Delies Gesicht und spürte Angst und Unsicherheit. »Ich habe ihm versprochen, dass er mir vertrauen könnte, und es wäre schrecklich, wenn er seine Pläne ändern und mich nicht heiraten würde.«

Delie lachte kurz und trocken auf. »Du kannst sicher sein,

dass er das nie tun würde. Du kannst dir gar nicht vorstellen, wie versessen er darauf ist, dich zu seiner Frau zu machen.«

Das Abendessen wurde zu einer feierlichen Angelegenheit, als Pieter sein Glas erhob und einen Trinkspruch auf das verlobte Paar zum Besten gab. Die Geste erfreute Melanie, überraschte Delie und ließ Ric ahnen, dass der Mann noch einen Trumpf im Ärmel hatte, denn sonst wäre er nicht so großherzig gewesen. Kein Mann, der mehrere Stunden Sex mit einer Frau genossen hatte, der er danach einen Heiratsantrag gemacht hatte, konnte diese Niederlage mit einer solchen Heiterkeit begegnen.

Doch das Essen verlief in harmonischer Stimmung, man redete viel über Hochzeiten, über errötende Bräute und aufregende Flitterwochen, und schließlich war Melanie glücklich und glaubte an Rics Liebe.

Zum Kaffee hatten sie sich in den kleinen Salon zurückgezogen, und dort zeigte Pieter seine wahren Absichten. Zunächst blieb er unverbindlich freundlich und erklärte, je mehr er von Arlecdon sähe, desto mehr beeindruckte ihn dessen Schönheit.

»Dein verstorbener Mann hatte einen ausgezeichneten Geschmack, Melanie, und wenn es auch nicht fein ist, solche profanen Dinge zu erwähnen, muss ich doch sagen, dass er die finanziellen Möglichkeiten hatte, seine Vorstellung von Qualität durchzusetzen.«

»Jeremiah hat für sein Vermögen hart gearbeitet. Ich beginne erst langsam zu verstehen, wie hart die Arbeit ist, ein solches Geschäftsimperium so erfolgreich zu führen.«

»Nun, ich nehme mal an, dass du dir den schönen Kopf über solche Dinge nicht zermartern musst, wenn du erst verheiratet bist.« Er wandte sich an Ric und sagte in perfekter Harmlosigkeit: »Ich gehe davon aus, dass du die Kontrolle über die Geschäfte deines Großvaters übernimmst, Ric, nicht wahr? Dann bleibt ein Wilberforce am Ruder, schätze ich.«

Die Stille, die sich über den Raum legte, war so dick, dass man sie mit einem Messer hätte schneiden können. Pieter schaute in die drei verdutzten Gesichter, und seine Augenbrauen hoben sich, als wollte er Überraschung vortäuschen. »Habe ich etwas Falsches gesagt?«

Melanie fand als Erste ihre Stimme wieder, wenn sie auch kaum hörbar war. »Was meinst du, Pieter? Ich meine, wieso bleibt ein Wilberforce am Ruder?«

»Ach, nichts.« Pieter brachte es fertig, noch überraschter in die kleine Runde zu schauen. »Da Ric der Enkel Jeremiahs ist, habe ich natürlich angenommen, dass er das ganze Geschäft übernehmen wird, wenn ihr erst verheiratet seid.«

Das gespannte Gesicht, dominiert von entsetzt blickenden grünen Augen, wandte sich an den Mann, der bisher kein Wort gesagt hatte, um Pieters Behauptung zu widerlegen. »Stimmt das, Ric? Bist du Jeremiahs Enkel?«

»Willst du sagen, dass du das nicht gewusst hast?« Pieter kam Rics Antwort zuvor, indem er seine Frage an Melanie richtete. »Wie ist das möglich? Ich meine, Ric sieht seinem Vater so ähnlich, dass er für das wunderbare Porträt hätte Modell stehen können.«

»Welches Porträt?« Melanie wandte sich abrupt wieder Pieter van Heuren zu.

»Nun sage bloß nicht, dass du es noch nicht gesehen hast. Der Künstler, der Richard Wilberforce gemalt hat, ist ein wahres Genie.«

»Ich wusste nicht, dass es so ein Porträt gibt.« Melanie starrte in das versteinerte Gesicht Rics und dann auf das Entsetzen in Delies Ausdruck. Ric – Alaric. Wie hatte sie so einfältig sein können? Sie wandte sich an Pieter. »Kannst du mir zeigen, wo sich das Porträt befindet?«

»Das ist kein Problem. Ich hielt es für eine Schande, eine

Arbeit solcher Qualität zu verstecken, deshalb habe ich mir erlaubt, es in die Bibliothek zu bringen, weil ich es dort bei besserem Licht betrachten wollte.«

Melanie war schon auf den Füßen, bevor Pieter den Satz beendet hatte. Die anderen folgten ihrem gehetzten Gang durch die Eingangshalle, und als Melanie für einen Moment im Eingang der Bibliothek verharrte, stießen die anderen fast mit ihr zusammen.

Das Porträt von Richard Wilberforce stand vor einem Buchregal, voll angestrahlt. Selbst Ric war erstaunt über die Ähnlichkeit mit seinem lange verstorbenen Vater.

Sehr langsam drehte sich Melanie nach ihm um. Die Farbe war aus ihrem Gesicht gewichen, und ihre grünen Augen drückten ihren Schmerz aus. Sie sprach leise, die Stimme beherrscht von kontrollierter Wut.

»Und du hast die Frechheit, mir gegenüber von Vertrauen zu sprechen?«

Das nervöse Pulsieren von Rics Halsschlagader verriet seine Erregung. »Ich wollte es dir sagen.«

»Wann? Nach unserer Hochzeit? Ich mag ja vieles sein, aber eine Närrin bin ich nicht. Ich kenne mich aus mit den Gesetzen, die sich mit dem Besitz der Ehefrauen beschäftigen, Mr. Alaric Wilberforce. Du hast gedacht, es wäre leichter, mich zu heiraten, als das Testament anzufechten. Es ist völlig ausgeschlossen, dass du jemals einen Penny von Jeremiahs Geld erhalten wirst.«

»Du bist jetzt natürlich empört.« Auch Ric war unter seinem dunklen Teint blass geworden. »Wir werden in aller Ruhe darüber reden. Nur wir beide.«

»Da gibt es nichts zu bereden. Wenn ihr mich jetzt entschuldigen wollt, ich habe die Lust auf Gesellschaft an diesem Abend verloren.«

Nachdem Melanie an ihnen vorbei gerauscht war, sagte keiner von ihnen ein Wort. Delie unterbrach das Schweigen, warf Pieter einen giftigen Blick zu und sagte: »Du Bastard.«

Pieter hob in einer unschuldigen Geste seine Schultern. »Wie konnte ich denn wissen, dass ihr unter falscher Flagge segelt?«

»Ich möchte wissen, wie du die Wahrheit herausgefunden hast.«

»Oh, das glaube ich gern. Aber leider werde ich dir das selbst überlassen müssen. Im Augenblick wird Melanie seelischen Beistand brauchen.«

Weil sie befürchtete, dass Pieter noch größere Probleme verursachen würde, rief Delie: »Das lässt du schön bleiben. Dir liegt an Melanie genauso wenig wie an mir.«

»Meine liebe Delie, da liegst du falsch. Du bist im Bett viel besser als Melanie, aber wie du weißt, ist sie diejenige mit dem Geld.« Er streckte eine Hand aus und drückte sie durch das Kleid gegen ihren Schoß. »Mir gefällt, was du damit alles anstellen kannst. Ich werde mir noch mal eine Portion davon abholen. Nachdem ich Melanie getröstet habe.«

»Ric!« Delie wandte sich hilfesuchend an ihren Bruder.

Aber Ric hatte kein einziges Wort von ihrem Geplänkel gehört; er war in die Mitte des Zimmers getreten und starrte auf die Ähnlichkeit mit seinem Vater. Das Porträt schien fast lebendig zu sein. Der Künstler hatte die Maxime des Vaters ›Fürchte weder Tod noch Teufel‹ im lächelnden Mund und in den lachenden Augen eingefangen.

Unbekannte Emotionen bewegten sich in Rics Brust. Er wünschte, er hätte den Mann gekannt, der ihn gezeugt hatte, oder er hätte wenigstens ein paar Erinnerungen an ihn. Dieses Bedauern wurde von einem anderen abgelöst. Wäre es möglich, die Zeit zurückzudrehen, dann hätte er Melanie sofort gesagt, dass er Jeremiahs Enkel war. Jetzt würde er hart daran arbeiten müssen, ihr Vertrauen zurückzugewinnen – und ihre

Liebe. Er konnte nur hoffen, dass es ihm gelingen würde, sie davon zu überzeugen, dass seine Gefühle echt waren.

»Ric.« Die Ungeduld in Delies Stimme und ihre Hand, die an seinem Arm rüttelte, holten ihn aus seinen tiefen Gedanken. Er starrte sie mit einem zynischen Lächeln an.

»So, meine liebe Adeline, die Katze ist aus dem Sack. Ich wüsste gern, wie er es herausgefunden hat, und wie er das Porträt ins Spiel bringen konnte. Du hast dich bei euren Bettspielen nicht so weit hinreißen lassen, dass du so leichtsinnig geworden bist, oder?«

»Natürlich nicht. Pieter hat mir nie irgendwelche Fragen gestellt; eigentlich hat er die ganze Zeit kaum ein Wort geredet. Ich weiß nicht mehr als du. Aber ich weiß, dass er vorhat, jeden möglichen Vorteil aus der Situation zu ziehen, die er hergestellt hat. Er ist jetzt zu Melanie gegangen. Um sie zu trösten, wie er sagte.«

Rics Brauen hoben sich verärgert. »Du lässt nach, Adeline. Du hast versprochen, ihn bei Laune und von Melanie fernzuhalten.«

»Gib mir nicht die Schuld an diesem Theater.« Delie verlor die Geduld mit ihrem Bruder, der über die unglückliche Enthüllung viel weniger bestürzt war als sie. »Wenn du nicht so lange gezögert hättest, wärst du schon vor Pieters Ankunft mit Melanie verheiratet gewesen. Was willst du nun tun?«

»Ich werde mit ihr reden. Morgen.«

»Morgen?« Delie schrie dieses eine Wort heraus. »Pieter ist jetzt bei Melanie, und du glaubst, du hättest bis morgen Zeit?«

Die Kälte in Rics Ausdruck hätte jede andere Person zurückschrecken lassen, aber nicht seine Schwester.

»Was, meine Liebe, könnte ich denn sonst tun? Soll ich zu Melanie rennen und einen Kampf um ihren Körper beginnen? Oder schlägst du vor, dass ich mit Pieter in einen sexuellen Wettkampf trete, um herauszufinden, wer ihr die größere Lust bringen kann?«

»Das ist vielleicht gar keine schlechte Idee«, gab Delie zurück.

»Nie und nimmer. Im Gegensatz zu dir, Schwester Adeline, ziehe ich es vor, meine sexuellen Begegnungen privat abzuwickeln, zwischen Mann und Frau eben. Und was Pieter angeht – es würde mich sehr überraschen, wenn er Melanies Tür nicht verschlossen vorfände. Sie wird ihm nicht danken für das, was er heute Abend inszeniert hat.«

Wut und Entsetzen hielten Melanie gefangen, als sie die Treppen hinauflief und über den langen Flur ihr Zimmer betrat. Als sie die Tür hinter sich schloss, lehnte sie sich dagegen und presste die Hände flach gegen das kühle Holz. In diesem Moment verlor sie die Beherrschung, und die Tränen schossen ihr aus den Augen. Blindlings torkelte sie durchs Zimmer und warf sich schluchzend aufs Bett.

Pieter hörte die Geräusche ihres Leids schon, als er über den Flur ging. Wie Ric erwartete auch er, dass sie die Tür abgeschlossen hätte, aber mit einem triumphierenden Lächeln bemerkte er, dass sie sich öffnete, als er die Klinke drückte. Er ging leise hinüber zu ihrem Bett, setzte sich auf die Kante und strich sanft über ihr Haar.

»Es tut mir sehr leid, meine Liebste. Ich wollte dich nicht ins Unglück stürzen.«

»Geh weg«, schluchzte Melanie, die Stimme gedämpft, weil sie den Kopf ins Kissen drückte.

»Nur, wenn du darauf bestehst. Ich will nach dir sehen, und ich sehe, dass es dir nicht gut geht. Ich kann dich in einem solchen Zustand nicht allein lassen. Lass mich bei dir bleiben, bis es dir besser geht.«

Seine Hand setzte das sanfte Streicheln fort und strich über Kopf und Schultern. Melanie wich der Hand nicht aus. Allmählich legte sich der Sturm des Weinens, und es kamen nur noch ein paar Tränen. Sie drehte sich um und richtete sich auf in eine sitzende Position. Mit feuchten Augen sah sie Pieter an.

»Wie konnte er mich so schrecklich hintergehen, Pieter?«

Mit einem Murmeln der Anteilnahme zog Pieter sie in seine Arme und legte ihren Kopf an seine Schulter. »Ich weiß es nicht, aber beruhige dich jetzt«, fügte er hinzu, als die Tränen wieder stärker flossen. »Rege dich heute Abend nicht noch mehr auf. Ich rufe dein Dienstmädchen, damit es dir beim Ausziehen helfen kann und du ins Bett gehst.«

Melanie nickte dumpf. Als das Dienstmädchen kam, wartete er diskret auf dem Flur, aber er nahm sich vor, zurück ins Zimmer zu gehen, sobald das Mädchen gegangen war.

»Doch, doch, das ist schon in Ordnung so«, versicherte er dem Mädchen, das ihn am Betreten des Zimmers der Herrin hindern wollte. »Deine Herrin hat mich gebeten, bei ihr zu bleiben, bis sie eingeschlafen ist.«

Wenig später versprach er Melanie, dass er nur bei ihr bleiben wollte, um ihr Trost zu spenden. Er streckte sich auf dem Bett neben ihr aus und zog sie in seine Arme. »Fühlt sich das nicht besser an?«

Melanie musste zugeben, dass seine Umarmung wie Balsam für ihre Seele war. »Aber sonst nichts, Pieter, versprichst du mir das? Ich könnte es nicht. Nicht heute Abend.«

»Natürlich nicht, meine Liebe. Ich werde dich nur in meinen Armen halten.«

So geschickt, dass Melanie es kaum bemerkte, begann die Hand, die ihr voller Trost das Haar gestreichelt hatte, nun eine sinnlichere Liebkosung, zuerst über ihr Gesicht und die Schulter, dann über den sanften Anstieg hinunter zu ihren Brüsten, die das Nachthemd bedeckte.

Plötzlich riss Melanie die Augen auf. »Pieter, ich will nicht, dass wir jetzt …«

»Pst«, unterbrach er sie, beugte sich über sie und drückte

einen Kuss auf ihren Mund, um sie zum Schweigen zu bringen. Seine Lippen leckten über ihre, teilten sie und brachten Sinnlichkeit, ohne sexuelle Forderung.

Pieter achtete darauf, dass er sie nicht bedrängte. Er streichelte immer mehr nackte Haut, raunte ihr Liebesworte zu und erhielt schließlich die Erlaubnis, ihr das Nachthemd über den Kopf zu ziehen.

Seine Lippen setzten ihre Verführung fort, und dann begannen seine Hände die Arbeit. Er strich mit den Lippen über ihre Augenlider, er knabberte an ihrem Ohrläppchen und neckte ihre Mundwinkel mit der Zungenspitze, ehe er den Mund zu einem zarten, sinnlichen Kuss auf ihren presste.

Er wusste, dass sie seine Tröstung suchte; sie war zwar erregt, aber noch nicht von der Leidenschaft befallen. Er ließ sich Zeit, ihre Brüste zu bewundern, zu lecken, zu saugen und zu küssen, bis ein leises Stöhnen über ihre Lippen kam.

Er saugte an den Nippeln, bis sie zu harten Spitzen der Lust geworden waren, und er schabte mit den Zähnen an ihnen entlang, worauf sie heftiger reagierte; kleine Lustpfeile schossen in ihren Schoß. Er rutschte an ihrem Körper entlang und setzte die Reise mit leichten Küssen fort, vom Nabel bis zum Dreieck der rotgoldenen Löckchen.

Es war eine reine Instinktbewegung, als Melanie ihre Schenkel öffnete, damit Pieter seine Küsse noch tiefer ansetzen konnte. Aber zunächst vermied er den direkten Kontakt; er küsste die Innenseiten ihrer Schenkel und schob sie weiter auseinander. Eine lange Zeit neckte er sie, indem er die inneren Schenkel berührte und über die kurzen Härchen strich, ohne zu den entscheidenden Stellen vorzudringen.

Dann attackierte er endlich die geschwollenen Labien und wischte mit der Zunge über ihre Spalte, aber ganz leicht, sodass Melanie sich von seinem Ausweichen fast gefoltert fühlte. Es dauerte nicht lange, ehe Melanie den Schoß anhob und gegen seinen Mund drückte. Er knabberte sanft an den empfindsamen inneren Falten und strahlte, als sie keuchend protestierte, denn er hatte kurz den Kopf gehoben.

»Bald, meine Liebe. Ich will mich auch nackt ausziehen.«

Melanie riss die Augen auf, und er sah einen Schimmer des Zweifels in ihnen. Rasch beugte er sich über sie und presste seinen Mund auf ihren. Gleichzeitig schob er einen Finger in ihre feuchte Spalte. Obwohl die Aktionen ihre Zweifel genommen hatten, verlor Pieter keine Zeit mehr und zog sich aus.

Er kniete sich zwischen ihre Schenkel, schob die Hände unter ihre Pobacken und hob ihre Hüften an. Er erinnerte sich, wie sehr sie es genossen hatte, an seinen Mund gehoben zu werden. Wieder ließ er sich Zeit, spielte mit der Zunge zwischen ihren Falten und mied immer noch ihre hochempfindliche Knospe.

Erst als er das Zittern ihres Körpers spürte, stieß er die Zungenspitze tiefer in sie hinein. Er sog nicht nur ihren Geschmack aus ihr heraus, sondern auch eine lechzende Gier nach Erfüllung. Dann, als sie ihn anzuflehen begann, wischte er mit der Zunge über die gespannte kleine Knospe ihrer Lust.

Melanies Körper versteifte sich sofort. Pieter stieß mit der Zunge gegen die Klitoris, rammte sie, lutschte an ihr, und Melanie ruckte ihm entgegen und konnte das Zucken ihres Beckens nicht mehr kontrollieren. Sein Mund schloss sich über ihrer Vulva, um den Nektar aufzusaugen, den ihr Körper zu seinem Lustgewinn produzierte.

Als der letzte Tropfen getrunken war, richtete er sich auf, um in sie einzudringen. Behutsam glitt er in ihre Tiefe. Melanie stieß einen leisen Schrei aus, aber dann drückte er seine Lippen auf ihre, umspielte ihre Lippen mit der Zunge, und sie konnte ihren eigenen Nektar schmecken.

Ihre Reaktion darauf war so, wie er gehofft hatte: Ihre inneren Muskeln spannten sich um seinen Schaft. Überzeugt, dass er sie ganz für sich gewonnen hatte, erhöhte Pieter das Tempo und begann triumphierend mit tiefen, durchdringenden Stößen. Emotional ausgezehrt, erschöpft, müde und erregt lechzte Melanie nach einer Bestätigung ihres Selbstwertgefühls. Deshalb hieß sie Pieters Bemühungen mehr als willkommen.

Wann immer Delie verärgert war, brauchte sie Sex. Guten, harten Sex, von dem sie sich eine Entkrampfung ihrer wütenden Anspannung versprach. Die Ereignisse des Abends hatten ihre Stimmung derart verschlechtert, dass das arme Dienstmädchen sich bald in einem tränenüberströmten Zustand befand und am ganzen Körper zitterte.

Als Mary die Bürste schmerzhaft durch einen Knoten in Delies Haaren zog, riss Delie ihr die Bürste aus der Hand und schickte Mary aus dem Zimmer.

»Unnützes Ding. Du bist für nichts zu gebrauchen. Für gar nichts bist du gut. Ich brauche einen Mann, und mir fällt nur Carstairs ein. Sage ihm, er soll zu mir kommen.«

»Soll ich mit ihm zurückkommen, Ma'am?«

»Hast du mich nicht verstanden, Mädchen?« Delie starrte sie mit funkelnden Augen an.

»Doch, Ma'am.« Mary entfernte sich aus dem Zimmer und kochte vor Wut. Sie wollte nicht von den wunderbaren sexuellen Dingen ausgeschlossen werden, die ihre Herrin inszenierte. Den ganzen Nachmittag hatte Mary schon darüber nachgedacht, wie der Sex wohl mit dem schönen blonden Südafrikaner wäre, mit dem ihre Herrin stundenlang gespielt hatte.

Ihre Gedanken hatten sie die ganze Zeit erregt, aber es hatte keine Möglichkeit gegeben, sie abzukühlen, denn Carstairs war den ganzen Nachmittag beschäftigt gewesen, und auch am heutigen Abend würde sie nun leer ausgehen. Fair war das nicht, dachte Mary.

Während sie wartete, ölte Delie den hölzernen Phallus ein. Sie hätte ihn selbst benutzen oder Mary anweisen können, sie damit zu bedienen, aber es reizte sie mehr, den hochmütigen Butler zu ihrem sexuellen Diener zu degradieren. Delie ging in Gedanken die Dinge durch, wie sie den Butler benutzen konnte, was sie mit ihm anstellen würde und auf welche Weise er ihr die größtmögliche Befriedigung bringen sollte.

Voller Eifer betrat er ihr Zimmer, die Beule in seiner Hose deutlich sichtbar. Delie lachte, als sie das Zelt sah. »Du hast vielleicht eine Gelegenheit, dieses Ding einzusetzen, vielleicht aber auch nicht. Es gibt einige andere Dienste, die ich von dir verlange. Zieh dich aus.«

Carstairs gehorchte, ohne zu zaudern. Bei all dem Spaß, den er mit dieser Frau und Mary erlebt hatte, ärgerte es ihn ganz gewaltig, dass ihm nicht erlaubt war, sein Organ in die Höhle der rabenschwarzen Frau zu stecken. Ganz egal, was sie sagte, er hatte die Absicht, seine Lust bei ihr zu befriedigen.

Delie lag auf dem Rücken und schaute dem Butler beim Ausziehen zu, während sie sich mit dem hölzernen Phallus streichelte. Sie hatte die Augen zu Schlitzen verengt. »So hart sollte das Organ eines Mannes sein. Du wirst mich mit deiner Härte bedienen, aber zuerst will ich, dass du es mir mit deinem Mund besorgst.«

Während sie diesen Befehl aussprach, hob sie die Knie an und hielt die Beine mit den Händen weit geöffnet. Dabei klafften die nackten Labien auseinander.

Carstairs kniete auf dem Bett. Bevor Delie auch nur ahnte, was er vorhatte, presste er ihre Schenkel zurück auf die Matratze, und sein pochender Penis stieß tief in sie hinein, wo er schon immer hatte sein wollen.

Delies Entsetzen wurde rasch von ihrer Erregung verdrängt. Sie hätte nicht geglaubt, dass der Butler zu einer solchen eigenmächtigen Handlung fähig war. Sein dünner Schaft brachte ihr mehr Stimulation, als sie für möglich gehalten hatte. Er lag auf ihr, hielt sie aufs Bett gepresst, und sie war ihm praktisch ausgeliefert. Sein Sieg über ihre Anweisungen beflügelte ihn zu einem wilden Pumpen, wobei er nicht mehr Finesse an den Tag legte als ein Straßenköter.

Delie genoss jeden Stoß, und ihre Erregung steigerte sich noch einmal um das Zehnfache, als er den Winkel seines Eindringens veränderte und mit seinem Schaft Ecken und Falten massierte, die sonst vernachlässigt wurden.

»Bin ich hart genug für Sie?«, brachte er zwischen keuchenden Atemstößen hervor.

»Noch nicht«, reizte Delie ihn.

Ihre Belohnung bestand darin, dass er sich weit zurückzog, um dann voller Wucht wieder zuzustoßen.

»Härter«, schrie sie, »ich brauche es viel härter.« Sie reizte ihn weiter und tat so, als wäre er nicht fähig, ihr die geforderte Befriedigung zu verschaffen, auch wenn sie durch seine harten, schnellen Stöße spürte, wie sich die innere Spannung aufbaute, die ihr sagte, dass sie einen gewaltigen Orgasmus erleben würde. Er zerrte an ihr mit einer solchen Kraft, dass sie ihre Ekstase herausschrie, als die warme Flut des Butlers nach drei weiteren harten Stößen ihren Unterleib überschwemmte und sie von Fuß bis Kopf durchschüttelte. Triumphierend schoss Carstairs seinen Samen tief in die Stelle, die ihm schon so viele Qualen beschert hatte.

»Jetzt«, sagte er keuchend, »habe ich die Kontrolle. Ich werde tun, was Sie mir gesagt haben, aber nur, wenn Sie mich dabei mit Ihrem Mund säubern.«

Delie fand sich in einer neuen Position wieder; der Butler lag auf dem Rücken und hatte sie über sich gezogen, den Kopf auf der Höhe seines Penis. Sie richtete sich auf die Knie auf und nahm sein Organ in den Mund. Er belohnte sie mit einer geschickten Benutzung des hölzernen Phallus, und zwischendurch presste er seinen Mund auf ihre Pussy.

Bald schon war er wieder steinhart in ihrem Mund, und Delie ruckte mit den Hüften hin und her, bis die beiden erneut auf ihre Höhepunkte zusteuerten.

Auf dem Flur vor Delies Zimmer kniete Mary, das Auge am Schlüsselloch. Sie beobachtete alles mit einem lüsternen Neid, der nur noch von der Intensität ihrer Erregung übertroffen wurde. In ihrem Lechzen, bei den sexuellen Spielen dabei zu sein, hatte sie ihr Mieder geöffnet, weil sie hoffte, dass sie sich durch das Massieren der Brüste ein wenig Lust verschaffen könnte. Aber stattdessen erhöhte der Versuch der Selbstbefriedigung noch die Qualen. Mit den Fingern drang sie unter die Röcke, um ihr nasses, bereitwilliges Geschlecht zu finden.

Dies war der Anblick, der sich Ric bot, als auch er sich auf den Weg nach oben begab. Er hatte keine Ahnung, mit wem sich Delie vergnügte, aber er hoffte, dass es die sexuellen Künste seiner Schwester und Pieter van Heurens wären, die das Dienstmädchen derart erregten. Mary war in ihr eigenes Tun so sehr verstrickt, dass Ric schon neben ihr stand, als sie endlich seine Gegenwart bemerkte.

Ihr erstes ängstliches Erstarren veränderte sich schon bald in ein köstliches Entzücken. Ric fand sich an einer weiteren Fortbewegung gehindert, als die gebückte Mary mit zwei überraschend kräftigen Händen an seiner Hose zog.

»Was soll das denn bedeuten?«, fragte Ric streng, und gleichzeitig versuchte er, ihre Griffe zu lösen. Das Mädchen schien offenbar sexverrückt zu sein, aber an diesem Abend stand ihm nicht der Sinn nach solchen Spielchen.

»Sie müssen mir helfen, denn ich werde noch wahnsinnig, wenn Sie es mir nicht besorgen.« Sie strich mit den Händen über seinen Schoß.

Ric ärgerte sich, dass sein Organ sich tatsächlich meldete

und heftig zuckte. Er stieß die Hände des Dienstmädchens von sich und wollte um die junge Frau herumgehen.

Mary war schneller als er; sie warf sich auf den Boden, hielt ein Bein von ihm umklammert und sah, wenn auch erschrocken, dass er ebenfalls zu Boden ging. Wenn er nicht rechtzeitig seine Hände ausgestreckt hätte, wäre es vielleicht ein böser Sturz geworden. Er hatte sich von der Überraschung noch nicht erholt, als Mary auf ihm lag, seine Hose öffnete und ihre heiße, nasse Pussy über sein halb steifes Organ stülpte.

Es blieb nicht lange halb steif, dafür sorgte Mary. Sie wand sich auf ihm mit erfahrenem Geschick. Sie schien ihn als Person gar nicht richtig wahrzunehmen; er war nur das Instrument zu ihrer Befriedigung. Sie hatte den Kopf hoch erhoben und die Augen geschlossen, und die Ekstase drang aus jeder Pore ihres Gesichts. Sie war nicht in der Lage, an die möglichen Konsequenzen ihres Tuns zu denken, sie war nur damit beschäftigt, ihren orgasmischen Rausch zu schaffen.

Ric konnte seine körperliche Reaktion nicht steuern. Er konnte kaum glauben, was mit ihm geschah. Diese Frau vergewaltigte ihn mitten im Flur, und je mehr sie auf ihm hüpfte und die Hüften kreisen ließ, desto größer wurde seine Erregung.

Ihr Orgasmus setzte recht bald ein, und ihre überlaufenden Säfte tränkten seinen Schaft und beschmutzten seine Hose. Allmählich beruhigte sich die Frau auf ihm; sie massierte sich mit beiden Händen die Brüste und stieß eine Reihe von langgezogenen Stöhnlauten der Befriedigung aus.

Ric war noch längst nicht befriedigt. Er schob das Dienstmädchen von seinen Hüften, kam auf die Füße und zerrte sie mit sich in sein Zimmer. Dort drückte er sie aufs Bett und stieß von hinten in sie hinein, um das zu beenden, was sie so wild begonnen hatte.

Ein kühler Luftzug strich über Melanies Körper und weckte sie aus dem Schlaf. Sie nahm wahr, dass sie nackt und ohne Decke auf ihrem Bett lag. Die Erinnerung, wieso sie in diesem Zustand da lag, ließ sie mit einem Schlag hellwach werden.

Sie stieg vom Bett auf, band einen warmen Umhang über ihre Nacktheit und ging zum Fenster, um die Vorhänge weit zu öffnen. Sie setzte sich auf den Platz am Fenster, umfasste die angezogenen Knie mit den Händen und schaute hinaus auf die nachtschlafende Landschaft.

In ihren Gedanken ging sie alle Szenen noch einmal durch, seit sie das erste Mal einen Blick auf den dunklen Fremden geworfen hatte, als sie nicht den Hauch einer Ahnung hatte, dass er der unbekannte Alaric Wilberforce war, über den sie so vernichtend zu ihrer Cousine Dita gesprochen hatte.

Der Enkel, der glaubte, dass sie kein Recht auf Jeremiahs Vermögen hatte. Im Nachhinein fielen ihr verschiedene Dinge auf, die ihren Verdacht hätten nähren können, besonders seine beleidigenden Kommentare über ihre Sexualität.

Als er ihr zur Kuppe gefolgt war und sie sich so leidenschaftlich wild geliebt hatten, war sie sicher gewesen, dass seine Gefühle für sie denen entsprachen, die sie für ihn hegte. Wie sehr sie sich doch geirrt hatte!

Ric hatte sie schmählich betrogen, er hatte sie hintergangen und hatte mit ihren Gefühlen gespielt. Das würde sie ihm nie verzeihen können. Sie nahm sich vor, Ric und Delie am Morgen fortzuschicken. Wenn sie überhaupt jemanden heiratete, dann war es Pieter, der ihr vergangene Nacht gezeigt hatte, wie liebevoll und leidenschaftlich er war.

Vielleicht wäre sie aber glücklicher, wenn sie als lustige Witwe mit einer ganzen Reihe von feurigen Liebhabern durchs Leben ginge.

Weniger als eine halbe Stunde später vergoss Melanie wieder viele Tränen um Ric. Sie begriff inzwischen, dass sie viel zu nervös und verwirrt war, um vernünftige Entscheidungen treffen zu können.

Wenn doch nur ihre Cousine jetzt bei ihr wäre! Sie brauchte dringend jemanden, der Verständnis für sie hatte, dem sie ihr Herz ausschütten konnte. Als der perlmuttartige Dunst den neuen Tag ankündigte und die Dunkelheit draußen den vertrauten Formen wich, zündete Melanie eine Lampe an und schrieb einen langen Brief an Dita.

Elftes Kapitel

Für Constable Robert Smith war der eine freie Tag im Monat, den er zur eigenen Verfügung hatte, der jeweilige Höhepunkt eines sonst kaum bemerkenswerten Daseins. Die Streifengänge auf den Straßen des vorstädtischen Sydney boten nicht viel Aufregung, ebenso wenig die Festnahmen von Betrunkenen und Schandmäulern.

In den zwanzig Jahren als Polizist hatte er kein einziges Mal jemanden wegen eines ernsthaften Verbrechens festgenommen. Diese besondere Ehre schien immer den Kollegen zuzufallen. Mit seinem mickrigen Einkommen konnte er sich nur ein viel zu kleines Zimmer in einem Mietshaus leisten, und wenn etwas übrigblieb, galoppierte es mit den Pferden mit, auf die er gewettet hatte. Deshalb war es ihm wichtig, an seinem freien Tag hinauf zu seiner Tante zu reiten, die auf Arlecdon arbeitete.

Obwohl er nur selten eine Gelegenheit erhielt, mehr zu sehen als nur die Zimmer der Bediensteten, war es stets ein großer Augenblick für ihn, wenn er das großartige Landhaus betreten und über den Grund und Boden gehen durfte. Wenn er Glück hatte, würde sein Besuch durch den Anblick der schönen jungen Witwe vergoldet werden.

Einmal hatte er sie gesehen, als er im Garten spazieren ging. Sie hatte ihn tief beeindruckt durch ihre freundliche Art, und er hatte sich auf Anhieb gewünscht, jünger und besser situiert im Leben zu sein. Von diesem Tag an schuf er sich selbst eine wunderbare Phantasie, in der er ihr einen großen Gefallen erweisen konnte, der sie lebenslang in seiner Schuld stehen ließ.

Die liebliche Lady war einmal verreist, als er zu Besuch gekommen war, und seine Tante, die immerhin die Haushälterin war, hatte ihm das ganze Haus gezeigt. Als Mr. Wilberforce noch lebte, hätte sie sich das nie getraut. Die Eleganz und der Luxus gehörten nicht in das Vorstellungsvermögen des armen Polizisten. Constable Smiths Utopia war von da an noch mehr das Landhaus mit seiner schönen Herrin.

An diesem feinen sonnigen Morgen konnte er nur einen flüchtigen Blick auf die Frau seiner Träume erhaschen, als ihre Kutsche auf der Straße an ihm vorbei hastete. Obwohl er seine Kappe zog, schien sie ihn zu seiner großen Enttäuschung gar nicht zu bemerken.

Wenn eine Blaskapelle am Straßenrand gespielt hätte, wäre sie Melanie an diesem Morgen auch nicht aufgefallen. In ihren Gedanken spielte sie die Szene mit Ric noch einmal durch, die sich kurz vorher zugetragen hatte.

Angesichts der verschiedenen Ereignisse des vergangenen Abends hatte Melanie in ihrem Zimmer gefrühstückt; sie wollte niemanden ihrer Gäste sehen, bevor sie sich dazu bereit fühlte. Ric am wenigsten. Als sie schließlich nach unten ging, fand sie ihn wieder in der Bibliothek, wo er das Porträt seines Vaters betrachtete.

Melanie wollte sich später daran erinnern, das Gemälde zurück auf den Speicher bringen zu lassen. Die Ähnlichkeit war zu frappierend, deshalb wollte sie nicht immer an Rics Betrug erinnert werden. Sie vergeudete auch keinen Atem mit der Forderung nach einer Erklärung. Den Kopf leicht zur Seite gelegt, das Kinn hoch, nahm sie all ihren Stolz zusammen und forderte ihn auf, Arlecdon zu verlassen.

Ric sah ihr in die Augen. »Gibst du mir die Gelegenheit zu einer Erklärung?«

»Das ist nicht nötig. Du hattest vor, Jeremiahs Testament

anzufechten, hast dann erfahren, dass es dir nicht möglich ist, es für ungültig zu erklären und dann beschlossen, den einzigen anderen Trick anzuwenden, um dir sein Vermögen zu schnappen, in dem du mich heiratest.«

»Ich gebe zu, dass ich zuerst so gedacht habe. Ja, das war mein Plan. Bis gestern. Glaubst du mir, wenn ich dir sage, ich würde dich auch heiraten, wenn du keinen Penny hättest?«

Ein hartes, wütendes Lachen war ihre Antwort auf seine Erklärung. »Ich erinnere mich noch sehr gut an den gestrigen Tag. Du wolltest nichts als deinen Anteil am Sex. Und ich habe auch die anderen Male nicht vergessen, wenn du mich nach dem Sex mit den schlimmsten Schimpfworten bedacht hast. Jetzt begreife ich erst, warum du mich so gekränkt hast. Du glaubst, ich hätte Sex als Waffe eingesetzt, um Jeremiah zu zwingen, sein Testament zu ändern.«

Das eisige Schweigen, das er ihr entgegenbrachte, reichte ihr als Bestätigung. Schmerz und Bitterkeit nagten in ihrem Bauch. »Ich hätte dir vielleicht noch verzeihen können, dass du es von Anfang an darauf angelegt hast, eine sexuelle Liaison mit mir zu beginnen. Nur aus diesem Grund hast du meine Einladung, auf Arlecdon zu wohnen, angenommen.«

»War das nicht auch der Grund für deine Einladung?«

»Ja.«

»Warum bewertest du mein Verhalten denn anders als das anderer Männer, mit denen du Sex genießt?«

»Bei allen anderen herrschte Ehrlichkeit vor, sogar mit Simmonds. Eine Vereinbarung – Sex zur gegenseitigen Lust. Du hast nicht nur deine Identität geheim gehalten, du hast mich auch betrogen, weil du mir vorgetäuscht hast, mich so sehr zu mögen, dass du mich zur Frau nehmen wolltest.«

»War denn van Heurens Heiratsantrag nur von deiner Schönheit beeinflusst und nicht von deinem Geld?«

Melanie brauste auf, um Pieter zu verteidigen. »Er hat mich nicht hereingelegt. Er ist freundlich und leidenschaftlich, und er ist betrübt, dass er mir diesen Kummer bereitet hat. Er hat geglaubt, dass ich die Wahrheit schon kenne.«

»Ich nehme an, dass du ihn gestern Abend in deinem Zimmer willkommen geheißen hast.«

»Ja, das habe ich. Aber wir haben nicht Sex gehabt, wir haben Liebe gemacht.«

Ric verkrampfte; seine Hände ballten sich unwillkürlich, doch dann zwang er sich zur Ruhe. Auch seine Stimme klang gepresst von der erzwungenen Zurückhaltung. »Ich würde auch Liebe mit dir machen, wenn du mir die Chance dazu gibst.«

»Ich will nichts mehr mit dir zu tun haben. Wenn ich aus der Stadt zurückkomme, erwarte dich, dass du und Delie gegangen seid. Keiner von euch beiden ist mehr in meinem Haus willkommen.«

»Dein Haus?« Ric schrie diese zwei Worte, denn sein Zorn hatte schließlich gegen die Selbstbeherrschung gesiegt. »Ich habe mehr Rechte, in diesem Haus zu sein als du. Ich wurde hier geboren. Wenn schon nicht legal, dann aber moralisch bin ich der Besitzer von Arlecdon. Eines Tages wird das Haus mir gehören, mit allem, was dazu gehört. Nein, Melanie, ich habe nicht die Absicht zu gehen und dir Arlecdon zu überlassen. Eine Heirat wäre die perfekte Lösung.«

»Für dich. Nicht für mich.«

Melanie hatte ihn stehenlassen, zu wütend und den Tränen zu nahe, um den Streit fortzusetzen. Aber sie würde Mr. Bartlett eine Menge zu sagen haben, wenn sie erst in seinem Büro saß. Der Anwalt hatte ganz sicher Rics Identität gekannt und von seinem Betrug gewusst. Sein Verrat, begangen von einem Mann, den sie ihr Leben lang gekannt und stets geschätzt hatte, verletzte sie beinahe so sehr wie Rics Verhalten.

Wenn beide Männer von Anfang an ihr gegenüber ehrlich gewesen wären, hätte sie Ric bereitwillig mehr als die Hälfte vom Vermögen seines Großvaters gegeben. Niemand sollte sagen können, dass sie Ric um sein Erbe gebracht hatte.

Stimmen, so hatte Pieter schon einmal erkannt, wurden ausgesprochen gut durch die Fenster der Bibliothek getragen. Als er hörte, dass Melanie zur Konfrontation gegen Ric anhob, schlich er sich aus dem Haus und bezog seine Lauscherposition.

Was er hörte, stellte ihn nicht ganz zufrieden. Er wollte Ric aus Arlecdon verschwinden sehen, bevor Melanie versucht sein konnte, ihm zu vergeben. Während es ihn nicht störte, ob Melanie einen Liebhaber hatte oder ein Dutzend weitere, hörte er aus ihren Vorwürfen, dass sie für Ric mehr empfand als nur Lust. Leider hörte Pieter nicht, auf welche Weise Melanie den Betrüger aus dem Haus weisen würde. Das musste schnell geschehen, bevor Melanies Schmerzen und Schmach verblassten.

Ein paar Minuten nach dem Aufbruch von Melanies Kutsche sah Pieter, wie Ric aus dem Haus trat und in Reitkleidung hinüber zu den Ställen ging. Da die beiden nun aus dem Haus waren, schien es eine günstige Gelegenheit zu sein, Delie einen weiteren Besuch abzustatten. Wenn auch die zarte Liebesepisode in der vergangenen Nacht ihren Zweck erfüllt hatte, wollte er nicht auf die mehr verdorbenen fleischlichen Genüsse verzichten, die Delie anzubieten hatte.

Auf dem Weg zurück ins Haus staunte Pieter über die Ankunft eines Streifenpolizisten, der sein Pferd über die von Bäumen gesäumte Auffahrt führte. Ein paar Sekunden lang setzte sein Herzschlag aus, als er dachte, dass die betrügerischen Aktivitäten der Vergangenheit ihn eingeholt hätten, aber dann sah er, dass Mrs. Godwin heraustrat und den Mann herzlich begrüßte und an sich drückte. Nein, der Constable befand sich nicht in offizieller Mission auf Arlecdon.

Eine Idee keimte in Pieters Gehirn. Sehr nachdenklich ging er zurück ins Haus. Als die erste Person, der er begegnete, ausgerechnet Mary war, setzten sich schon mehrere Teile des Puzzles zusammen.

Er hatte keine Mühe, das Dienstmädchen zu überreden, ihn auf sein Zimmer zu begleiten. Noch bevor sie das Zimmer erreicht hatten, atmete Mary schon hechelnd vor Lust, und Pieter musste innerlich lachen. Die Lüsternheit des Mädchens machte sie gefügig für seine Pläne.

Sie sollte sich ausziehen, sagte er zu ihr, während er aus dem Fenster schaute, als ob ihn das Geschehen draußen mehr interessierte als die Entblößung des Dienstmädchens. Der Anflug von Gleichgültigkeit würde sie noch mehr anspornen, ihm noch größere Lust zu bereiten.

»Ich habe einen Constable gesehen, der von der Haushälterin begrüßt wurde«, sagte er, ohne sich umzudrehen. »Wer ist dieser Mann?«

»Er ist Mrs. Godwins Neffe. Er besucht sie einmal im Monat.«

»Wie lange hält er sich gewöhnlich auf Arlecdon auf?«

»Den ganzen Tag über. Er stellt sich gern vor, eines Tages der Herr von Arlecdon zu sein.«

Pieter war überrascht. Er konnte sich nicht vorstellen, dass Melanie einen solchen Mann als Liebhaber akzeptieren würde. »Wie will er sein Ziel denn erreichen? Hat deine Herrin eine Schwäche für ihn?«

»Himmel, nein! Aber er ist schrecklich verliebt in sie. Er träumt davon, ihr eines Tages einen großen Dienst zu erweisen, sodass sie ihm zu ewigem Dank verpflichtet ist.«

»Sehr interessant«, murmelte Pieter und schwieg dann.

»Ich bin jetzt ausgezogen.«

»Tatsächlich?« Er wandte sich vom Fenster ab und betrachtete flüchtig das nackte Dienstmädchen, dann ging er hinüber und setzte sich in einen Sessel. Die Beine ausgestreckt, die Hände hinter dem Kopf, starrte er zur Decke. »Ich brauche deine Hilfe, Mary.«

»Ich mach's Ihnen gut mit dem Mund.«

Pieter ignorierte ihren Eifer. Aus den Augenwinkeln nahm er wahr, wie sie nervös wurde, unsicher, was er von ihr erwartete. »Ich plane, deine Herrin zu heiraten. Nichts darf sich mir in den Weg stellen. Kein anderer Mann. Am Morgen hat Mrs. Wilberforce ihren Gast Mr. Liddell aufgefordert, das Haus zu verlassen. Leider hat er sich geweigert. Du, Mary, wirst mir helfen, dafür zu sorgen, dass er geht.« Er richtete den Blick seiner hellen blauen Augen auf sie. »Hast du gesagt, dass du es gut mit deinem Mund machst? Wäre es nicht besser, du zeigst mir, wie gut du mit dem Mund bist?«

Mary hastete zum Sessel und kniete sich nieder. Sie fummelte an seiner Hose herum. Ihr Eifer war so gewaltig, dass sie ihre Enttäuschung nicht unterdrücken konnte, als sie feststellen musste, dass sein Anhängsel nicht dem stämmigen Organ entsprach, das sie erwartet hatte.

»Du hast versprochen, gut zu sein«, erinnerte Pieter sie.

»Kann ich Ihre Hose weiter nach unten ziehen, Sir?«

»Wenn du glaubst, dass es erforderlich ist.« Er hob die Hüften leicht an, damit sie in der Lage war, seine Hosen bis hinunter auf die Knöchel zu ziehen.

Mary ging an die Arbeit, als befände sie sich auf einer Mission. Sie brauchte nur wenige Minuten, um ihre hohe Kunst auf diesem Gebiet zu beweisen. Pieter genoss die Art, in der Mary die zur Säule aufgerichtete Männlichkeit leckte und saugte, und darüber vergaß er sogar für eine Weile seine Pläne. Irgendwann, nahm er sich vor, sollte er mal Sex mit Delie und Mary zusammen haben. Das sagte er auch dem Dienstmädchen, um sie noch mehr anzustacheln.

Nach einer Weile schob er Marys Kopf nach hinten. »Das ist genug jetzt. Hör mir ein paar Minuten zu, während ich dir erkläre, was ich tun will.«

Flehende Blicke trafen sein Gesicht. »Können Sie mir das

nicht später erklären? Bitte. Ich brauche nämlich auch meine Lust.«

»Du auch?« Der Ausdruck auf Pieters Gesicht ließ ahnen, dass er an eine solche Möglichkeit nicht gedacht hatte. »Steh auf.«

Als Mary sich erhoben hatte, schob er eine Hand zwischen ihre Schenkel, stieß einen Finger in ihre Höhle und begann den Finger auf und ab zu führen. »Ja, also ... wo war ich? Oh, ich weiß es wieder. Hör zu, damit du weißt, was ich von dir erwarte.«

Seine Instruktionen waren sehr spezifisch, und die Aktionen seines Fingers sehr erotisch. Als Mary Einwände gegen das erhob, was er von ihr verlangte, brachte Pieter seinen Daumen ins Spiel, der deftig über ihre Klitoris rieb.

»Ooooh«, quietschte sie und vergaß ihre Einwände über die dreiste Unehrlichkeit, die Pieter von ihr forderte. Als sie kurz vor dem einsetzenden Orgasmus zu wimmern begann, zog Pieter plötzlich seine Hand zurück. »Nein«, schrie sie und versuchte, seine Hand festzuhalten und sie zurück zwischen ihre Schenkel zu pressen, »weiter, bitte.«

»Wirst du tun, was ich von dir verlange?«

»Ja, ja, alles, was Sie wollen.«

»Versprochen?«

»Ja, versprochen.«

»Also gut, Mary. Da mein Schaft so hart geworden ist, kann ich nur hoffen, dass du gute Arbeit an ihm verrichtest.«

Mary grätschte über seinen Schoß und glitt mit ihrer nassen Pussy über ihn, bevor er das letzte Wort gesprochen hatte. Pieter legte die Hände wieder hinter seinen Kopf und verzichtete auf eine Beteiligung an den koitalen Bewegungen.

Die hastige Art, in der das Mädchen über ihn rutschte und dann auf und ab hüpfte, ließen keinen Zweifel zu, dass sie sich selbst zum Orgasmus bringen würde. Aber Pieter wollte, dass sie nur ein bisschen zufrieden war. Solange sie sich nach ihm sehnte und alle möglichen Dinge von ihm erwartete, desto leichter würde er sie kontrollieren können.

Da er nun die ersten Spuren gelegt hatte, die zur Ausführung seines Plans gehörten, musste Pieters nächste Aufgabe darin bestehen, Delie zu beschäftigen, während Mary seine Instruktionen ausführte. Er pfiff leise und fröhlich vor sich hin, als er die Treppe hinaufging, um die andere Frau zu finden. Sex konnte so ein starkes Druckmittel sein, dachte er, und er bedankte sich im Stillen bei seinen Eltern, dass sie ihn mit dieser Körperlichkeit ausgestattet hatten.

Da es noch Morgen war, nahm Pieter an, dass Delie ihr Zimmer noch nicht verlassen hatte. Seine Vermutung stellte sich als korrekt heraus, aber er hatte nicht erwartet, als er die Tür öffnete, mit einem wütenden Ausruf begrüßt zu werden. »Wo bist du denn gewesen?«

»Oh«, fuhr sie fort, ohne sich für ihren Ausbruch zu entschuldigen, »ich dachte, du wärst Mary. Ich klingele schon seit Stunden nach dieser nichtsnutzigen Frau.«

»Du darfst dein Dienstmädchen nicht verurteilen. Die Schuld liegt bei mir, weil ich sie abgelenkt habe.«

»Ach, wirklich?«, fragte Delie sarkastisch. »Hat es ihr Spaß gemacht?«

Ein Lächeln weitete Pieters Lippen, und seine Augen tanzten in Erinnerung an Marys ekstatische Windungen auf seinem Glied. »Das glaube ich doch.«

»Gut. Dann such jetzt das Mädchen und schick sie hoch zu mir.« Sie brach ab, als Mary hastig ins Zimmer trat. »Das ist aber auch höchste Zeit«, knurrte Delie. »Ich will, dass du mir ein Bad vorbereitest.«

»Ja, Miss.«

Das Mädchen wandte sich ab, und Delie drehte sich wieder zu Pieter. »Sage mir, wie du die Wahrheit über Ric herausgefunden hast. Er glaubt, ich hätte es dir verraten.«

Pieters Lächeln veränderte sich; war es zuerst ein amüsiertes Lächeln gewesen, so wurde es nun ein triumphales. »Nun, auf eine Art stimmt das auch. Ich ging draußen an den Fenstern der Bibliothek vorbei und hörte eine äußerst erhellende Unterhaltung zwischen dir und deinem Bruder. Wenn ich mich recht erinnere, warst du es, die seinen Großvater erwähnte und die Erwartung einer Erbschaft.«

»Ich konnte doch nicht ahnen, dass draußen jemand lauschte!«

Pieter reagierte mit einem leichten Zucken seiner Schultern auf ihren zornigen Einwand. »Der Zufall stellt die verrücktesten Dinge mit uns an.«

»Hast du absichtlich versucht, Melanie gegen Ric einzunehmen?«

»Ich brauche eine wohlhabende Ehefrau viel dringender als dein Bruder.«

»Das bezweifle ich sehr«, sagte Delie. »Mein Vater hat uns ohne einen Penny zurückgelassen, und unser Landhaus fliegt uns um die Ohren.«

»Ah, ja, davon war bei eurem Gespräch auch die Rede. Aber keine Sorge, Delie. Mit deinen sexuellen Talenten solltest du keine Schwierigkeiten haben, einen reichen Ehemann zu finden. Auf diesem Gebiet war Melanie viel klüger als du. Ich würde mir sogar überlegen, einiges von Melanies Vermögen für dich abzuzweigen, wenn du meine Mätresse wirst.«

Seine unvorstellbare Selbstsicherheit verblüffte Delie. »Denkst du immer nur an dich selbst?«

»Nicht mehr als du. Es ist schade, dass du nicht diejenige mit dem Geld bist, Delie. Wir würden nämlich wirklich gut zueinander passen.«

»Glaubst du denn, ich wollte nach unserem kleinen Spiel gestern Abend noch etwas mit dir zu tun haben?«

»Natürlich willst du das«, sagte Pieter grinsend. »Du lebst für den Sex, und du weißt, dass wir uns wunderbar ergänzen.«

»Entschuldigen Sie, Miss.« Mary trat wieder ins Zimmer. »Ihr Bad ist bereit. Brauchen Sie mich, um Ihnen im Bad zur Hand zu gehen?«

»Ich übernehme das«, erklärte Pieter, dann schickte er Mary mit einer lässigen Handbewegung fort, während er Delie lüstern anstarrte. »Du brauchst schließlich jemanden, der dir den Rücken wäscht.«

Sie erinnerte sich an eine Phantasie, in der es um Sex unter Wasser ging, deshalb hatte sie gegen Pieters Vorschlag nichts einzuwenden. Pieter hatte recht; sie passten sexuell gut zusammen. Es wäre albern, sich selbst eine Befriedigung zu verweigern, nur weil sie Ric gegenüber loyal bleiben wollte. Ihr Bruder war durchaus in der Lage, auf sich selbst aufzupassen, und wenn er bei Verstand war, würde er schon begonnen haben, sich mit Melanie zu versöhnen.

Arlecdon war mit den modernsten Einrichtungen ausgestattet, deshalb gab es auch ein großes Badezimmer mit einer Badewanne, in deren warmem Wasser Melanie sich ganz ausstrecken konnte. Lächelnd sah sie zu Pieter auf. »Worauf wartest du noch? Du hast gesagt, du wolltest mich waschen.«

»Das werde ich auch, aber zuerst muss ich mich ausziehen. Sonst spritzt das Wasser noch auf meine Kleidung.«

»Natürlich«, murmelte Delie. Sie hatte ein Knie angezogen und die Arme über die Seiten der Wanne gestreckt. Ihre Brüste waren zur Hälfte unter Wasser, aber die Nippel brachen durch die Oberfläche.

Pieter nahm sich diese festen Hügel zuerst vor; er schäumte sich die Hände mit Seife ein und strich sie über Melanies Brüste; er massierte und knetete sie kräftig, während er sie wusch. Er brauchte ihre Nippel nicht zu bearbeiten, denn die braunen Spitzen waren schon hart geworden, seit sie sich in die Wanne gelegt hatte.

Er wandte sich von den Brüsten ab und schäumte ihre Arme ein, dann bat er Delie, sich nach vorn zu beugen, damit er ihren Rücken waschen konnte. Als er mit den Händen über die Wirbelsäule strich und ganz unten angekommen war, schob er einen Finger zwischen die Backen und rieb ihn durch die Kerbe zu ihrer hinteren Öffnung.

Delie stieß gekeuchte Laute des Entzückens aus; sie beugte sich weiter vor, um den Druck von ihrem Po zu nehmen und dem forschenden Finger mehr Platz zu geben. Pieter nutzte die Gelegenheit und bohrte den Finger in sie hinein.

»Oh, ja«, rief Delie lüstern. »Ich will es hier im Bad mit dir treiben.«

»Später. Zuerst werde ich deine Waschung beenden.« Er zog den Finger heraus und begann, Delies Beine zu waschen. Er fing jeweils an den Füßen an und arbeitete sich genüsslich das Bein hoch, bis er die Hände auf die Innenseiten ihrer Schenkel legte und die Finger gegen ihre Vulva presste.

Delie reagierte mit Begeisterung. Ihr Atem kam abgehackt über ihre leicht geöffneten Lippen, was für Pieter der Hinweis war, dass sie nach seinem Schaft lechzte. Er wartete nicht darauf, dass sie ihn zu sich in die Wanne einlud. Er stieg an das andere Ende der Wanne und setzte sich Delie gegenüber. Sie hatte ihre Beine angezogen, damit er seine ausstrecken konnte. Sie hob sich ein wenig an und fand auf seinen Unterschenkeln Platz, dann rutschte sie weiter vor, bis ihre Knie in seine Achselhöhlen reichten. Sie legte die Arme auf die Wannenränder und ließ sich behutsam auf Pieters starres Organ sinken.

In dieser Position gab es keine Möglichkeit für koitale Bewegungen, auch wenn sie intensive Gefühle hervorrief, auf so ungewöhnliche Weise miteinander verbunden zu sein. Auch

Pieter hatte seine Arme auf den Rand der Badewanne gelegt, jetzt schob er sie über Delies und rutschte mit seinen Backen vor und zurück. Die einzigartige Stimulierung seines Schafts, der zuerst ganz vorn in ihrer Höhle anstieß und dann weiter hinten, sorgte für eine immer stärker werdende Erregung.

Delie gewahrte, wie sich ihr Orgasmus aufbaute, und sie fürchtete, dass Pieters Grunzen auch seinen eigenen ankündigte, deshalb rief sie, er sollte aufhören.

Sobald sein Auf- und Abgleiten nachließ, hob sie sich an und positionierte sich neu auf Pieter. Sie wollte ihn in ihrer analen Öffnung spüren. Pieter half ihr dabei, indem er ihre Pobacken mit beiden Händen spreizte, während sie sich langsam auf seinen Schaft sinken ließ.

Kleine Schreie und lautes Stöhnen begleiteten das Eindringen jedes Zentimeters. Sie musste den Oberkörper weit zurücklehnen, um seinen Schaft überhaupt aufnehmen zu können, dann zog sie die Beine an und legte sie über Pieters Schultern.

Wieder übernahm Pieter die ersten Bewegungen. Er hielt jetzt nur eine Hand auf dem Wannenrand, um sich dort abzustützen, und mit dem Daumen der freien Hand presste er gegen ihre Pussy, wobei er mit dem ausgestreckten Zeigefinger über ihre Klitoris reiben konnte.

Delies Orgasmus baute sich rasch auf, und ihre Schreie der Lust hoben sich zu einem Crescendo der Ekstase, als sie vom Höhepunkt geschüttelt wurde, der diesmal doppelt gelungen war, weil sie plötzlich das Zucken von Pieters Schaft spürte, der seinen Saft in sie hineinschoss.

Sie verweilten viel länger im Badezimmer, wie man normalerweise für ein Bad brauchte. Dabei verfolgte Pieter ein völlig anderes Interesse, die Szene im Bad in die Länge zu ziehen – er wollte Mary genug Zeit geben, seine Anweisungen auszuführen. Aber er hatte auch nichts dagegen, Delies sexuellen Appetit ein weiteres Mal zu stillen.

Auf diesem Weg entdeckten sie noch einige andere Möglichkeiten, sich im Wasser zu vereinen.

Nachdem Melanie genau ausgedrückt hatte, was sie von Mr. Bartletts Rolle hielt, die er in dem abgekarteten Spiel von Rics Betrug geleistet hatte, war sie gezwungen, dem Anwalt zuzuhören, der die Vorteile einer Eheschließung des jungen Paares mit glühenden Argumenten unterstrich.

Aber er erreichte nur, dass Melanie nur noch mehr davon überzeugt war, Ric hätte nur ein Interesse: Das Vermögen seines Großvaters in seine Hände zu bekommen.

Da sie nicht in Stimmung war, einem ihrer Gäste zu begegnen, besuchte sie ihre Eltern. Ein paar Stunden in der Gesellschaft ihrer Mutter, bei der die Unterhaltung völlig unverfänglich war – abgesehen von dem Problem, was man auf dem Ball des Gouverneurs tragen sollte –, brachten Melanie in ruhiges Fahrwasser. Sie würde zwar Ric und Delie nicht vergeben können und auf ihrem Auszug bestehen müssen, aber sie fühlte sich wieder besser, als sie nach Arlecdon zurückkehrte.

Nur wenige Minuten, nachdem sie das Haus betreten hatte, wurde ihre Gelassenheit, die sie in der Gesellschaft ihrer Mutter gewonnen hatte, auf eine harte Probe gestellt.

Carstairs begrüßte sie mit einem todernsten Ausdruck im Gesicht. »Madam, es scheint ein Diebstahl sehr wertvoller Gegenstände vorzuliegen.«

Melanie zuckte zusammen. »Können Sie das etwas genauer formulieren, Carstairs?«

»Ja, Madam. Sie wissen, dass Mr. Wilberforce eine Sammlung von seltenen Figurinen und anderer Miniaturen hat. Aus beiden Sammlungen fehlen Stücke.«

»Sind Sie sicher?«

»Sehr sicher. Mrs. Godwin hat den Diebstahl erst vor zehn Minuten entdeckt.«

»Schicken Sie Mrs. Godwin zu mir«, befahl Melanie. Sie schritt rasch in den Hauptsalon und zog sich im Gehen die Handschuhe aus. Ein Blick in die Vitrinen, in der die Sammlungen aufbewahrt wurden, bestätigte ihr, dass mehrere Einzelstücke fehlten.

Mrs. Godwin stürzte in den Salon, gefolgt von ihrem Neffen. Melanies Brauen hoben sich beim Anblick des Constables.

»Erst vor zehn Minuten haben Sie den Diebstahl entdeckt, und jetzt ist schon die Polizei da?«, fragte sie und ahnte, dass etwas nicht ganz richtig sein konnte.

»Nein, Ma'am«, sagte Mrs. Godwin. »Constable Smith ist mein Neffe. Einmal im Monat besucht er mich an seinem freien Tag.«

Constable Smith hastete an der Tante vorbei. Sein blühendes Gesicht war noch etwas heller geworden, seit er die Chance sah, seine Phantasie mit Leben zu erfüllen. »Ich bin glücklich, Ihnen meine Dienste anbieten zu können und diesen Diebstahl aufzuklären, Mrs. Wilberforce.«

»Ja, dann machen Sie mal«, sagte Melanie, obwohl sie seine einschmeichelnde Art nicht ausstehen konnte.

Der Constable legte sofort mit noch größerem Eifer los. »Zuerst müssen wir das Haus durchsuchen. Erst wenn alle, die hier leben, nicht mit dem Verbrechen in Verbindung gebracht werden können, muss es sich um einen Eindringling handeln, der die Wertsachen gestohlen hat.«

»Wollen Sie andeuten, Constable, jemand von meinem Personal könnte mich bestehlen?« Melanie hatte viel Strenge in ihre Stimme gelegt.

»Alle im Haus stehen unter Verdacht, selbst Ihre Gäste, Madam.«

»Das ist ja lachhaft.«

Constable Smith ließ sich von Melanies entrüsteter Reaktion nicht einschüchtern. Man konnte nicht erwarten, dass eine Frau mit der klaren Rationalität eines erfahrenen Polizeibeamten denken konnte. Seine große Chance, ihr einen überwältigenden Dienst zu erweisen, war gekommen, und bei seiner Aufgabe, den Dieb dingfest zu machen, würde er keinen Stein auf dem anderen lassen. Die schöne Witwe würde ihm dankbar sein, wenn er die Wertsachen zurückbrachte.

Er wusste auch schon, wie sie ihm ihre Dankbarkeit beweisen konnte.

»Ich muss darauf bestehen, dass wir das Haus durchsuchen, Madam. Da es weniger Gäste als Dienstboten gibt, schlage ich vor, dass wir zuerst die Räume der Gäste durchsuchen.«

»Bevor Sie damit beginnen, gebietet es schon die Höflichkeit, dass wir die Gäste über die Situation informieren. Wissen Sie, wo sich die Gäste aufhalten, Carstairs?«

»Ich glaube, dass Miss Liddell sich in ihrem Zimmer ausruht, Ma'am. Mr. Liddell ist am Morgen ausgeritten und ist noch nicht zurückgekehrt. Wo sich Mr. van Heuren derzeit aufhält, ist mir nicht bekannt.«

»Ich bin hier«, rief Pieter, der gerade im Moment ins Zimmer trat. Er betrachtete die kleine Versammlung mit einem verdutzten Blick. »Ist irgendwas vorgefallen, Melanie?«

»Es handelt sich um einen einfachen Diebstahl, Pieter. Constable Smith möchte alle Zimmer durchsuchen.«

»Ich habe nichts dagegen.« Pieter war sehr freundlich, und seine blauen Augen strahlten Ehrlichkeit aus. »Ich nehme an, Sie wollen den Dieb durch das Ausschlussverfahren überführen, Constable. Ein kluger Schachzug.«

»Ja, ganz richtig. Vielleicht könnten wir mit Ihrem Zimmer beginnen?«

Pieter führte den Constable mit fröhlichem Gemüt die Treppe hinauf. Melanie schloss sich an, und ihr folgten der Butler und die Haushälterin. Eine gründliche Durchsuchung des Zimmers ergab keine diskriminierenden Anhaltspunkte.

Constable Smith erkundigte sich bei Melanie, wessen Zimmer er sich danach vornehmen könnte.

»Ich glaube nicht, dass wir Miss Liddell stören sollten, wenn sie ruht.« In den wenigen Tagen ihres Aufenthalts hatte Melanie genug über Delie erfahren, um nicht unangekündigt ihr Zimmer zu betreten.

»Dann das Zimmer des anderen Gentleman?«

»Ja, es liegt gleich hier.« Aus irgendwelchen albernen Gründen spürte Melanie Schmetterlinge in ihrem Bauch. Ihre Anspannung wuchs mit jeder Sekunde. Sie sagte sich, dass er nie so tief sinken würde, aber als die Wertgegenstände in einer Tasche, versteckt unter dem Bett, gefunden wurden, zweifelte sie keinen Moment mehr an seiner Schuld.

Constable Smith triumphierte. »Diese Kostbarkeiten entlarven Ihren Dieb, Madam. Jetzt brauche ich nur noch diesen Mann zu verhaften.«

Mrs. Godwin schien die Einzige zu sein, die den Beweis für Rics Schuld infrage stellte. Sie zeigte ihre Nervosität und war hingerissen zwischen dem Stolz auf ihren Neffen und der Loyalität gegenüber dem Mann, den sie als Baby angeschmachtet hatte. »Da muss ein Fehler vorliegen. Warum sollte Mr. Richard seine eigenen Wertsachen stehlen?«

Ihr gedankenloses Bekenntnis, dass sie Rics wahre Identität kannte, entging Melanie nicht, auch wenn sie jetzt nicht darauf reagierte.

»Weil es nicht Dinge sind, die ihm gehören, Mrs. Godwin. Sie gehören ...«

Weiter kam sie nicht. Ric stand in der Tür, den Körper gespannt, den eisigen Blick auf die kleine Gruppe gerichtet. »Was gehört nicht mir?«

»Aha!« Constable Smith, erfüllt von offiziellem Eifer, stürmte vor. »Ich verhafte Sie, Sir, wegen des Diebstahls dieser Kostbarkeiten zum Schaden von Mrs. Wilberforce.«

Ric starrte auf die Wertgegenstände, die jetzt auf dem Bett

lagen, dann schaute er in jedes Gesicht der anwesenden Gruppe, bevor er sich wieder dem selbstzufriedenen Polizisten zuwandte. »Das ist absoluter Schwachsinn, Constable. Mrs. Wilberforce weiß, dass ich es nicht nötig habe, irgendwas zu stehlen.«

»Genau das habe ich auch gesagt«, erklärte Mrs. Godwin, die ihre Arme vor dem Busen überkreuzte. Man sah ihr an, dass sie sich im Recht wusste.

»Nun, Tante, auch du musst zugeben, dass diese Beweise erdrückend sind.«

»Wir haben gesehen, wo Constable Smith die Figurinen und Miniaturen gefunden hat, Mrs. Godwin«, sagte Melanie zur Haushälterin.

»Großer Gott! Melanie, du kannst doch nicht glauben, dass ich diese Dinge gestohlen habe!« Ric war empört.

Ein schmerzhafter Kloß steckte in Melanies Kehle. Sie musste sich einige Male räuspern, bevor sie etwas sagen konnte. Es war ihr auch nicht möglich, Ric in die Augen zu sehen. »Ich muss dem Beweis trauen, den ich mit eigenen Augen gesehen habe. Heute Morgen noch hast du erklärt, dass du alles mitnehmen würdest, was du mitnehmen kannst.«

»Das reicht dann wohl.« Constable Smith kannte keine Zweifel. »Ich nehme Sie fest. Ich würde Ihnen empfehlen, dass Sie sich widerstandslos festnehmen lassen, Sir.«

»Und wenn ich mich weigere?«

»Dann muss ich Sie in Handschellen legen, Sir.« Im nächsten Augenblick hatte der Constable seine Drohung bereits in die Tat umgesetzt.

Melanie wandte den Blick von dieser Szene ab, doch sie spürte die Intensität von Rics Starren, und sie fühlte sich gezwungen, den Kopf zu heben. Sein Blick war so hart, wie sie ihn noch nie gesehen hatte. Seine Augen strahlten wie schwarze Diamanten. Die Lippen bildeten nur einen zornigen dünnen Strich.

»Ich werde zurückkommen, Melanie. Dann, bei Gott, wirst du dafür zahlen.«

»Es wird Ihnen nicht helfen, wenn Sie Mrs. Wilberforce bedrohen, Sir. Ich schlage vor, dass Sie nun langsam die Treppe hinunter gehen und auf jeden Fluchtversuch verzichten.«

Melanie konnte es nicht ertragen, dabei zu sein, wie Ric in Handschellen abgeführt wurde, deshalb zog sie sich in die Stille ihrer eigenen Zimmer zurück. Aber dort konnte sie der Versuchung nicht widerstehen, aus dem Fenster zu blicken und den beiden nachzuschauen, wie sie die Ausfahrt hinunter ritten. Rics Pferd war mit dem des Constables verbunden, um eine Flucht zu verhindern.

Sie hatte keine Ahnung, dass Delie diese Szene auch verfolgt hatte, bis die Frau aufgeregt in Melanies Zimmer stürzte, das Gesicht vor Wut verzerrt, und mit schriller Stimme rief: »Was, zum Teufel, geht hier vor?«

Zwölftes Kapitel

So heftig war Delies Ausbruch, dass Melanie unwillkürlich zurückwich. Die andere Frau schien durchaus fähig zu sein, sie körperlich anzugreifen.

»Tut mir leid, Delie. Ric ist wegen Diebstahls verhaftet worden.«

»Bist du wahnsinnig?«

»Nein, aber ich bin verletzt und verstört. Er wird nicht nur durch das Auffinden der gestohlenen Gegenstände in seinem Zimmer belastet, sondern auch durch seinen Schwur heute Morgen, dass er mir alles wegnehmen will, was er wegnehmen kann.«

»Das kommt dir wie gerufen, was?« Delies Sarkasmus war nicht weniger ätzend als der ihres Bruders.

»Was meinst du damit?«

»Ric würde niemals stehlen. Er hat keinen einzigen unehrlichen Knochen im Körper.«

»Ich sehe keinen großen Unterschied zwischen Unehrlichkeit und bewusster Täuschung.«

»Das, glaube ich, steckt in Wirklichkeit dahinter. Dich hat seine wahre Identität so sehr entsetzt, dass du beschlossen hast, ihn wegen Diebstahls verhaften zu lassen. Ich hätte nicht gedacht, dass du so rachsüchtig sein kannst.«

»Das bin ich auch nicht«, rief Melanie, empört über Delies Beschuldigung. »Ich will euch zwar beide aus dem Haus haben, aber es würde mir im Traum nicht einfallen, Ric wegen falscher Behauptungen zu belangen.«

»Wer würde denn sonst so etwas tun?«, fragte Delie, aber

dann brach sie plötzlich ab und wurde still. Ihre Augen verzogen sich zu kleinen Schlitzen. »Ich frage mich ...«

Melanie wartete auf die Fortsetzung von Delies Gedanken.

»Pieter war wild entschlossen, dich zu heiraten.«

»Jetzt machst du dich lächerlich. Pieter hat mir nie einen Anlass gegeben, ihm nicht rückhaltlos zu vertrauen.«

Delie warf ihr einen abschätzigen Blick zu. »Himmel, was bist du doch für eine naive Närrin. Pieter hat sich mit mir und meinem Dienstmädchen amüsiert. Er hatte sogar geplant, uns beide gleichzeitig zu nehmen.«

»Das sagst du nur, weil ich glauben soll, dass Ric unschuldig ist«, warf Melanie ihr vor.

»Ric ist unschuldig. Wenn du Pieter glaubst, dann kann ich dir meinen Platz neben Mary anbieten. Heute Nachmittag sollte der Dreier stattfinden. Ich habe nicht die Absicht, länger in diesem Haus zu bleiben. Ich packe nur noch meine Sachen. Die Grimshaws werden mich gerne aufnehmen.«

»Das glaube ich gern.«

»Sie sind wenigstens ehrlich über ihre Freude am Sex, was man von dir nicht sagen kann«, sagte Delie schnippisch. »Ric wird dir diesen Tag nie verzeihen. Und ich auch nicht. Such dir Deckung, Melanie, denn wenn Ric wieder frei ist, werden wir beide unsere Rache haben wollen.«

Die Zweifel an Pieters Integrität, die Delie in Melanies Gedanken ausgesät hatte, begannen langsam aber stetig zu wachsen. Auf einmal wurde ihr bewusst, dass sie sich für Pieters sexuelle Aktivitäten nicht wirklich interessierte. Es war ihr egal, dass er Sex mit Delie hatte, und wenn er sich an das Dienstmädchen herangemacht hatte, störte sie das auch nicht. Dann fragte sie sich, wie wichtig ihr Vermögen für Pieter war. Immerhin war er es, der Rics wahre Identität herausgelassen hatte.

Sie ging noch einmal die Abfolge der Ereignisse durch, und ihr fiel auf, dass die Bloßstellung Rics erst erfolgte, nachdem sie Pieter erzählt hatte, dass sie Ric heiraten würde.

Die natürliche Steigerung vom hinterlistigen Aufmischen des Rivalen zur absichtlichen Unterstellung eines Diebstahls war zu entsetzlich, um überhaupt gedacht zu werden. Und doch würde ein solches Vorgehen viele Fragen beantworten, dachte Melanie und beschloss spontan, auf eigene Faust ein paar Ermittlungen anzustellen.

Selbst unter der Androhung, entlassen zu werden, gab Mary, das Dienstmädchen, nur zu, Sex mit Pieter getrieben zu haben. »Das können Sie mir nicht vorwerfen«, behauptete sie trotzig. »Ich habe es auch mit Mr. Liddell gemacht.«

Der Zorn, der durch Melanies Adern rauschte, war so impulsiv, dass sie die Hände fest gegen ihren Körper drückte, um sich selbst davor zu bewahren, das Mädchen zu schlagen. Sie hatte plötzlich das Bild vor Augen, wie Ric das Mädchen vögelte, und wurde vom zurückgedrängten Zorn geschüttelt.

Sie konnte nicht sagen, ob sich ihre Rage gegen Mary oder gegen Ric richtete, oder warum sie überhaupt so heftig reagierte. Aber Mary war bei ihr, und Ric nicht, deshalb erhielt sie die volle Dröhnung von Melanies Verärgerung.

»Ich dulde solche Unverschämtheiten nicht von meinem Personal. Deine Beschäftigung ist in diesem Moment beendet. Ich werde Mrs. Godwin anweisen, dir den ausstehenden Lohn zu zahlen, dann kannst du morgen das Haus verlassen.«

Das Mädchen wurde blass. »Aber so können Sie mich doch nicht abfertigen, Ma'am, Sie haben mir nicht richtig gekündigt, und ich brauche auch ein Referenzschreiben.«

»Gekündigt habe ich dir jetzt.« Melanies Wut hatte sie hart gemacht. »Verschwinde jetzt und sage Mrs. Godwin, dass ich sie sprechen will.«

Mrs. Godwin fühlte sich in die Defensive gedrängt und

fürchtete, dass Melanie auf ihre Dienste ebenso verzichten würde wie auf die des Mädchens. Widerwillig gab sie zu, dass ihr Rics Identität bekannt gewesen wäre, aber dann berichtete sie bereitwillig von ihrer Unterhaltung mit Mr. van Heuren. Sie war versucht, der Herrin zu sagen, wer ihrer Meinung nach der rechtmäßige Besitzer von Arlecdon wäre, aber nach einem Blick in Melanies abweisendes, stolzes Gesicht hielt sie den Mund. Während sie gegenüber den anderen Dienstboten mit ihrer geringschätzigen Meinung über die junge Herrin nicht hinterm Berg hielt, hatte sie keine Lust, aus ihrem komfortablen Quartier, das schon so viele Jahre ihr Zuhause gewesen war, vertrieben zu werden.

Melanie hatte eine Menge gehört, worüber sie nachdenken musste, deshalb schickte sie Mrs. Godwin hinaus und blieb sitzen, um ihre Gedanken abzuwägen.

Ihr Gerechtigkeitssinn war tief aus dem Gleichgewicht geraten, denn sie hatte Ric viel zu schnell in ihren Gedanken verurteilt. Es schien so, dass er nicht des Diebstahls schuldig war. Auf der anderen Seite mochte sie kaum glauben, dass Pieter so tief sinken würde, einen Mann, den er durchaus als Rivalen betrachten konnte, derart zu beschuldigen.

Es gab nur eine Möglichkeit, die Wahrheit herauszufinden, und das wollte sie ohne weitere Umstände tun. Sie klingelte nach ihrem Dienstmädchen, das Pieter in ihren Salon bringen sollte.

Es verging eine halbe Stunde, ehe er bei ihr eintraf, denn Pieter war damit beschäftigt gewesen, eine besorgte Mary zu trösten. Das Mädchen war, in Tränen aufgelöst, zu ihm gekommen, und er fand, er könnte sie zumindest mit auf sein Zimmer nehmen und ihre Loyalität damit honorieren, sie nackt auf dem Bett zu haben und sein Organ mit einer Wucht in sie hineinzutreiben, die sie schon bald kleine Entzückensschrei ausstoßen ließ. Er versprach ihr, sich für sie einzusetzen und schlug vor, dass sie auf seinem Zimmer blieb, bis er zurückkam.

Melanie wusste natürlich nichts von diesen Dingen.

»Geht es dir gut, meine Liebe?«, fragte er, als er das Zimmer betrat. »Du hast in weniger als vierundzwanzig Stunden zwei große Enttäuschungen hinnehmen müssen. Mich schaudert es bei dem Gedanken, dass du irgendwann allein bist und ich dich nicht mehr unterstützen kann.«

»Ich brauche deine Unterstützung nicht, Pieter. Ich möchte dich auch nicht länger hier haben.« Melanie sprach leise, aber ihre Stimme klang fest. »Ja, ich werde mich glücklicher fühlen, wenn auch du Arlecdon verlassen hast.«

»Jetzt hör mal, meine Liebe, das kannst du doch nicht wirklich meinen. Du musst sehr entnervt sein.« Pieter war rasch zu ihr getreten, nahm ihre Hände in seine und versuchte jetzt, sie in seine Arme zu ziehen. »Erlaube mir, Liebe mit dir zu machen. Das wird dir helfen, deine Sorgen zu vergessen.«

Melanie zog ihre Hände zurück. »Mit diesem Argument hast du mich schon gestern übertölpelt.«

»Mit einigem Erfolg, musst du zugeben. Es hat dir gefallen. Und mir natürlich auch. Melanie, meine Liebe, ich möchte dich heiraten.«

»Ich will nicht mehr heiraten, Pieter. Nicht dich und auch nicht Ric. Ich habe bisher glücklich ohne einen neuen Ehemann gelebt.«

Die Zärtlichkeit seines Ausdrucks, der ihre Haltung verändern sollte, blieb bestehen, und doch gab es ein verräterisches Funkeln in seinen Augen. »Wenn ich dich jetzt aufs Sofa drücken und dich auf der Stelle verführen würde, hätte sich deine Meinung bald gewandelt. Dein Körper würde es dir sagen.«

»Das ist nur Sex, Pieter. Wie es auch damals in Kapstadt nur Sex war.«

»Natürlich.« Pieters Verhalten wechselte sofort. »Warum habe ich daran nicht gedacht? Ich bin kein barmherziger Verlierer, meine Liebe. Als meine Ehefrau würdest du vor jedem Skandal geschützt sein, aber ich frage mich natürlich, was die

Leute davon halten würden, wenn sie erführen, womit du gerade beschäftigt warst und mit wem, als dein sehr wohlhabender Mann im Sterben lag.«

»Das würdest du nicht wagen.« Melanie war entsetzt über die Drohung ihres Gastes.

»Doch, würde ich. Und das würde Ric eine gefährliche Waffe für seinen Kampf um sein Erbe in die Hand geben.«

»Oh. Soll ich daraus schließen, dass dich mein Geld nicht interessiert?«

»Natürlich interessiert es mich. Du glaubst doch nicht, dass ich dich nur wegen des Sex heiraten will? Den bekomme ich doch umsonst von dir.«

»Raus«, sagte Melanie voller Empörung.

»Nicht, bevor du mir versprochen hast, mich zu heiraten. Ich brauche eine reiche Frau, das gebe ich gern zu. Aber ich will auch eine schöne, liebevolle Frau haben. Deshalb ist meine Wahl auf dich gefallen.«

»Du kannst mich nicht zwingen, dich zu heiraten.«

»Ich werde alle Mittel ergreifen, die erforderlich sind. Da ich Ric aus dem Weg geräumt habe, kann ich dich ganz allein besitzen.«

»Hast du diese Dinge in seinem Zimmer versteckt?«, fragte Melanie plötzlich.

»Wann hätte ich denn eine Gelegenheit dazu gehabt? Ich war den ganzen Morgen bei Delie.«

»Vor oder nach dem Dienstmädchen?«

»Hast du das Mädchen entlassen, weil du eifersüchtig auf sie bist, meine Liebe? Das ist ziemlich unfair von dir. Ich werde nichts dagegen haben, wenn du dir andere Liebhaber zulegst. Ich habe Mary übrigens gesagt, dass sie sich keine Sorgen machen soll. Ich habe ihr versprochen, dass für sie immer Platz in unserem Haushalt sein wird.«

»Du erstaunst mich. Du musst der eingebildetste Mann sein, den ich je kennengelernt habe.«

»Ich danke dir, meine Liebe. Es freut mich zu hören, dass du mich so hoch einschätzt.«

Sie war so wütend über den Kerl, dass sie sich nicht länger mit ihm unterhalten wollte. Melanie wollte aus dem Zimmer schreiten, aber Pieter streckte blitzschnell eine Hand aus, hielt Melanie fest und quetschte sie gegen seinen Körper. Gleichzeitig drückte er seinen Mund auf ihre Lippen. Melanie wehrte sich heftig gegen ihn, aber er hob nur ihren Kopf an, sah ihr in die Augen und sagte: »Heirate mich.«

»Niemals.«

»Also gut.« Jede Vortäuschung, ein zärtlicher Geliebter zu sein, hatte er abgelegt, als er sie durch die Verbindungstür in ihr Schlafzimmer zerrte. Dort warf er sie aufs Bett, riss die Kordel von den Vorhängen ab und fesselte ihre Hand- und Fußgelenke. Ihre zornigen Abwehrreaktionen behinderten ihn überhaupt nicht. Schließlich steckte er ihr einen Knebel in den Mund.

»Gerate nicht in Panik, meine Liebe. Ich werde dir nicht wehtun. Ich will nur nicht, dass du wegläufst, bevor ich es geschafft habe, deine Meinung zu ändern, was die Hochzeitspläne angeht. Bis zum Morgen werde ich das erreicht haben, und dann habe ich auch einen Priester aufgetrieben, der dir das Ehegelübde abnimmt.«

Er ging zur Tür und blickte noch einmal zurück. »Weißt du, in dieser Position, gefesselt an Händen und Füßen, siehst du unwiderstehlich aus.« Er ging zurück ans Bett, beugte sich über sie und wälzte sie auf den Rücken. Er hob ihre Röcke an, presste die Knie auseinander und schlüpfte mit einer Hand durch die Öffnung in ihrer Unterhose. Zwei Finger steckte er in ihr wehrloses Geschlecht.

»Ah, meine liebe Melanie.« Er weidete sich an ihrem Anblick, während die Finger in ihrer Nässe suhlten. »Man kann sich darauf verlassen, dass du immer zum Sex bereit bist.« Er masturbierte sie schnell und starrte in ihre Augen.

Eine Minute oder zwei gelang es Melanie, seinem Blick trotzig standzuhalten, und sie kämpfte auch gegen die Erregung, die er in ihr auslöste, aber ihr Körper weigerte sich, ihrem Kopf zu gehorchen. Mit einem Stöhnen, das mehr ein Ausdruck des Ärgers über sich selbst war, schloss sie die Augen gegen das Unvermeidliche, und sie öffnete sie erst wieder, als Pieter seine Hand zurückzog.

»Ruh dich aus, meine Liebe. Ich werde dem Personal sagen, dass es dir nicht gut geht und du nicht gestört werden willst.« Er pfiff fröhlich vor sich hin, verließ das Zimmer und schloss hinter sich die Tür ab.

Die Tränen, die aus den Winkeln von Melanies Augen rollten, waren eher Tränen der Frustration und des Ärgers über sich selbst und nicht Ausdruck irgendeiner Angst. Pieter hatte sie so gewaltig erregt, dass das lechzende Pochen in ihrer Vulva sie auf dem Bett hin und her rutschen ließ, aber ihre Versuche, dabei Erleichterung zu finden, schlugen fehl.

Schließlich fiel sie in einen Schlummer, und als sie die Augen öffnete, war es stockdunkel um sie herum. Sie hatte keine Ahnung, wie lange sie auf dem Bett gelegen hatte, aber es kam ihr wie Stunden vor.

Das Geräusch des Schlüssels, der sich im Schloss ihrer Tür drehte, kündete Pieters Rückkehr an. Er zündete die Lampen an, dann brachte er ein Tablett herein, das er offensichtlich vor ihrer Tür abgestellt hatte.

»Es ist leider nur eine Suppe«, sagte er mit ernst klingender Entschuldigung. »Aber wenn man nicht in der Lage ist, sein Zimmer zu verlassen, kann man nicht erwarten, dass man ein herzhaftes Mahl für dich zubereitet. Aber du brauchst eine Stärkung, damit du deine Ausdauer erhältst. Mmm. Ich glaube, ich werde dich füttern. Ich traue dir nicht. Du siehst so aus, als wärst du fähig, mir die Suppe ins Gesicht zu schütten.«

Er entfernte ihren Knebel. Melanie wollte ihm sagen, was

sie von ihm hielt, aber ihr Mund war viel zu trocken, um auch nur ein Wort herauszubekommen. Als Pieter ein Glas Wein an ihre Lippen hielt, trank sie gierig.

»Wie lange willst du mich gefesselt hier liegen lassen?«, fragte sie schließlich.

»Bis du deine Suppe gegessen hast. Dann werde ich dir eine Nacht voller Lust bereiten, und am Morgen bist du mehr als bereit, mich zu heiraten.«

Melanie hätte ihm sagen können, dass er den absolut falschen Weg einschlug, um sie zu einer Änderung ihrer Absichten zu bewegen, aber stattdessen aß sie brav die Suppe auf und trank noch ein zweites Glas Wein.

Die träge Wärme des Weins floss durch ihre Adern und erreichte ihre Vulva, die sich an den nicht erfüllten Orgasmus erinnerte. Was immer Pieter auch mit ihr anstellte, sie hoffte, dass sie bald ihre sexuelle Erleichterung erhalten würde.

»Und nun, meine Liebe«, sagte er, als er das Tablett zur Seite gestellt hatte, »müssen wir dich ausziehen. Ich glaube, die untere Hälfte zuerst.«

Die Kordel wurde von Melanies Fußgelenken entfernt, dann begann Pieter damit, ihre Röcke auszuziehen, Petticoats und Pantalons, ohne darauf zu achten, ob sie bei seiner ungeduldigen Aktion zerrissen oder nicht.

Hilflos, die Hände auf dem Rücken gefesselt, wunderte sich Melanie über den Grad ihrer Erregung. Pieter zeigte zwar Anzeichen von rohem Vorgehen, aber bisher hatte er ihr noch nicht wehgetan. Aber als er einen Finger in ihre Spalte drückte, schrie sie auf, denn er hatte gegen ihre Blase gedrückt.

»Ich muss mich erleichtern«, sagte sie.

»Ja, natürlich.« Pieter half ihr, vom Bett aufzustehen, und schritt neben ihr zum Badezimmer.

»Du kommst aber nicht mit«, rief sie entsetzt.

»Nein, aber überzeuge dich davon, dass die Außentür abgeschlossen ist. Ruf mich, wenn du fertig bist.«

»Warum?«

»Ich werde dich waschen. Ich will dich in absoluter Sauberkeit haben, bevor ich dich schmecke.«

Die Waschung selbst war schon ein Akt großartiger Erotik. Die Tatsachen, dass sie von den Hüften abwärts nackt und der Oberkörper völlig bekleidet war, die Hände auf dem Rücken gefesselt, erhöhten ihr Bewusstsein jeder intimen Berührung. Pieter nahm sich viel Zeit und fuhr mit dem Schwamm und den Fingern über jede Falte, und Melanie zitterte vor Begierde, noch bevor er erklärte, dass sie nun sauber war.

Nach ihrer Rückkehr ins Schlafzimmer wies er sie an, sich aufs Bett zu legen, und dort band er zu ihrem großen Entsetzen die Fußgelenke zwar nicht wieder zusammen, sondern er band sie, die Beine gespreizt, an die Bettpfosten. Ihre intimen Stellen öffneten sich seinen Blicken, und die Erregung, die sie schon gespürt hatte, intensivierte sich noch.

Pieter stand am Fußende des Betts und starrte auf ihre Pussy. »Weißt du, meine Liebe, dass ich sogar aus dieser Entfernung sehen kann, wie nass und bereit du für mich bist? Deine wunderbaren rosa Sexlippen glitzern schon von seinen Säften.« Die Wirkung, die diese Worte auf Melanie ausübten, ließ ihren Körper noch mehr Flüssigkeit produzieren und ausstoßen, und die ganze Pussy glänzte von den Sekreten.

Pieters gieriges Starren sorgte für ein stärkeres Pochen in ihrem Inneren. Sie fühlte, wie es in ihrer feuchten, tiefen Höhle zu zucken begann. Melanie konnte es kaum glauben. Ob Pieter nur durch penetrantes Zuschauen einen Orgasmus bei ihr auslösen konnte?

Während die Minuten verrannen, verstärkte sich ihre innere Spannung immer mehr, und da begriff sie, dass er es tatsächlich konnte. Aber offenbar hatte er es darauf gar nicht angelegt, denn er ging von ihrem Bett weg und schenkte ein Glas Wein ein. Es kam Melanie lächerlich vor, aber seit er sie nicht mehr anstarrte, kam sie sich noch nackter vor. Die Spannung, die sich in ihr fast bis zum Zenit aufgebaut hatte, mutierte zu einem dumpfen Schmerz zwischen ihren Schenkeln.

Nachdem er einen Schluck Wein getrunken hatte, kehrte Pieter zum Bett zurück und ließ den Rest des Weins Tropfen um Tropfen auf ihren Unterleib fallen. Ihre Muskeln zogen sich bei jedem Tropfen, der auf ihre warme Haut fiel, zusammen; dabei hätten sich diese Muskeln viel lieber um ein hartes männliches Organ gespannt.

Pieter legte eine Hand auf ihren Hinterkopf, hob sie leicht an und gab ihr den Rest aus dem Glas zu trinken. Dann beugte er sich über sie und leckte den Wein auf, den er auf ihren Unterleib gesprenkelt hatte.

Seine Zunge wischte vor und zurück und leckte den Rotwein von ihrer warmen weißen Haut. Er ließ die Zunge um ihren Nabel kreisen, bohrte die Spitze in ihre winzige Ausbuchtung und schlürfte die Tropfen, die sich dort gesammelt hatten. Dann leckte er durch das Dreieck ihrer rotgoldenen Löckchen und hielt dicht vor ihrem schmerzenden Geschlecht inne.

Melanie bettelte.

Pieter hob den Kopf, betrachtete ihren ausgestreckten Körper und sah in ihre fiebrigen Augen. Seine hellen blauen Augen strahlten eine sinnliche Kraft aus. »Ich glaube nicht, dass du schon bereit bist, deine Erlösung zu empfangen.«

Er zog sie in eine sitzende Position und band ihre Handgelenke los, damit er ihren Oberkörper von den Kleidern befreien konnte. Ihre Handgelenke wurden, wie schon vorher die Fußgelenke, an die Bettpfosten gebunden, sodass sie gespreizt auf dem Bett lag und sich nur ein paar Zentimeter weit bewegen konnte.

Dann begann das, was Melanie wie eine raffinierte sexuelle Folterung empfand. Nicht, dass Pieter ihr irgendwelche Schmerzen zufügte – dafür waren die Berührungen seiner Hände und Lippen viel zu leicht. Ihre Qualen rührten von seiner Kunst, ihren Körper derart zu erregen und zu stimulieren, dass ihre Begierde immer größer wurde und sie zu einem um Erlösung bettelndes Häufchen Elend wurde.

Jedes Mal, wenn sie ihn anflehte, sie kommen zu lassen, sagte er ihr, dass sie noch nicht bereit wäre, und er stellte seine Liebkosungen ein, bis ihr fiebriger Körper abgekühlt war, um dann wieder neu zu beginnen.

Sie beschimpfte ihn, verfluchte ihn und belegte ihn mit den schlimmsten Wörtern, die sie kannte. Pieter blieb ungerührt, sie begann wieder ihr Betteln, bis ihre Stimme in ein heftiges Schluchzen überging.

»Willst du mich heiraten?«

»Nein.«

»Dann kann deine Not nicht so groß sein, wie du mich glauben lässt. Aber meine eigenen sexuellen Bedürfnisse sind vernachlässigt worden, seit ich dich unentwegt errege.« Er richtete sich auf und ging zur Verbindungstür zum Salon. »Wir sind jetzt bereit für dich, Mary.«

Entsetzen, Verlegenheit und Wut setzten Melanie gleichermaßen zu, und dann kam ihr der abstruseste Gedanke. Sie warf einen schockierten Blick auf Pieter, der sie strahlend anlächelte. »Untersteh dich, ihr aufzutragen, mich auch nur anzufassen!«

»Ich habe dir Lust versprochen und nicht gesagt, dass ich dir einen Akt aufzwingen werde, von dem ich weiß, dass du ihn geschmacklos findest. Ich habe mit Mary abgesprochen, dass sie nur zu meiner Lustgewinnung da ist. Ich kann dich nicht in einem Zustand höchster Erregung halten, wenn ich durch die eigene Erregung abgelenkt werde.«

Das Dienstmädchen wusste offenbar, was von ihm erwartet wurde. Mary kniete sich vor Pieter hin und zog seine Hose und die Unterhose hinunter. Seine prächtige Erektion sprang ins Freie, und dieser Anblick ließ Melanie hoffen, dass sie den Schaft bald zwischen ihren Schenkeln spüren würde.

Nachdem Mary ihm die Hosen ausgezogen hatte, stand sie auf und nahm ihm Jackett und Hemd ab. Während er auf diese Weise entkleidet wurde, starrte Pieter auf Melanie, und sie starrte ihn an. Melanie wusste genau, welche Gedanken in Pieters Gehirn kreisten.

Sie hätte gern gewusst, ob er eine Ahnung von den Überlegungen hatte, die in ihrem Kopf vorgingen. Trotz der intensiven sexuellen Erregung, in die er sie versetzt hatte, gab es einen kleinen Teil ihres Gehirns, der sie auch jetzt noch befähigte, die Situation logisch einzuschätzen.

Doch diese Fähigkeit vergaß sie, als Mary sich wieder hinkniete und Pieters strotzendes Organ in den Mund nahm. Ein Schaudern ging von Kopf bis Fuß durch Melanie. Sie wehrte sich gegen die Erregung, die diese Szene in ihr auslöste und schloss die Augen. Sie wandte den Kopf zur Seite. Aber natürlich konnte sie die Geräusche nicht ausschließen, die lustvollen Laute, die Mann und Frau von sich gaben, und es gelang ihr auch nicht, die sexuelle Stimulans zu ignorieren.

Als sie den Schrei des Dienstmädchens hörte, konnte sie sich nicht länger wehren und riss die Augen auf. Weder Pieter noch Mary nahmen noch Notiz von ihr. Mary stand vornüber gebeugt da, die Arme auf dem Stuhlrücken. Pieter, der die Arme um Marys Taille gelegt hatte, stieß wuchtig von hinten in sie hinein.

Nässe sammelte sich zwischen Melanies Schenkeln. Sie leckte sich über die trockenen Lippen und konnte den Blick nicht von dem frenetischen Paaren wenden. Pieter war fest entschlossen, seine Lust bei dem Mädchen zu stillen und hatte schon bald den Zenit erreicht, auf dem Mary schon seit einer Weile balancierte. Erst als sie beide gekommen waren, warf Pieter wieder einen Blick auf Melanie.

Hastig wandte sie den Kopf und schaute auch nicht wieder hin, als Pieter dem Mädchen befahl, seine Genitalien gründlich zu waschen. Das Bild, das sich in Melanies Gedanken festsetzte, war lebendig genug. Als Mary diese Aufgabe erfüllt hatte, schickte Pieter sie weg.

Melanie öffnete die Augen erst wieder, als sie ahnte, dass Pieter sich vor ihr Bett gestellt hatte. Ihre Blicke trafen sich; Melanie schaute gereizt, Pieter sah sie entwaffnend liebevoll an.

»Wie fühlst du dich, meine Liebe?« Seine Hand glitt zwischen ihre Schenkel, und seine Finger drückten leicht gegen die hart geschwollene Knospe, bevor sie in die Nässe glitten.

Melanie schrie einmal kurz auf; ihr Orgasmus schnitt mit schmerzender Gewalt durch ihren Körper, dass sie zu keinem weiteren Laut fähig war. Und doch blieb sie unbefriedigt zurück. Sie hatte sich ihre Erlösung ganz anders vorgestellt.

Und dann begannen die Qualen von Neuem. Pieter koste ihren Körper, brachte ihn zum Sieden, erlaubte ihm aber nicht die ultimative Lust, nach der er schmachtete. Dann kniete er sich über ihren Oberkörper. Pieter hatte die Hände hinter ihrem Kopf, und die Finger griffen in ihre Haare. Er hob den Kopf an, damit sie seinen wieder hart gewordenen Schaft in den Mund nehmen konnte.

Melanie hatte fast ihren eigenen Willen verloren, und sie bemühte sich, Pieter gut zu bedienen. Sie hoffte, dass er sich revanchieren würde und ihr endlich die Erleichterung verschaffte, nach der ihr Körper brannte. Sie war sogar bereit, ihm oral einen Orgasmus zu geben.

Bevor er den Punkt erreichte, an dem es kein Zurück mehr gab, ließ er von ihr ab und band die Kordeln los, die ihre Gliedmaßen an die Bettpfosten fesselten. Er legte sich neben sie und zog sie in seine Arme.

»Ich liebe dich wirklich«, sagte er.

Ein Schluchzer drang aus Melanies Kehle, weitere wurden nicht hörbar, weil er seine Lippen auf ihren Mund drückte. Er küsste sie, hielt ihren Körper eng an sich gepresst und spürte, dass in seinen Armen unkontrolliert zitterte.

»Heirate mich«, bedrängte er sie.

»Ja«, flüsterte Melanie, »ja, ja.« Alles, um diese Folterung zu beenden, schrie sie stumm in ihren Gedanken.

Pieter rollte sich in einer flüssigen Bewegung auf sie und drang mit einem tiefen Stoß in sie ein. Melanie schrie vor freudiger Lust auf. Sie bewegte sich in seinem Takt, sie wölbte den Rücken und spreizte die Beine noch weiter.

Es war, als würde sie auf einer Welle der totalen Ekstase schweben. Nicht anderes zählte jetzt; nur noch Pieters Schaft, der mit seiner ganzen Kraft in die seidige Wärme ihres Inneren pumpte. Er beherrschte ihren pulsierenden Körper und nahm ihn in Besitz.

Es blieb nicht bei dieser ersten Vereinigung. Zu jeder Stunde in dieser Nacht wollte er ihr Herr sein. Zum Schlafen war die Zeit viel zu schade. Er hielt das bis zum frühen Morgen durch, dann waren sie beide erschöpft von ihrer Lust und fielen in einen tiefen, traumlosen Schlaf.

Melanie rührte sich vor Pieter. Ihre Vulva war wund und geschwollen, der ganze Körper schmerzte vom exzessiven Treiben in der Nacht. Einige Augenblicke lag sie still da. Sie musste nachdenken. Wenn sie eines gelernt hatte in dieser Nacht, dann war es die Tatsache, dass sie vor Pieter van Heuren auf der Hut sein musste.

Obwohl sie länger und intensiver befriedigt worden war, als sie sich erinnern konnte, hatte sie nie die Absicht gehabt, Pieters Ehefrau zu werden. Er hatte ihr zwar keine körperlichen Schmerzen zugefügt, aber sie traute ihm das zu, wenn sie sich erneut weigerte, ihn zu heiraten.

Er schlief noch tief und fest neben ihr. Sie bewegte sich behutsam, um ihn nicht zu stören, dann stand sie aus dem Bett auf und sammelte schnell ein paar Kleider ein. In ihrem Wohnzimmer zog sie sich hastig ohne Hilfe des Dienstmädchens an, dann lief sie hinunter und orderte eine Kutsche.

Sie sprach kurz mit ihrem Dienstmädchen und wies sie

an, eine kleine Truhe mit bestimmten Dingen zu füllen und sie an das Hotel Crown Prince zu schicken; das war eines der Hotels, die sich in ihrem Besitz befanden.

Melanie hatte das Haus schon seit zwei Stunden verlassen, als Pieter van Heuren aufwachte.

Das loyale Dienstmädchen versicherte ihm, dass Melanie nur zu ihren Eltern fahren wollte, und Pieter war erleichtert. Natürlich würde sie den älteren Herrschaften die frohe Botschaft bringen wollen, dass ihre Heirat bevorstand.

Pieter schlenderte durchs Haus, scheuchte die Dienstboten auf und gebar sich schon wie der neue Herr von Arlecdon.

Melanie verbrachte einen nervösen Tag und eine ruhelose Nacht, stets gepackt von der Angst, dass Pieter ihr folgen könnte. Sie hätte gern gewusst, ob ihr Mädchen die Truhe ungestört hatte packen und verschicken können.

Sie brauchte unbedingt eine Schulter, an die sie sich lehnen konnte. Ihre geliebte Cousine Dita. Am Morgen bestieg sie die Fähre nach Paradise Island.

Dreizehntes Kapitel

Emily und Jonathan Grimshaw hatten Delie mit Begeisterung willkommen geheißen. Sie hatten keine Zweifel an der Behauptung der jungen Engländerin, dass sie ihre Gesellschaft deutlich lieber hätte als Melanies. Sie hatten, wie es Emily bezeichnete, eine ›ruhige Nacht‹, da keine weiteren Besucher da waren. Der Mangel an Gesellschaft hinderte die drei aber nicht, sich untereinander mit einigen Liebesspielen zu amüsieren.

Im Laufe des Abends verteilte Delie das stimulierende Spielzeug, das sie von Conrad J. Irving erhalten hatte. Emily reagierte überschwänglich auf den hölzernen Phallus und nahm sich vor, schon bald die Bekanntschaft des Importeurs exotischer Waren zu suchen. Ein solcher Mann wäre eine großartige Ergänzung für ihre kleine Gruppe.

Am anderen Morgen begab sich Delie, besorgt um ihren Halbbruder, zur Polizeiwache. Man gestattete ihr nur einen kurzen Besuch bei Ric, dessen Verbitterung sie verängstigt hätte, wäre sie gegen sie selbst gerichtet gewesen.

»Was unternimmt unsere betrügerische, herumhurende Witwe denn jetzt?«, fragte er aufgebracht, nachdem er Delie nur kurz begrüßt hatte.

»Ich habe keine Ahnung, und es ist mir auch egal. Ich habe Arlecdon gestern verlassen, gerade mal eine Stunde nach deiner Verhaftung.«

»Und warum bist du dann nicht direkt zu mir gekommen? Du hättest mir vielleicht eine höchst unangenehme Nacht ersparen können.«

»Ich musste mir eine neue Bleibe suchen. Die Grimshaws haben mir ein Zimmer zur Verfügung gestellt, und ich muss gestehen, deren Sinn für Gastfreundschaft gefällt mir viel besser. Sie haben mich sofort ins Herz geschlossen.«

Ric knurrte: »Du brauchst nicht ins Detail zu gehen, meine liebe Adeline. Denkst du eigentlich auch mal an was anderes als an Sex?«

»Ich denke an dich, mein lieber Bruder, sonst wäre ich nicht hier. Und wenn du nicht nett zu mir bist, gehe ich wieder.« Delie rümpfte die Nase. »Himmel, was für ein fauler Gestank.«

»Ach, er ist dir also aufgefallen«, bemerkte Ric sarkastisch. Sein Magen hatte erhebliche Probleme mit den Gerüchen gehabt, die von zwei betrunkenen Zellengenossen abgesondert wurden. »Wenn ich frei bin, werde ich dafür sorgen, dass dieses hinterlistige rothaarige Luder für jede Minute meiner Inhaftierung bezahlen wird.«

»Wie lange, glaubst du, wirst du hier festgehalten?«

»Nicht länger, wie es dauert, bis du Mr. Bartlett besuchst und ihn hierhin zerrst.«

Der Ausdruck seines Gesichts sagte erheblich mehr als seine Worte. Delie schürzte die Lippen. »Dann willst du dich also an Melanie rächen?«

Rics Augen verengten sich. »Höre ich da eine gewisse Unzufriedenheit mit meinen Plänen?«

»An dieser ganzen Geschichte ist etwas sehr faul. Gestern war ich wütend auf Melanie, aber jetzt frage ich mich, wer dir diesen Diebstahl angehängt hat. Zuerst dachte ich natürlich, es wäre Melanie gewesen. Aber das passt überhaupt nicht zu ihr. Nur weil sie sauer ist, dass du ihr nicht gesagt hast, wer du in Wirklichkeit bist?«

»Van Heuren?«

»Eindeutig. Die Frage ist nur, ob sie es weiß oder nicht, und die andere noch viel wichtigere Frage ist, ob er sie überreden kann, sie zu heiraten. Er hat mir selbst gesagt, dass er hinter ihrem Vermögen her ist.«

»Das ist der Grund, warum ich hier ohne weitere Verzögerung raus muss. Ich habe nicht die Absicht, Arlecdon an van Heuren zu verlieren.«

»Und wir willst du es selbst an dich bringen?«

»Genau wie er. Auch wenn ich sie entführen und sie zu einem Priester schleppen muss, werde ich diese Frau heiraten.«

»Und dann verstößt du sie, und ihr bleibt kein Penny.«

Seine kohlschwarzen Augen brannten vor Boshaftigkeit, und die Lippen bildeten einen dünnen Strich. »Nein, diesen Plan habe ich geändert. Gewiss wird sie keinen Penny zur Verfügung haben, aber ich glaube, ich kann sie besser leiden lassen, wenn ich sie als Ehefrau behalte.«

Ein kurzes Kopfschütteln war Delies Reaktion, als sie Rics Plan hörte. »Es gibt Zeiten, Bruderherz, da mag ich dich nicht so sehr.«

Rics Lachen klang harsch und zynisch. »Mein liebe Adeline, das Gefühl ist beidseitig. Deshalb sind wir auch so loyal zueinander. Und jetzt sei ein liebes Mädchen und schaffe Bartlett her, bevor ich an diesem Ort noch wahnsinnig werde.«

Als Delie bei dem Rechtsanwalt eintraf, musste sie entdecken, dass die Tür verriegelt war, und an der Tür hing ein Zettel, der besagte, dass Mr. Bartlett zwei Wochen lang nicht in der Stadt sein würde. Heute war der erste Tag seiner Abwesenheit.

Delie war erschüttert. Sie wusste genau, wie Ric reagieren würde, und sie wünschte, es wäre nicht sie, die ihm die schlechte Nachricht bringen musste. Als sie zur Polizeiwache zurückkehrte, erfuhr sie, dass ein Insasse nur einmal am Tag Besuch empfangen durfte. Man riet ihr, morgen wiederzukommen.

Ganz egal, wie sehr sie dem Constable auch schmeichelte, sie konnte ihn nicht einmal dazu bewegen, Ric eine Nachricht zu überbringen. Der Mann hatte nichts dagegen, dass Delie ihm einen Kuss gab, und er drückte auch ihre Brüste und schlug lüstern vor, dass sie sich nach seinem Dienstende treffen könnten, doch es gelang ihr nicht, ihn gegen die Dienstvorschrift verstoßen zu lassen.

Am liebsten hätte sie dem abscheulichen Kerl ein Knie in den Unterleib gerammt, aber sie hielt sich zurück, weil sonst die Gefahr bestand, dass er ihr die Besuchserlaubnis für morgen entzog. Dabei sah sie dem Besuch bei Ric mit Grausen entgegen. Es schüttelte sie, als sie an seinen Zorn dachte. Ric würde glauben, sie hätte ihn vergessen, um ihrem eigenen Vergnügen nachzugehen. Jetzt konnte sie nur noch hoffen, dass Emily am Abend für eine Unterhaltung gesorgt hatte, die ihre Gedanken vom Zorn des Bruders ablenkte.

Als Delie zu den Grimshaws zurückkehrte, war Mary bei ihnen eingetroffen, wie Delie mit ihr vor ihrem Abschied von Arlecdon vereinbart hatte. Mary erzählte mit vor Aufregung gerötetem Gesicht, was Pieter alles mit Melanie angestellt hatte.

»Oh, Miss, ich wurde ganz nass und richtig geil, als ich sie völlig nackt und gefesselt auf dem Bett liegen sah.«

»Würdest du auch gern mal gefesselt werden, Mary? Dann musst du alles ertragen, was immer man auch mit dir treibt«, sagte Delie.

»Ich glaube, das würde mir gefallen, Miss.«

»Dann werde ich mit Emily reden. Mal sehen, was wir arrangieren können.«

Während Emily nichts dagegen einzuwenden hatte, dass das Dienstmädchen seine Phantasien ausleben konnte, bestand sie darauf, dass auch Mary rasiert werden musste. Sie schlug vor, sich sofort an die Arbeit zu begeben.

Emily berührte Mary nicht auf die sexuelle Art, wie sie Delie während der Rasur verführt hatte; sie konzentrierte sich nur darauf, die dunklen Schamhaare zu entfernen. Erst als sie ihre Aufgabe erfüllt hatte, erhob sie sich und begann sich auszuziehen. Delie schloss sich ihr an.

Emily tauschte ein verschwörerisches Lächeln mit Delie, bevor sie sich an Mary wandte. »Wenn ich dir schon heute Abend erlaube, deine Lust auf eine Art zu finden, auf die du neugierig bist, musst du erst noch beweisen, dass du den Aufwand auch wert bist. Du musst Delie und mich befriedigen, ohne dass du einer von uns größere Lust bescherst als der anderen.«

Die Erfindungsgabe Marys, mit der sie das vorgegebene Ziel erreichte, sicherte ihr eine Dauerstellung in Emilys Haushalt. Nachdem sie simultan mit den Genitalien der beiden Frauen gespielt hatten, bis sie nass vor Verlangen waren, bat Mary sie, sich auf den Boden zu legen. Sie half ihnen dabei, eine Position auf dem Rücken zu finden, die Knie fast bis zu den Schultern angezogen, während die Hände die Füße auseinander hielten, sodass die Vulva angehoben und entblößt war. Die beiden Frauen lagen sich gegenüber, als wäre die eine das Spiegelbild der anderen. Mary half ihnen, weiter aufeinander zuzurutschen, bis sich ihre Pobacken berührten.

Sie kniete sich neben sie. Da die beiden Pussys so nah beieinander waren, konnte Mary ihre Zunge von der einen zur anderen wischen, lecken und saugen lassen. Während sie die eine Frau mit der Zunge verwöhnte, stimulierte sie die andere mit den Fingern. Manchmal bespielte sie beide Frauen gleichzeitig mit den Fingern, während sie in schneller Folge von Pussy zu Pussy hastete.

Sie erkannte genau, wie die beiden Frauen atmeten, erst gepresst, dann keuchend, dann hechelnd, und sie schaffte es tatsächlich, sie auf einer gemeinsamen Erregungsstufe zu halten. Als Mary ahnte, dass sie sich dem Gipfel der Lust näherten, rieb sie die kleinen harten Knospen von Emily und Delie mit den Daumen und stieß ihre Zunge abwechselnd in die nassen, geschwollenen Spalten, wodurch sie ihnen simultane Orgasmen bescherte.

Begeistert von Marys Erfahrungsschatz, war Emily nur zu bereit, das Dienstmädchen selbst zum Höhepunkt zu bringen. Auf diese Weise verbrachten die drei Frauen noch einen angenehmen Nachmittag.

Die Spiegel an der Decke faszinierten Mary. Sie warfen die Bilder zurück, wie sie mit dem Rücken auf dem gepolsterten Podest lag, die Beine ausgestreckt, an den Ecken festgebunden, die Hände an ein Seil über ihrem Kopf gefesselt.

Emily und Delie hatten sie mit den Stricken hilflos zurückgelassen, ohne ihr zu sagen, wann sie zurückkommen würden. Mary wusste auch nicht, was mit ihr geschehen würde, wenn sie zurückkamen. Um sich die Zeit zu vertreiben, studierte Mary die Reflektionen ihrer Nacktheit, die von den Spiegeln aus verschiedenen Blickwinkeln aufgenommen wurden. Die Wirkung erregte sie so sehr, dass sie danach lechzte, ihre Hände benutzen zu können, um das schreckliche Ziehen zwischen ihren Schenkeln zu lindern.

Sie fragte sich, ob sie die gesamte Nacht über gefesselt bleiben würde, aber genau in diesem Augenblick betraten zwei Männer das Zimmer. Sie waren sich sehr ähnlich, deshalb wusste Mary sofort, dass sie Zwillinge sein mussten. Beide lächelten sie an, sprachen aber nicht mit ihr und begannen sich auszuziehen.

Die Kombination aus Erwartung und Ungewissheit führte bei Mary zu einem Schwall Nässe zwischen den ausgestreckten Beinen. Weil die Zwillinge noch kein Wort gesagt hatten, traute sich Mary nicht, sie zu fragen, was sie mit ihr unternehmen wollten.

Sie stellten sich neben das Podest. Ein Bruder warf eine Münze, und beide schauten, welche Seite oben lag. Der Werfer der Münze grinste den anderen an, und der nickte. Sein Bruder stieg aufs Podest und stieß seine Erektion in Marys nasse, zu allem bereite Pussy.

»Ich bin Edgar«, sagte der Mann und teilte ein Dutzend kräftige Stöße aus, die Mary mitten in ihrem Lustzentrum trafen. Dann löste er sich von ihr, stieg vom Podest, und sein Bruder nahm seinen Platz ein.

»Ich bin Crispin.« Er verabreichte ihr ebenfalls zwölf Stöße, dann war Edgar wieder an der Reihe.

Die Erregung, die sie erfasste, weil sie gefesselt war und nichts tun konnte, außer die Stöße der beiden Organe zu akzeptieren und zu genießen, wurde noch dadurch erhöht, dass die Brüder offenbar abgesprochen hatten, dass niemand mehr als zwölf Stöße anbringen durfte, dann musste er seinem Zwilling den Platz überlassen, der nicht weniger intensiv sein Quantum in Mary hineinstieß.

Da sie schon während des Nachmittags einige Orgasmen genossen hatte, war Mary noch hoch sensibilisiert. Als die Brüder den vierten Durchgang abgeschlossen hatten, wand Mary sich im ersten Höhepunkt, aber mitten im Wirbel ihrer Lust tauschten die Männer wieder ihre Plätze. Edgar stieß sein Organ tief in sie hinein, um die Leere zu füllen, die für ein paar Sekunden entstanden war.

Die Zwillinge hatten ihre Orgasmen zurückgehalten, und Mary fragte sich, wer von ihnen am ehesten schwach wurde. Von Mary unbemerkt, betraten Emily und Delie das Zimmer, gingen zu den Männern und leisteten orale Dienste an ihnen.

Während das geschah, kam ein großer, schwerer Mann mit dunkler Haut herein. Er hatte das größte männliche Organ, das Mary je gesehen hatte.

Zu ihrer Überraschung befreite er sie von den Fesseln, wälzte sie herum, drückte sie auf die Knie, zog sie an den Hüften näher an sich heran und schob seinen dicken, langen Schaft langsam aber stetig in Mary hinein. Sie fühlte sich gefüllt wie nie zuvor in ihrem Leben, aber sie spürte nicht nur Lust, sondern auch Schmerzen, was sie ziemlich laut aufschreien ließ.

»Du sollst das genießen«, sagte der Mann im tadelnden Tonfall zu ihren Schreien. Mit der offenen Hand versetzte er ihr einen Schlag auf ihren Po. Der Schmerz zuckte durch sie hindurch, und das Zucken setzte sich in ihrer gefüllten Höhle fort. Der Mann merkte, dass sein Stamm leichter eindringen konnte und klatschte einige Male auf ihren brennenden Po, und Mary konnte bald nicht mehr sagen, welche Sensationen von der Lust bestimmt waren und welche vom Schmerz – sie wusste nur, dass ein weiterer Orgasmus in ihr explodierte.

Rufus hörte jetzt mit seinen Schlägen auf, packte stattdessen ihre Hüften und pumpte so voller Wucht in sie hinein, dass ihr Orgasmus kein Ende nahm. Er setzte sich in Wellen fort, die mit jedem Stoß anschwollen und abklangen und über ihren Körper spülten. Seine sexuelle Ausdauer war phänomenal.

Mary lag schlaff und erschöpft da, lange bevor er den Gipfel seiner eigenen Befriedigung erreicht hatte. Als er soweit war, stieß er noch einmal gewaltig zu und blieb tief in ihr gebettet, während er einen Finger gegen Marys geschwollene Klitoris drückte. Die Intensität der Sensationen war mehr, als sie ertragen konnte. Mary schrie laut auf; ihre Sinne wie betäubt.

Fast zur gleichen Zeit, als sich die Segel in der Brise aufblähten, die den Schoner aus dem Hafen von Sydney trieb und Melanie ihrem Ziel, Paradise Island, näher brachte, wartete Delie in dem kleinen Raum auf der Polizeiwache auf ihren Bruder Ric. Bevor er die Gelegenheit hatte, seine Wut herauszulassen, erklärte Delie kurz und knapp die Lage. Rics Reaktion bestand in verzweifelter Ungläubigkeit.

»Warum muss Bartlett gerade jetzt verreisen? Ich habe mich auf ihn verlassen, dass er mich hier herausholt. Als ich gestern nichts von dir oder ihm hörte, habe ich mich damit getröstet, dass es heute ganz bestimmt geschehen wird.«

»Gibt es sonst niemanden, an den wir uns wenden können?«, fragte Delie.

»Melanie.« Rics Stimme hob sich ein wenig. »Delie, du musst zu Melanie gehen. Bitte sie, die Anzeige gegen mich zurückzuziehen. Flehe sie an, wenn es nötig sein sollte.« Er brach seinen Redefluss ab und starrte Delie an. »Was ist denn los? Warum schaust du mich so an?«

»Wir haben uns nicht gerade in aller Freundschaft voneinander verabschiedet. Ich bezweifle sogar, ob sie überhaupt mit mir sprechen will.«

»Du musst es versuchen. Je länger ich darüber nachdenke, desto sicherer bin ich, dass dies der bessere Weg ist. Wenn Melanie persönlich hierhin kommt und ihre Anzeige zurücknimmt, kann ich sie um Vergebung dafür bitten, dass ich nicht mit offenen Karten gespielt habe, und ich kann ihr noch einmal versichern, wie ernst ich es mit meinem Heiratsantrag gemeint habe.«

Delie schürzte die Lippen, und ein kaum wahrnehmbares Kopfschütteln verriet, was sie von den Plänen ihres Bruders hielt. »Gut, wenn es dir so ernst ist, werde ich das tun, um was du mich bittest. Aber beschuldige mich nicht, wenn mein Versuch nicht erfolgreich ist.«

Der Schoner hatte längst die offene See erreicht, bevor Pieter herausfand, wohin Melanie geflohen war. Als sie am Abend nicht zurückgekommen war, schüttelte er das zierliche Dienstmädchen kräftig durch, bis er die Adresse von Melanies Eltern erfahren hatte. Er verlangte, dass man ihm ein Pferd sattelte, und ritt hinunter zu den Griffiths.

Aber dort musste er feststellen, dass sie gar nicht zu Hause waren. Von der Haushälterin erfuhr er zwar, dass Melanie am Vortag ihre Mutter besucht hatte, aber seither war sie nicht wieder gesehen worden.

Jetzt begriff Pieter, dass Melanie davongelaufen war. Er hatte keine Ahnung, wohin sie sich gewandt hatte, deshalb kehrte er nach Arlecdon zurück und beleuchtete seine neue Situation. Im Landhaus musste er sich mit einer streitbaren Haushälterin herumschlagen, die keinen Grund für seine weitere Anwesenheit im Haus sah, da die Herrin verreist war.

Mrs. Godwins aufbrausendes Wesen kam gegen Pieters Entschlossenheit nicht an. Sie zog sich unter lautem Gemurmel zurück und prophezeite, dass sich der alte Herr im Grabe umdrehen würde, wenn er von diesen schrecklichen Vorgängen wüsste.

Das Essen, das man Pieter servierte, war offenbar hastig und lieblos zusammengestellt, und der Wein zum Essen kam nicht aus den besten Lagen. Als er den Teller von sich schob, war er in einer schlechten Laune.

Er hatte Melanie unterschätzt. Oder vielleicht hatte er seine sexuelle Kontrolle über sie überschätzt. Seine schlechte Laune verstärkte sich noch, weil ihm weder Delie noch Mary zur körperlichen Ablenkung zur Verfügung standen. Wenn er gewusst hätte, wo Delie sich aufhielt, wäre er zu ihr gegangen, aber er hatte keine Ahnung.

Pieter beschloss, den Rest des Abends damit zu verbringen, das Haus zu durchsuchen, um den einen oder anderen Hinweis auf Melanies Aufenthaltsort zu finden. Er war noch nicht bereit, seine Pläne einer Hochzeit mit ihr – und ihrem Vermögen – aufzugeben. Wenn er Melanie fand, und er war entschlossen, sie zu finden, würde er sie auf eine gänzlich andere Art dazu überreden, seine Frau zu werden.

Er begann seine Suche in Melanies privatem Salon, und fast sofort wurde er fündig. Als er den Deckel ihres Sekretärs öffnete, fand er die Kopie des Briefes, den sie ihrer Cousine geschrieben hatte. Der Inhalt war sehr erhellend für ihn. Melanie war sich ihrer eigenen Gefühle nicht sicher, aber Pieter las aus den Zeilen heraus, wem ihr Herz gehörte.

Wenn er nicht Melanie und ihr Geld verlieren wollte, musste er schnell handeln, bevor Ric Liddell wieder in Freiheit war und eine ernste Bedrohung für seine eigenen Pläne wurde.

Am nächsten Morgen ritt Pieter in die Stadt, wo es nicht lange dauerte, bis er den Schiffsmakler fand, der Melanies Reise nach Paradise Island gebucht hatte. Der Mann, ein Romantiker von Haus aus, hatte Mitleid mit Pieter.

»Sie haben die Lady knapp verpasst. Ihr Schoner hat vor ein paar Stunden abgelegt.«

»Wann fährt das nächste Schiff zu den Inseln?«

»*Lady Jane* segelt heute in einer Woche. Ich kann Ihnen einen Platz buchen, wenn Sie möchten.«

»Gibt es kein früheres Schiff?«

»Nun, wir hätten da einen Frachter, der übermorgen in See stechen soll. Die Matrosen nehmen schon mal den einen oder anderen Passagier mit, aber die Kabinen sind nicht sehr bequem, und die Fahrt dauert auch länger.«

»Das nehme ich auf mich.«

Er buchte die Passage, dann kehrte er nach Arlecdon zurück, um wenigstens die beiden Tage noch in aller Bequemlichkeit zu erleben.

Er war gerade erst eine halbe Stunde wieder im Haus, als Delie, begleitet von Mary, vor der Tür stand.

»Richte Mrs. Wilberforce aus, dass ich mit ihr sprechen möchte, Carstairs.«

Delie schwebte an ihm vorbei in die Eingangshalle, und Mary folgte ihr voller Selbstvertrauen.

Der Butler starrte das Dienstmädchen verdutzt an. Mary war jetzt wie eine gut bezahlte Gesellschafterin gekleidet. Aber es war nicht ihre modische Kleidung, die ihn am meisten verblüffte. Sie strahlte etwas aus, was zuvor nicht dagewesen war: eine sexuelle Aura umgab sie.

Er spürte, wie sein Penis sich lustvoll erhob, auf das Mary, der das Zucken unter seiner Hose nicht entgangen war, mit einem amüsierten Lächeln reagierte, was ihn sehr ärgerte. Ihr Hochmut hätte ihn fast dazu gebracht, ihr die neuen Kleider vom Leib zu reißen und an Ort und Stelle in sie einzudringen.

»Wirst du jetzt deiner Herrin sagen, dass ich hier bin?«, fragte Delie höchst autoritär.

Obwohl er nichts gegen seine anschwellende Männlichkeit tun konnte, hatte Carstairs seine Gesichtszüge professionell im Griff. »Mrs. Wilberforce ist nicht zu Hause, Miss.«

»Wann kommt sie zurück?«

»Ich weiß es nicht, Miss. Sie ist verreist.«

»Wohin?« Ihre gebieterische Haltung zerbröselte unter dem Schock, den diese unerwartete Neuigkeit auslöste.

»Das weiß ich nicht, Miss.«

Delies Fuß stampfte wütend auf den Boden. Was konnte sie jetzt noch tun? Ihre stumme Frage wurde durch die Ankunft von Pieter beantwortet, der den Butler sofort wegschickte und die beiden Frauen in den kleinen Salon führte.

»Man könnte meinen, dass du der Herr von Arlecdon bist«, war Delies sarkastischer Kommentar auf das selbstsichere Auftreten des Südafrikaners.

»Der werde ich auch bald sein.«

»Tatsächlich? Und warum ist Melanie dann verreist? Wenn sie die Absicht hätte, dich zu heiraten, kann ich mir nicht vorstellen, dass sie auf deine Gesellschaft verzichtet.«

Ein kurzes wütendes Aufflackern in Pieters Augen bestätigte ihren Verdacht über Melanies Abwesenheit. Ein Teil ihrer Anspannung löste sich. Es würde für Ric zwar eine längere Zeit in der Polizeizelle bedeuten, aber er konnte wenigstens sicher sein, dass keine unmittelbare Gefahr bestand, Melanie an Pieter van Heuren zu verlieren.

»Weißt du, wo Melanie ist?«

»Woher sollte ich das wissen? Mir hat sie gesagt, dass sie ihre Eltern besuchen will, um ihnen die bevorstehende Hochzeit mitzuteilen. Ich weiß nur, dass sie bei den Eltern nicht eingetroffen ist, und sie sind ebenfalls verreist. Und zurückgekehrt ist Melanie auch nicht.«

Delie lachte ihn aus. »Du warst also nicht so clever, wie du gedacht hast, was? Man darf wohl annehmen, dass es Melanie nicht gefallen hat, ans Bett gefesselt zu sein.«

Ein lüsternes Glänzen trat in Pieters Augen. »Sie hat es sehr genossen. Dir hat es doch auch gefallen, nicht wahr, Mary?«

Wieder lachte Delie. »Es hat ihr besser gefallen, als du je ahnen wirst.« Die Frauen tauschten einen verschwörerischen Blick, bevor Delie sich wieder an Pieter wandte. »Bist du sicher, dass du nicht weißt, wohin Melanie gegangen sein könnte?«

»Ich habe nicht die geringste Ahnung. Ich habe mich damit abgefunden, ihre Rückkehr abzuwarten.«

»Warten mit allem Komfort, was?«

»Warum nicht? Das Haus ist jedem Hotel vorzuziehen. Nur eins fehlt mir – liebliche Damen, mit denen man ein paar schöne Stunden verbringen kann, um sich die Zeit zu vertreiben. Wir hatten nie die Gelegenheit zu einer kleinen intimen Runde. Warum holen wir das nicht nach?«

Delie schürzte die Lippen, was ein Zeichen war, dass sie ernsthaft über den Vorschlag nachdachte. Sie musste die Loyalität zu ihrem Bruder gegen ihren eigenen Sextrieb abwägen. Aber dann dachte sie, dass Ric keinen Schaden erlitt, wenn sie ihrem Trieb folgte. Sie sah Mary an. »Sollen wir?«

»Ich bin bereit.« Bei ihrem Eifer war diese Aussage noch stark untertrieben.

»Ich glaube, ich auch.«

Pieter hatte geglaubt, ihre Aktivitäten kontrollieren zu können, aber da hatte er nicht mit Delies Hang zur Dominanz gerechnet und auch nicht mit Marys neu gefundener Selbstsicherheit in ihrer Freude am Sex. In einem stillschweigenden Einverständnis zwischen den Frauen schloss Delie die Tür des kleinen Salons ab, und Mary zog die Vorhänge vor die Fenster.

Sie begannen, sich gegenseitig auszuziehen und ließen sich viel Zeit mit jedem Kleidungsstück. Sie streichelten sich dabei und fassten sich gegenseitig an die Brüste.

Pieter nahm an, dass sie das alles zu seiner Unterhaltung vorführten, und setzte sich aufs Sofa, um ihnen zuzuschauen. Seine Erektion wurde noch etwas härter, als er sah, dass Marys Pfläumchen jetzt ebenso blank rasiert war wie Delies. Er erkannte die sexuelle Aura, die das Dienstmädchen umgab, und Pieter hätte jetzt noch viel lieber gewusst, wo die beiden Frauen ihren Appetit gestillt hatten und mit wem.

Als sie beide nackt waren, setzte sich Delie zu ihm aufs Sofa. Sie schwang ein Bein über seinen Schoß und drückte gegen die Erektion, die von der Hose noch bedeckt wurde. Sie lud ihn wortlos ein, ihre Brüste zu lecken, während Mary der anderen Stelle von Delies Körper, die so stark auf orale Stimulierung reagierte, ihre Aufmerksamkeit widmete.

Zunächst hatte sich Pieter gern gefügt, aber schon bald erkannte er, dass dies nicht das Szenarium wurde, das er sich vorgestellt hatte. Er hatte geplant, dass die beiden Frauen abwechselnd oder gemeinsam lauter wunderbare Dinge an ihm verrichten.

Abrupt schob er Delies Bein von seinem Schoß, dann erhob er sich und entledigte sich seiner Kleidung. Er kniete sich aufs Sofa und wollte Delie dazu bringen, sein schmachtendes Organ in den Mund zu nehmen.

Während Delie ihn mit den Lippen verwöhnte, stellte sich Mary hinter ihn. Sie rieb sich gegen seinen Rücken und achtete darauf, dass er ihre gehärteten Nippel spürte, mit denen sie über seine Haut strich. Als sie selbst von der erotischen Aktion erregt wurde, drückte sie sich fester gegen ihn und rieb ihr Schambein gegen Pieters Backen.

Sie stöhnte laut auf, wand sich hinter ihm und rieb sich an seinem Hintern, als könnte sie nicht genug von ihm bekommen. Pieter war bewusst, dass Delie sich an seinem Körper erregte, und das verschaffte ihm mehr Lust als Marys Lippenspiel an seinem Schaft.

Schließlich konnte er Marys heißes, geiles Stöhnen nicht länger ignorieren. Er brach die Gruppe auseinander, schob Mary neben Delie aufs Sofa, kniete sich auf den Boden, spreizte ihre Beine und tauchte mit der Zunge hinunter, um sie auf den Gipfel ihrer Erregung zu bringen.

Eine Weile gab sich Delie damit zufrieden, sich mit den eigenen Fingern zu reizen. Die beiden Frauen leckten sich ab und zu gegenseitig die Brüste.

Als Delie bemerkte, dass Mary zu sehr von der eigenen sexuellen Euphorie abgelenkt war, stand sie vom Sofa auf und hockte sich hinter Pieter. Ihr Finger war glitschig von ihren eigenen Sekreten, deshalb streichelte sie nur kurz um seinen Anus herum, bevor sie ihm den Finger in die Öffnung bohrte.

Sein Aufstöhnen wurde in Marys Vulva gedämpft. Die Sensationen, die Delies Finger in ihm auslösten, ließen Pieter noch intensiver saugen. Delie setzte ihre freie Hand ein, um ihre eigene Lustknospe zu reiben, denn sie wollte ihre Erfüllung zusammen mit der anderen Frau finden.

Niemand von ihnen bemerkte, dass sich die Verbindungstür zum großen Salon einen Spalt weit öffnete. Carstairs, dessen Erektion sich nicht wieder beruhigte, seit die beiden Frauen das Haus betreten hatten, war von Anfang an der Zeuge des wilden Getümmels; er hatte alles beobachtet vom Öffnen des ersten Knopfes an. Diesmal wollte er seinen Samen nicht sinnlos in die Luft versprühen.

Die Hose geöffnet, das pochende Organ aufgerichtet, eilte Carstairs dem Trio entgegen. Er kniete sich hinter Delie und rammte den Schaft triumphierend in Delie hinein, bevor irgendjemand seine Anwesenheit bemerkte.

Sie keuchte vor erstauntem Entzücken, und ihr Aufschrei drang in die sexuelle Zielstrebigkeit der anderen beiden ein. Als sie die neue Situation begriffen, rasten sie noch hastiger dem Gipfel ihrer Lust entgegen.

Gemischte Gefühle tobten in Ric, als er am Nachmittag während Delies Besuch von Melanies Verschwinden hörte. Nachdem er über die Witwe hergezogen war, weil die neue Entwicklung bedeutete, dass er länger inhaftiert bleiben würde, zog ein Schimmer der Hoffnung in sein Gesicht: Morgen würde er vor den Magistrat gebracht, und dort würde man über sein Schicksal entscheiden.

»Ich schätze, eine weitere Nacht werde ich auch noch in diesem Höllenloch überleben. Ich werde mir die Zeit vertreiben mit den Plänen, wie ich es Melanie heimzahle, wenn ich erst wieder in Freiheit bin.«

»Dafür musst du sie zuerst finden.«

»Weiß van Heuren, wohin sie gegangen ist?«

»Er tut so, als wüsste er es nicht, aber ich bin sicher, dass er es weiß.«

»Wird er auf ihre Rückkehr warten, oder wird er ihr nachreisen?«

»Melanie ist abgehauen. Warum? Darüber kann man nur

spekulieren. Ich bin sicher, dass Pieter nicht nur herumsitzen und auf ihre Rückkehr warten wird.«

»Wenn das so ist, meine liebe Adeline, dann solltest du seine Schritte genau überwachen.«

Da sie aufregendere Pläne hatte, als die Nacht damit zu verbringen, nur einen Mann zu amüsieren, schickte Delie ihre Freundin Mary zurück nach Arlecdon. Delie wusste, dass Mary in der Lage war, Pieter und auch den Butler für eine Weile zu befriedigen.

Am nächsten Tag wurde Ric vor den Magistrat gebracht. Constable Smith, aufgeblasen von der eigenen Wichtigkeit, präsentierte den Fall. Sein großspuriges Verhalten endete abrupt, als der Gefangene freigelassen wurde, weil es keine Zeugen der angeblichen Straftat gab.

Überaus erfreut über das Urteil, inszenierte Delie einen nie dagewesenen Vorfall, indem sie ihren Bruder umarmte und küsste, worauf er mit einem trockenen Grinsen reagierte.

»Meine liebe Adeline, ich hatte ja keine Ahnung, dass dir soviel an mir liegt.«

»Ich kann es selbst nicht verstehen, schließlich sprichst du mich immer noch mit diesem schrecklichen Namen an.«

Rics Lachen galt eher der Erleichterung, dass die Klage gegen ihn fallengelassen worden war. »Der Geschmack unserer Mutter, was Namen anging, ließ einiges zu wünschen übrig. Jetzt hoffe ich, liebe Schwester, dass du mir die Sachen mitgebracht hast. Ich kann es kaum erwarten, ein gutes Hotel zu finden, in dem ich ein Bad nehmen und mich rasieren kann, bevor ich endlich frische Sachen anziehen werde.«

»Ja, du müffelst ein wenig.« Sie rümpfte die Nase, und als

sie ihn ansah, mussten sie beide lachen. In dieser guten Stimmung gingen sie die Treppe vor dem Gericht hinunter.

Es war Delie, die zur Seite schaute, um ihrem Bruder etwas mitzuteilen, und dabei auf der Straße eine bekannte Kutsche vorfahren sah.

»Ric, schau doch mal, das ist Melanies Kutsche.«

»Und van Heuren sitzt drinnen, und er hat eine Menge Gepäck geladen. Ich wette, dass er hinter Melanie her ist. Warte auf mich im *Prince of Wales*, Delie. Ich folge ihm.«

Er sprang die letzten Stufen hinunter und rannte an der Straßenseite entlang, die Kutsche vor Augen. Manchmal musste er schneller laufen, aber dann wurde die Kutsche vom Betrieb im Hafen gebremst. Überrascht sah Ric, dass Pieter ein Frachtschiff bestieg.

Ric sprach einen der Hafenarbeiter an und fragte lässig nach dem Ziel des Frachters. Dabei erfuhr er, dass sie gewöhnlich keine Passagiere aufnehmen, doch ab und zu wollte jemand mit zu den Inseln.

Ric wusste sofort, auf welche Insel Melanie gereist war. Ärgerlich war nur, dass er noch zwei Tage warten musste, eher der nächste Schoner in See stach.

»*Lady Jane* ist viel schneller, Sir. Sie wird Paradise Island höchstens einen Tag nach dem Frachtschiff erreichen.«

Nach dieser Information ging es Ric schon viel besser. Er würde nur einen Tag nach Pieter auf Melanie stoßen. In vierundzwanzig Stunden konnte ein Mann nicht viel Unheil anrichten, nahm er an.

Vierzehntes Kapitel

Über den Schatten der Bäume brannte die Sonne mit grellem Glanz. Die Farben der tropischen Blumen, der Sand und das Meer strahlten so hell, dass einem die Augen schmerzten. Melanie nahm einen Schluck geeister Limonade und wedelte einen Fächer über ihr Gesicht.

»Ich kann verstehen, warum du und auch Tante Eleanor diese weiten Kittel bevorzugt. Wenn ich eines meiner Kleider anhätte, würde ich in der Hitze schmelzen. Aber ich kann mir nicht vorstellen, wie ihr das Monat für Monat aushaltet.«

Die Cousinen saßen auf der kühlen, schattigen Veranda von Ditas neuem Haus. Obwohl es schon später Nachmittag war, hatte die Hitze noch nicht nachgelassen; jedenfalls kam es Melanie so vor. Dita und ihre Mutter schienen im tropischen Klima aufzublühen. Als Melanie das kurz nach ihrer Ankunft äußerte, hatte Dita laut aufgelacht.

»Die Tropen sind wie gemacht für Liebe und Sex. Matt findet es wunderbar, dass ich so spärlich bekleidet bin.«

»Wo ist Matt?«, hatte Melanie gefragt. »Arbeitet er noch auf der Plantage?«

»Er ist zu einer der anderen Inseln gereist.« Ihr Lächeln enthielt heimliche Erinnerungen. »Er wird immer ein Abenteurer bleiben, Melanie. Ich könnte ihn nie an meiner Seite festhalten, und das würde ich auch nicht wollen. Er liebt das Leben hier und versteht sich gut mit meinen Eltern. Aber er könnte dem Drang nicht widerstehen, fremde Gegenden zu erforschen. Ich weiß, dass er mich nach seiner Rückkehr für die Zeit seiner Abwesenheit wunderbar entschädigt.«

Melanie war froh, ihre Cousine ganz für sich allein zu haben. Als Dita sich von der Überraschung des Besuchs erholt hatte und sie mit Fragen bestürmte, deutete Melanie an, dass ihr Besuch das Ergebnis einer impulsiven Entscheidung war. Obwohl sie so verzweifelt war, eine Vertraute zu finden, wusste sie nicht, wie sie Dita mit ihren Problemen konfrontieren sollte. Es gab momentan zu viele verwirrende Dinge, und sie hatte keine Ahnung, wie sie beginnen sollte.

Deshalb verbrachten die Cousinen die ersten vierundzwanzig Stunden mit lustigen Erinnerungen ihrer Kindheit. Sie sprachen über viele unwichtige Dinge, ehe sich Dita an Melanie wandte und fragte: »Was ist los, Melanie? Du hast den Glanz in deinen Augen verloren, und seit du hier bist, hast du mich nicht einmal ›meine süße Cousine‹ genannt. Das ist so ungewöhnlich, dass es mir Sorgen bereitet.«

Der Seufzer, den Melanie ausstieß, enthielt ihr ganzes Unglück, und Dita wurde noch bekümmerter. Sie hielt die Hände der Cousine in ihren fest. »Erzähle, meine Liebe.«

»Erinnerst du dich daran, dass ich dir gesagt habe, Jonathan hätte einen Enkel?«

»Alaric Wilberforce. Du hast eine sehr negative Beschreibung dieses Mannes abgeliefert, obwohl du ihn noch nie gesehen hattest.«

»Nun, wir haben uns kennengelernt, und er hat nichts mit dem zu tun, was ich mir vorgestellt habe. Er ist groß gewachsen, hat einen dunklen Teint und sieht extrem gut aus. Dabei ...«

»Und du hast dich sofort in ihn verliebt«, unterbrach Dita sie.

»Es wäre besser, wenn ich das nicht getan hätte.«

»Erwidert er deine Liebe nicht?«

»Ich habe nicht die leiseste Ahnung von seinen Gefühlen. Sein Verhalten mir gegenüber verändert sich von einem Moment zum nächsten. Aber das ist nur ein Teil meiner Sorgen.

Die Dinge sind viel komplizierter als ein Fall von unerwiderter Liebe.«

»Dann musst du mir alles erzählen. Ist das nicht der Grund, warum du nach Paradise Island gekommen bist?«

Jetzt, nach mehreren Tagen auf der Insel, war Melanies Wohlbehagen deutlich wiederhergestellt, aber sie war nicht bereit, mit den Problemen konfrontiert zu werden, die sie in Sydney erwarteten. Sie wusste, dass Ric ihr nie vergeben würde, dass sie seine Verhaftung nicht verhindert und nichts für seine Freilassung getan hatte.

Das warf sie sich auch selbst vor. Wenn der übertrieben diensteifrige Constable Smith nicht auf Arlecdon gewesen wäre, hätte sie der Verhaftung nicht zugestimmt; Melanie hätte andere Möglichkeiten ergriffen, um den angeblichen Diebstahl aufzuklären.

Immer wieder beschäftigten sie diese Gedanken. Sie war nicht mehr von Rics Schuld überzeugt, aber sie mochte auch nicht glauben, dass Pieter so hinterhältig gehandelt hatte. Melanie fragte sich die ganze Zeit, ob einer der beiden Männer sie auch heiraten wollte, wenn sie arm wäre.

Sie wünschte, es gäbe eine Möglichkeit, sie einem Test zu unterziehen. Würde die Beziehung mit Ric anders verlaufen sein, wenn sie sich unter anderen Umständen kennengelernt hätten? Das würde sie nie herausfinden. Er hatte ihren Körper genommen, hatte alles genommen, was sie ihm bereitwillig gegeben hatte, aber mit all dem hatte er nur ein Ziel verfolgt. Pieter hatte sie wenigstens schon begehrt, als sie noch keine reiche Witwe geworden war.

»Oh, schau mal, das Frachtschiff läuft gerade ein«, sagte Dita und brach damit in Melanies Gedanken ein. »Ich hoffe, es hat Tee geladen. Ich habe nur noch einen kleinen Vorrat. Hast du Lust, mit zum Kai zu kommen, Melanie?«

»Hast du was dagegen, wenn ich hier bleibe?«

»Natürlich nicht. Du kannst tun und lassen, was du willst. Ich gehe hinüber zu meiner Mutter. Sie wird unbedingt sehen wollen, welche Waren sie uns mitgebracht haben.«

Melanie blieb noch eine Weile auf der Veranda sitzen und schaute dem geschäftigen Treiben zu, als das Frachtschiff anlegte. Sie sah Dita und Eleanor über die Mole schlendern. Einem Impuls folgend, verließ sie ebenfalls das Haus, um ihren Lieblingsweg entlangzugehen. Er wand sich durch die tropischen Gärten und führte dann durch einen üppigen Naturwald, bis er auf den Klippen endete. Von da oben konnte man eine kleine Bucht überblicken. Sie war schon einige Male hier gewesen; ein idealer Ort, um nachzudenken.

Als sie die Klippen erreichte, nahm Melanie ihren Platz an der Wurzel eines Baumes ein, der Schatten spendete. Sie blickte hinunter zum Strand und sah zwei Insulaner, ein Mann und eine Frau, die nackt durch den Sand liefen und sich in die Wellen stürzten. Melanie bewunderte ihre Schwimmkünste und schaute ihnen eine Weile zu, bevor sie wieder hinaus aufs türkisfarbene Meer blickte.

Als sie den Blick zurück in die Bucht richtete, entdeckte sie das Paar wieder. Es stand dicht beieinander und hatte sich umarmt; ihre Füße wurden von den schäumenden Wellen umspült. Die Hände des Mannes glitten über die Pobacken der Frau und pressten ihre Hüften fester an sich heran. Er stieß mit seinen Hüften gegen ihre.

Mit einem Lachen schubste die Frau ihn weg und lief den Strand entlang. Sie schaute über die Schulter und lachte dabei. Er sprintete ihr nach und hatte sie nach wenigen Laufschritten eingeholt. Er umfasste ihre Taille, und seine Erektion glitt zwischen ihre Schenkel.

Melanie konnte nicht sehen, ob er sie penetrierte oder nicht, denn sie löste sich bald wieder von ihm, drehte sich um zu ihm und trat ein paar Schritte zurück. Sie begann ihre festen kaffeebraunen Brüste zu streicheln und nahm die dunklen Nippel zwischen Daumen und Zeigefinger. Ihre Zunge strich provozierend über ihre Lippen. Die ganze Zeit ging sie rückwärts, weg von dem Mann.

Der Mann folgte ihr Schritt um Schritt, die Lippen zu einem breiten Grinsen geöffnet, während er mit der Hand einige lüsterne Bewegungen mit seinem strotzenden Organ vorführte. Sie lachte und blieb dann stehen. Während sie fortfuhr, ihre Nippel zu zwirbeln, stieß sie ihr Becken vor, eine sexuelle Antwort auf seine Handbewegungen.

Als er sich auf sie stürzen wollte, huschte sie an ihm vorbei, um in die entgegengesetzte Richtung zu laufen. Wieder fing er sie ein, sie rangen kurz miteinander und landeten beide im Sand. Er kam auf die Knie hoch, während die Frau sich aufrichtete. Er zog sie an sich und drückte seinen Mund auf ihr Geschlecht.

Melanie spürte einen Schwall Nässe in der eigenen Pussy. Sie weinte den Tagen nach, in denen sie den Sex auch mit dieser unkomplizierten Hingabe genossen hatte wie das Paar am Strand. Sie erlebte die fröhliche Art mit, in der die Frau sich über ihren Orgasmus freute, und dann hielt sie es nicht länger aus, veränderte ihre sitzende Position ein wenig und schob einen Finger in ihre eigene Feuchte. Es wurde ihr mit einem Seufzer bewusst, dass sie schon viele Tage keinen Sex mehr gehabt hatte, und das letzte Mal war mit Pieter gewesen.

Der Mann zog die Frau auf sich, damit sie über seinen Penis gleiten konnte. In ihrem Gesicht sah man das Entzücken, als sie den Schaft zentimeterweise in sich aufnahm. Melanie presste ihre Finger tief in ihre warme Öffnung und stellte sich vor, den Platz mit der Frau zu tauschen.

Sie saß auf dem Schoß des Mannes, die Knie an seinen Seiten, und ließ die Hüften rotieren. Der Mann streckte eine Hand aus und rieb ihre Klitoris, dann fand er auch noch Platz für die andere Hand. Melanie setzte auch die andere Hand noch ein, um ihre eigene geschwollene Knospe zu reiben.

Als die Frau offenbar den zweiten Höhepunkt erlebte, verstärkte sich das Brennen in Melanies Vulva. Sie wünschte, ihr stünde ein Mann zur Verfügung, irgendeiner, der ihr auch dieses totale Vergnügen bereiten könnte.

Unten am Strand kniete sich die Frau auf alle Viere, während der Mann hinter ihr mit Wucht in sie hineinpumpte. Melanie konnte ihre ekstatischen Schreie hören. Sie nahm sie wahr und masturbierte sich zu einem unbefriedigenden Orgasmus.

Obwohl sie eigentlich zurück zum Haus gehen sollte, blieb sie auf ihrem Platz sitzen und rief Erinnerungen an verschiedene ihrer großartigen Liebhaber wach. Sie musste an die Nacht denken, in denen sie es mit zwei jungen Typen getrieben hatte. Danach hatte sie Dita mit ihrem Geständnis geschockt. Das war in den Tagen, bevor Dita und Matt sich kennengelernt hatten.

Melanie verbot sich, an Matt zu denken, das wäre ihr wie ein Verrat an Dita vorgekommen. Aber sie dachte an Simmonds und hätte gern gewusst, ob er sich eine Farm gekauft hatte. Dann dachte sie an Ric und an Pieter.

Sie hörte seine Stimme ganz in der Nähe, und er wiederholte die Worte, mit denen er sie auf Arlecdon begrüßt hatte. »Melanie, meine Liebe, bist du überrascht?«

Entsetzt hätte ihre Reaktion besser beschrieben. Einen Moment lang glaubte sie, ihren Augen nicht trauen zu können. Wie konnte Pieter hier sein und sie mit seinem sexuellen Charme anlächeln, der sie schon bei ihrer ersten Begegnung bezaubert hatte? Sie raffte sich auf und kam auf die Füße. »Wie hast du mich gefunden?«

»Du kennst doch das Sprichwort: Wo ein Wille, ist auch ein

Weg.« Er half ihr, sich aufzurichten. Gleich nahm er sie in die Arme und drückte sie an sich. Seine Erektion presste gegen ihren Unterleib. Sie schaute ihm fragend in die Augen. Sein Grinsen zeigte seine Geilheit. »Ich wusste gar nicht, dass du eine Schwäche fürs Spannen hast, meine Liebe. Hat das Paar da unten dich ebenso erregt wie mich?«

Melanie schaute hinunter in die Bucht und entdeckte das Paar. Nach dem anstrengenden Liebesfest waren die beiden wieder im Wasser gewesen, aber jetzt lag er auf dem Rücken, während die Frau fröhlich auf ihm ritt.

Pieter ließ ein triumphierendes Lachen hören und quetschte Melanies Körper noch fester. »Ich habe deinen schönen Leib vermisst. Hast du mich auch vermisst? Zitterst du deshalb so stark?«

Sie fand es sehr schwer, sich auf irgendwas zu konzentrieren, außer auf Pieters Erektion und den Schmerz zwischen ihren Schenkeln. Melanie drückte die Hände gegen seine Schultern, um ein wenig Abstand von ihm zu nehmen. »Ich bin vor dir weggelaufen, Pieter.«

»Aber jetzt läufst du nicht weg.«

»Ich kann nicht, denn du hältst mich fest.«

Pieter ließ sie los und trat einen Schritt zurück. »Jetzt halte ich dich nicht mehr fest.«

Als Melanie sich nicht bewegte, ließ Pieter erneut ein triumphierendes Lachen hören. Er öffnete seine Hose, zog sie aus und bot Melanie die Gelegenheit, ihre hungrigen Blicke mit seinem prächtigen Organ zu füttern, während er sich hastig das Hemd auszog.

Melanie bewegte sich immer noch nicht. Pieter trat auf sie zu und hob ihr weites Kittelkleid über den Kopf. Ihm stockte der Atem, als er entdeckte, dass sie darunter nackt war. »Also, das ist eine Kleidermode, die mir gefällt.«

Er legte seine Hände in ihre Achselhöhlen und hob sie an. Die Eichel seines Schafts drückte gegen ihre feuchte Öffnung.

Er ließ Melanie langsam nach unten gleiten, bis sie miteinander vereint waren.

Melanie schlang ihre Beine um Pieters Taille und die Arme um seinen Rücken, während sie mit dem Kopf an seiner Schulter lehnte. Er fühlte sich gut an in ihr, und sie begann sich zu fragen, warum sie weggelaufen war.

Einige Momente lang regten sie sich nicht, sie labten sich an der sexuellen Lust, wieder vereint zu sein. Dann packten Pieters Hände ihre Pobacken ein wenig fester, und er begann kräftiger von unten nach oben zu pumpen, bis Melanies Arme, Beine und inneren Muskeln ihn bei ihrem Orgasmus härter umfassten, und er spürte, dass er auch nur noch wenige Stöße entfernt war.

Natürlich war es ein Triumph für Pieter. Nachdem der erste sexuelle Rausch vorbei war, blieben sie auf ihren Kleidern liegen und genossen die sinnliche Lust, die sie sich gegenseitig bescheren konnten. Pieter garnierte seine Liebkosungen mit Entschuldigungen für sein Verhalten auf Arlecdon und seine Küsse mit Bitten um Vergebung. Sie erreichten den Gipfel der Lust ein zweites Mal, er verharrte weiter in ihr und stützte sein Gewicht mit den Armen ab. Seine hellen blauen Augen schauten liebevoll auf sie hinunter. »Sage mir, dass du mich heiraten wirst, meine Liebe.«

»Liebst du mich?«, fragte Melanie und schob ihn von sich. »Würdest du mich auch heiraten, wenn ich arm wäre?«

»Ich will ehrlich sein, meine Süße. Wenn du mir diese Frage früher gestellt hättest, wäre mein Antwort ›nein‹ gewesen. Aber als du plötzlich nicht mehr da warst, begriff ich erst, wie viel du mir bedeutest.«

Seine Stimme zitterte vor Ernsthaftigkeit, und Melanie war fast überzeugt. Aber noch nicht ganz. Sie brauchte mehr Zeit zum Nachdenken.

An diesem Abend dinierten sie mit Ditas Eltern. Das ältere Paar erlag sofort Pieters Charme und seiner offensichtlichen Bewunderung Melanies. Auch Dita, die ihn ausgiebig musterte, war beeindruckt von ihm. Bevor sie sich zur Ruhe begaben, setzte sie sich auf das Fußende von Melanies Bett.

»Dein Pieter ist ein sehr charmanter Mann und sieht toll aus. Ich kann jetzt gut verstehen, dass du dich ihm in Kapstadt hingegeben hast. Wenn ich nicht so verliebt in Matt wäre, könnte ich auch in Versuchung geführt werden. Ich kann mir kaum vorstellen, dass er zu den garstigen Dingen fähig ist, die du von ihm berichtet hast.«

»Glaubst du, ich hätte dich belogen?«

»Natürlich nicht. Aber er scheint dich anzubeten. Vielleicht hat er nur aus Eifersucht so gehandelt. Du musst dir darüber klar werden, was du fühlst, seit er heute hier eingetroffen ist.«

»Ich war überrascht.«

»Und?«

»Ja, gut, wir hatten sofort Sex miteinander. Ich habe keine Kontrolle über meinen Körper, Dita. Noch nie gehabt. Zeige mir einen attraktiven Mann, und ich lechze danach, unter ihm zu liegen und zu spüren, wie er sein Ding in mich hineinstößt.«

»Dann bedeutet Pieter dir nicht mehr als jeder andere Liebhaber auch?«

»Ehrlich, das weiß ich nicht. Er hat mir gesagt, er würde mich auch heiraten, wenn ich arm wäre.«

»Was du aber nicht bist.«

»Ich werde auch nicht mehr lange so wohlhabend sein. Ich werde mich nicht von Arlecdon trennen, aber ich habe vor, alles andere an Ric abzutreten. Morgen werde ich Mr. Bartlett einen Brief schreiben, damit er die rechtlichen Schritte einleiten kann. Sobald er die erforderlichen Dokumente vorliegen hat, dass ich sie unterschreiben kann, werde ich nach Sydney zurückkehren. Hast du was dagegen, wenn ich noch eine Weile bleibe?«

»Du bist uns willkommen, solange du bei uns bleiben willst. Ich habe nur noch eine kurze Frage: Warum willst du alles an Ric geben?«

»Weil er der rechtmäßige Erbe hätte sein sollen. Ich will beweisen, dass ich nicht die Goldgräbertussi bin und dass ich Jonathan nicht überredet habe, sein Testament zu meinen Gunsten zu ändern.«

»Warum ist dir das so wichtig?«

Melanie sah ihre Cousine mit einem liebevollen tadelnden Blick an. »Du hast gesagt, nur eine Frage.«

»Also gut, zwei. Schließlich bist du zu mir gekommen, um dir über deine Gefühle klar zu werden.«

»Ich weiß. Und du hast mir auch sehr geholfen.«

»Dann beantworte bitte meine Frage.«

»Meine Gefühle für Ric sind unverändert. Es schmerzt mich der Gedanke, dass er schlecht über mich denkt.«

»Dann habe ich nur einen Rat für dich. Melanie, meine Liebe, denk nicht einmal daran, einen anderen Mann zu heiraten, wenn es Ric ist, den du liebst. Ich spreche aus Erfahrung. Ich weiß, wie schmerzlich es ist, den falschen Mann zu heiraten.«

Während Melanie wusste, dass der Rat ihrer Freundin gut gemeint war, fiel es ihr wahnsinnig schwer, Pieters Entschlossenheit zu widerstehen, sie von seinen echten Gefühlen zu überzeugen. Er bat sie, ihr die Insel zu zeigen und nahm die erstbeste Gelegenheit eines abgeschiedenen Platzes wahr, ihr sein Verlangen erneut zu demonstrieren und zu beweisen, wie sehr sie die sexuelle Verbindung mit ihm genoss.

Sie erreichten wieder die Stelle auf den Klippen. In der Ferne konnten sie die Segel des Schoners sehen.

»Wir könnten auf dem Schoner sein, wenn er am Nachmittag zurückfährt«, sagte er. »Ich habe heute Morgen mit dem Missionar gesprochen. Er ist bereit, uns sofort zu trauen.«

Er stand hinter Melanie und hatte die Arme um ihren Leib geschlungen, dann bewegte sich eine Hand zu ihren Brüsten, und die andere presste zwischen ihre Schenkel. Trotz ihrer Erregung sagte Melanie: »Ich habe noch nicht ja gesagt.«

»Muss ich noch mehr Überzeugungskraft leisten?« Die Hand zwischen ihren Beinen drückte sich tiefer, und ein Finger bohrte sich in ihre Nässe.

Das Kribbeln in Melanies Vulva wurde sofort stärker. »Das ist nur Sex, Pieter, nicht Liebe. Du hast dich mit Delie und Mary amüsiert, während du mich überzeugen wolltest, dich zu heiraten. Du hättest auch keine Zeit vergeudet und mit Dita geschlafen, wenn sie dazu bereit gewesen wäre.«

»Bist du eifersüchtig?«

»Nein. Mir ist egal, mit wem du Sex hast.«

»Ich würde dich auch nicht hindern, andere Liebhaber zu nehmen. Du siehst, wir werden eine sehr harmonische Ehe führen.«

»Ich werde alles an Ric übertragen.«

»Was?« Pieter ließ sie los. Melanie drehte sich um und schaute ihm ins Gesicht.

»Danke, Pieter. Deine Reaktion hat meinen Beschluss bekräftigt. Da ich jetzt weiß, dass es dir um mein Geld geht, werde ich dich niemals heiraten.«

»Niemals ist eine lange Zeit, meine Liebe. Ich bin dir nach Australien gefolgt, dann auf diese Insel. Wenn du glaubst, dass ich mich jetzt still verabschiede, irrst du dich gewaltig.«

»Du kannst mich nicht zwingen, dich zu heiraten.«

»Ich habe dich schon einmal gefesselt, Melanie. Du hast nichts als Lust empfunden, aber du hast auch gelernt, dass ich Grenzen in meiner Geduld habe. Das nächste Mal werde ich dir Schmerzen zufügen müssen. Ich könnte sogar versucht sein, dein schönes Gesicht zu verunstalten. Oder deinen Körper. Dann würde kein anderer Mann dich noch wollen.«

Melanie wich einen Schritt zurück, ungläubig und verängstigt. »Du bist ja verrückt.«

»Erbarmungslos wäre das treffende Wort. Ich werde das bekommen, was ich haben will, ganz egal, welche Mittel ich anwenden muss. Es ist deine Entscheidung. Wie wichtig ist dir dein Aussehen?«

Melanie hegte keinen Zweifel, dass Pieter seine Drohung wahrmachen würde. Ein Schauder des Entsetzens rann durch ihren Körper, während sie sich vorstellte, was er alles mit ihr anstellen würde, wenn sie sich weigerte, ihn zu heiraten. Wie sicher würde sie als seine Ehefrau sein?

»Woher soll ich wissen, dass du mich nicht misshandelst, wenn wir verheiratet sind?«

»Ich gebe dir mein Ehrenwort. Ich drohe dir nur, damit ich das bekomme, was ich haben will. Wenn du versuchst, mich hereinzulegen, habe ich keine Skrupel, meine Drohungen in die Tat umzusetzen. Ich habe getan, was getan werden musste, um Ric loszuwerden. Sobald ich Kontrolle über dein Vermögen habe, hast du nichts mehr zu befürchten.«

Ditas Warnung drang als Echo durch Melanies Kopf. Aber was konnte sie tun? Sie war nicht tapfer genug, um es darauf ankommen zu lassen. Wenn sie sich vorstellte, dass ihr Gesicht entstellt sein würde, schüttelte es sie. Das war ihr so schrecklich, dass sie schließlich zustimmte, Pieter zu heiraten. Pieter zog sie auf den Boden und nahm sie triumphierend in Besitz, und sie konnte sich nicht dagegen wehren.

In einem tief beunruhigten Gemütszustand half Dita ihrer Cousine, sich für die Hochzeit anzukleiden. Sie vermutete, dass es viel mehr Gründe für Melanies plötzlichen Entschluss gab, als sie genannt hatte. So charmant sie Pieter auch fand, so sehr war sie davon überzeugt, dass er nicht der richtige Mann für ihre Cousine war. Sie wünschte, Matt wäre da, um ihr beizustehen und sie zu beraten. Aber Matt war auf Abenteuersuche, und Melanie hatte sich in ein störrisches Schweigen zurückgezogen.

Dies Schweigen allein war für Dita ein Alarmzeichen. Sie war so sehr in Gedanken versunken, dass sie die Ankunft der *Lady Jane* gar nicht wahrnahm. Erst auf dem Weg zur Kirche sah sie, wie der Schoner an der Mole lag und schloss daraus, dass er schon länger dort liegen musste.

Pieter wartete draußen vor der mit Palmblättern bedachten Kirche auf sie. Er ergriff Melanies Hände, zog sie an sich und gab ihr einen liebevollen Kuss auf den Mund. Als sie nicht reagierte, legte er einen Finger unter ihr Kinn, sodass sie gezwungen war, in seine Augen zu schauen. Die Zärtlichkeit in seinem Blick täuschte sogar Dita, die spürte, dass ein Teil ihrer Besorgnis schwand.

»Es gibt keinen Grund, nervös zu sein, meine Liebe«, sagte Pieter. »Ich habe dir mein Versprechen gegeben. Du wirst die am meisten geschätzte Ehefrau der Welt sein.«

»Aber nicht deine Ehefrau, van Heuren!«

Der laute Ausruf verdutzte sie alle, aber die Reaktionen darauf waren verschieden. Melanies Herz sprang vor Freude, und ihr Gesicht begann zu leuchten. Dita schickte ein stummes Gebet zum Himmel, dass Ric gerade noch rechtzeitig eingetroffen war, denn sie wusste sofort, dass der Engländer der Neuankömmling sein musste.

Pieters Gesicht wurde blass, dann stieg ihm die Zornesröte in die Wangen. Er hatte sich schnell gefasst und legte seinen Arm um Melanies Schultern. »Melanie will mich heiraten, nicht wahr, meine Liebe?«

»Wirklich?« Ric starrte sie an, und seine schwarzen Augen schienen in ihre Seele zu dringen. Er sah, dass die smaragdgrünen Augen dumpf und verschleiert wirkten, und er las in ihnen das Flehen um Hilfe, obwohl sie seine Frage mit einem schwachen »Ja« beantwortete.

Mit einer höhnischen Begrüßung drehte sich Pieter um und zerrte Melanie in die Kirche. Ric war schneller. Er packte Pieters Arm, drehte ihn auf den Rücken und warf den Mann auf den Boden. Pieter erholte sich rasch und wollte sich auf Ric stürzen, aber er handelte sich nur einen harten Faustschlag ins Gesicht ein. Die beiden Männer umkreisten sich argwöhnisch und warteten die Gelegenheit ab, den Gegner mit dem entscheidenden Schlag niederzustrecken.

»Ich habe schon zu lange damit gewartet«, sagte Ric. Er sprang plötzlich vor und landete einen Uppercut, der Pieter stolpern und zu Boden gehen ließ. Pieter hob ein Bein und brachte seinerseits Ric zu Fall. Jetzt lagen beide auf dem Boden, und nun gab es kein Halten mehr. Jeder Mann versuchte, dem anderen den größtmöglichen Schaden zuzufügen.

Ein paar Einheimische hatten angehalten, um sich das Spektakel anzusehen. Andere wurden von den Schaulustigen angezogen, und bald hatte sich ein weiter Kreis um die Kampfhähne geschlossen.

Melanie war entsetzlich aufgewühlt und wurde von Ditas Arm gestützt. Pieter schien die Oberhand zu gewinnen. Melanie fürchtete, wozu Pieter fähig sein würde, und spontan berichtete sie von den Drohungen, die sie dazu gezwungen hatten, ihn zu heiraten.

Dita war empört und schockiert, und sie schwor in diesem Augenblick, ihre Cousine zu beschützen, ganz egal, wie dieser Kampf ausging. Melanie entdeckte Delie im Kreis der Schaulustigen. Sie feuerte ihren Bruder an.

Ric duckte sich und wich Pieters nächstem Schlag aus, und Pieter wurde von der Wucht seines Luftschlags aus dem Gleichgewicht gebracht, wodurch Ric sich einen Vorteil verschaffte.

Dreißig Minuten später war der Kampf vorbei. Blutend,

zerzaust und völlig fertig lag Pieter auf dem Boden, das Gesicht nach unten. Er schien nicht mehr die Kraft zu haben, sich aufzurichten. Auch Ric trug Zeichen des Kampfes davon. Er trat auf Pieter zu, stieß ihm einen Fuß in die Rippen und rollte ihn auf den Rücken.

»Ich könnte dich umbringen, van Heuren. Ich bin verdammt nahe dran, aber ich schätze mein Leben höher ein. Wenn der Schoner nachher ablegt, solltest du an Bord sein, wenn du weißt, was gut für dich ist, und dann nimmst du die erste Überfahrt nach Kapstadt.« Er wandte sich von dem geschlagenen Mann ab und ging auf Melanie zu, die sich immer noch am beschützenden Arm der Cousine festhielt.

»Wir müssen reden.«

»Mein Haus ist da drüben«, sagte Dita.

»Gut.« Er ergriff Melanies Hand und ging in die Richtung des Hauses. Sein Zorn und seine Anspannung schienen mit jedem Schritt stärker zu werden, während Melanie schweigend hinter ihm her ging.

Mit schmerzverzerrtem Gesicht rappelte sich Pieter auf und sah sich plötzlich Delie gegenüber. Sie musterte ihn spöttisch. »Was für ein entsetzlicher Anblick.«

Im Versuch, seine Haltung zurückzugewinnen, staubte Pieter sein Jackett ab, strich sich mit gespreizten Fingern durch die Haare und schaffte ein mühsam gequältes Lächeln. »Hast du nicht Lust, mit mir nach Kapstadt zu kommen, Delie?«

Delie schüttelte den Kopf. »Es hat mir gefallen, mit dir meine Lust auszuleben, aber das ist vorbei. Ich empfinde nichts für dich, und ich bedaure dich nicht einmal. Du benutzt jeden zu deinem eigenen Vorteil.« Sie wurde zornig, als sie hinzufügte: »Ach, Mary hat mir übrigens erzählt, was du getan hast. Du bist ein Narr, Pieter. Du hättest dich auf mich konzentrieren sollen, damit Ric und Melanie zueinander finden würden. Schließlich hat er mir versprochen, sein Vermögen mit mir zu teilen.«

»Es ist nicht zu spät, Delie. Denk dran, wie schön es mit uns war.«

»Du bist so eingebildet, wie ich mir gedacht habe, Pieter. Aber du brauchst mich nicht. Ich bin sicher, du wirst irgendeinen Weg finden, dein Nest zu bauen. Irgendwo wird es eine reiche Erbin geben, die sich glücklich schätzt, das Objekt deiner selbstsüchtigen Begierde zu sein.«

Sie wandte sich ab von ihm und ging auf die andere Seite des Kreises, um sich Dita vorzustellen. Sie betrachteten sich gegenseitig, und man sah ihnen an, dass es auf Anhieb keine Freundschaft gab. Aber Dita kannte die Verpflichtungen gegenüber allen Besuchern von Paradise Island: Man war ein großzügiger Gastgeber.

»Ich glaube, wir sollten Ric und Melanie für eine Weile sich selbst überlassen. Hast du Lust, mich zum Haus meiner Eltern zu begleiten? Da können wir was Erfrischendes zu uns nehmen.«

Als sie an verschiedenen in Gruppen zusammenstehenden Insulanern vorbeigingen, fiel Delie die attraktiven jungen Frauen auf sowie die gut gebauten Männer. Einige von ihnen erwiderten kühn ihre musternden Blicke, und ein Mann wollte sie mit einer obszönen Handbewegung locken.

Nässe sammelte sich zwischen Delies Schenkeln, und ihre Augen übertrugen dem Mann eine stumme Botschaft. Egal, wozu sich Ric entschied – Delie hoffte, länger als nur ein paar Tage auf der Insel zu bleiben.

Erst auf der Veranda von Ditas Haus hielt Ric inne. Seine Blicke richteten sich fragend an Melanie. Ohne ein Wort führte sie ihn zu ihrem Zimmer. Dort schüttete sie Wasser aus einem Krug in eine Schüssel, zog einen Waschlappen durch das Wasser und wrang ihn aus. »Ich will deine Wunden säubern.«

»Nicht nötig.«

»Ich bestehe darauf. Die Wunden könnten sich entzünden.«

Ric gab nach und verzog das Gesicht, als sie die schlimmsten Wunden säuberte. Als sie damit fertig war, packte er sie am Handgelenk und starrte in ihre Augen. »Hättest du van Heuren wirklich geheiratet?«

Melanie senkte den Blick. »Ja.«

»Warum? Habe ich die flehenden Blicke deiner Augen falsch interpretiert?«

»Nein. Pieter hat mir gedroht, mich zu verunstalten, wenn ich mich weigerte. Er sagte, danach würde keiner mich mehr heiraten wollen.«

»Mein Gott! Ich hätte den Bastard umbringen sollen.«

»Ich bin froh, dass du es nicht getan hast.« Sie wandte sich von ihm ab, um den Waschlappen auszuspülen.

Ric trat hinter sie, legte seine Arme um ihre Schultern, drehte sie um und nahm Melanie in seine Arme. Er bettete ihren Kopf an seine Brust. »Mich schaudert es, dass ich fast zu spät gekommen wäre, um die Hochzeit zu verhindern. Die Vorstellung, dass er dich verletzen könnte, ist entsetzlich.«

»Nach der Eheschließung hätte er mir keine körperlichen Schmerzen mehr zugefügt«, sagte sie leise. »Er wollte nur mein Geld. Genau wie du.«

»Wie kannst du uns beide miteinander vergleichen? Ich hätte dir nie ein Haar gekrümmt. Obwohl du mich manchmal zur Weißglut gebracht hast.«

»Vielleicht würdest du mir körperlich keinen Schaden zufügen, aber du kannst nicht leugnen, dass es dein Ziel war, mir alles zu nehmen.«

»Kann ich dich davon überzeugen, dass das nicht länger zutrifft?« Sie hörte eine Zärtlichkeit in seiner Stimme. Er hielt sie ein wenig von sich, um sie mit einer Ernsthaftigkeit zu betrachten, die ihr Herz schmerzen ließ. Ihr Vertrauen war schon zu oft missbraucht worden, um ihm glauben zu können. Sie befreite sich aus seiner Umarmung und reichte ihm den Brief, den sie an Mr. Bartlett geschrieben hatte.

»Ich möchte, dass du den Brief liest.«

Als Ric sah, an wen der Brief gerichtet war, sah er sie fragend an, offenbar verdutzt. Aber sie schüttelte leicht den Kopf und ging hinaus auf die Veranda. Sie stützte sich mit den Händen am Geländer ab, den Körper angespannt. Das Herz klopfte ihr im Hals. Sie war gespannt auf seine Reaktion.

Er schien ewig zu brauchen, um den Brief zu lesen. Dann hörte sie endlich seine Schritte und fühlte, wie er dicht neben ihr stand. Als sie ihn nicht anschaute, griff er an ihre Schultern und drehte sie zu sich.

»Warum tust du das, Melanie?«

»Ich hatte nie vor, dich zu berauben, Ric. Ich habe nichts von deiner Existenz gewusst, bis Mr. Bartlett mich über deine Absicht informierte, Jeremiahs Testament anzufechten. Natürlich fand ich das nicht in Ordnung, denn du warst für mich eine unbekannte Person im fernen England. Wenn du mir von Anfang an gesagt hättest, dass du Jeremiahs Enkel bist, hätte ich dir damals schon alles gegeben.«

»Aber nicht Arlecdon.«

»Ich muss etwas für mich behalten.«

»Würdest du Arlecdon mit mir teilen? Als meine Ehefrau?«

»Jetzt ist es nicht mehr erforderlich, dass du mich heiratest«, sagte sie leise.

»Aber ich möchte dich heiraten. Mehr denn je.« Er sah den Ausdruck der Traurigkeit, der in ihre Augen trat. »Was ist denn los? Liebst du mich nicht mehr?«

»Doch, doch. Oh, Ric ... Wie kann ich dir versprechen, eine treue Ehefrau zu sein? Selbst nachdem ich wusste, dass ich dich liebe, bin ich bereitwillig in Pieters Arme gefallen.«

»Pieter wird nicht mehr in der Nähe sein.«

»Und was war mit Simmonds? Es wird immer jemand wie Pieter oder Simmonds da sein, der mich in Versuchung führt. Ich fürchte, ich bin zu schwach, und mein Fleisch ist zu willig, deshalb kann ich den Versuchungen nicht widerstehen.«

»Ist das der einzige Grund für dein Zögern?«

»Ja.«

»Dann wird es eine einfache Lösung geben. Ich werde deinen Körper so oft und so gut befriedigen, dass du weder die Absicht noch die Energie haben wirst, an Sex mit anderen Männern überhaupt zu denken.«

»Oh?« Melanie schaute ihn mit ihren großen grünen Augen an, in die das alte Funkeln zurückgekehrt war. »Glaubst du, dass du das schaffst?«

»Ganz sicher. Soll ich es dir jetzt und hier beweisen?«

»Ja, bitte«, sagte Melanie.

Ende

Eine Seefahrt, die ist lustig

Georgina Brown
DIE YACHT
Erotischer Roman
Aus dem Englischen
von Sandra Green
336 Seiten
ISBN 978-3-404-16711-1

Von der Liebe enttäuscht, heuert Antonia auf der Yacht von Philippe an, einem verheirateten Mann aus gutem Hause. Sofort fühlt sich die junge Frau zu dem adretten Yachtbesitzer hingezogen - und erfährt bald am eigenen Leib, wie stürmisch die Liebe auf hoher See sein kann ...

Bastei Lübbe Taschenbuch

Hoher Absatz garantiert

Madeline Moore
DIE SCHUHLIEBHABERIN
Erotischer Roman
Aus dem Englischen
von Jule Winter
336 Seiten
ISBN 978-3-404-16712-8

Amanda, eine Frau in den besten Jahren, erbt das Schuhimperium ihres Mannes - und übernimmt zugleich eine Reihe gutaussehender Angestellter. Diese sind begierig darauf, die neue Chefin zufriedenzustellen, und zwar in jeder Hinsicht. Während Amanda ums Überleben ihrer Schuhläden kämpft, findet sie reichlich Gelegenheit, sich zu amüsieren ...

Bastei Lübbe Taschenbuch

BASTEI LÜBBE
www.luebbe.de